Gunnar Staalesen
Im Dunkeln sind alle Wölfe grau

Gunnar Staalesen

Im Dunkeln sind alle Wölfe grau

Kriminalroman

Aus dem Norwegischen
von Kerstin Hartmann

Wolfgang Butt Verlag

Die Originalausgabe erschien 1983 unter dem Titel
I mørket er alle ulver grå bei Gyldendal Norsk Forlag, Oslo

1. Auflage 1987
2. Auflage 1991

Umschlag: Vibe Punger
Herstellung: WDA, Brodersdorf

ISBN 3-926 099-03-8

1

Ich traf Hjalmar Nymark in dem Lokal, das in dem Winter, als Solveig mich verließ, zu meiner Stammkneipe geworden war.

Aufgefallen war er mir schon vorher. Er hatte ein markantes Gesicht mit einer krummen, auffälligen Nase, dunklen und lebhaften Augen, die tief in den Höhlen lagen, und einem energischen Kinn. Ich schätzte ihn auf um die siebzig. Das Haar war fast weiß und so glatt nach hinten gekämmt, daß er tiefe Geheimratsecken bekam. Er hatte die Angewohnheit, mit einer zusammengerollten Zeitung in der einen Hand dazusitzen. Ich sah ihn selten darin lesen, jedoch benutzte er sie, um wichtige Gesprächspunkte zu unterstreichen, wobei er sie auf die Tischplatte schlug.

Er war kräftig gebaut, was ihn untersetzt wirken ließ, obwohl er mindestens 1,80 groß war. Der Bauch war von der Sorte, wie ihn alternde Kraftprotze haben: kein loser Speck, sondern nur Muskeln, die anfangen auszuleiern. Gewöhnlich saß er ein oder zwei Tische von mir entfernt. Meistens war er allein, doch ab und zu hatte er Gesellschaft. Es kam vor, daß wir einander in der Tür begegneten, und nach einiger Zeit merkte ich, daß er mich wiedererkannte. Er hatte ein humorvolles Funkeln in den Augen, und einmal, als ich gerade hineinging und er gerade herauskam, sagte er im Vorbeigehen: „Na, rein zur Tränke?“ Dann war er vorbei, ehe ich ihm antworten konnte.

Das Lokal lag drei Häuser weit von meinem Büro entfernt, und es hatte sich so ergeben, daß ich an drei–vier Nachmittagen in der Woche hereinschaute. Schon am Eingang spürtest du etwas von der Eigenart des Lokals, denn egal zu welcher Tageszeit du hineinwolltest, immer kam gerade jemand heraus, und dieser Jemand war selten sonderlich sicher auf den Beinen. Der Türsteher war die Hilfsbereitschaft in Person: wies dich in deine Richtung oder stand und hielt dich aufrecht, bis das Taxi kam. Die meisten brauchten ein Taxi.

Innen, gleich hinter der Tür, war etwas, das der Lokalität einen fast internationalen Anstrich gab. Eine Glasluke führte in den Tabakladen nebenan, als säße dort der örtliche Buchmacher. Aber das äußerste, was du hier erreichen konntest, war, mittwochs kurz vor fünf deine Lottoscheine abzugeben, ohne im Regen zu stehen.

Der Dunst von Bier und Tabakqualm verlieh dem Ort eine ausgeprägt maskuline Atmosphäre. Die meisten tranken Bier, oft in imponierenden Mengen. Die Gesichter um dich herum waren feist, viele vom Alter, mehr noch vom Alkoholkonsum. Hier versammelten sich alte Stauer und redeten von damals, als der größte Teil der Arbeit im Hafen noch von Hand erledigt wurde. Hierher kamen die Markthändler nach Arbeitsschluß;

mit großen roten Pranken, in den Furchen noch Streifen von Fischblut. Es kamen pensionierte Industriearbeiter in einfarbigen Arbeitshemden, die bis zum Halsbündchen zugeknöpft waren, husteten häßlich und rauh über den Schaum auf den Biergläsern, hauten auf den Tisch und verlangten nach mehr. Ein kleiner Kontorist mit dünnem Haar, weißem Hemd und blutarmem Schlips schlug behutsam die Nachmittagszeitung auf, duckte sich hinter dem halben Liter und schob die Heimkehr zur Madam um noch eine halbe Stunde hinaus. Junge, redselige Burschen vom Lande, die so früh am Nachmittag dem Abend schon so nah waren, daß man sie sonst nirgends mehr hereinließ, wurden an einen gastfreundlichen Tisch gelotst, verstreuten ihre letzten Scheine um sich und prosteten einander mit geröteten Gesichtern zu, bevor sie ein paar Stunden später auf allen Vieren, vom Türsteher und, wenn sie allzu übermütig wurden, vielleicht ein oder zwei Kellnern hinausbefördert, aus der Tür krochen. Einige wenige Frauen – die meisten weit über fünfzig – fanden freie Plätze und bekannte Gesichter an den meisten der Tische. Sie tranken Bier aus kleineren Gläsern und saßen in ihren Mänteln da, bis sie sie zu fortgeschrittener Stunde aufknöpften und die schweren Brüste hinter blauen Mohairpullovern prangen ließen, die vor zwanzig Jahren modern gewesen waren.

Durch die Fenster nach Norden sickerte durch nikotinvergilbte Gardinen das Nachmittagslicht herein, und zwischen den Fenstern hingen bräunliche Keramikreliefs auf grünem Grund. Ganz hinten im Raum, wo die Theke stand, schilderte ein großes Wandgemälde in verblaßtem Blau vor gelblichem Gipsgrund die Geschäftigkeit des Hafens, damit der größte Teil der Kundschaft sich zuhause fühlte. Kräftige Pranken hoben schwere Fässer gegen dunkle Schiffswände.

Die Decken auf den Tischen waren verschiedenfarbig, und wenn du von der Straße hereinkamst, konnte es aussehen, als seien sie nach einer Art Muster aufgelegt; aber wenn du eine Weile gesessen hattest, sahst du, daß sie je nach Laune des Schicksals gewechselt wurden, sobald zuviel Bier oder Asche darauf verschüttet worden war. Die Kellner glitten in burgunderroten Jacken zwischen den Tischen hindurch, verteilten große Gläser an die Auserwählten und wechselten Tischdecken mit einer Effektivität, die einem Leichenwäscher imponiert hätte.

Das Essen, das sie servierten, war einfach und gleichförmig, ohne weitere Raffinessen als einem Petersilienbüschel oder einem zerknitterten Salatblatt, aber es war solides, gutes Essen, von dem man satt werden konnte, ohne sich zu ruinieren. Es kam vor, daß ich dort Mittag aß, doch meistens trank ich nur ein Glas Bier oder auch zwei. Ich kaufte meistens im Vorbeigehen beim Tabakhändler nebenan ein paar Tageszeitungen, suchte mir einen kleinen Tisch hinten an einer der Wände und saß dort für mich allein.

So vergingen die Nachmittage an drei–vier Tagen in der Woche, wie Ruderschläge auf stiller See. Die Minuten tropften auf die Wasserfläche, und ab und zu ruhtest du dich auf den Rudern aus, nur um die Zeit verstreichen zu sehen – wie die Schlagzeilen in der Zeitung vor dir: Nachrichten von gestern, die schon in Begriff waren, Geschichte zu werden.

Nach ein paar Monaten hatten mehrere der anderen Stammgäste angefangen, mich zu grüßen, und an einem Tag Ende April kam ich mit Hjalmar Nymark ins Gespräch.

2

An dem Nachmittag, an dem wir miteinander ins Gespräch kamen, war kaltes, durchdringendes Regenwetter mit vereinzelten kleinen, grauen Schneeflocken vermischt. Frühling war in diesem Jahr Ende März gewesen. Jetzt wanderten wir wieder rückwärts durch die Jahreszeiten, und das Wetter erinnerte eher an November als an April.

Ich hatte den Tag damit verbracht, Postkarten an Freunde und Bekannte zu schreiben. Es blieb bei einer, an einen Typ namens Veum, der irgendwo da oben zwischen Stølen und Skansen wohnte. Er würde sich sicher freuen, von mir zu hören. Danach hatte ich den automatischen Anrufbeantworter der Kinozentrale angerufen, um mir eine dreißig-Sekunden-Ansage zu einem der Filme des Tages anzuhören. Alles, was ich trotz wiederholter Versuche zu hören bekam, war das Besetztzeichen. Weitere Anrufe unterließ ich. Es war unklug, das Konto zu sehr zu belasten. Am Tag zuvor hatte eine Annonce in der Zeitung gestanden: *NEUERÖFFNUNG! Harry Monsen AG, Detektivbüro, hat jetzt eine Zweigstelle in Bergen eröffnet. Internationales Kontaktnetz, neueste elektronische Hilfsmittel, Überwachungsdienst, Personenermittlungen, Nachforschungsaufträge aller Art. Erstklassige Mitarbeiter, hundertprozentige Diskretion.* Ich hatte die Annonce genau studiert und fragte mich, was sie wohl mit ‚erstklassig' und ‚hundertprozentig' meinten. Vielleicht sollte ich anrufen und fragen – oder jedenfalls anrufen und ihnen viel Glück wünschen. Die Telefonnummer stand in der Annonce. Mobiltelefon hatten sie auch. Alles, was ich hatte, war ein schlummerndes Telefon und ein Morris Mini, den auszuwechseln ich mir nicht leisten konnte, der aber längst reif war für die ewigen Asphaltgründe. Kein Zweifel, ich ging härteren Zeiten entgegen.

Es war ein Tag, um sich an ein oder zwei Gläsern zu stärken, und glücklich draußen im Regenwetter, schlug ich den Mantelkragen hoch, zog den Regenhut tief in die Stirn und trabte das kurze Stück zum Lokal.

Das Lokal hatte noch eine Besonderheit. Wenn du hereinkamst, schien es immer, als sei volles Haus, aber sahst du dich ein wenig um, war immer irgendwo ein freier Platz. An diesem Nachmittag sah es allerdings aus, als hätte der Regen alles, was sich sonst auf der Straße herumtrieb, hereingescheucht, und ich konnte mich gerade noch an einen winzigen Tisch zwängen, auf dem weiße Aschenbecher mit Reklame für italienischen Wein gestapelt standen.

Ein Kellner kam und räumte die Aschenbecher weg, bevor er fragte, was ich haben wolle. Ich bestellte ein halbes Pils und ein Walsteak und sah mich im Raum um. Es dampfte aus nasser Kleidung, und roch nach selbstgedrehten Zigaretten und längst erloschenen Pfeifen. Breite Schultern beugten sich über weiße Teller, große Pranken griffen um halbvolle Gläser, die der Besitzer in einem Zug leerte, bevor er sich mit kräftigem Oberkörper umwandte und wie jemand, der sich verstohlen über die Schulter blickt, nach dem Kellner sah.

Hjalmar Nymark kam aus dem Regen herein, strich das nasse Haar zurück und schüttelte das Wasser vom Mantel. Er sah sich um. Es war kein Tisch mehr frei, aber gleich neben meinem stand ein leerer Stuhl. Er kam ruhig herüber. Als er vor mir stand, nickte er freundlich und sagte: „Ich sehe niemanden, den ich kenne. Ist hier Platz?"

„Wenn du nicht zuviel Ellenbogenfreiheit brauchst, schon." Ich rückte meinen Stuhl näher an den Pfeiler, an dem mein Tisch stand. Dann stand ich auf und wir gaben einander die Hand. „Veum. Varg* Veum."

Er gab mir eine Hand, die nicht so groß und kräftig war, wie ich erwartet hatte. „Hjalmar Nymark."

Er rückte den freien Stuhl an den Tisch heran und hängte den nassen Mantel über den Stuhlrücken, bevor er sich setzte. Als der Kellner kam, bestellte er ein halbes Pils und einen Teller Eintopf. Er fischte die zusammengerollte Zeitung aus der Manteltasche und saß dann mit ihr in der Hand da.

„Scheußliches Wetter", sagte er.

Ich nickte und war einer Meinung.

„Aber sie sagen ja, daß die Sommer jetzt in den 80er Jahren kälter werden sollen."

„Hört sich vielversprechend an", sagte ich.

* Varg: neunorwegisch für Wolf

Er sah mich prüfend an, offen und ohne den Versuch, es zu verbergen. „Na, und was treibst du so, Veum? Oder warte mal – laß mich erstmal versuchen. Ich war früher mal ganz gut darin."

„Worin?"

„Leute einzuordnen."

„Such mir einen Platz ganz hinten auf dem untersten Bord, da gehöre ich hin."

Unter den Extrapreisen?" schmunzelte er.

„Ich weiß nicht, ob ich es als Preis bezeichnen würde", antwortete ich, lächelte schief und fuhr mir durchs Haar. Das Grau darin war noch nicht mehr als ein Schimmer, aber wenn die Sommer der 80er Jahre vorbei waren, würde der Schnee sicher nie wieder daraus verschwinden.

Er maß mich vom blonden Haar über das frühlingsbleiche Janusgesicht, das am Hals offene, blaue Jeanshemd, die etwas verschlissene Jacke, den blauen Pullover mit V-Ausschnitt darunter bis zur braunen Cordhose. Er warf einen Blick auf den Mantel, der über dem Stuhlrücken hing. Seine Stimme war dunkel und wohlwollend, als er sagte: „Deiner Kleidung nach zu urteilen, würde ich dich irgendwo unter den niederen Angestellten der Universität einordnen. Universitätslektor oder sowas. Oder vielleicht irgendwas in einer Bibliothek."

„Mit anderen Worten, ein leicht verstaubter Eindruck?"

„Nicht gerade verstaubt. Aber jedenfalls nicht sonderlich wohlhabend. Auch nicht modebewußt, aber das kommt wahrscheinlich daher, daß du es dir nicht leisten kannst. Trotzdem ... Irgendetwas paßt nicht. Du hast auch was von einem selbständigen Unternehmer an dir. Erfolglos, natürlich."

„Natürlich."

Aber dein grüner Hut verwirrt mich etwas. Der gibt dir was von einem Freiluftmenschen, als wärst du Ingenieur oder so."

Unser Essen kam und ich war froh, daß eine kleine Pause entstand. Ich konnte sie brauchen, um die Eindrücke zu verdauen.

Hjalmar Nymark zerbrach das Flatbrød zwischen den Fingern, als wären es Oblaten, nur stippte er die Stücke in den Eintopf und teilte nicht an andere als sich selbst aus. Zwischen den Bissen setzte er seinen Monolog fort. „Ich sehe dich vor mir in einem kleinen Büro, sagen wir bei einer kleinen Engrosfirma in der Eisenwarenbranche. Eine Sekretärin kannst du dir kaum leisten, und ich glaube auch nicht, daß du besonders viel zu tun hast. Aber ..."

Ich entschied, daß ich genug gehört hatte und sagte abrupt: „Ich bin Detektiv, Privatdetektiv."

Einen Augenblick blieb er mit offenem Mund über seinem Teller sitzen. Dann schluckte er herunter, was er im Mund hatte, griff nach der

Zeitung, die zusammengerollt neben ihm lag, schlug damit leicht an die Tischkante und sagte: „Teufel nochmal!“

„Das kannst du wohl sagen. Er hat das Büro nebenan, aber nicht mal der bequemt sich, ab und zu reinzuschauen!“

Er machte eine ausladende Handbewegung. „Na gut, aber *dann* solltest ja wohl du an diesem Tisch der Experte sein! Laß hören, was bin ich für einer?“

Ich warf einen raschen Blick auf ihn: weißes Hemd mit breitem Schlips, leicht fleckig; brauner Anzug im Schnitt der frühen 60er Jahre, nikotinverfärbte Finger und abgekaute Nägel. „Rentner!“ sagte ich.

„Na gut. Aber davor?“

Ich zeigte mit der Gabel auf ihn. „Nach deiner Beobachtungsfähigkeit zu urteilen, warst du – Polizist.“

„Korrekt.“

„Na, dann sind wir ja wohl beide sowas wie Experten.“

„Ja, in gewisser Weise sind wir tatsächlich Kollegen.“

„Nur daß ich ziemlich heruntergekommen bin und du längst pensioniert.“

Eine zeitlang aßen wir stumm weiter. Dann sagte ich: „Wie lange bist du schon Rentner?“

„10 Jahre. Ich bin 1971 ausgeschieden.“

„Und wie vertreibst du dir die Zeit?“

In seinen Augen blitzte es und er sah mich mit einem unergründlichen Zug um den Mund an. „Schnüffle ein bißchen herum. Seh mir ein paar alte Fälle an. Ungeklärte!“

„Warst du in der Kriminalabteilung?“

„Mhm!“ Er nickte und wir aßen weiter.

Mehr erzählte er an diesem Tag nicht, aber danach kam es oft vor, daß wir zusammen Mittag aßen oder ein Glas Bier tranken.

3

Ich führte zu der Zeit ein regelmäßiges Leben. Fünf Tage in der Woche war ich im Büro. Ich machte ein paar Jobs für eine Versicherungsgesellschaft. Das brachte mir genug Geld ein, um den Kopf über Wasser zu halten, jedenfalls solange Ebbe war. Drei–viermal in der Woche machte ich einen Abstecher ins Lokal und saß dann meistens lange und redete mit Hjalmar Nymark. An den anderen Abenden der Woche joggte ich: die ewig gleichen, langen Touren über Schotter und Asphalt, bei Sonne, Regen und Schneematsch. Die Biere, die ich in der Kneipe trank, zogen meistens noch ein paar Schnäpse aus der Aquavitflasche, die ich zuhause stehen hatte, nach sich, aber die harten Lauftouren schafften den Ausgleich: wenn ich schon verkam, dann jedenfalls langsam. An jedem zweiten Wochenende hatte ich Besuch von Thomas, der zehn Jahre alt geworden war, mich mit gebildeten, ernsten Augen ansah und mir von Fußballspielen erzählte, die ich nicht gesehen hatte und von Büchern, die ich nicht gelesen hatte. Die Ehe mit Beate wurde allmählich zu einer ähnlich entfernten Erinnerung wie die Orte, an denen ich die Sommer meiner Kindheit verbracht hatte. Das größte Ereignis in diesem halben Jahr, bevor ich Hjalmar Nymark traf, war, daß der Zahnarzt, der seine Praxis neben mir hatte, eine neue Assistentin bekam. Nach ein paar Wochen lächelte sie mich an, wenn wir einander auf dem Gang begegneten.

Der Sommer fand Anfang Mai statt. Die plötzliche Wärme legte die Stadt lahm und die Leute liefen mit glühend-roten Gesichtern herum und sehnten sich nach der Kälte zurück. Ihr Wunsch wurde erfüllt. Um den 17. Mai herum war der Sommer vorbei und das graue Wetter wieder da. Nach ein paar Tagen war es, als hätte die Sonne nie geschienen, und als würde sie es auch nie wieder tun.

An einem dieser Tage, an denen der Himmel wie eine graue, nasse Wolldecke über der Stadt lag, rief ein Mann an, der seinen Namen nicht nennen wollte.

„Nehmen Sie jede Art von Auftrag an, Veum?" fragte er.

„Nicht jeden", antwortete ich.

„Was für Aufträge nehmen Sie denn nicht an?"

Ich fühlte mich müde und sagte: „Erzählen Sie mir lieber, was ich für Sie tun soll."

„Ich glaube – ich habe das Gefühl ... Meine Frau betrügt mich."

Ich antwortete nicht. Auf der anderen Seite von Vågen* lag das alte Segelschiff *Statsråd Lemkuhl* und wimmelte von Touristen. Es erinnerte mich an einen ausgestopften Schwan, voller Ungeziefer.

„Ich brauchte ... Ich wäre gern sicher", fuhr die Stimme am Telefon fort.

„Wessen?"

„Daß sie mich betrügt. Meine Frau!"

„Genau solche Aufträge nehme ich nicht an."

Es wurde einen Augenblick still. Und dann kam, heftig: „Warum haben Sie das denn verdammt nochmal nicht gleich gesagt?" Er besann sich und fragte etwas ruhiger: „Ist das ein Prinzip – oder ist es ernst gemeint?"

Ich mußte lachen. „Sagen wir, es ist beides, dann liegen wir richtig."

* Vågen: innerer Hafen von Bergen

„Dann rufe ich eben das andere Büro an!" schnauzte er.

„Tun Sie das. Die werden sicher nicht von sowas geplagt sein."

„Von was?"

„Prinzipien."

„Hoho!" beendete er das Gespräch und knallte den Hörer auf.

Ich saß da und starrte meinen an. Erst als ich ihn wieder auflegte, wurde mir schlagartig klar, daß das eine Drohung war, die ich noch nie gehört hatte.

An diesem Tag schloß ich das Büro schon früh und ging direkt ins Lokal. Hjalmar Nymark saß schon da, und als ich zur Tür hereinkam, winkte er mich zu sich an den Tisch. Er saß allein.

die drei-vier Wochen, die wir einander gekannt hatten, waren schnell vergangen, aber es war, als wären wir schon seit vielen Jahren Freunde. Wir hatten einander viel zu erzählen. Ohne direkt vertraulich zu werden, war es uns leicht gefallen, miteinander zu reden.

Das Gespräch hatte sich oft um alte Kriminalfälle gedreht, geklärte und ungeklärte, aber das meiste, worüber zwei Männer mit einem Altersunterschied von dreißig Jahren reden können, hatten wir zumindest gestreift.

Manchmal wurde er besonders ernst. Einmal fragte er: „Wann bist du eigentlich geboren, Veum?"

„1942", antwortete ich.

„Dann erinnerst du nicht viel vom Krieg?"

„Nicht viel."

Danach sah er lange düster vor sich hin, ohne noch etwas zu sagen.

Ein anderes Mal sagte er: „Hör mal, Veum. Der Name Pfau, sagt der dir was?"

Ich schüttelte langsam den Kopf.

Er fuhr fort: „Pfau Farben AG. Die Fabrik lag im Fjøsanger vei. Es gab dort ein häßliches Explosionsunglück, 1953. Die ganze Fabrik brannte nieder und viele wurden getötet."

„Ein Unglück?"

Er nickte bedächtig. „So hieß es. Ich war bei den Nachforschungen dabei. Ein schwieriger Fall."

Etwas später am selben Abend sagte er plötzlich: „Einige Fälle beschäftigen dich ganz besonders. Sie brennen sich ein, und du schaffst es nicht, sie zu verdrängen. Sie lassen dich nie wieder los." Er schlug mit seiner Zeitung an die Tischkante. „Nie."

Irgendwie verstand ich, daß diese Dinge zusammengehörten. Es war, als wolle er mir ein Puzzlespiel zeigen, von dem er selbst nicht einmal alle Teile besaß.

Meistens, wenn wir miteinander redeten, hatte er ein Funkeln in den Augen, einen humorvollen Tonfall, der mir sagte: „Natürlich sind es tragische Dinge, die wir hier besprechen, aber zum Teufel nochmal, Veum, das ist Geschichte – Geschichte!" Wenn aber der Funke in seinen Augen erlosch und er ganz ernst wurde, begriff ich, daß es um etwas anderes ging. Um etwas, das noch nicht Geschichte geworden war, das heute noch lebte – jedenfalls für ihn. Es war, als versuche er, mir etwas zu erzählen, ohne den Sprung ganz zu wagen.

„‚Giftratte' – sagt dir das was, Veum?"

Ich schüttelte den Kopf. „‚Giftratte'?"

„Sie nannten ihn so. Während des Krieges."

„Hör mal ... Hat das hier was mit Pfau zu tun?"

Da sah er mich mit dunklen, unergründlichen Augen an, ohne zu antworten. Nach einer Weile begann er, von etwas anderem zu sprechen.

An jenem Tag im Mai wirkte er rastlos. Er trank schneller als gewöhnlich und ich konnte mir nicht leisten, mitzuhalten. Er sprach nervös von *Brand**, und obwohl es in diesem Jahr in dem Zusammenhang allen Grund zur Nervosität gab, war doch etwas Auffälliges daran.

„Ohh, ich fühle mich alt, Veum!" stieß er hervor.

„Naja, wir haben wohl alle mal Tage, an denen wir ..."

„Ich schaffe nicht genug. Hab nicht mehr viele Tage vor mir."

„Du hast noch reichlich Tage vor dir. Du bist gesund und stark und ..."

„Aber die Jahre vergehen, Veum – und der Wolf jagt."

„Der Wolf?"

„Die Zeit, Veum. Die Zeit schleicht durch die Straßen und fletscht die Zähne nach dir. Eines Tages schnappt sie zu, und eines Tages springt sie dir an die Kehle. Und dann bist du fertig. Von der Tagesordnung gestrichen."

Ich sagte vorsichtig: „Aber vielleicht kann man auf neue Tagesordnungen gesetzt werden?"

Er legte die Zeitung weg und schlug beide Handflächen so schwer auf den Tisch, daß das Bierglas zwischen ihnen hüpfte. „Daran glaube ich einfach nicht!" sagte er düster.

Ich sah mich um. Der Nieselregen draußen machte den Raum dunkel und herbstlich. Die Beleuchtung war nie besonders schmeichelhaft gewesen, und die Gesichter um uns herum klafften wie offene Wunden. Augen mit den Flecken verwundeter Einsamkeit, frustrierten Übermuts; Münder, die nach Gläsern geiferten, kauten sinnlose Worte hervor, während die Zeit verging, unerbittlich und gnadenlos. Plötzlich fiel mir auf, daß es ein treffendes, poetisches Bild war, das er mir da gezeichnet hatte. Und ich sah ihn vor mir: einen zottigen Wolf, mit scharfen Reißzähnen, ein einsamer Jäger, todbringend und unüberwindbar. Der

* Brand: Fußballclub in Bergen

Fenriswolf, ewig auf Jagd. Er gehörte hierher, in die Straßen, die uns draußen erwarteten. In den Wäldern und Hochebenen hatten sie den Wolf ausgerottet. Aber in der Stadt jagt er, durch die asphaltgedeckten Straßen der Städte jagt er, über glänzenden Pflasterstein und die gähnenden Rinnsteine entlang jagt er – der Wolf, die Zeit. Vielleicht war es ratsam, drinnen zu bleiben.

Ich sah Hjalmar Nymark an. Das markante Gesicht war verschlossen, unzugänglich. Die dunklen Augen weit, weit weg. Er saß aufrecht am Tisch, den Kopf leicht nach hinten geneigt und den Blick an etwas direkt über meinem Kopf geheftet – und unendlich weit weg. Die eine Hand krümmte sich um die zusammengerollte Zeitung, die andere lag am Fuß des Bierglases, wie eine gefällte Beute.

„Erzähl mir lieber", sagte ich, „erzähl mir lieber von Pfau."

Ganz plötzlich war er wieder da. „Warum?" fragte er mißtrauisch. Ich zuckte mit den Schultern und machte eine unbestimmte Handbewegung. „Es hört sich – interessant an."

Er sah mich verbissen an. Dann entspannte sich sein Gesicht, nicht in einem Lächeln, sondern als würde es sich plötzlich öffnen. Er sagte: „Entschuldige! Ich bin heute nicht richtig in Form." Er sah sich um. „Dieser Laden geht mir auf die Nerven. Laß uns zu mir nach Hause gehen. Ich hab da eine Flasche stehen, und dann erzähl ich dir …"

Wir tranken aus, standen auf und gingen. Draußen trieb der Regen wie Spinnengewebe vom Meer herein: lange, klebrige Fäden, die sich ins Haar, auf Haut und Kleider hefteten und dich traurig und schwer machten. Oben am Fjellhang bogen sich die Bäume, grün und schwanger und in den Gärten zum Fjellvei hinauf hatten die ersten, bleichen Fliederblüten sich wie schlummernde, blauweiße Fledermäuse festgekrallt. Aber der schwere, sättigende Duft der Blumen erreichte nicht uns, die wir da im Regen standen auf einem verwehten Stück Gehsteig, am Rand eines verlassenen Kais. Ich konnte nicht anders, ich mußte mich umsehen – nach dem Wolf. Sehen konnte ich ihn nirgends, aber strich ich mir mit der Hand über das Gesicht, konnte ich fühlen, wo seine Krallen mich getroffen hatten.

Das war das erste Mal, daß Hjalmar Nymark und ich das Lokal gleichzeitig verließen.

4

Hjalmar Nymark wohnte im dritten Stock eines alten Bergenser Stadthauses im unteren Teil der Skottegate. Die Wohnung bestand aus zwei kleinen Räumen, Küche und einem engen Klo mit Eingang vom Treppenhaus. Von der Küche führte eine schmale Tür zu einer Feuertreppe, und durch die grauweißen Gardinen konntest du über die Häuser unten in der Nøstegate hinweg auf den Puddefjord sehen, wo die Askøy-Fähre treu und unermüdlich durch das Regenwetter davonstampfte. Wir holten uns jeder draußen in der Küche ein Glas, bevor wir ins Wohnzimmer gingen, wo Hjalmar Nymark eine ungeöffnete Flasche Eau de Vie aus einem abgestoßenen, braunlackierten Büffet hervorholte. Hier wiesen die Fenster von der Sonne weg, hinauf zum Kloster.

Hjalmar Nymark schenkte die Gläser voll bis zum Rand, ohne Wasser zum Verdünnen anzubieten. „Skål!" sagte er.

„Skål!" sagte ich. Der Traubenschnaps zerrte im Hals und lief langsam durch den Körper hinab, bis er sich irgendwo unten im Magen wie eine braunrote Hitzeblüte entfaltete.

Hjalmar Nymark saß in einem tiefen, braunen Sessel mit hellen Armlehnen aus lackiertem Holz. Ich saß in einem graugrünen, rundherum gestopften Stuhl. An der einen Wand stand neben dem Büffet ein hölzerner Sprossenstuhl und zwischen uns ein kleiner Tisch mit einem abgenutzten Läufer in der Mitte. Auf dem Büffet standen ein paar Familienportraits, alt und vergilbt, und daneben lagen auf einem Haufen eine Handvoll zerlesener, eselsohriger Schundromane. Neben dem schwarzen Kachelofen ein Stapel Zeitungen und eine leere Brennholzkiste. Eine hellgrüne Tür führte in das hintere Zimmer. Neben der Tür stand ein Fernsehapparat und auf dem Boden ein schwarzes Kofferradio.

„Du siehst dich um?" sagte Hjalmar Nymark.

„Alte Gewohnheit." sagte ich und lächelte schief. Er nickte.

„Das kenn ich. Solche Wohnungen erzählen oft mehr über ihre Bewohner, als denen lieb ist. Ein guter Kriminalbeamter nimmt immer eine Tatortbesichtigung vor, nicht nur, um eventuelle Indizien zu finden, sondern auch um sich ein Bild zu machen von – den Betreffenden."

Er nahm einen Schluck aus seinem Glas und sagte: „Wie du siehst, bin ich Junggeselle. Hier gibt es keine Blumen, keine Körbe mit Wollknäulen, keine Schalen mit Obst drin, keine Bilder der Enkelkinder an der Wand. Die dort drüben sind meine Eltern, längst verstorben. Das hier ist kein Zuhause, sondern ein Ort, an dem ich übernachte. Schutz suche vor Regen. Und einen trinke. Skål nochmal, Veum."

Ich hob mein Glas und nahm einen ordentlichen Schluck.

Er zögerte etwas. „Warst du jemals verheiratet?"

Ich nickte still.

„Hast du Kinder?"

„Eins. Einen Jungen."

„Vielleicht ist das die größte Entbehrung." Er hatte kein Licht gemacht und im Halbdunkel war sein Gesicht dunkler, fast südländisch im Kontrast zu dem grauweißen Haar. Wenn du es gerade von vorn sahst, wirkte es viereckig, wegen der markanten, soliden Kiefer und der breiten Stirnpartie. Die Haut spannte sich über seinen massiven Gesichtsstrukturen und er beugte sich mit schwarzen Augen zu mir vor.

Dann richtete er sich wieder auf und sagte mit nüchterner Stimme: „Ab und zu, wenn ich im Nordnespark spazierengehe und mich auf eine Bank setze, um mich ein wenig auszuruhen, kommt so ein kleiner Fratz zu mir herüber. Einer, der mit seiner Mutter spazierengeht. Er kommt auf kurzen Beinen angetappst und kann so eben laufen, lacht und streckt dem alten Mann, der da auf der Bank sitzt, die Arme entgegen. Ich hebe ihn hoch und setze ihn aufs Knie und er zieht mich an der Nase, lacht. Oder er will runter und hin zur Mutter, weil der alte Mann plötzlich zu nah ist. Und die Mütter lächeln, dieses stolze Lächeln, das alle Eltern kleiner Kinder haben, wenn die Kinder nicht schreien. Und sie gehen weiter. Dann begreife ich, was ich ver … wie alt ist dein Junge?"

„Zehn."

„Du bist geschieden?"

Ich nickte wieder.

„Ab und zu habe ich lange überlegt, – was schlimmer ist. Einmal glücklich verheiratet gewesen zu sein, um dann geschieden zu werden, oder das ganze Leben allein gelebt zu haben, ohne jemals etwas wirklich mit jemandem zu teilen."

„Das ist sicher unterschiedlich", sagte ich. „Plötzlich wieder allein zu sein kann sowohl Schock als auch Befreiung sein. Nur, wenn das erste Erschrecken oder Freiheitsgefühl vorbei ist, dann bleibt trotzdem nichts als Einsamkeit. Aber ich glaube, ich habe irgendwie eine Form dafür gefunden, mittlerweile."

„Aber es ist ein bitteres Leben, Veum. Wenn du siebzig geworden bist und nicht mehr so viele Jahre vor dir siehst, dann ist es bitter, das ganze Leben allein gelebt zu haben. Es ist … neunzehn Jahre her, daß ich zuletzt eine Frau hatte." Sein Blick ging in die Ferne. „In einem kalten Hotelzimmer; eine Frau Ende vierzig in steifen Kleidern und so einem knisternden Unterrock, der von selbst auf dem Boden steht. Ich war in Haugesund mit einem Auftrag, und ich traf sie im Speisesaal, über einem Glas Bier. Später kam sie auf einen Drink mit aufs Zimmer und wir …" Er machte eine resignierte Handbewegung. Lakonisch fügte er hinzu: „Ich hätte auch andere haben können. Ich hätte mir eine Frau kaufen können, wie andere es tun. Aber …" Der Mund spannte sich zu einem harten Lächeln. „So sollte es nicht sein. Es sollte etwas sein, was man tat, weil man Wärme empfand für einen Menschen, um etwas mit ihm zu teilen.

Sonst war es ohne Wert. Und jetzt – jetzt ist es zu spät. 1962 – das ist neunzehn Jahre her, Veum. Kleine Jungs sind seitdem aufgewachsen und hatten ihre ersten Frauen."

Ich dachte zurück. 1962, da war ich zwanzig und hatte längst meine ersten Liebeserlebnisse gehabt. Eine Karriere war gerade zuende, eine andere hatte eben erst begonnen. So zieht das Leben seine Fäden durch uns und näht seine Muster, unsichtbar, aber unerbittlich.

„Wie lange ist es her, daß du ..." Er beendete die Frage nicht.

Ich nippte am Glas und lächelte schräg über die rotbraune Flüssigkeit. „Vor einem halben Jahr ungefähr, in Stavanger."
Er sah hinunter in sein eigenes Glas, schielte dann plötzlich zu mir hoch, und es war wieder etwas von dem alten, humorvollen Funkeln in seinen Augen. „Dann hatten wir beide unsere letzten Liebeserlebnisse in Rogaland." Kurz darauf kam nachdenklich: „Ja, Bergen ist eine kalte Stadt."

„Nicht kälter als andere Städte", sagte ich. „Aber du fühlst dich oft in deiner Heimatstadt besonders einsam, weil es gerade da nicht so sein soll. In anderen Städten ist es – in gewisser Weise – natürlich, daß du allein bist. Und gleichzeitig bietet es dir neue Jagdreviere, eine plötzliche Freiheit, die du da, wo du herkommst, nicht hast."

Hjalmar Nymark stand auf, ging zur Wand und schaltete eine Wandleuchte an. Sie füllte den Raum mit einem gelblichen, matten Schein. Draußen floß die Dämmerung in Strömen gegen die Fensterscheiben. Hier drinnen saßen zwei Männer, einer siebzig, der andere vierzig Jahre alt, mit zwei Gläsern und einer Flasche auf dem Tisch zwischen sich und sprachen von Einsamkeit.

Wir tranken eine Weile stumm. Ich sagte: „Du wolltest mir von Pfau erzählen, oder nicht?"

Er sah mich an, mit einer anderen Ferne im Blick. „Erinnerst du dich nicht einmal an ihre Inserate? Ein Pfau mit ausgebreiteten Schwanzfedern. Auf den Plakaten in allen möglichen Farben. Ein großes Exemplar war an die Nordwand gemalt, die dir entgegenleuchtete, wenn du den Fjøsangervei entlangfuhrst."

Ich schüttelte den Kopf. „Ich muß zu klein gewesen sein. Das einzige, was ich erinnere, ist dieser kerngesunde Typ mit dem gestreiften Pullover und einem Zahnpastalächeln, als ob er uns empfehlen wollte, unsere Zähne mit weißer Lackfarbe zu putzen."

Er stand auf und ging in das Zimmer hinter der hellgrünen Tür. Als er zurückkam, hatte er einen länglichen, braunen, verschnürten Pappkarton bei sich. Er setzte ihn mit einem schweren Klatschen auf dem Boden ab. „Hier – ist alles Material, das ich über Pfau gesammelt habe", sagte er, setzte sich wieder an den Tisch, schenkte sich einen neuen Schnaps ein und goß gleich auch in mein Glas.

„Es wirkt gewichtig", sagte ich. „Was ist das für Material?"

Er klappte ein Taschenmesser auf und durchschnitt die Schnur um den Karton, griff hinein und zog eine Handvoll Papiere hervor. Die reichte er mir. „Ein großer Teil sind Zeitungsausschnitte. Außerdem habe ich Kopien aller Verhöre und technischen Untersuchungen, die nach dem Brand gemacht worden sind."

Oben auf dem Stapel lag ein vergilbter Zeitungsausschnitt. Die Aufmachung zeigte, daß es ein Artikel aus den frühen 50er Jahren war. Die Layout-Abteilungen der Zeitungen waren noch nicht von Marketingstrategen beherrscht, und obwohl dies unzweifelhaft ein Titelseitenartikel war, enthielt er reichlich Information. Die Schlagzeile lautete: *15 Tote bei explosivem Brand.* Dann stand in kleinerer Schrift: *Pfau Farben im Fjøsangervei brannte gestern bis auf den Grund ab.* Aus dem Text ging hervor, daß Leute aus der Nachbarschaft ungefähr um 14.25 Uhr eine kräftige Explosion gehört hatten. Gleich darauf entdeckte man, daß das Fabrikgebäude in Flammen stand, und als die Feuerwehr um 14.35 Uhr ankam, brannte der gesamte Komplex. Am schlimmsten betroffen war die Produktionshalle, alle fünfzehn, die bei dem Unglück getötet wurden, arbeiteten dort. Am wenigsten beschädigt war der Verwaltungstrakt. Es wurden umfassende Rettungsarbeiten durchgeführt, um eventuelle Überlebende herauszuholen, und ein dramatisches Foto zeigte Feuerwehrleute, die, zwischen Girlanden schäumenden Wassers hindurch, Verletzten aus dem brennenden Gebäude heraushalfen.

Ein Hinweis auf einen Artikel auf Seite 8 führte mich weiter zum nächsten Ausschnitt. Vor der schwarzversengten Brandstelle waren zwei Frauen abgebildet, eine junge, dunkelhaarige mit hochgestecktem Haar, eine ältere mit Hornbrille, einem Mund wie ein Eulenschnabel und einer Frisur wie ein Tausendschönchen. Der Bildtext lautete: *Bürodame Elise Blom und Sekretärin Alvhilde Pedersen, die das Unglück beide unverletzt überstanden, vor dem abgebrannten Gebäude im Fjøsangervei.* Das Foto begleiteten Interviews, unter anderem mit den beiden Frauen auf dem Bild, in denen sich alle darin einig waren, daß die Explosion vollkommen unerwartet und, so Fräulein Pedersen, ‚wie ein Schock' kam. Der Fabrikbesitzer, Direktor Hagbart Hellebust, war in Oslo, als sich die Explosion ereignete, und über Telefon hatte er nichts weiter zum Ausdruck bringen können als seine tiefe Erschütterung über das Unglück und sein allergrößtes Mitgefühl für die Toten und ihre Familien. Aus dem Artikel ging auch hervor, daß viele der Angestellten in der Zeit, bevor die Feuerwehr ankam, die reinsten Heldentaten vollbracht hatten, und daß die Zahl der Toten ohne ihren Einsatz wahrscheinlich noch größer gewesen wäre. Der Feuerwehrchef erklärte, daß es zum derzeitigen Zeitpunkt unmöglich sei, etwas über die Ursache der Explosion zu sagen.

Ich blätterte weiter durch den Stapel. Mehrere Ausschnitte aus anderen Zeitungen berichteten ohne große Abweichungen von dem Geschehen. Die Kopien von den technischen Untersuchungen waren so umfassend und mit Fachausdrücken gespickt, daß es unmöglich war, bei kurzem Hinsehen einen genauen Eindruck des Inhalts zu bekommen.

Ich sah zu Hjalmar Nymark auf, der mich mit der Miene eines Menschen betrachtete, der eine einmalige Sammlung alter Fotografien vorführt. Ich fragte: „Wurde die Ursache des Brandes gefunden?"

Er nickte. „Es war ein Riß in einem der Produktionstanks. Das herausströmende Gas war höchst explosiv und es genügte schon ein Funke von der elektrischen Anlage, um eine Explosion auszulösen. Das war, fand man heraus, was geschehen war."

„Na gut. Aber?"

Er sah mich an, als überlegte er, ob er sich mir anvertrauen könne.

Ich fuhr fort: „Ja, denn ich gehe davon aus, daß da ein ‚aber' ist, wo du schließlich all dies Material gesammelt hast?"

Er nickte. „Es ist schon merkwürdig, Veum. Ich habe 1945 bei der Kriminalabteilung angefangen, und die Verbrechen, bei denen ich mitermittelt habe, kann ich nicht zählen. Alles, vom alltäglichen Einbruch bis zu Mord, Vergewaltigung, Kindesmißhandlung." Sein Gesicht war jetzt bitter. „Was für Schicksale ich gesehen habe! Ein Polizistenleben – das ist ein Leben auf der Schattenseite. Wenn man mindestens die Hälfte des Tages – Überstunden mitgerechnet – damit verbringt, im Elend der Leute herumzuwühlen, dann wird man nach und nach ziemlich abgestumpft. Frauen, die dreißig Jahre lang wirklich jeden Tag windelweich geprügelt wurden, drei-vier Monate alte Babys, die durch die Gegend geschmissen werden, widerliche Frauenzimmer, die jahrelang ihre sanftmütigen Ehemänner betrogen haben, bis der Sanftmut eines Tages plötzlich aufgebraucht ist und sie sich mit einem Messer in der Herzgegend auf dem Boden wiederfinden. Oder versoffene Penner, die aus einem Brauereiwagen eine Halbliterflasche Bier stehlen und achtzig Kilo schwere Huren, die einen gutgläubigen Strohwitwer um den Wochenlohn erleichtert haben. Das ganze Register, Veum. Vergewaltigte sechzehnjährige Mädchen, die sich durch die Nacht geheult haben und vielleicht nie mehr einen Mann mit Lust ansehen werden, ein vierzehnjähriger Autodieb, der ein Auto irgendwo in Fana an einen Telegrafenmast gesetzt hat und in dem Wrack festgeklemmt sitzt, mit einem Unterkörper, den er nie wieder wird bewegen können. All das. Aber von all den Fällen, mit denen ich gearbeitet habe, haben wenige so großen Eindruck auf mich gemacht, wie der Brand bei Pfau."

„Aber warum?"

„Weil – weil ich weiß, daß ich der Sache nie auf den Grund gekommen bin. Und nichts irritiert einen Polizisten mehr als das, – zu fühlen, daß ein Fall ungelöst ist."

„Aber …"

„Und weil", unterbrach er mich, „weil das Muster des ganzen Spiels hier so deutlich war. Der arme Säufer mit der Halbliterflasche kriegte ein halbes Jahr in Jæren*. Hagbart Hellebust ging frei aus."

„Der Fabrikbesitzer?"

„Genau."

„Aber der war doch in Oslo, als sich die Explosion ereignete."

„Richtig. Aber wenn jemand verantwortlich war, dann er!"

„Woher weißt du das?"

Er sah mich müde an. „Wenn ich das wüßte, dann hätte ich nicht diesen Pappkarton da im Haus und Hagbart Hellebust wäre nicht, wo er jetzt ist. Das war ja das Teuflische. Es *gab* keine Beweise."

„Und wo ist Hagbart Hellebust jetzt?"

„Der Name sagt dir nichts?"

Ich mußte nachdenken. „Irgendwo – weit weg – klingelt es schon, aber ich kann ihn nicht einordnen."

„Hagbart Helle denn, vielleicht – hört sich das bekannter an?"

Ich nickte. „Natürlich."

Hjalmar Nymark schenkte eine neue Runde ein und blieb mit der Flasche in der Hand sitzen. „Was weißt du von ihm?"

Ich zögerte etwas. „Nicht sehr viel. Daß er irgendwann Anfang der 50er Jahre ausgewandert ist, daß er sich in der Karibik oder irgendwo da unten etabliert hat und daß er eine ständig wachsende Schiffsflotte besitzt, die unter Billigflagge segelt. Einer der Reeder, die es nicht einmal für nötig hielten, auch nur einen Schimmer von Nationalgefühl zu bewahren, sondern Steuern Steuern und Wohlfahrtsstaat Wohlfahrtsstaat sein lassen. Aber ich habe ihn nicht vor Augen. Als Person, meine ich. Er ist irgendwie etwas – verschwommen."

„Verschwommen ist genau das richtige Wort." Hjalmar Nymark schwenkte aufgeregt die Flasche. Es schwappte darin und ich befürchtete, er würde sie an die Tischkante schlagen, wie er es sonst gewöhnlich mit der Zeitung tat.

„Es ist seit 1954 kein Foto mehr von ihm gemacht worden, und wenn er in Norwegen ist, scheut er alles, was Öffentlichkeit heißt, wie die Pest."

„Tja, eben ein Mann, der ein friedliches Privatleben zu schätzen weiß. Ist er verheiratet?"

*Jæren: Strafanstalt in Südwestnorwegen

„Allerdings. Er ist dreiundsiebzig und mit einem Mädchen verheiratet, das noch nicht einmal vierzig ist. Eine Engländerin, soviel ich weiß. Er traf sie auf Barbados. Da wohnt er nämlich."

Ich hob mein Glas.

„Ach ja, der sonnige Süden."

„Zum Teufel damit." Er beugte sich über die Tischkante vor. „Ich kann Sonne nicht vertragen. Wenn es irgendwie zu vermeiden war, hab ich das Vestland nie verlassen." Er sah aus dem Fenster. „Ein langer und regnerischer Vestlandsommer, das ist das Glück."

„Mußt du ein glücklicher Mensch sein, Nymark. Längst nicht alle bekommen ihre Wünsche so treu erfüllt."

Ich fühlte es hinter den Schläfen prickeln. Langsam wurde ich betrunken.

„Tja, Hagbart Helle, der hat sein Glück mit dem Pfau-Brand gemacht, Veum."

Ich lehnte mich mit dem Glas in der Hand im Stuhl zurück.

„Laß hören. The Story of Hagbart from Norway!"

„Du kannst es gern so nennen, es ist nämlich eine von den guten alten Karrieregeschichten." Er ließ die *r*-s ein wenig rollen. Der Schnaps tat auch bei ihm seine Wirkung.

„Hagbart Hellebust wurde 1908 in Bergen geboren. Der Vater kam irgendwo oben von der Küste, aus Buland, glaube ich, und arbeitete als Färber. Der Sohn begann im gleichen Fach, wechselte aber die Linie, sozusagen. Er ging in die Farbenbranche. Wie so viele erfolgreiche Betriebe, war Pfau zu Anfang im Grunde ein Einmannbetrieb, und eins muß man Hagbart Helle wirklich lassen, er beherrschte die Kunst, klein anzufangen. Zweimal. Pfau wurde recht schnell ein bekanntes Warenzeichen und der Betrieb wuchs. Was in einer Holzbude draußen in der Sjøgate angefangen hatte, wurde zu einem großen Fabrikgebäude im Fjøsangervei, und der Hagbart selbst konnte seine Dachgeschoßwohnung in der Ladegårdsgate gegen eine Villa auf Hop eintauschen. Aber das lag in der Familie. Ein paar Jahre lang hatte er einen jüngeren Bruder dabei, Yngvar, aber der machte sich in der Trikotagenbranche selbständig und führte bald ein eigenes, blühendes Geschäft. Er wohnt übrigens immer noch in Bergen."

„Läßt er sich fotografieren?"

„Ich glaube schon. Das einzige Mal, das Hagbart Helle nach Bergen kommt, einmal im Jahr, und er bleibt auch nur einen Tag hier, ist der 1. September, da hat der Bruder Geburtstag und die Familie versammelt sich."

„Ansonsten bleibt er in der Sonne?"

„Du sagst es. Der Brand im Fjøsangervei hätte selbstverständlich eine Katastrophe für ihn sein können, aber er wendete alles zu seinem Vorteil und bekam die gesamte Versicherungssumme ausgezahlt. Der Betrag wurde nie öffentlich bekanntgegeben, aber ich garantiere dir, daß es sich, in 1953er Kronen gerechnet, um eine solide Summe gehandelt hat."

„Heute würde es mit anderen Worten nicht einmal die Lichtrechnung decken?"

„Naja, ... Hagbart Helle kaufte sich einen Anteil an einem Schiff, und zwar einen recht großen."

„Hier im Lande?"

„Na klar doch. Hier im Lande und in voller Übereinstimmung mit allen Vorschriften. Er wechselte nur das Pferd. Hüpfte von Fabrikbesitzer auf Schiffsreeder im Laufe von ein oder zwei Tagen. Und dann plötzlich, ein Jahr später oder sowas, tauchte er wie aus dem Nichts in der Karibik auf. Da hatte er seinen Anteil an der Reederei hier zuhause verkauft – die übrigens ein paar Jahre später in Konkurs ging – und ließ sich auf Barbados nieder, mit einem kleinen schneeweißen Schiff in der Tasche. Bulkschiffe! Darin lag das leichtverdiente Geld, damals wie heute. Und zum ersten Mal sahen die Weltmeere das später so wohlbekannte Zeichen der Reederei am Schornstein: zwei weiße H-s auf blauem Grund. Das doppelte H ist ihm seitdem gefolgt. Er verstand es, im rechten Augenblick aufzutauchen, eineinhalb Jahre vor der Suez-Krise. Daraus schlug er Kapital. Wie bei vielen anderen Reedern läßt sich seine Umsatzkurve nach den Krisen im mittleren Osten zeichnen. Die Spitzenjahre sind 1956, 1968 und 1973."

„Und wann hat er sich das ‚bust' abgeschnitten?"

„Vom Namen meinst du? Das war, als er sich im Ausland etablierte. Helle war für Ausländer wohl leichter auszusprechen als Hellebust."

„Komisch, daß er nicht auch den Bart abgeschnitten hat, dann würde es noch leichter."

Er wurde still. Wir saßen eine Weile stumm da. Nippten am Schnaps, hörten den Regen gegen die Scheiben schlagen. Irgendwo im Haus drehte jemand einen Fernseher leise. Unten auf der Straße fuhren in gleichmäßigen Abständen Autos vorbei, aber es war eine stille Straße und die Abstände waren groß.

Als Hjalmar Nymark die Stille brach, waren seine Augen wieder dunkel und verbittert. „Ich hab gesagt, daß kein Fall bisher so großen Eindruck auf mich gemacht hat, wie der Brand bei Pfau. Ich werde dir erzählen, warum. Ich habe zu meiner Zeit damals eine ganze Menge Leichen gesehen. Menschen, die in ihren Autos tagelang im Wasser gelegen hatten, verkohlte Leichen aus abgebrannten Häusern, alte Leute, die in ihren Betten vor sich hingegammelt hatten, solange, bis der Geruch endlich die Nachbarn erreichte. Aber der Anblick bei Pfau ... Fünfzehn verkohlte Menschen, Veum. In Alpträumen erlebe ich heute noch wieder, was ich damals gesehen habe. Und ich war schließlich kein Grünschnabel. Ich war 42 Jahre alt und hatte so einiges mitgemacht, im Krieg zum Beispiel. Aber das ..."

Er sah sich im Zimmer um, als überblicke er einen um vieles größeren Raum, mit düsterer Perspektive. „Die große Produktionshalle war völlig ausgebrannt. Diejenigen, die am nächsten an der vermutlichen Explosionsstelle gestanden hatten, waren in Stücke gerissen, und ihre verkohlten Reste klebten verstreut an Boden und Wänden und dem, was von der Dachkonstruktion noch übrig war. Von denen, die noch ganz waren, waren viele auf dem Weg von der Explosionsstelle weg zum Ausgang hin gewesen. Einer von ihnen war sogar aus der Halle selbst raus und bis ins Treppenhaus gekommen. Aber das Treppenhaus brannte auch und er kam nicht mehr raus. Von den achtzehn, die da drinnen arbeiteten, kamen nur drei wirklich raus. Einer von ihnen war für den Rest seines Lebens blind, alle hatten schwere Brandverletzungen."

„Aber sie überlebten?"

„Sie überlebten, aber sie waren nicht darum zu beneiden. Zwei von ihnen sind jetzt tot, und die kläglichen Reste von dem, der noch übrig ist, findest du irgendwo unten im Hafen. Er gehört zur festen Klientel und er sieht ganz einfach gräßlich aus, Veum."

„Wie heißt er?"

„Olai Osvold. Aber sie nennen ihn nur ‚Brandstelle'."

Ich lächelte schief. Sie verstanden es, den Leuten Namen zu verpassen.

„Habt ihr was herausgefunden, am Brandort?"

„Wie ich vorhin gesagt habe. Die Brandursache war eine Explosion eines der Produktionstanks. Es wurde etwas entdeckt, was ein Fehler in der Konstruktion *hätte gewesen sein können*, und das Gas, was dann entwichen wäre, war hochgradig explosiv. Das Resultat der ganzen Untersuchung wurde an die Versicherungsgesellschaft geschickt, und dort protestierten sie nicht. Und wie du sicherlich weißt, die Leute da zahlen schließlich kein Geld aus, wenn sie eine Chance sehen, das zu umgehen. Es ging dabei ja nicht nur um die Versicherungssumme für die Fabrik. Es waren auch eine Reihe von Lebensversicherungen im Spiel."

Ich nickte. Das wußte ich. Es kam vor, daß sie mir Honorar zahlten, und das war nie leichtverdientes Geld.

Er fuhr fort. „Auch die Staatsanwaltschaft prüfte den Bericht. Ob eine Anklage in Frage käme, wegen Fahrlässigkeit, Verstoß gegen die Sicherheitsvorschriften oder ähnliches. Aber aufgrund des Materials, das wir gesammelt hatten, hielt man einen solchen Schritt für unmöglich. Derjenige, der dafür verantwortlich war, daß die Vorschriften befolgt wurden, daß die ganze Maschinerie überprüft und eventuelle Leckagen augenblicklich gemeldet wurden, war der Vorarbeiter. Das war ein Mensch mit Namen Holger Karlsen, und der ist bei dem Brand selbst draufgegangen.“

„Also ...“

„Also nichts. Das Verfahren wurde eingestellt und alle späteren Versuche, es wieder aufzunehmen, wurden abgewiesen.“

„Es wurde also versucht, es wieder aufzunehmen? Von wem?“

„Von mir. Paß auf... Holger Karlsens Witwe suchte uns auf. Sie stand noch immer unter dem Eindruck des Schlages, den sie erlitten hatte – sie blieb allein mit einem vierjährigen Mädchen. Sie war natürlich konfus und redete unzusammenhängend, aber sie behauptete, daß ihr Mann gesagt hätte – als er an jenem Morgen zur Arbeit ging – er sei sicher, es gäbe da eine Leckage, und daß er das noch einmal mit der Leitung besprechen wollte.“

„Noch einmal?“

„Genau! Sie hatte es so verstanden, daß er es am Tag zuvor auch vorgebracht hätte, aber sie hatten nicht weiter darüber gesprochen, und sie konnte nichts Exaktes sagen. Hagbart Hellebust bestritt kategorisch, daß Karlsen bei ihm gewesen sei, und seine Aussage wurde von den anderen in der Geschäftsleitung gestützt. Niemand hatte etwas gehört.“

„Aber so eine Leckage, wäre die nicht leicht nachzuweisen gewesen?“

Er schüttelte schwerfällig den Kopf. „Nicht sofort. Ein Defekt in der Konstruktion konnte so klein sein, daß anfänglich nicht einmal von einer Leckage die Rede wäre. Aber der Riß würde sich ausweiten und – wenn man Glück hätte, würde man Gasgeruch bemerken. Es gibt auch Instrumente, mit denen man sowas messen kann, aber die Instrumente, die damals verwendet wurden, waren bei weitem nicht so fein, wie die, die wir heute haben, und es bedurfte einer höheren Gaskonzentration in der Luft, bevor sie ausschlugen. Einer so hohen Gaskonzentration, daß die Gefahr einer Explosion schon gegeben war. Holger Karlsen hatte zehn-fünfzehn Jahre im Fach gearbeitet, er hätte Erfahrung genug haben sollen, um zu wissen, wovon er sprach. Aber...“ Er machte eine resignierte Armbewegung. „Was Holger Karlsen dachte oder tat, werden wir nie erfahren, denn Holger Karlsen brauchten sie nicht einmal einzuäschern.“

„Aber wenn die Witwe erzählen konnte ...“

„Die Witwe! Wer scherte sich einen Dreck darum, was ein verwirrtes, unter Schock stehendes Frauenzimmer faselte. Sie war doch nur drauf aus, den Nachruf ihres Mannes reinzuwaschen – wenn es sich herausstellte, daß der Brand durch ein Arbeitsversäumnis seinerseits verursacht worden war, ginge vielleicht auch ihre Lebensversicherung flöten. Sagten sie.“

„Das ging doch wohl nicht?“

„Sagten sie, sag ich doch! Ich habe später, als sie sich wieder erholt hatte, oft mit ihr gesprochen und – wie gesagt – ich habe versucht, den Fall wieder aufzunehmen, aber vergebens. Da war nämlich noch eins ...“

„Aha, und zwar?“

„Der Ordnung halber sollten alle fünfzehn Leichen identifiziert werden. Zuerst mußten sie sortiert werden, nach bestem Vermögen – jedenfalls die, die in Stücke gerissen waren. Also gingen wir erst an die Zahnarbeit. Danach – wenn nötig – suchten wir nach anderen Merkmalen: Resten von Ringen, Uhren, Gürtelschnallen, solchen Sachen. Ich habe dir erzählt, daß wir einen von ihnen ganz draußen im Treppenhaus gefunden haben. Das war Holger Karlsen.“

„Aha, und?“

„Und als wir ihn obduzierten, fanden wir seine Lungen so gut wie frei von Rauchrückständen, und er hatte Spuren eines schweren Schlages am Hinterkopf.“

„Aha“, wiederholte ich mit größerem Nachdruck. „Und wie habt ihr das erklärt?“

„Damit“, sagte er säuerlich, „daß, als er auf dem Weg nach draußen war, etwas von der Dachkonstruktion zusammengebrochen war, ihn am Kopf getroffen und auf der Stelle getötet hatte. Du mußt bedenken, daß es ein explosiver Brand war, bei dem die eigentliche Brandentwicklung im Laufe von ein paar Minuten vor sich ging, vielleicht schneller – und es hätte durchaus so passiert sein können. Das einzige, was ich auffällig fand, war, daß dies ausgerechnet Holger Karlsen passiert sein sollte.“

„Einverstanden. Aber, fanden das außer dir nicht noch andere?“

Er schüttelte den Kopf.

„Warst du es, der die Untersuchungen geleitet hat?“

„Nein. Das war ein älterer Kollege. Der auch nicht mehr lebt. Mit das Schwierigste an einem solchen Fall ist, daß so viele von denen, die dabei waren, entweder tot sind oder so alt, daß sie das meiste vergessen haben. Und wir leisteten nur die Fußarbeit. Es wurde auch eine öffentliche Untersuchungskommission benannt, um das Unglück zu begutachten.“

„Warum das?“

„Weil fünfzehn Mann dabei draufgegangen waren und im gleichen Herbst Parlamentswahlen.“

Ich stellte mein Glas weg. Es war leer. Draußen war es völlig dunkel geworden. „Hast du noch mehr?“

Er sah mich düster an. „Das hier ist das Sicherste, was ich habe, sozusagen. Die Aussage der Witwe und Holger Karlsens Leiche. Das andere – das ist so unsicher, wie nur was ... Es stützt sich nämlich in erster Linie auf eine Vermutung, die nie bestätigt worden ist. Und wenn man etwas auf Vermutungen aufbaut, kann das, was man baut, nie etwas anderes als Vermutung sein, oder nicht?"

„Gibt es was – möchtest du, daß ich versuche, was für dich zu tun?"

Er schüttelte bestimmt den Kopf. „Nein, nein. Verzeih einem alten Mann, der in Sachen herumrührt, die andere längst vergessen haben. Ich erzähle nur eine *Geschichte*, Veum – eine kleine Gutenachtgeschichte."

„Na, dann erzähl mir auch von der Vermutung."

Er sah auf die Uhr. Um die Zeiger zu erkennen, mußte er das Zifferblatt direkt vor das Gesicht halten. Mir fiel auf, daß er sehr müde aussah. Ich selbst fühlte mich auch nicht sonderlich frisch. Der wohlige Rausch war weg; jetzt lag der Schnaps wie ein saurer Klumpen irgendwo im Bauch. Er sagte: „Dann muß ich dir von ‚Giftratte' erzählen, und vom Krieg. Und das – das ist nochmal eine lange Geschichte. Ich glaube, ich mag nicht mehr. Nicht heute abend."

Er sah vom Pappkarton zur Schlafzimmertür. Die Flasche vor ihm war leer, und in seinem Glas nur noch eine kleine Pfütze.

„Wir treffen uns lieber morgen wieder – im Lokal, da kann ich dann ja weitererzählen."

Ich stand auf. Es war eine große Last, die ich da hob und der Boden unter mir war moorig. „Gleiche Zeit?"

„Etwas später", murmelte er. „Paßt dir sechs Uhr ungefähr?"

Ich nickte.

Er kam um den Tisch herum und reichte mir die Hand zu einem festen Händedruck. „Jedenfalls, danke, daß du mir zugehört hast. Denk nicht weiter dran. Es ist nur ... Blödsinn. Ich bin nur ... alter ... Mann." Die Worte kamen zäher und zäher und er ging schwerfällig, als er mich zur Tür brachte.

Ich stieg durch einen dunklen Schacht im Haus hinunter, durch quietschende Türen nach draußen und bekam Regen ins Gesicht: nassen, schwarzen Regen. Von der anderen Seite der Straße starrte mir ein dunkles Schaufenster entgegen. Wie ein leeres Auge in einem greisen Gesicht. Ich schlug den Mantelkragen im Nacken weit hoch, duckte den Kopf gegen den Regen und begann zu gehen.

5

Am nächsten Tag schmeckte mein Kaffee bitter wie alter Südwester. Draußen vor meinen Bürofenstern gab es zwischen den kräftigen Regengüssen kleine Sonnenaugenblicke. In meinem Kopf war beständig graues Wetter.

Hjalmar Nymark kam wie abgemacht gegen sechs Uhr ins Lokal. Er kam rasch durch die Tür herein und sah sich um, als hätte er jemanden auf den Fersen. Noch an der Tür blieb er stehen und sah prüfend von Gesicht zu Gesicht, bevor er zu mir herüberkam. Er grüßte schroff und plötzlich hatte er etwas Geducktes, Rastloses an sich, das da vorher nicht gewesen war. Er blickte die ganze Zeit verstohlen um sich und sah jeden Menschen, der zur Tür hereinkam mit scharfen Augen prüfend an. Die zusammengerollte Zeitung rotierte nervös in seiner einen Hand und er brauchte fünf Minuten, um den ersten Halben zu leeren.

Als er einen neuen bestellte, fragte ich vorsichtig: „Ist irgendwas los?"

Er schielte auf mich und biß sich in die Unterlippe. „Haben wir gestern eine ganze Flasche Schnaps leer gemacht?"

Ich nickte. „Ich denke schon."

„Ja", kam es schwer. Er sah hinunter in sein Bierglas. Als er sein Gesicht wieder hob, sah er gedankenverloren über meine rechte Schulter. „Es ist vielleicht besser … Vielleicht wäre es besser, schlafende Wölfe in Frieden zu lassen."

„Was meinst du?"

Er sah mich düster an. „Es ist nicht sicher, ob es sich lohnt, achtundzwanzig Jahre alte Leichen wieder auszugraben. Oder noch ältere. Man wird in meinem Alter schnell müde. Ich habe zuviel gesehen. Viel zuviel Elend und viel zuwenig Glück. Es gibt sicher Grenzen für das, was ein einzelner Mensch aufnehmen kann, glaubst du nicht?"

Ich ließ den Finger an der beschlagenen Außenseite meines Glases entlanggleiten. Er hinterließ eine Spur vom Rand bis zum Fuß. Ich sagte: „Du erwähntest gestern, daß du mir von ‚Giftratte' erzählen wolltest."

Er sah sich wieder um. Nicht weit von uns hörten wir Bruchstücke einer Unterhaltung. Ein lautstarker Kerl mit zwei Tage altem Bart erzählte einem mageren Mann von einem Gespräch, das er in einem Zug belauscht hatte. „… sie 'ne hübsche Französin und er so'n Ornithologe oder so, jedenfalls säuselt er rum und will ihr seine ganzen Viecher beschreiben und da sagt sie, weißt ja, mit so'm süßen Akzent und so, sie sagt also: Ach, wie schön, isch liebe Vögeln!" Der Mann, der die Geschichte erzählt hatte, bekam einen Lachkrampf und schlug die Fäuste auf den Tisch, daß die Gläser nur so hüpften. Sein Kumpel sah aus, als sei ihm eher nach Weinen zumute. Hjalmar Nymark wandte mir wieder den Blick zu. „Interessiert dich das wirklich?"

„Absolut." antwortete ich.

„Gut, gut." Er setzte sich zurecht, als nähme er auf einem Rednerstuhl Platz. Aber die Versammlung, zu der er sprach, war nicht groß, denn er sprach mit gedämpfter Stimme, so leise, daß kaum ein Wort den Nachbartisch erreichte.

„Wie alt warst du eigentlich, als der Krieg aufhörte, Veum?"
„Zwei-drei. Ich erinnere so gut wie gar nichts."
„Und was machte dein Vater während des Krieges?"
„Der? Er gehörte wohl zur großen Mehrheit. Zu denen, die überhaupt nichts taten. Er verkaufte Fahrkarten in der Straßenbahn, genau wie vorher. Und nachher. In der Freizeit las er über altnordische Mythologie, aber er stand wohl doch weit von Nasjonal Samling*. Von Natur aus war er ziemlich sicher Sozialdemokrat. Aber er starb schon, als ich vierzehn war, deshalb ..."
„Naja. Ich will mich nicht lange dabei aufhalten, zu ... ich will auch nicht versuchen, meinen eigenen Einsatz zu verherrlichen. Aber ich war – unter den Aktiven. Du weißt, es gab eine Menge Diskussionen darüber, wer eigentlich die Widerstandsarbeit begonnen hat, aber hier im Vestland waren es jedenfalls die Arbeiterpartei und die Kommunisten, mit Peder Furubotn an der Spitze. Aber als Furubotn ein Hauptquartier in Valdres einrichtete, blieb ich in Bergen zurück und verlor damit zum großen Teil den Kontakt zu *dieser* Gruppierung. In der Zwischenzeit hatte sich die Hjemmefront** organisiert, und viele andere Gruppen auch und ich habe nicht wenige dramatische Ereignisse miterlebt. Einmal, im Evanger-Gebiet ..."
Er unterbrach sich selbst. „Langweile ich dich?"
„Nein, nein – ganz und gar nicht. Mach weiter."
„Also. Leiter der Gruppe, zu der ich gehörte, von 1942 bis 1945, war Konrad Fanebust, der später Bürgermeister von Bergen wurde. Er ist wohl einer der größten Kriegshelden, die wir hier im Distrikt haben, und er leistete unermessliche Arbeit. Aber damals, bei Evanger, gerieten wir in ein Gefecht mit einer deutschen Skipatrouille. Das waren Fanebust, ich selbst, einer, der Jacob Olsen hieß und zwei Jungs aus Voss. Der Jacob wurde auf der Stelle getötet und der Fanebust kriegte eine Salve in die Schulter. Dann ging er aus der Loipe, fiel und brach sich das Bein. Wir schossen zurück, während einer der Jungs aus Voss dem Fanebust provisorisch das Bein schiente und ihn auf einen Schlitten verfrachtete. Dann machten wir uns auf den Weg. Es war teuflisches Wetter, obwohl es später Frühling war und der Fluß in Begriff, über die Ufer zu treten. Trotzdem schafften wir es, zur nächsten Anhöhe rüber und weiter nach oben ins Fjell zu kommen. Oben in Hamlagrø hatten wir eine unserer Hütten, und da bekamen Fanebusts Bein und Schußwunde eine ordentliche Behandlung. Er konnte froh sein, überlebt zu haben, aber er war sein

* Die Partei der norwegischen Nationalsozialisten unter Vidkun Quisling

** Norwegische Widerstandsorganisation während der deutschen Besetzung 1940–45

Gewicht in Gold wert. Die ersten vier Monate, nachdem wir ihn nach Bergen zurückgeschafft hatten, leitete er die Aktivitäten vom Bett aus, obwohl der Beinbruch wirklich kompliziert war und er sich nie wieder ganz davon erholte. Ich war so eine Art Sicherheitschef in der Gruppe. Hatte nachrichtendienstliche Aufgaben. Ich hatte ja Erfahrung aus der Polizeiarbeit von vor dem Krieg, aber in den Kriegsjahren arbeitete ich – außerhalb. Während dieser Ermittlungsarbeiten kam ich ‚Giftratte' auf die Spur."

„*Wer* oder *was* war ‚Giftratte'?"

Er war weit, weit weg. Die Zeitung lag schlapp in seiner Hand. Er trank nicht vom Bier. „Stell dir Bergen vor, während des Krieges. Eine verdunkelte Stadt. Ab und zu hörtest du eine Explosion, oder ein deutsches Auto, das durch die Straßen raste. Oder das Geräusch des Stiefelgetrampels ihrer Patrouillen. Plötzlich begann der Fliegeralarm zu heulen und dann galt es, zum nächsten Luftschutzkeller loszulaufen in dem, was du dir an Kleidern überwerfen konntest. Frauen und Kinder, Alte und Kranke. Die Bomben begannen zu fallen. Erst hörtest du das charakteristische Pfeifen. Dann wurde es ganz still. Totenstill. Und dann kam die Explosion: Die Erde konnte unter dir beben oder es war so weit weg, daß du gerade soeben das Geräusch hörtest. Trotzdem war es nicht weniger furchterregend. Wenn der Fliegerangriff vorbei war und die Entwarnung kam, ging es wieder nach Hause. Unten am Kai war dann vielleicht ein riesiger Lichtschein: ein Schiff, das in Flammen stand, Häuser auf Nordnes, die abbrannten, verzweifelte Menschen, die herauszuholen versuchten, was sie an Besitz hatten, Weinen und Schimpfworte, Flüche auf Deutsch und Norwegisch, Schreie von Sterbenden oder Verwundeten ..."

Sein Gesichtsausdruck war jetzt bitter; die Nervosität war der Verbitterung gewichen, die er bei diesen vierzig Jahre alten Erinnerungen immer noch empfand. „Aber meistens lagen die Straßen dunkel, die Häuser verschlossen, hinter heruntergelassenen Rollos. Dort trafen wir uns, machten neue Pläne, druckten illegale Zeitungen und Flugblätter, saßen vor provisorischen Radioapparaten und hörten London. Und durch diese Straßen kam leise ein Wagen gerollt, stoppte an einer Bordsteinkante, beladen mit Männern in dunklen Mänteln und mit bleichen, schmalen Gesichtern. Dann ein Zeichen und der Wagen leerte sich. Die Männer in den langen Mänteln liefen schnell zu einem Haus, mit Pistolen in den Fäusten, stapften eine Treppe hoch, bezogen vor einer Tür Stellung, ein schnelles Kommando wurde erteilt und die Tür aufgetreten, ein Ausruf, jemand war dabei, die Sachen zusammenzustapeln, irgendjemand griff nach einer Schußwaffe, es wurde geschossen, aber es war schnell vorbei. Ein Norweger lag tot oder verletzt auf dem Boden, die anderen wurden an die Wand gestellt und waren bald auf dem Weg zum Arrest. Gestapo."

Er spuckte das Wort fast aus. „Gestapo. Kannst du dir ein häßlicheres Wort denken? Zischend – wie die Schlangenbrut, die sie waren, Satans schwarzes Schleimgetier ... Sie ähnelten nicht einmal gewöhnlichen Deutschen, sondern waren klein und verschrumpelt, wie Miniaturteufel. Sogar heute noch packt mich die Angst, wenn ich nur an sie denke. Nicht eine Stunde schliefen wir ruhig, Veum – und am schlechtesten gegen Morgen. Denn dann kamen sie, in der Stunde der Morgendämmerung. Die Stunde der Wölfe, weißt du, wann das ist?"

Ich nickte.

„Die letzte Stunde vor Tagesanbruch. Die Stunde, in der die meisten Menschen sterben. Da kamen sie, als seien sie die Gesandten des Todes. Gestapo."

Er hielt einen Augenblick inne, nahm einen Schluck aus seinem Glas, stellte es hart ab. „Und das Schlimmste war: der Feind war mitten unter uns. Die Gestapo hatte ihre Helfer, und das Allerabscheulichste, was in diesen Jahren geschah, war, daß Norweger Norweger verrieten, es waren Norweger, die mit dem Finger auf Norweger zeigten und sagten, daß *er* und *sie* und da und dort! Ohne die Denunzierungen wäre die Gestapo nie so effektiv gewesen, wie sie war."

Er sah verbittert vor sich hin. „In Bergens dunklen Straßen lebte eine besondere Gattung Kloakentiere, schlimmer als die räudigsten Ratten. Das waren all die Lichtscheuen, die in dem Krieg ihren Gewinn sahen, die durch ihn Geld machten – oder die Situation zu ihrem eigenen Besten ausnutzten. Mörder und Leichenfledderer und Profiteure. Und eines der allergrößten Schweine war der, der im Volksmund unter dem Namen ‚Giftratte' lief."

„Wer war das?"

„‚Giftratte', das war ein Schatten, ein Gespenst. Du kamst nie an ihn heran, und es gehört zu den Tragödien der Nachkriegszeit, daß nie jemals völlig geklärt wurde, wer ‚Giftratte' eigentlich war."

„Soll das heißen, daß ...?"

„Wenn ich an ‚Giftratte' denke, sehe ich eine Phantasiefigur vor mir, ungefähr so, wie vor dem Krieg die Schurken auf der Titelseite von *Detektivmagasinet* gezeichnet wurden: Hut bis über die Augen, Mantel mit hochgeschlagenem Kragen und ein verdeckter Blick aus einem Gesicht mit fast dämonischen Zügen."

Er schluckte und fuhr fort: „Es gibt niemanden, der ganz sicher weiß, wann er seine Tätigkeit begann, aber das erste Mal, das ich etwas fand, was eine Spur von ihm hätte sein können, war in Verbindung mit ein paar schweren Denunziationsfällen, ungefähr im Herbst 1942. Aber seine große Zeit hatte er von 1943 bis 45."

„Spuren?"

„Es lief genauso wie bei gewöhnlichen Ermittlungsarbeiten, nur daß es illegal passieren mußte und deshalb sowohl weniger effektiv als auch schwieriger durchzuführen war. Das meiste kam durch Gespräche mit Zeugen oder Leuten, die in der Nähe gewesen waren, heraus. ‚Giftratte' begnügte sich nämlich nicht nur mit Denunziationen. Er brachte selbst Leute um, und er war ein äußerst gefährlicher Mörder. Ein Naturtalent. Er hinterließ nämlich nie Beweise. Aber einige der Zeugenaussagen ... ‚Giftratte' zu schnappen bekam höchste Priorität, aber wir schafften es nicht, weder damals, noch später. Und wir setzten absolut alles dafür ein. Denunzianten aufzuspüren war wichtig – um sie eventuell eliminieren zu können."

„Eliminieren?"

„Genau. Du mußt bedenken, daß Krieg war, Veum. Das war keine Jungenspielerei, was wir da trieben; aber ich setzte, was ich nur konnte dafür ein, daß wir sichere Beweise hatten, bevor wir diesen Schritt unternahmen."

„Aber welche Spuren meintest du denn?"

„Es wurde ziemlich früh klar, daß der Mann, der ‚Giftratte' war, ein auffälliges Merkmal hatte. Er hinkte, wahrscheinlich auf dem linken Bein. Und er suchte oft Zuflucht in den Gegenden südöstlich von Bergen, sagen wir der Umgebung von Os-Ulven. Aber viel mehr gab es nicht. Das mit dem Hinken war wichtig. Schon 1942 hatten Leute es bemerkt, und bei fast allen späteren Fällen hatte jemand eine hinkende Person gesehen, soweit überhaupt irgendetwas bemerkt worden war. Er operierte oft, als sei er unsichtbar."

„Was?"

„Ja. Seine Methode war nämlich: der Unfall. Von all den Menschen, die ‚Giftratte' unserem Verdacht nach auf dem Gewissen hatte, starben neun von zehn, was man einen natürlichen Tod nennen kann – wenn man Überfahrenwerden, Treppenheruntertallen und sich das Genick brechen, Ertrinken und so weiter, natürlich zu nennen ist. Aber mit der Zeit häuften sich diese Todesfälle, sodaß es auffällig wurde. Im Laufe des Jahres 1943 kamen acht Personen auf diese Weise ums Leben, die alle an zentralen Stellen in der Widerstandsbewegung arbeiteten. Und einer wurde erschossen. 1944 gab es zwölf solcher Todesfälle plus einen, der erschossen wurde. Vor der Befreiung 1945 brachte er noch weitere drei um, zwei durch regelrechte Morde und einen mit Hilfe eines ‚Unfalls'. Insgesamt hielten wir ihn für direkt verantwortlich für den Tod von sechsundzwanzig Widerstandsleuten und durch Denunziation indirekt für noch weitere fünfzig."

„Und was passierte nach dem Krieg?"

„Wir arbeiteten auf Hochtouren, um ihn aufzustöbern. Nach der Befreiung haben wir ja mehrere Denunziantenbanden gesprengt und mit allen, die wir schnappten, intensive Verhöre durchgeführt. Aber es zeigte sich, daß sich auch auf der anderen Seite keiner darüber im Klaren war, wer ‚Giftratte' war. Ein deutscher Offizier gestand, daß er ab und zu als Verbindungsmann zwischen einem Denunzianten und der Gestapo fungiert hatte. Die Person hatte gehinkt, hatte aber einen Strumpf über das Gesicht gezogen. Er nahm an, daß es sich um einen Mann gehandelt hatte, um die 1,70 groß und ziemlich kräftig gebaut. Der Mann hatte einen größeren Betrag entgegengenommen, und sie hatten sich auf dem Weg am Svartedik getroffen. Der Hinkende war auf dem Weg stadtauswärts, der Deutsche unterwegs stadteinwärts gewesen. Ein anderes Mal hatte das Treffen auf Sydneshaugen stattgefunden, in einer engen Gasse zum Dragefjell hin. Einmal in Nordnes, ein anderes Mal im Sandbrekkevei oben in Fana. Immer im Dunkeln, immer mit dem Strumpf vor dem Gesicht. Wir schlossen daraus, daß vielleicht nicht einmal die Gestapo seine wirkliche Identität kannte. Hatte sich nur seiner Hilfe bedient. Der deutsche Offizier brachte nämlich die Bezahlung mit, jedesmal nach vollendeter Arbeit. Er muß auf diese Weise wie eine Art Freelancer agiert haben, ein einsamer Wolf."

„Aber ..."

„Verstehst du, was das ganze so unmöglich machte, war erstens, daß niemand ihn jemals gesehen hatte, vielleicht die ausgenommen, die er tötete. Zweitens, daß es keine sicheren Beweise dafür gab, daß diese Unfälle wirklich Morde *waren*. Es *hätten* auch Unfälle sein können, wenn es vereinzelte Fälle gewesen wären, die nicht ein Muster ergaben."

„Aber ..."

„*Aber*", sagte er verbittert, „ich hatte einen Verdacht. Einen sehr schwerwiegenden Verdacht."

„Ja und? Erzähl!"

Wieder suchte sein Blick im Lokal herum. Der magere Mann mit dem traurigen Aussehen hatte den Tisch neben uns verlassen. Der Lautstarke saß vornübergebeugt und erzählte seine lustigen Geschichten in sein Bierglas. In regelmäßigen Abständen verteilte sich ein nasses Grinsen auf seinem Gesicht, aber das Lachen war lautlos, stumm.

Hjalmar Nymark sagte: „Es gab da einen Mann, der Harald Wulff hieß. *Ja* – Wulff, aber mit zwei f. Er kam aus der Gegend um Ulven, geboren 1914 auf einem kleinen Hof und arbeitete in der Zeit zwischen den Kriegen als eine Art Elektriker. Schon 1934 wurde er Mitglied der Nasjonal Samling. Ich erinnere mich, daß er unter denen war, die wir nach einer Schlägerei im Theater 1936 auf die Polizeiwache geliefert kriegten. Als die Nazis gegen *Men imorgen!* von Nordahl Grieg demonstrierten. Offiziell galt er immer nur als kleiner Nazi. 1946 wurde er wegen Kollaboration verurteilt und saß, bis er nur drei Jahre später auf Bewährung freigelassen wurde. Bei ein paar der Unglücksfälle, in denen ich ermittelte, gab es einige, die *meinten*, Harald Wulff vielleicht in der Nähe gesehen zu haben. Leute, die ihn von Zusammenstößen aus der Zeit zwischen den Kriegen kannten. Aber es gab nie jemanden, der hundertprozentig sicher war. Er war schließlich in einer ganz besonderen Lage. Er hinkte nämlich."

„Aha!?"

„Vierzehn Jahre alt erlitt er einen Unfall, danach hinkte er – auf dem linken Bein. wir verhörten ihn so gründlich, wie es möglich war, 1945. Konrad Fanebust, der gelernter Jurist war, und ich selbst leiteten die Verhöre, aber es war wie der Versuch, Wasser aus einem Granitgneis zu pressen. Kein Wort, nicht das kleinste Geständnis. – Wir hatten noch eine Spur. Die Morde, die mit einer Pistole begangen worden waren – bei dreien davon fanden wir die Kugeln. Alle waren aus der gleichen Pistole mit dem gleichen Kaliber abgefeuert, einer Luger 505. Also einer deutschen Pistole. Als wir Wulff 1945 verhafteten, wohnte er in einer erbärmlichen kleinen Pension draußen in Nordnes, aber in seinem Zimmer fanden wir gar nichts. Seine Eltern waren tot und weitere Familienangehörige hatte er nicht. Den Hof in Ulven hatten andere übernommen; trotzdem durchsuchten wir ihn so gründlich, daß wir fast Stein für Stein und Planke für Planke voneinanderrissen. Aber keine Pistole. Sie wurde bis heute nicht gefunden. Wahrscheinlich liegt sie auf dem Grund von Vågen oder irgendeines anderen Gewässers. Und ‚Giftratte' erwischten wir nie."

„Und das war das Ende?"

„Ich schwor mir, daß ich verdammt nochmal nicht aufgeben würde. Überall, wo Leute von ‚Giftratte' sprachen, notierte ich alles, was sie sagten. Obwohl der Fall längst zu den Akten gelegt war, setzte ich die Untersuchungen, wenn auch mit jahrelangen Abständen auf eigene Faust fort. Bis 1971."

„1971? Was geschah da?"

„Im Januar 1971 wurde am Rande von Nordnes die Leiche eines Mannes gefunden. Das Gesicht war häßlich maltraitiert, aber er wurde trotzdem identifiziert. Es war Harald Wulff."

„Hast du ihn selbst gesehen?"

„Ich konnte nichts Definitives sagen. Der gleiche Körperbau, nur um vieles älter, die gleiche Behinderung am Bein, aber das Gesicht; es war einfach widerlich."

„Und wer hat ihn identifiziert?"

„Eine Frau, mit der er zusammenlebte."

„Und wurde *dieser* Fall dann aufgeklärt?"

„Wer es getan hatte? Nein. Ich werde dir was sagen – ich glaube auch nicht, daß so sehr viel getan wurde, um ihn aufzuklären. Ich selbst schied zwei Monate später aus, im März, und da war die Sache schon zu den Akten gelegt. In der Realität hieß das, nichts würde mehr geschehen, wenn nicht etwas aufsehenerregend Neues auftauchte. Die meisten rechneten damit, daß hier alte Widerstandsleute einfach das Gesetz selbst in die Hand genommen hatten, und ich glaube nicht, daß es viele gab, die das unangemessen fanden. Noch heute sind vielleicht viele verbittert darüber was damals passiert ist."

„,Giftratte' bekam also am Ende seine Strafe. Wenn er es wirklich war."

Hjalmar Nymark nickte. Das kräftige Gesicht war rotgefleckt und die Augen streiften noch immer ruhelos durch den Raum, als könne er das Suchen nach diesem Mann, den sie ,Giftratte' nannten, immer noch nicht lassen, oder nach seinem Gespenst.

„Aber, hör mal", sagte ich. „Was hat dies alles mit dem Brand bei Pfau zu tun?"

Er sah mich eine Weile an, bevor er antwortete. Schließlich beugte er sich zu mir vor und sagte: „1953 war Harald Wulff bei Pfau als Bürobote angestellt."

„Als Bürobote?"

„Solche wie er hatten es nicht leicht, Arbeit zu finden, in den ersten Jahren, nachdem sie wieder draußen waren. Er wurde über das Arbeitsamt eingestellt."

„Aber meinst du, daß er ... könnte er was mit dem Brand zu tun haben?"

„Es war jedenfalls auffällig, findest du nicht? Und der Brand wurde als ein Unglücksfall bezeichnet. Wenn es wirklich Harald Wulffs Werk war, und wenn Harald Wulff wirklich ,Giftratte' war, dann war dies, wenn man ein solches Wort verwenden kann, sein Meisterstück. Fünfzehn verkohlte Leichen."

„Aber was hätte er davon gehabt?"

Hjalmar Nymark zuckte mit den Schultern. „Vielleicht war es Rachsucht der Gesellschaft gegenüber, anderen Menschen gegenüber, denen, die auf der richtigen Seite gewesen waren. Oder ganz einfach Gewinnsucht."

„Meinst du, jemand hätte ihn bezahlt?"

„Zum Beispiel." Er starrte mich verkniffen an. „Harald Wulff war einer der Helden von damals. Einer von denen, die wieder ins Flammenmeer hineingingen, um Leute zu retten. Er kam mit ein paar kleineren

Brandwunden davon, wurde aber in dem Bericht mit Lob erwähnt. Das erinnerte wenig an den aalglatten Fisch, den Fanebust und ich 1945 verhört hatten."

„Also das meintest du gestern, als du sagtest, du hättest eine Ahnung, oder war es Vermutung?"

„Die Vermutung war die: daß Harald Wulff wirklich ‚Giftratte' *war*, was wir nie bekräftigen konnten. Wenn *das* stimmte, dann bestand die Möglichkeit, daß er etwas mit dem Brand zu tun haben konnte. Aber das waren höchst unsichere und höchst unbeweisbare Vermutungen, und keine Staatsanwaltschaft der Welt, beziehungsweise Norwegens hätte auf dieser Grundlage eine Anklage erhoben.

Wir verhörten Wulff wieder, aber das Klima 1953 war anders, als 1945. Wir mußten vorsichtiger auftreten, und Wulff selbst war aggressiver. Berief sich darauf, daß er verfolgt werde, daß er einen Fehler gemacht und seine Strafe abgesessen hätte, aber nun müsse man ihn im Namen der Gerechtigkeit davor verschonen, auch den Rest seines Lebens verfolgt zu werden."

„Hagbart Helle – wo stand er während des Krieges?"

Hjalmar Nymark sah mich listig an. „Nachher war er unantastbar, wie so viele andere aus seiner Gesellschaftsschicht. Die Behörden traten der Wirtschaft gegenüber sehr vorsichtig auf. Trotz allem sollte ja auch während des Krieges eine gewisse Anzahl von Arbeitsplätzen aufrechterhalten werden. Die Leute wollten leben. Und in den ersten, harten Nachkriegsjahren war es wichtig, eine solide, stabile Wirtschaft aufzubauen. Man ließ bei so einigen Formen der Zusammenarbeit gerne mal fünfe gerade sein. Laß es mich mal so sagen: Hagbart Helle *verlor* jedenfalls nichts durch den Krieg, und sein Unternehmen stand 1945 wesentlich stärker da als 1939."

„Es gab also keine nachweisbaren Verbindungen zwischen ihm und Harald Wulff?"

Er schüttelte den Kopf. „Keine *nachweisbaren*", sagte er. „Und wenn da überhaupt welche gewesen wären, dann hätten wir zugeschlagen. Das kommunale Untersuchungskomitee wurde von Konrad Fanebust geleitet, der in dem Jahr auch stellvertretender Bürgermeister war. Niemand war so stark daran interessiert, ‚Giftratte' in seine Klauen zu kriegen, wie er und ich, und ich erinnere mich, wir saßen bis spät in die Nacht und sahen alles durch, was wir an Material hatten, sowohl von den Verhören 1945–46 als auch von den Untersuchungen um den Brand. Es *gab* da nur einfach nichts ... Und das ..."

„Ja?"

„Das machte uns, mehr als alles andere, unserer Sache nur noch sicherer."

Ich nickte und verstand, was er meinte. „Denn, was die Unternehmungen von ‚Giftratte' kennzeichnete …"

„Genau. Das, was die Unternehmungen von ‚Giftratte' kennzeichnete, war, daß es keine Spuren *gab*. Er hatte wieder zugeschlagen, acht Jahre, nachdem der Krieg vorbei war. Und das machte mich jedenfalls einer Sache sehr sicher …"

„Und das war …?"

„Nämlich, daß Harald Wulff wirklich ‚Giftratte' war. Verstehst du jetzt, warum die Sache mit dem Brand bei Pfau mich nie losgelassen hat?"

Ich nickte. „Was passierte später mit ihm?"

„Er bekam einen neuen Job in einer Druckerei. Später andere Jobs. 1959 zog er mit einer Frau zusammen, die er kennengelernt hatte, als er bei Pfau arbeitete. Sie haben nie geheiratet, wohnten aber zusammen, bis er dann starb. Ich habe dir gestern ein Bild von ihr gezeigt, auf einem der Zeitungsausschnitte. Die jüngste Bürodame. Elise Blom war die einzige, deren Name in seiner Todesanzeige stand. Nach dem Brand bei Pfau wurde sie bei der Kommune angestellt und arbeitet immer noch da. Sie war es, die ihn endgültig identifizierte, damals 1971."

„Gibt es ein Bild von ihm?"

„Von Harald Wulff?"

Ich nickte, und er kramte seine Brieftasche aus der Innentasche hervor. Es war eine abgenutzte, alte Brieftasche, wie sie Leute das ganze Leben mit sich herumtragen, als bewahrten sie ihre Seele darin auf. Er durchsuchte die vielen Fächer und zog zum Schluß einen vergilbten Zeitungsausschnitt heraus. Den reichte er mir, vorsichtig, als hätte er Angst, er könne sich in Luft auflösen.

Ich sah mir den Ausschnitt an. Es war ein nicht allzu deutliches Foto von den Prozessen nach dem Krieg. Fünf Männer waren auf dem Weg in einen Gerichtssaal, und der Bildtext erzählte, daß die drei in der Mitte Angeklagte, die beiden anderen Polizisten in Zivil waren. Der hintere der drei Angeklagten war Harald Wulff. Sein Gesicht wurde teilweise von dem Mann vor ihm verdeckt und man sah nicht alle Züge. Aber es war lang und schmal, fast pferdeartig. Die Nase und die Partie über den Augen waren markant, ein wenig vorstehend. Die Ohren groß. Das dunkle Haar war auf der linken Seite gescheitelt und nach hinten gekämmt und eine lange, dunkle Strähne fiel ihm auf der rechten Seite ins Gesicht. Ich kannte keinen der vier anderen auf dem Bild. Ich studierte Harald Wulff genau, bevor ich den Ausschnitt zurückgab. „Tja …" Ich machte eine ratlose Handbewegung.

„Genau, Veum. Tja …" Er äffte meine Bewegung nach. „So enden alle Geschichten, die etwas bedeuten. Mit einem ‚tja' …" Wieder die karikierte Bewegung. „So etwas wie ein happy end gibt's einfach nicht.

Vielleicht gibt es nicht einmal Gerechtigkeit, vielleicht gibt es nur alte Starrköpfe wie mich, die es nicht lassen können, daran zu denken, daß sie Recht hatten, damals, – wir hätten Recht bekommen sollen."

Er starrte wütend auf sein Bierglas. Es war leer. Wie um sich zu versichern, daß kein Tropfen mehr übrig war, hob er das Glas an den Mund und hielt es verkehrt herum. Ein paar Schaumflocken kamen angeflossen, das war alles. Dann setzte er das Glas hart ab und stand auf. „So, Veum. Jetzt weißt du alles. Alles, was ich weiß, oder jedenfalls die Grundzüge. – Jetzt gehe ich nach Hause. Ich bin noch nicht in Form. Bis dann!"

Ich wollte aufstehen, aber er nickte zu meinem halbvollen Glas hin. „Bleib ruhig sitzen. Mach's gut so lange." Er schenkte mir ein grimmiges Lächeln, zog seinen Mantel an und ging mit der zusammengerollten Zeitung in der Hand hinaus. Die Tür schwang hinter ihm zu.

Ein paar Sekunden später hörte ich es, durch die halboffenen Fenster hinter den graugelben Gardinen zur Seitenstraße hin. Das Geräusch eines aufheulenden Motors, Quietschen von Bremsen, Reifen, die über seifenglattes Kopfsteinpflaster schlitterten, etwas Hartes, Metallenes, das gegen irgendetwas schlug – und dann: den grauenvollen dumpfen Laut eines Körpers, der auf den Boden schlägt, nachdem er durch die Luft geschleudert wurde. Der Automotor heulte wieder auf, und ich hörte den Wagen um die nächste Ecke schleudern.

Ich warf den Tisch um, so schnell stand ich auf. Alle im Lokal sahen zum Fenster, mit Gesichtsausdrücken, die je nach dem Maß der Betrunkenheit verschiedene Grade von Verblüffung zeigten. Ich stürmte am Türsteher vorbei hinaus. Am Ende des Strandkais sah ich einen großen, dunkelblauen Lieferwagen bei Murhjørne um die Ecke biegen und verschwinden. Ich lief weiter, um die Ecke.

Das kleine Straßenstück lag verlassen. Ganz oben an der Kreuzung in Richtung Strandgate tauchten zwei Menschen auf, mit verschrecktem Ausdruck im Gesicht. Der Zeitungsstand gleich um die Ecke lag umgeworfen auf dem Gehsteig, aber das war unbedeutend. Viel bedeutender war, daß mitten auf der Straße, mit dem Gesicht zum Pflaster, Hjalmar Nymark lag. Die zusammengerollte Zeitung lag halb geöffnet im Rinnstein, wo der rauhe Wind ein paar der Seiten aufflattern ließ, wie die Flügelschläge eines sterbenden Vogels. Und das war alles, was sich bewegte.

6

Ich kniete mich neben Hjalmar Nymark. Ihn zu berühren, wagte ich nicht, für den Fall, daß er das Genick gebrochen hatte, aber ich beugte mein Gesicht ganz tief zur Straße und versicherte mich, daß er nichts im Mund hatte, das ihn am Atmen hinderte. Meine Finger tasteten seinen Hals entlang. Sein Puls schlug, aber unregelmäßig. Ein dünner Streifen Blut lief aus dem einen Ohr, und die Nase sah aus, als sei sie beim Aufschlag zerquetscht worden.

Der Nieselregen bedeckte uns mit einer leichten Schicht winziger Tröpfchen, und es floß still im Rinnstein, wo seine Zeitung sich langsam voll Wasser sog und reglos liegenblieb.

Der Türsteher des Lokals kam herüber. „Ich habe nach einem Krankenwagen telefoniert", sagte er. „Ist er ...?"

„Noch nicht." Ich behielt meine Hand an der Seite seines Halses. Der Puls war jetzt schwächer.

Verzweifelt sah ich mich um. Das kleine Straßenstück war auffallend menschenleer. Die beiden Leute oben an der Straßenecke waren dort stehengeblieben, wie um zu demonstrieren, daß sie mit all dem nichts zu tun hatten.

Dann kam der Krankenwagen. Die beiden Träger bewegten sich schnell und routiniert auf der Straße. Ein kurzer Überblick erzählte ihnen alles, was sie über die Situation wissen mußten. Sie stützten seinen Nacken, während sie ihn auf die Bahre und in den Wagen hoben. Ich folgte nach.

„Kommst du mit?" fragte der eine von ihnen.

„Ich kenne ihn."

Er machte ein Zeichen, daß ich mich hinten in den Wagen setzen sollte. Dann griff er nach dem Sauerstoffgerät, das unter dem Dach über uns hing.

Ich beugte mich zum Fahrersitz vor. „Hast du ein Funkgerät?"

Der Fahrer setzte den Wagen in Bewegung und nickte.

„Mach eine Meldung an die Polizei, daß sie nach einem großen, blauen Lieferwagen Ausschau halten sollen, der in Richtung Nordnes fuhr. Auf jeden Fall fuhr er um Murhjørnet herum", fügte ich hinzu.

„Sonst noch was?"

Ich zögerte. „Grüß von Veum und sag, daß ich im Krankenhaus bleibe, bis ..." Ich wußte nicht, was ich zu erwarten hatte. „Bis alles klar ist."

Er machte ohne weitere Fragen über das Funkgerät Meldung, startete die Sirenen und beschleunigte mit einem leichten Druck auf das Gaspedal. Wir fuhren über die erste Kreuzung, als die Ampel von gelb auf rot sprang und die Häuser rasten an uns vorbei, als säßen wir im Kino und drinnen im Vorführraum spielte irgendetwas verrückt. Trotzdem sah ich mit erstaunlicher Klarheit, woran wir vorbeifuhren. Leute, die sich nach uns umdrehten und starrten, Autos, die zur Seite schwenkten und Autofahrer, die uns im Moment des Vorbeifahrens ihre Gesichter zuwandten.

Der andere Träger, ein junger Mann mit hellem, kurzgeschnittenem Haar und jungenhaftem Flaum die roten Wangen hinunter, hielt die Sauerstoffmaske einsatzbereit direkt vor Hjalmar Nymarks Gesicht. Der breite Brustkasten bewegte sich kaum erkennbar auf und ab, und ab und zu kam ein gurgelnder Laut von irgendwo tief aus seinem Körper. Keiner von uns sagte etwas.

Der Wagen fuhr direkt nach Haukeland. Als wir an der Spitze von Kalfaret waren, hob Hjalmar Nymark plötzlich den Kopf und sah sich um. Der Blick war verwirrt. Dann fand er mich. Seine Stimme war heiser, unsicher: „Veum?"

Ich nickte und lächelte: ein gespanntes, eisernes Lächeln.

Er wollte noch mehr sagen. Er suchte nach Worten. Ich beugte mich zu ihm vor. Der junge Träger beobachtete uns aufmerksam. Der Chauffeur sah uns im Spiegel an.

Hjalmar Nymark sagte: „Veum ... Wenn ich sterbe ..."

Ich nickte, um zu zeigen, daß ich verstand, dann schüttelte ich den Kopf, um zu sagen, daß er nicht sterben würde.

„Find raus, ... was wirklich passiert ist, mit Stauer-Johan ... 1971 ..."

Dann schloß er die Augen und war wieder weg. Gerade, als wir durch das Tor zum Krankenhaus einbogen, öffnete er unvermittelt die Augen und sagte: „1971. Stauer-Johan." Dann war er wieder weg.

Die beiden Träger liefen mit Hjalmar Nymark auf der Bahre vorsichtig in das Gebäude. Routinierte Krankenschwestern empfingen ihn, und ich folgte ihnen, hinein in den Fahrstuhl und im Haus hinauf, ohne daß jemand etwas sagte.

Hjalmar Nymark wurde direkt in den Operationsraum gefahren. Eine liebenswürdige Frau mit schwarzem Haar, olivenfarbener Haut und dunkelbraunen Augen wies mich in einen kleinen Tagesraum mit Möbeln, die vom Flohmarkt der Inneren Mission hätten stammen können und Topfpflanzen, die aussahen, als hätten sie schon den ersten Weltkrieg überlebt.

Unter einem der Tische lag eine magere Auswahl der Zeitungen vom Vortag. Das schien mir passend. Ich fühlte mich selbst wie eine der Nachrichten von gestern.

7

Niemand störte mich. Der kleine Tagesraum war vom Korridor durch eine dünne Wand mit Glas in der oberen Hälfte getrennt. Draußen vor den Glasfenstern sah ich geschäftige Menschen in Weiß vorbeihasten.

Keiner von ihnen würdigte mich auch nur eines Blickes. Solange nicht ich mich an jemanden wandte, ließ man mich in Frieden sitzen. Vielleicht war das genauso, wenn man Patient war. Wenn du zu niemand etwas sagtest, sondern nur einfach liegenbliebst, wo sie dich hinschoben, würde niemand dich stören, bis man irgendeines Tages entdeckte, daß ein Haufen Fliegen auf dir saß.

Hauptwachtmeister Jakob E. Hamre guckte durch die Scheibe in der Tür, bevor er anklopfte und zu mir hereinkam.

„Dachte ich's mir doch", sagte er. „Dein neues Büro, was, Veum?"

„Friedlicher kann ich's nicht kriegen", antwortete ich. „Nimm Platz. Kann ich dir was anbieten? Ein Glas Naphta? Eine Dosis Valium? Oder was fürs Herz?"

Er sah mich prüfend an und setzte sich auf einen freien Stuhl, ein halbes Lächeln um den Mund. „Immer noch der alte, Veum? Nichts hinterläßt seine Spuren, was?"

„Oh doch, aber nur innerlich."

Jakob E. Hamre war tadellos gekleidet, in hellem doppelreihigem Trenchcoat über grauem Anzug, schwarzen Schuhen, hellblauem Hemd und dunkelblauem Schlips. Er war ein paar Jahre jünger als ich, aber dem Aussehen nach konnten es durchaus zehn sein, und er war um viele Jahre hübscher. Jakob E. Hamre gehörte zu jenen Polizisten, die einen an Pfadfinderjungs erinnern, aber schlau sein können wie alte Zuhälter. Er war auf eine leicht unpersönliche Weise sympathisch: ein Typ, wie ihn sich alle Schwiegermütter wünschen, mit dem aber die wenigsten Töchter zufrieden wären.

„Ich hab deine Nachricht erhalten", sagte er, „und bin gleich selbst vorbeigekommen. Weißt du etwas?" Er blickte fast irgendwie schüchtern auf seine Fußspitzen hinunter, bevor der Blick nach oben kam und an meinem Gesicht hängenblieb, fest und wach.

„Habt ihr den Wagen gefunden?" fragte ich.

Er nickte. „Er stand direkt draußen in der C. Sundsgate und war allem Anschein nach gestohlen."

„Hm. Also, Hjalmar Nymark und ich, wir waren einfach Freunde, kann ich wohl sagen. Oder Bekannte. Ich kannte ihn noch nicht lange, aber wir waren ins Reden gekommen, und wir hatten ja auch so einige Anknüpfungspunkte."

„Was meinst du?"

„Als Detektive, beide. Er sprach viel von früheren Fällen."

Er beugte sich interessiert vor. „Willst du damit sagen, daß Hjalmar Nymark sein Rentnerdasein damit verbrachte, in alten Kriminalfällen herumzuwühlen?"

Ich nickte langsam. „Ich weiß nicht, wieviel er darin gewühlt hat, aber er beschäftigte sich jedenfalls damit. Wie geht es ihm? Weißt du was?"

Er schüttelte den Kopf. „Ich bekam Bescheid, zu warten. Sie haben ihn jetzt gerade auf dem Tisch da drinnen. – Was für Fälle waren das, von denen er sprach, Veum?"

„‚Giftratte', ein Typ, den sie ‚Giftratte' nannten, sagt dir das was?"

Er schüttelte verneinend den Kopf.

„Der Brand bei Pfau denn?"

In seinen klaren Augen blitzte es auf. „Ganz vage."

„Tja, mir sagte es auch nichts. ‚Giftratte' war ein berüchtigter Denunziant aus der Kriegszeit. Es wurde nie aufgedeckt, wer er wirklich war. Pfau war eine Farbenfabrik im Fjøsangervei, die 1953 abbrannte. Fünfzehn Leute kamen ums Leben, und ein Mann, den Hjalmar Nymark verdächtigte, ‚Giftratte' zu sein, war als Bürobote dort angestellt, als es passierte."

„Wie hieß er?"

„Harald Wulff." Er hatte ein Notizbuch hervorgeholt und schrieb den Namen auf. Ich setzte hinzu: „Aber er ist tot."

„So?" Er hörte auf zu schreiben und sah vor sich hin.

„Erzähl mir, wovon habt ihr heute gesprochen?"

„Von diesem Typen – ‚Giftratte'. Er … Er wirkte nervös, als sei jemand hinter ihm her. Aber er schob es auf den Schnaps. Wir haben gestern eine Flasche zusammen getrunken, er und ich."

„So?"

„Und als er ging … Ich saß direkt bei den Fenstern zur Seitenstraße hin, als es passierte. Ich hab es gehört: den aufheulenden Motor, die kreischenden Bremsen, und dann – das Geräusch seines Körpers als er auf dem Boden aufschlug."

Wieder beugte er sich nach vorn. „Mit anderen Worten es kann also kein Unfall gewesen sein?"

„Verdammt nochmal, nein! Irgendwer hat ihn umgefahren, Hamre, und das mit Absicht."

„Warum?"

Ich zuckte mit den Schultern und warf die Hände in die Luft.

Er sagte: „Ein Kriminalbeamter macht sich schon ein paar Feinde im Laufe seines Lebens. Vielleicht war es so jemand, der Hjalmar Nymark da draußen in der Seitenstraße erwartet hat …"

„Im Krankenwagen, auf dem Weg hierher, erwähnte er was." Ich zögerte ein wenig. „Wenn ich sterbe, sagte er."

„Ja?"

„Dann sollte ich versuchen herauszufinden, was mit Stauer-Johan passiert ist, 1971."

„Stauer-Johan, 1971?" Sein Kugelschreiber war wieder da.

„Sonst nichts?"

„Nein. Nur das.“

„Wir werden …“

Er wurde von einer Krankenpflegerin unterbrochen, die vom Korridor hereinkam und sich an ihn wendete. „Der Arzt bittet Sie, hereinzukommen, Herr Hauptwachtmeister“, sagte sie förmlich. Mich sah sie überhaupt nicht an. Es saßen noch keine Fliegen auf mir.

Hamre nickte kurz und ließ mich allein. Ich blieb sitzen und behielt den Korridor vor der Tür im Auge. Die Gestalten dort draußen glitten still vorbei, wie die Figuren eines Puppentheaters für Taube. Alles war still. Das einzige, was ich hörte, waren die weichen Pfoten des Regens an den Fenstern: ein Plüschtier, das hereinwollte.

Nach einer Viertelstunde kam Hamre zurück. Er sah erleichtert aus. „Es wird gutgehen, Veum. Er ist schwer verletzt, aber er überlebt.“

„Wie schwer?“

Er blätterte in seinem Buch und las: „Schädelbruch. Starke Gehirnerschütterung, ein Trommelfell geplatzt. Der rechte Arm gebrochen, direkt über dem Handgelenk. Eine gebrochene Rippe und vier angebrochene. Verletzungen an der rechten Niere. Bruch des linken Oberschenkels und des rechten Knöchels. Innere und äußere Quetschungen, Nasenbeinbruch.“ Er sah auf. „Die haben ihm sein Profil eingedrückt.“

„Ist er bei Bewußtsein?“

Er schüttelte den Kopf. „Nein. Sie haben ihm was zum Schlafen gegeben. Er brauche zwar viel Schlaf, aber er habe eine starke Konstitution für sein Alter, sagte der Arzt, und er sei sicher, daß es gutgehen würde.“

Ich stand auf und sah zur Tür. „Na, dann …“

Er knöpfte seinen Mantel zu. „Mehr ist da nicht, was dir noch einfallen könnte, Veum? Er hat nichts davon gesagt, wo er hinwollte, als er aus dem Lokal ging?“

„Nur, daß er nach Hause wollte.“

„Traft ihr euch oft?“

„Drei-viermal die Woche vielleicht.“

„Warst du mal bei ihm zuhause?“

„Nur einmal, gestern. Er zeigte mir ein paar alte Zeitungsausschnitte von dem Pfau-Brand.“

Er nickte. „Ich werd in der Richtung mal ein bißchen nachforschen. Kannst du nicht morgen kurz bei mir reinschauen, sagen wir, so gegen elf?“

Ich nickte. Dann sagte ich: „Kanntest du Hjalmar Nymark, Hamre?“

„Nicht persönlich. Er schied 1971 aus, und da war ich woanders stationiert.“

„Wo denn?“

„Wo?" Er hob ironisch die Augenbrauen. „In Stavanger."

„Dann kanntest du vielleicht einen Polizisten namens Bertelsen?"

Er sah mich ironisch an. „Na klar. Den kenn ich. Aber ich würde nicht meinen, daß er dein Typ ist, Veum."

„Das war er auch nicht."

Wir gingen gemeinsam auf den Korridor hinaus und fanden den Weg nach draußen. Vor dem Gebäude blieben wir einen Augenblick stehen. Hamre zeigte auf einen schwarzen Volkswagen. „Kann ich dich nach Hause fahren, Veum?"

„Danke, aber ich glaube, ich brauch ein bißchen frische Luft."

„Also gut." Er hob die Schultern. „Dann sehen wir uns morgen."

„Abgemacht."

Er ging zum Wagen. Plötzlich kam mir ein Gedanke und ich rief ihm nach: „Hamre ..."

Er drehte sich um. „Ja?"

„1971", sagte ich, „das war das Jahr, in dem Harald Wulff starb. Das Jahr, in dem etwas passierte mit einem, den sie Stauer-Johan nannten. Und das Jahr, in dem Hjalmar Nymark in Rente ging."

„So?" sagte Jakob E. Hamre gedankenverloren, nickte zerstreut, setzte sich in sein Auto und fuhr davon.

8

Am Tag darauf trieb der Nebel wie Gespenster durch die Straßen. Graue Fangarme griffen von den Hausecken nach mir, und meine enge Gasse herauf kam ein kalter Luftzug vom Meer, ein Wind, der den Herbst ankündigte.

Jakob E. Hamre saß am Telefon, als ich in sein Büro kam. Er winkte mich auf den Platz in dem unbequemen Stuhl und setzte das Telefongespräch fort. Während er sprach, notierte er etwas auf einem Zettel. „Zwei Liter Milch, einen Liter Kefir, ein Kilo grobes Roggenmehl – und Eier. – Ich werd mal sehen. – Ja. – Wie immer, hoffe ich. – Fein. Tschüß."

Ich sah mich um. Wie lange war es her, daß ich hier zuletzt gesessen hatte, Zwei-drei Jahre, und das Büro hatte sich nicht verändert. Es war genauso, wie ich es erinnerte: ein Raum, den du vergaßt, ehe du wieder aus der Tür warst. Ausdruckslose Wände in einer unbestimmbaren Farbnuance, Bücherregale mit Akten und Gesetzbüchern, derselbe alte Ausblick auf dasselbe alte Bankgebäude. Ich hatte in einer Reihe solcher Büros gesessen: meistens waren es Räume, aus denen man sich schnell wieder hinauswünschte.

Sein Schlipsknoten war eine Spur ausgelassen, sonst war Jakob E. Hamre tadellos wie eh und je. Das hübsche Gesicht starrte mir ruhig und unergründlich entgegen; das dunkle, gut geschnittene Haar fiel wohlberechnet von der rechten Seite in die Stirn. Es war eine Eleganz an Jakob E. Hamre, die andeutete, daß er eigentlich auf die andere Seite der Straße gehörte: Der liebenswürdige Kreditchef, der mit betrübter Miene dein Kreditgesuch abschlägt.

„Wie steht's mit ihm?"

„Er macht sich. Es ist möglich, daß wir heute mit ihm sprechen können – später."

„Und die, oder der in dem Wagen?"

Er schüttelte bedauernd den Kopf. „Nichts. Natürlich kommen die gewöhnlichen Zeugenaussagen rein, aber wenig Konkretes. Eine alte Dame meint, einen blauen Lieferwagen gesehen zu haben, der mit einem Mann hinter dem Steuer geparkt stand, aber sie hat ihn nicht näher angesehen und und sie ist außerstande, etwas zu liefern, was auch nur annähernd einer Personenbeschreibung gliche. – Die Untersuchung der Fingerabdrücke ist vorläufig ergebnislos. Wir arbeiten mehr mit dem Wagen selbst, natürlich, aber ..."

„Wem gehörte der Wagen?"

„Einem Sportgeschäft. Er wurde nachmittags nie benutzt."

„Was ist mit den Dingen, die ich erwähnt habe?"

Hamre lehnte sich in seinem Stuhl zurück, legte die Hände auf die Kante des Schreibtisches und betrachtete sie einen Moment lang, als überlege er, ob die Nägel kurz genug seien. Darauf sah er grübelnd vor sich hin und sagte: „Ich habe mich ein bißchen umgehört – hier im Haus. Hjalmar Nymark war in vieler Hinsicht ein ausgezeichneter Polizist. Aber er hatte einen grundlegenden Fehler. Er hatte die Neigung, sich bei einigen Fällen, mit denen er arbeitete, ein bißchen zu persönlich zu engagieren. Das war nicht immer so glücklich. Und speziell gegen Ende seiner Zeit hier hatte er dann ein paar Steckenpferde, auf denen er dauernd herumritt. Eines dieser Steckenpferde war der Brand bei Pfau." Er machte eine ausladende Handbewegung und sah mich resigniert an. „Aber wer zum Teufel schert sich um zwanzig Jahre alte Industriebrände, wenn wir kaum genügend Kapazität haben, um die täglich anfallenden Aufgaben zu bewältigen?"

„Aber was ist mit dem anderen Fall? Was ist mit Stauer-Johan?"

Er seufzte. „Das ist der letzte Fall, mit dem Hjalmar Nymark arbeitete, bevor er ausschied. Auch der wurde zu einer fixen Idee bei ihm."

„Wieso?"

Hamre sah aus dem Fenster. „Wie viele solcher Fälle haben wir im Jahr? Irgendwelche losen Vögel in dieser Stadt verschwinden. Einige von ihnen haben nichts weiter getan, als den Zug nach Oslo zu nehmen. Andere finden wir nach ein paar Wochen oder Jahren, im Meer treibend. Manche haben sich zu Tode gesoffen oder liegen irgendwo in einer kümmerlichen Bude, bis jemand anfängt, sie zu vermissen. Und einige werden natürlich erschlagen: es ist ein hartes Milieu, in dem sie sich herumtreiben. Solche Fälle sind häufig und sie kommen auf der Prioritätenliste selten nach oben. Jedenfalls nicht, bevor etwas Konkretes festgestellt worden ist. Stauer-Johan war ein solcher Fall."

„Erzähl!"

Er suchte eine Ermittlungsakte aus dem Haufen links auf dem Schreibtisch und blätterte darin. „Johan Olsen, geboren 1916 in Bergen. Ehemaliger Seemann und Hafenarbeiter. Illegale Tätigkeit während des Krieges. Alkoholiker. Eine Strafe für Herumtreiberei, 1960, sonst ein leeres Strafregister. Er verschwand im Januar 1971, wurde aber erst im Februar als vermißt gemeldet."

„Wer meldete ihn als vermißt?"

„Eine Frau. Olga Sørensen, seine – periodenweise – Lebensgefährtin, um einen modernen Ausdruck zu gebrauchen."

„Und warum meldete sie sein Verschwinden erst im Februar?"

Er zuckte mit den Schultern. „Sie hatte wohl damit gerechnet, daß er nur wieder auf der Piste war.

„Und das Resultat der Ermittlungen?"

Er überblätterte ein paar Seiten, während er murmelte: „Er wurde nie gefunden. Formal betrachtet gilt er nach wie vor als vermißt. Aber vielleicht lebt er in schönster Wonne ... auf den Kanarischen Inseln oder sonstwo, wo Sonne und Schnaps leichter zugänglich sind, als in unseren Breiten."

„Gibt es ein Bild von ihm? Eine Beschreibung?"

Er blätterte weiter durch die Akte, zog ein Foto hervor und reichte es mir. Es war ein Foto, wie sie es auf der Polizeiwache machen, um dich bei späteren Gelegenheiten damit zu überraschen: bei greller Beleuchtung, von vorn und von der Seite. Du siehst aus, wie die meisten Leute auf Paßbildern aussehen. Der einzige Unterschied ist, du stehst tatsächlich im Verbrecheralbum.

Johan Olsen, auch Stauer-Johan genannt, hatte ein längliches, pferdeartiges Gesicht, dem von Harald Wulff ganz und gar nicht unähnlich. Aber seine Ohren waren kleiner und die Augen lagen weit auseinander. Er war unrasiert, und es lag ein bitterer, ein wenig hämischer Zug um den Mund mit den schmalen Lippen.

„Hier ist die Beschreibung", sagte Hamre und gab mir ein Papier. Ich las es rasch durch. Johan Olsen war 1,76 groß, seine Augen waren blau und das Haar dunkelblond gewesen. Abgesehen von einer alten

Verletzung am linken Knie, die ihn hinken ließ, hatte er keine besonderen Kennzeichen.

Ich las den letzten Satz zum dritten Mal, um ganz sicher zu gehen, daß er da stand. Dann blickte ich Hamre starr in die Augen, während sich in meinem Magen ein unruhiges Kribbeln breitmachte. „Ich kann gut verstehen, daß sich Hjalmar Nymark für das hier interessierte“, sagte ich.

„Woran denkst du dabei?“

„Hast du denn nicht gelesen? Stauer-Johan hinkte auf dem linken Bein. Das gleiche tat Harald Wulff. Und Harald Wulff verschwand – sozusagen – genau gleichzeitig mit Stauer-Johan. Im Januar 1971.“

9

„Ich hab die Papiere über Harald Wulff hier“, sagte Hamre und suchte eine neue Akte hervor. Sie war etwas fülliger als die andere. Er stieß mit dem rechten Zeigefinger in die dritte Akte, die wiederum mehr als doppelt soviel enthielt wie die beiden anderen zusammen. „Und hier, der Brand bei Pfau. Sogar den hab ich herausgesucht.“ An der Innenseite der Pfau-Akte waren Spuren von Spinnengewebe. Wenn er sie anstieß, stand eine Staubwolke im Raum. „Wie du siehst, führen wir gründliche Ermittlungen durch.“

„Das bezweifle ich nicht.“

„Dann ist es ja gut. Also ...“ Er öffnete die Akte mit dem Material über Harald Wulff. Die vergilbten Gerichtsprotokolle des Landesverratsprozesses nach dem Krieg überblätterte er rasch. Sie waren mit Kopien von Verhören zusammengeheftet. „Das hier ist alter Stoff“, murmelte er. „Aber hier ... Der letzte Abschnitt von Harald Wulffs Leben war mit großen Büroklammern zusammengeheftet. Er öffnete einen braunen Umschlag, aus dem er eine Handvoll Fotografien herauszog. Mit neutraler Miene sah er sich die Bilder an. Dann gab er sie mir.

Die Fotos von Harald Wulff waren nicht schön. Auf dem einen lag er nackt auf dem Rücken, und das Bild zeigte, daß der ganze Körper voller blauer Flecken und blutender Stellen war. Er hatte eine ordentliche Portion Prügel bezogen. Aber man brauchte gar nicht seinen Körper anzusehen, um das zu erkennen. Das Schlimmste hatte der Kopf abbekommen. Das Gesicht war zertreten. Mit einer Brutalität, die alles, was ich bisher gesehen hatte, übertraf, hatte jemand seine Gesichtszüge zu einer undefinierbaren Masse von Knochen, Knorpel, Hackfleisch und Blut verwandelt. Das struppige Haar war vom Blut verklebt und der eine

Arm war offensichtlich gebrochen. Knochenreste stachen aus dem Unterarm, und die Finger spreizten sich.

Die anderen Fotos waren Nahaufnahmen, einige davon so, daß sich mir der Magen umdrehte. Eines zeigte einen Ring, den er am linken Ringfinger getragen hatte. Das Muster darin war deutlich erkennbar: ein Sonnenkreuz.

Drei-vier Fotos zeigten aus verschiedenen Winkeln, wie die Leiche ausgesehen hatte, als man sie fand. Sie lag auf dem Schotter, umgeben von schmutzigen Schneeresten, und auf einem erahnte man ein paar Hafenschuppen aus Holz, auf einem anderen schwarze, blattlose Bäume.

Ich legte die Bilder zurück auf den Schreibtisch. „Nicht gerade etwas für die Sonntagsschule", sagte ich. „Wie haben sie es geschafft, ihn zu identifizieren?"

Hamre blätterte in den Papieren. „Da war eine Frau, die mit ihm zusammen wohnte. Äh … Elise Blom."

Ich nickte, den Namen wiedererkennend. „Sie arbeitete bei Pfau."

Er sah von den Papieren auf. „So? Ja, genau, das tat Harald Wulff ja auch. Als Bürobote, nicht?"

„Doch!"

Er fuhr fort: „Also, Elise Blom identifizierte ihn."

„In diesem Zustand?"

Er betrachtete mich nachsichtig. „Eine Frau, die …" Ein erneuter Blick in die Papiere. „… zwölf Jahre mit ihm zusammengelebt hatte. Da gibt es andere Merkmale, als die, die wir im Gesicht mit uns herumtragen, Veum."

„Ja, schon. Ich dachte nur irgendwie … Es muß eine ganz schöne Belastung für sie gewesen sein."

„Und der Ring, der war definitiv seiner."

„Er hätte einem anderen aufgesetzt worden sein können."

„Na gut. Aber es gab überhaupt keinen Grund, an Elise Bloms Zeugenaussage zu zweifeln. Außerdem wurde sie bei den Ermittlungen gründlich verhört."

„Hat sie ihn suchen lassen?"

„Dazu war keine Zeit. Harald Wulff ging ins Kino – sagte er – am 13. Januar 1971. Er kam in der Nacht nicht zurück, aber Frau, oder *Fräulein* Blom zufolge war das nicht ungewöhnlich. Er war da unberechenbar. Kaputte Nerven noch aus dem Krieg, sagte sie. In bestimmten Perioden konnte er kaum schlafen und streifte dann nächtelang durch die Straßen. In dieser Nacht aber nicht."

„Nein?"

„Er wurde am 14. Januar gegen sieben Uhr gefunden, als die Leute da draußen zur Arbeit kamen. Es geht ein Seitenweg zu den Hafenschuppen hinunter, draußen auf der Nordseite von Nordnes, und er lag ganz unten vor den Schuppen. Es gab Spuren eines Kampfes rund herum im Schnee, aber niemand in der Nähe hatte etwas Ungewöhnliches gehört. Du weißt ja, es ist nicht gerade eine der friedlichsten Gegenden der Stadt."

„Ich weiß. Ich bin da draußen aufgewachsen."

„Er hatte einen Postausweis in der Innentasche der Jacke und eine Brieftasche mit 180 Kronen. Wir suchten seine Adresse auf, und da fanden wir Elise Blom."

„Und Hjalmar Nymark nahm an den Ermittlungen teil?"

„Das stimmt."

„Konnte er Wulff identifizieren?"

„*Er* hatte doch keinen intimen Verkehr mit ihm, Veum. Und es war fast zwanzig Jahre her, daß er ihn zuletzt gesehen hatte. Man versuchte, jemanden zu finden, der Elise Bloms Aussage bestätigen konnte, aber das erwies sich als unmöglich. Sie lebten ein sehr zurückgezogenes Leben – ohne Freunde, ohne Familie. Wie in einer Art Exil."

„Paß mal auf! – Als Stauer-Johan verschwand, gab es da jemanden, der *seiner* Freundin die Leiche von Harald Wulff vorführte?"

Er schüttelte den Kopf. „Dafür gab es keinen Grund. Erstens wurde Harald Wulff Mitte Januar gefunden, während nach Stauer-Johan überhaupt erst einen Monat später gesucht wurde, und diese Suche wurde wie gesagt nie besonders vorrangig behandelt. Mitte Februar waren außerdem die Ermittlungen im Fall des Mordes an Harald Wulff so gut wie abgeschlossen."

„So schnell?"

„Ja."

Er durchblätterte den Papierhaufen zu diesen Ermittlungen.

„Wir haben versucht, seinen Bekanntenkreis zu erfassen, auch den aus der Zeit des Krieges. – Aber das war nicht leicht. Es gab selbstverständlich eine Menge technischer Indizien am Tatort: unter anderem einige Fußspuren im Schnee, Spuren von zweien, zusätzlich zu denen Harald Wulffs, und die Spuren eines Wagens, der neben einer der alten Depotbarracken geparkt war. Aber die Nachforschungen ergaben kein Resultat. Davon abgesehen ..."

„Ja?"

„Man kann es gutheißen, oder auch nicht. Ich selbst hatte wie gesagt mit diesen Ermittlungen nichts zu tun. Ich war nicht einmal in der Stadt."

„Was kann man gutheißen oder auch nicht?"

„Diesen Mord, er hatte doch einen besonderen Charakter, oder?"

„Ich weiß nicht recht. An was denkst du dabei – die Brutalität?"

Er nickte. „Alles deutet auf einen Anfall von Raserei hin – oder einen Racheakt. Harald Wulff war ein bekannter Denunziant und aus den

Dokumenten geht hervor, daß er stark verdächtigt wurde, mit dieser ‚Giftratte', von der du gestern sprachst, identisch zu sein."

„Genau!"

„Also, es war naheliegend, zu glauben, daß es ein Widerstandskämpfer war, oder auch zwei, von der *richtigen* Seite, um es mal so auszudrücken, die endlich die Zeit für reif befunden hatten, Nemesis zu spielen. Und es gab sicher viele – auch unter den Polizisten – die meinten, daß Harald Wulff nur bekommen hatte, was er verdiente."

„Also wurde das Verfahren eingestellt?"

„Es wurde behandelt, wie alle anderen, aber nach einem Monat konzentrierter und ergebnisloser Ermittlungen – und außerdem noch weiteren fünf-sechs Monaten sporadischer Weiterführung, sobald Dinge auftauchten, die von Bedeutung sein konnten – kam man zu dem Schluß, daß die Akte vorläufig abgelegt werden solle. Verfahren dieser Art werden nie eingestellt. Jedenfalls nicht, bevor die Verjährungsfrist in Kraft tritt."

„Es fügte sich also in die Reihe der ungeklärten Mordfälle?"

„Ja, aber du wirst es selten in solchen Zusammenhängen behandelt finden – weder in der Tages- noch in der Wochenpresse. Harald Wulff war ganz einfach kein Opfer, das einem sonderlich leidtat."

„Und die Hinterbliebene, Elise Blom?"

Er zuckte mit den Schultern. „Tja, also – es gibt immer solche, die einem leidtun können. Aber aus den Verhören ging hervor, daß sie seine Kriegsvergangenheit kannte, sodaß ... tja, vielleicht ist nicht jede Wahl eines Lebensgefährten gleichermaßen unproblematisch."

„Wo war sie an dem Abend, als Harald Wulff ermordet wurde?"

„Beim Bingo." Er fügte rasch hinzu: „Und ich kann dir versichern, daß auch bei ihnen zuhause gründliche technische Untersuchungen durchgeführt wurden. In dem Haus, wo sie und Wulff gewohnt hatten. Es gab nichts, was darauf hindeutete, daß sie irgendetwas mit dem Mord zu tun gehabt hätte."

„Na dann", sagte ich und machte eine resignierte Armbewegung.

„Und, ehrlich gesagt, Veum, ich kann nicht sehen, daß etwas von dem, was ich bis jetzt herausgefunden habe – weder über Wulff, noch über den Pfau-Brand oder Stauer-Johan – auch nur das Geringste mit dem Unfall Hjalmar Nymarks gestern nachmittag zu tun hätte."

„Mit anderen Worten?"

„Mit anderen Worten, wir gehen von der Hypothese aus, daß dies einer der gewöhnlichen Fälle von Fahrerflucht ist, die von Zeit zu Zeit vorkommen. Das größte Verbrechen war, daß derjenige, der ihn anfuhr, nicht anhielt, sondern weiterfuhr. Vielleicht war es ein Promillefahrer, vielleicht jemand, der es einfach eilig hatte."

„Aber der Wagen war doch gestohlen, oder?"

„Höchstwahrscheinlich. Aber wir überprüfen selbstverständlich die Angestellten des Sportgeschäfts gründlich." Er seufzte. „All diese Ampeln – die sind nicht nur vom Guten, und diese Seitenstraße da, mitten zwischen zwei Kreuzungen, ist eine gefährliche Strecke. Die Autofahrer kommen über die erste Kreuzung und sehen die grüne Ampel an der nächsten. Also geben sie Vollgas, schließen die Augen und hoffen, daß alles gutgeht. Nur ab und zu kommt ihnen was in die Quere."

„Und in diesem Falle war das Hjalmar Nymark."

„Ja."

„Tja." Ich zuckte mit den Schultern. „Schließlich ist das euer Job. Sag mir nur ..."

„Ja?"

„Ist heute jemand hier, der mit dem Fall Pfau zu tun gehabt hat?"

„Dankert Muus ist der einzige. Und der war damals nur ein junger Spucht."

„Dankert Muus?" wiederholte ich.

„Ja. Ihr kennt euch ja von früher, oder?"

Ich stand auf. Hamre begann, vor sich in den Papieren aufzuräumen.

Also, Veum. Sollten weitere Leichen auftauchen ..."

„Leichen?" sagte ich.

„Er lächelte entwaffnend. „Nur so ein Spruch. Tut mir leid, wenn ich dich verletzt habe."

Ich fühlte nach. „Nein. Heute nicht. Ich werde noch eine Weile im Katalog stehen." Ich nickte kurz und verließ ihn, hinter seinem Schreibtisch sitzend, mit dem Tageslicht im Rücken.

10

Die Tür zum Büro nebenan stand einen Spalt offen. Ich sah Dankert Muus hinter seinem Schreibtisch sitzen. Er saß in einen Stapel Papiere vertieft, die der Dicke nach zu urteilen die Partitur des Einzugsmarsches der Bürokratie hätten sein können. Nur sah er nicht sonderlich musikalisch aus.

Dankert Muus saß in Hemdsärmeln. Die braune Jacke hing hinter ihm über dem Stuhlrücken und der Schlipsknoten war lose und unpolizeilich. Das Ganze hätte wirklich entspannt ausgesehen, wenn nicht der verbeulte, graue Hut gewesen wäre, den ihm jemand irgendwann einmal über den Kopf gestülpt hatte, und den er höchstwahrscheinlich nicht einmal in der Badewanne abnahm. Er war zu einem natürlichen Körperteil geworden. Ich hatte ihn jedenfalls nie ohne ihn gesehen.

Er mußte gespürt haben, daß ihn jemand ansah, denn plötzlich begegnete ich seinen Augen unter der Hutkrempe. Es war ein Gefühl, als träfe ein Schneidbrenner mich zwischen die Augen, und im selben Moment schnauzte er: „Was zum Teufel stehst du da und glotzt?"

Ich öffnete die Tür ganz und tat, als hätte ich vor, hineinzukommen. „Ich fand plötzlich, daß ich lange nicht hier war, und …"

Er zeigte mit dem Finger vor meine Füße. „Nicht einen Zentimeter über diese Schwelle, Veum! Ich warne dich. Ich habe dir ein für allemal gesagt: ich will dich nicht sehen, ich will dich nicht hören, ich will nicht mit dir reden. Nicht ein einziges Wort." Plötzlich wurde sein Ton butterweich. „Nicht bevor du fein artig auf der anderen Seite meines Schreibtisches platznimmst und ich dir eine erstklassige Anklage verpassen kann, mit Schleife drum und Sonntagsschulsternchen drauf. Verstanden?"

„Meldung erhalten", sagte ich und lehnte mich leicht gegen den Türrahmen. Dankert Muus sah mich böse an und ich sagte: „Erinnerst du was von dem Brand der Pfau-Fabrik, Muus?"

Ich sah, wie die Frage hinter seinen Stirnbrettern einsank und konnte förmlich sehen, wie sie in dem großen Echoraum dort drinnen hin und her prallten. „Pfau?" wiederholte er langsam. Dann kam er zur Besinnung. „Ich mach dich zum Pfau, du aufgeplusterter Papagei! Ich werd den Teufel tun und auf Fragen drittklassiger Amateure antworten! Hast du gehört, was ich gesagt habe?"

Er erhob sich drohend hinter seinem Schreibtisch und ich zog mich geschwind aus der Türöffnung zurück. Das bleichgraue Gesicht mit den blassen Augen, den breiten Kiefern und dem mausfarbenen Haar unter dem beuligen Hut war nicht eben schön, und es wurde auch nicht besser, als er sich um den Tisch herumbewegte und auf mich zukam. Aber er begnügte sich mit einem irritierten Grunzen, bevor er die Tür mit einem Knall vor mir zutrat.

Ich stand da und starrte auf sein Türschild. *Oberwachtmeister Dankert Muus*. Weiße Buchstaben auf blaugrauem Grund. Das sah fast ebenso einladend aus wie er selbst.

Auch die nächste Tür, zu der ich kam, stand halb offen. Es war der Tag der offenen Türen auf der Polizeiwache. Das nächste war wohl, daß sie zu einer Besichtigung einluden.

Vegard Vadheim stand vor seinem Bücherregal und blätterte in einem großen, roten Gesetzbuch. Er war mager, dunkelhaarig und gebeugt, mit ein paar grauen Locken hinter den Ohren. Früher einmal war er als Langstreckenläufer Mitglied der norwegischen Olympiamannschaft gewesen; sein internationaler Höhepunkt war das 10 000-Meter-Finale in Melbourne 1956 gewesen. Einige Jahre später hatte er ein paar Gedichtsammlungen herausgegeben. Wir waren niemals direkt auf Kollisionskurs gewesen, und ich war tatsächlich in der Lage, eine annähernd gebildete Unterhaltung mit ihm zu führen, jedenfalls gemessen an dem Maßstab, mit dem einige andere in diesem Haus operierten. „Hallo", sagte ich und er sah auf.

Die dunklen Augen sahen mich gedankenvoll an. Vegard Vadheim sah immer nachdenklich aus. Obwohl es zwanzig Jahre her war, daß er zuletzt etwas veröffentlicht hatte, bekam ich immer das Gefühl, als grübele er über irgendeine Strophe nach, als sei er ständig auf der Suche nach dem perfekten Wort, der einzig richtigen Formulierung. Er war ein Dichter von Natur, aber die Erfahrung sagte mir, daß er auch in höchstem Grade Realist sein konnte. Ich fragte: „Wann bist du nach Bergen gekommen, Vadheim?"

Er sah mich verwundert an. „Wann ich nach Bergen gekommen bin? Hat es dich zur Journalistik verschlagen, Veum?"

„Noch nicht. Es geht um Hjalmar Nymark."

Sofort wurde er ernst. „Ja, ich habe von dem Unfall gehört. Häßliche Sache. Aber er soll ja wohl durchkommen, oder?"

„Ja. Hör zu ..."

Er sah mich interessiert an. „Ich rieche die Lunte, Veum. Du meinst, es geschah vorsätzlich?"

Ich zuckte mit den Schultern. „Ich weiß nicht. Aber Nymark hatte so viel zu erzählen. Viel Ballast."

Er strich die Hand durch das Haar. „Komm erstmal rein, Veum" Er legte das Buch aus der Hand und setzte sich auf die Kante des Schreibtisches. Er zeigte auf einen freien Stuhl, aber ich blieb stehen und lehnte mich gegen die Wand.

„Kanntest du Hjalmar Nymark?" fragte ich.

„Ohja. Wir arbeiteten zusammen, bevor er ausschied. Später sah ich ihn nur sporadisch. Es ist selten, daß die Pensionierten hier vorbeikommen, Veum. Wir haben sowieso schon viel zuviel zu tun. Und das wissen sie."

„Gibt es denn immer noch nicht genug von euch?"

„Nein", sagte er kurz. „Ich kam nach Bergen Anfang der 60er Jahre. Hjalmar Nymark war viele Jahre lang einer meiner nächsten Mitarbeiter. Er hat mir vieles beigebracht."

„Soll das mit anderen Worten heißen, daß ... daß du ... sag mal, war Hjalmar Nymark ein guter Polizist?"

Vegard Vadheim sah mich säuerlich an. „Ein guter Polizist? Es fragt sich, wie du den Begriff definierst. Möglicherweise haben wir da zwei unterschiedliche Auffassungen. Jedenfalls herrscht hier im Hause darüber große Uneinigkeit. Aber du sollst eine Antwort haben. *Ja*, meiner Meinung nach war Hjalmar Nymark ein sehr guter Polizist. Ich habe gelernt, mich auf seine Einschätzungen zu verlassen. Er besaß große Menschenkenntnis, und er war immer auf der Seite der Schwächeren, wenn du verstehst. Allzu viele von uns gehen nur nach den Paragraphen, aber der Ausgangspunkt muß der Mensch sein, den du triffst, Veum. Niemand ist unfehlbar. Auch Polizisten nicht. Und nicht alle Paragraphen sind notwendigerweise ewige Wahrheiten."

„Hast du Hjalmar Nymark gut gekannt?"

„So gut, wie man Kollegen kennt, ohne persönlich befreundet zu sein. Er war in vieler Hinsicht ein reservierter Typ. Lebte für sich allein, hatte wenig Freunde, keine Familie. Ich glaube, er muß ein verdammt einsames Leben gelebt haben, aber er wollte es so. Ein paarmal aßen wir Mittag zusammen, wir luden ihn zu uns nach Hause ein, aber ... Wir schätzten einander, während der Arbeitszeit. Sonst sahen wir einander selten."

„Als du ihn kanntest, war er da auch schon mit ein paar alten Fällen beschäftigt?"

„Woran denkst du?"

„An Sachen, die während des Krieges passiert sind. Einen Denunzianten – einen Mörder, den sie die Giftratte nannten, an einen Brand 1953 in einer Farbenfabrik, die Pfau hieß. Fünfzehn Menschen kamen dabei um. An einen Mann, der verschwand – obwohl, das war später – 1971. Und an einen Mord, auch der 1971."

„Ich finde, du bringst die Karten durcheinander, Veum. Was das erste angeht, wonach du fragtest: Er erzählte einiges vom Krieg. Schließlich hatte er eine sehr zentrale Position innerhalb der lokalen Widerstandsarbeit. Das war an und für sich ganz interessant, aber du weißt, wie das ist. Alle haben sie das eine oder andere vom Krieg zu erzählen. Nach und nach wird es einfach so, daß du auf Details nicht mehr achtest. Aber ich erinnere den Namen. Und ich erinnere mich sogar an den Mord, 1971, von dem du eben wahrscheinlich sprachst. Ein Mann wurde getötet, von dem einige, unter ihnen Hjalmar Nymark, glaubten, er sei mit dieser ‚Giftratte' identisch, stimmt's?"

Ich nickte. „Genau. Der Fall wurde nie aufgeklärt."

„Nein. Das stimmt. Das war eine brutale Geschichte, aber in vieler Hinsicht typisch. Es war eine Hinrichtung, wie sie in der Unterwelt gar nicht selten vorkommt. Ein Spitzel wird auf diese Weise hingerichtet. Ein Rauschgifthändler, der für die entgegengenommene Ware nicht zahlen kann. Und vielleicht kann es auch alten Nazis passieren. Das ist keineswegs unwahrscheinlich."

„Aber was ist dann mit diesem Verschwundenen?"

„Wer war das?"

„Einer, der Stauer-Johan genannt wurde, und der ungefähr zur gleichen Zeit verschwand. Einer, der den gleichen körperlichen Defekt hatte, wie dieser Harald Wulff, die Giftratte. Und der danach nie wieder aufgetaucht ist."

„An den Fall erinnere ich mich nicht."

„Nein. Das hat sicher was mit den Prioritäten zu tun. Stauer kommen und gehen. Mit Reedern ist das anders."

Er sah mich betrübt an. „Tut mir leid, ich weiß nichts davon."

„Der Brand 1953. Hjalmar Nymark meinte, daß eben jener Harald Wulff etwas damit zu tun gehabt haben könnte. Er arbeitete als Bürobote dort. Daß es also kein tragisches Unglück war, sondern etwas weitaus ernsteres; ein Verbrechen. Und diese Fälle beschäftigten ihn noch immer. Sogar noch am Tag, bevor er überfahren wurde, ja sogar am selben Tag, sprach er davon. Er hatte sie nicht vergessen. Es waren fast dreißig Jahre seit dem Pfau-Brand und exakt zehn Jahre seit dem Verschwinden und dem ungeklärten Mord, aber er ... Ich weiß nicht, aber ich habe fast das Gefühl, daß er immer noch mit Nachforschungen beschäftigt war. Und dann wurde er überfahren. Im Grunde war es ein Wunder, daß er überlebte. Siehst du denn nicht ... den möglichen Zusammenhang?"

Vegard Vadheim sah mich lange an. „Es hört sich nicht sonderlich wahrscheinlich an, aber ... doch, ich kann den *möglichen* Zusammenhang sehen. Aber ..." Er machte eine ausladende Armbewegung. „Warum kommst du mit all dem zu mir? Hamre hat doch den Fall, und ich kann dir versichern, Veum – Hamre ist ein hervorragender Kerl. Wenn da was dran ist, wird er es herausfinden. Ich ..." Er streckte die Hand nach dem Telefon aus.

„Ich komme gerade von ihm. Er ist nicht besonders interessiert. Du kannst ja mit ihm darüber reden. Und ..."

Die Tür ging auf und eine Frau kam herein mit einem Stapel Papiere in der Hand. „Hier ist es. Ich glaube ich hab es jetzt." Sie blieb an der Tür stehen, als sie mich bemerkte. „Oh, Entschuldigung – ich ..."

Sie war Anfang dreißig, langhaarig und blond, mit einer großen, leicht krummen Nase und einem vorsichtigen Lächeln, das verblüffend schnell richtig munter wurde. Es blitzte in ihren Augen und sie streckte mir eine schmale Hand entgegen. „Hallo. Veum, nicht wahr?"

Ich räusperte mich. „Doch, ja, jedenfalls nicht Dr. Livingstone. Aber ..."

Sie lachte leicht. „Nein, wir sind uns nicht begegnet. Aber ich habe dich einmal beschattet. In einem grünen Mazda. Eva Jensen heiße ich."

„Ach sooo – damals. Naja, dann ..."

„Hab ich gestört?"

„Nein, ich wollte gerade gehen."

Vegard Vadheim war von der Schreibtischkante heruntergehüpft und stand nun mit einem halben Lächeln um den Mund da. „Trainierst du eigentlich noch, Veum?" Zu Eva Jensen sagte er: „Veum und ich haben uns ein paarmal gegenseitig ganz schön aus der Puste gebracht, als er beim Jugendamt arbeitete und für das Rathaus lief!"

„Ich laufe recht viel", sagte ich. „Wenn der Sommer gut ist und die Seele im Gleichgewicht ... Vielleicht sehen wir uns beim Bergen-Marathon im Herbst?"

„Tja, vielleicht, Veum, vielleicht."

„Also dann – tschüß!" Ich nickte den beiden zu. Eva Jensen war in blau gekleidet: blaue Hemdbluse und blauer Kordrock. Ihr Lächeln hing noch bis hinaus auf die Straße an mir. Vor ein paar Jahren hätte ich mich vielleicht verliebt. Aber heute nicht mehr. Ich war eine Ruine, eine verlassene Festung, ein längst gepflügter Acker. So fühlte ich mich jedenfalls, und so hatte ich mich seit dem letzten November gefühlt.

Manchmal, wenn ich Polizisten wie Hamre, Muus und Vadheim traf, dienstlich traf, passierte es, daß ich mich dabei ertappte, mir vorzustellen, wie es ihnen wohl privat ging.

Jakob E. Hamre hatte sicher ein geordnetes Privatleben. Ich ging davon aus, daß er eine nette Frau hatte, die ihm gesundes Brot backte und zwei kleine, rotbäckige Kinder, daß er nachmittags mit dem kleinsten auf den Spielplatz und abends zur Elternversammlung an die Schule des älteren ging; daß er bei einer Tasse Kaffee mit den Nachbarn über Fußball und Politik diskutierte, sonntags Touren machte in den Bergen um die Stadt, ein oder zweimal im Monat mit seiner Frau ins Kino oder Theater ging und es sich vielleicht sogar zwischendurch einmal leistete, sie zu einem besseren Abendessen auszuführen. Er liebte sporadisch, aber keineswegs leidenschaftslos, obwohl es mich nicht gewundert hätte, wenn er danach aufstände, um sich die Haare zu kämmen.

Dankert Muus dagegen war der Typ, der nach Hause kam und erwartete, daß alle in Habachtstellung standen und ihn willkommen hießen, das Abendessen auf dem Tisch war und die Tageszeitung fein zusammengefaltet an Papas Platz im Sofa, zwecks gemächlichen Durchlesens während des Abendkaffees. Ich nahm an, daß er den Abend vor dem Fernsehschirm verbrachte, die Füße auf dem Tisch und eine halbe Flasche Pils in Reichweite, während er brummend die Nachrichten des Tages kommentierte, den Wetterbericht für den folgenden Tag oder die abendliche Sendung des Fernsehtheaters. Mit dem Hut auf dem Kopf und grauen Bartstoppeln erlebte er seine leidenschaftlichsten Augenblicke, wenn auf dem Bildschirm ein Fußballspiel lief.

Dem schmerzlichen Flackern in seinen Augen nach zu urteilen, nahm ich an, daß Vegard Vadheim zu denen gehörte, die ein problematisches Liebesleben führten. Aus irgendeinem Grund sah ich ihn immer in einer schummerigen Küche vor mir, an einem Tisch, auf dem für zwei gedeckt war, mit Rotwein in den Gläsern. Ihm gegenüber saß eine Frau mit langen blonden Haaren und sensiblen Zügen. Sie saßen über den Tisch gebeugt und sprachen über ernste Dinge. Ab und zu war das Bild anders: sie war aufgestanden, starrte aus dem Fenster, in das Herbstdunkel hinaus, während er sie am Handgelenk hielt; auf dem nächsten Bild war sie auf dem Weg durch die Tür, und er saß allein am Tisch und sah ihr traurig nach. Ich konnte ihn vor mir sehen, wie er vor seinem Bett stand, während er seinen Koffer packte und die Kleidungsstücke fein säuberlich hineinlegte, die letzten Exemplare der zwei Gedichtsammlungen hervorholte, die er geschrieben hatte, ein paar Sportmedaillen dazuschmiß, ins Kinderzimmer ging und eine Weile in der Türöffnung stehenblieb, bevor er hinging und den schlafenden Kindern über das Haar strich. Und ich konnte ihn vor mir sehen, wie er schleppend die schmale Treppe in einem dunklen Haus hinunterging, nur die blonde Frau ist nicht mehr in dem Bild. Der Mann in drei Stadien.

Vielleicht war nichts von all dem richtig. Vielleicht waren es nur Phantasien. Plötzlich bist du auf dem Weg aus einem Haus und dein Kopf ist voll von Bildern.

Und Eva Jensen?

Sie ist ein Lächeln, das langsam erlischt.

11

Was fängt man mit sich an, wenn Juni ist und die Tage dunkel sind und der Regen wie schmutzige Scheuerlappen gegen dein Fenster klatscht, dein bester Freund im Krankenhaus liegt, die lokale Erstligamannschaft auf dem schnellsten Wege wieder abwärts in die zweite ist, deine Aquavitflasche leer und du dir eine neue nicht leisten kannst?

Ich saß in meinem Büro und versuchte aufzuschreiben, was ich von dem, was Hjalmar Nymark mir erzählt und dem, was ich nachher auf der Polizeiwache erfahren hatte, erinnern konnte.

Ich versuchte, eine Art Zeitschema aufzustellen, das schon mit den 30er Jahren begann. Ich notierte, was ich über die Unternehmungen Harald Wulffs in der Periode von 1943 bis 45 gehört hatte, falls er wirklich ‚Giftratte' war. Ich machte einen Kreis um die Jahreszahl 1953 und schrieb die Namen auf, die ich im Zusammenhang mit dem Brand bei Pfau gespeichert hatte: Harald Wulff (noch einmal), Elise Blom, zweimal dick unterstrichen (weil sie später mit Harald Wulff zusammengezogen war), Hagbart Helle(bust), Holger Karlsen (gest. 1953) und Olai Osvold (‚Brandstelle'). An den Rand, ein wenig schräg, sodaß er auch die Kriegsjahre abdeckte, schrieb ich noch einen Namen: Konrad Fanebust. Dann übersprang ich ein paar Jahre und erreichte 1971. Dort schrieb ich: Harald Wulff – tot? Stauer-Johan – verschwunden? Und zum Schluß zeichnete ich einen großen, dicken Pfeil zum unteren Rand des Blattes. Dort schrieb ich: 1981 – Hjalmar Nymark überfahren.

Ich saß da und sah das Blatt an. Es erzählte mir gar nichts. Nicht mehr als was ich schon wußte. Wenn es darin ein Muster gab, dann war es gut versteckt und die Spuren waren *mindestens* zehn Jahre alt. Wenn es überhaupt Spuren gab.

Wenn mir jemand angeboten hätte, die berühmte Nadel im Heuhaufen zu suchen, hätte ich meine Notgroschen eher darauf gesetzt.

Ich zog meine Schreibtischlade heraus, öffnete die Büroflasche und versicherte mich, daß ich mich recht erinnerte. Die Flasche war leer.

Es gab nichts, was ich tun konnte. Jedenfalls nicht, bevor ich mit Hjalmar Nymark gesprochen hatte. Und das sollte noch eine Weile dauern.

Es dauerte eine Woche, bis sie mich zu ihm ließen. In der Zwischenzeit hatte ich am Telefon ein paarmal mit Hamre gesprochen, nur um bestätigt zu bekommen, was mir die Zeitungen – durch ihr Schweigen – berichteten: daß nichts geschehen war.

An dem Tag, an dem ich Hjalmar Nymark besuchte, kaufte ich schnell einen Strauß Maiglöckchen, eine Tüte Trauben und ein Buch über ungelöste Kriminalfälle, das ich im Antiquariat im Markvei gefunden hatte (um einen Vorwand zu haben, über irgendetwas zu reden anzufangen).

Zur Besuchszeit in ein Krankenhaus zu kommen, ist ungefähr so, wie auf eine Beerdigung zu gehen. In der Schlange von Menschen auf dem Weg auf das Krankenhausgelände, alle mit den gleichen Reliquien unter dem Arm, der Konfektschachtel oder dem Blumenbüschel, fühlst du dich wie das Mitglied einer großen, geheimnisvollen Bruderschaft: der Gesunden.

Trotzdem gibt es nicht einen Menschen, der zur Besuchszeit in ein Krankenhaus kommt, ohne sich und sei es ein noch so kleines bißchen schlecht zu fühlen, ohne einen Schmerz zu spüren, sei er auch noch so klein – im Magen, im Herzen oder vielleicht nur im Nacken. Etwas ist da. Du bist nie völlig sicher. Vielleicht kommt ein Arzt und verdreht deine Augen, weil er meint, ein ihm wohlbekanntes Symptom zu sehen.

Vielleicht legen sie dich auf ein Bett und fahren dich in den Operationssaal, ohne daß du überhaupt Konfektschachtel und Blumenbüschel hast abliefern können.

Die Station, auf der Hjalmar Nymark lag, war im dritten Stock. Draußen auf den Korridoren lagen die Patienten in Reih und Glied. Diejenigen, die das Glück gehabt hatten, einen Fensterplatz zu bekommen, konnten von dort aus auf den großen Zentralblock sehen, in den einzuziehen sich niemand leisten konnte: noch ein Monument der raffinierten Transaktionen des Ölzeitalters in diesem Land, welches allen Prognosen zufolge zu den reichsten der Welt gehörte. Am Ende des Korridors kam ich zu einem langen, schmalen Sechzehnmannsaal, der in einem kleinen, stubenähnlichen Winkel in der äußersten Ecke des Gebäudes endete. Dort trieb der Zigarettenrauch wie Meeresnebel über den Patienten, die mit Rücken und Nacken auf einem schiefen Turm von Kopfkissen aufgestapelt lagen, während sie den allerletzten Rest des abendlichen Kinderprogramms im Fernsehen verfolgten. Die meisten von ihnen sahen aus, als seien sie weit über achtzig.

Hjalmar Nymark lag ungefähr in der Mitte der linken Reihe, mit einer Kanüle in einem Arm und einer Flasche mit klarer Flüssigkeit über dem Kopf hängend. Er sah aus, als habe er zehn Kilo abgenommen. Die Haut im Gesicht war gelblich und feucht, und in seinen Augen lag eine merkwürdige Mattheit, die vorher nicht da gewesen war. Die eine Hälfte des Gesichts trug blaurote Male von den starken Prellungen, und er war an allen Ecken und Enden verpflastert und bandagiert. Er lag auf dem Rücken und starrte leer in die Luft. Beide Beine lagen im Streckverband, der Arm war um das Handgelenk herum eingegipst, und die linke Hand lag mit gespreizten Fingern da wie eine tote Krabbe.

Ich trat langsam in sein Gesichtsfeld, um ihn nicht zu erschrecken. Er sah mich an, ohne zu reagieren.

Das hier war nicht der große, kräftige Mann, den ich kennengelernt hatte, der mit der Zeitung auf den Tisch schlug, um zu unterstreichen, was er sagte und sich wie ein Unwetter erhob, wenn er fertig war. Das hier war ein fremder Vetter vom Land, ein bleicher Verwandter, ein Schatten an einem bewölkten Tag.

„Hallo, Hjalmar“, sagte ich, so leicht ich konnte.

Hjalmar Nymark sah mich an, öffnete den Mund und schloß ihn wieder. Der Mann im Nachbarbett kicherte albern. Ich sah ihn an. Er hatte zwei Meter dicke Brillengläser, einen Mund ohne Zähne und lag vom Nacken bis zur Taille in Gips. Aber er lachte sicher nicht über mich. Vielleicht freute er sich einfach des Lebens, trotz allem. Es gibt solche Menschen, beruhigenderweise. Sie werden im Himmel auf einem Orchesterplatz sitzen, während man all uns anderen einen Stehplatz auf dem Balkon zuweist.

„Erkennst du mich nicht wieder?“ fragte ich umständlich.

Er nickte langsam. „V- V- V...“, sagte er.

„Ich habe dir ...“ Es wirkte so sinnlos, dazustehen, in der Hand die kleinen, wohlduftenden Maiglöckchen, so voller neuen, saftigen Lebens, mit dunkelgrünen, starken Blättern und winzigen, gelbgrünen Staubgefäßen, die ihren Blütenstaub vergeblich auf einen Boden verstreuen würden, der jeden Morgen mit Reinigungsmittel gewischt wurde. Es wirkte wie eine Beleidigung, diesem schlaffen Mund die kleine Tüte mit den prallen Trauben anzubieten. Das Buch legte ich nur einfach auf den Nachttisch, ohne es zu kommentieren.

Ich setzte mich auf den Stuhl, der am Bett stand, und er folgte mir mit dem Blick. Tief drinnen in den Augen war irgendetwas Wachsames, Lebendiges, aber es war weit bis dorthin, und du brauchtest eine starke Leuchte, um hinzufinden.

An diesem Abend war er nicht in der Lage zu sprechen, aber am Tag darauf begrüßte er mich mit der Andeutung eines Lächelns und wieder einen Tag später schaffte er es, meinen gesamten Namen zu sagen.

Nach einer Woche konnten wir eine vorsichtige Unterhaltung führen, aber sobald ich versuchte, sie darauf zu lenken, worüber er vor dem Unfall gesprochen hatte, verschloß sich sein Gesicht und sein Blick sperrte mich aus. Ich versuchte es noch einmal und plötzlich – in einem schnellen und unerwarteten Augenblick – war es, als erwache ein Zipfel des alten Hjalmar Nymark in ihm wieder zum Leben. Er ballte die linke Hand so kräftig, daß die Knöchel weiß wurden und aus seinen dunklen Augen sprühten Funken. „Vergiß es, Veum!“ bellte er. „Da gibt's nichts mehr zu reden! Verstehst du? Laß tote Wölfe liegen, verstehst du?“ Die Augen wirkten fast jung, so dunkel und verletzlich, wie die eines verschmähten Liebhabers. „Verstehst du?“

Der Mann im Nachbarbett lachte schallend über eine vergnügliche Szene des Stummfilms, den er ständig auf der Innenseite seiner Brillengläser sah und ich griff Hjalmar Nymarks Hand und preßte sie fest in meine, während ich nickte. Ich verstand und ich tat, als würde ich vergessen.

Später sprachen wir nie mehr davon und in Hjalmar Nymark schien eine Stagnation einzutreten. Er wurde einerseits gesünder und doch auch andererseits wieder nicht. Im Krankenhaus sagten sie, er mache fabelhafte Fortschritte, nur ich bemerkte keine großen Veränderungen.

So verging der Juni, wie nasse Fußspuren auf frischem Asphalt. Die Tage verdampften schnell und der Juli setzte ein, wie gewöhnlich.

Der Juli war grau und regnerisch in diesem Jahr. Ich verbrachte fünf Wochen auf Sotra, in der Hütte eines entfernten Verwandten, der froh war, daß jemand nach seiner Hütte sah, während er selbst seine Ferien in sehr viel sonnigeren Gefilden verbrachte. Ich hatte Hjalmar Nymark von meinen Plänen erzählt, bevor ich zusagte, für den Fall, daß er meine Besuche vermissen würde, aber er sah fast erleichtert aus, als ich es sagte. Vielleicht brachte meine Anwesenheit nur eine Erinnerung an Dinge zurück, die er am liebsten vergessen wollte. Vielleicht würde es ihm besser gehen, wenn ich mich eine Weile fernhielt. Jedenfalls packte ich den Aquavit, die Angelsachen und das Joggingzeug ein, um mich für eine Zeit am äußersten Rand des Landes niederzulassen, wo das Meer wutschäumend über die wolfsgrauen kahlen Felsen hereinbrach.

Die Hütte lag auf der Spitze einer steilen Felskuppe. Eine steile Kluft führte zu einem alten Bootshaus und einem Anleger, und draußen vor der kleinen Bucht lagen ein paar verwehte Inselchen als letzte Barriere vor dem Meer.

Weit, weit draußen wurde das Meer zu Himmel, aber das sahst du nicht immer. An diesen grauen Sommertagen mit flachem Regen in der Luft und einer Sonne, die nie mehr war als eine Ahnung irgendwo hinter den Wolken, schienen Himmel und Meer miteinander zu verschmelzen und eins zu werden. Es war, als seist du in ein großes, graues Leinentuch gepackt, dessen Enden jemand sorgfältig unter den Fetzen Land geschoben hatte, auf dem du dich befandst. Die Tage zogen in beruhigender Symmetrie vorbei. Ich stand auf, wann es mir paßte, verbrachte ein paar Stunden mit Frühstück und Kaffee, zog zum nächsten Landhandel und kaufte ein, ruderte das kleine Boot des entfernten Verwandten zu den nächsten Inseln hinaus, setzte mich an einen günstigen Angelplatz, warf den Haken aus und zog – mal mehr, mal weniger – mein Mittagessen an Land.

Jeden Abend lief ich, und die Strecken wurden länger und länger. Gleichzeitig nahm mein Alkoholbedarf ab. Als die Aquavitflasche leer war, ergab es sich einfach nicht, daß ich den weiten Weg in die Stadt fuhr, um mir eine neue zu kaufen, und der Kasten Bier, den ich gekauft hatte, reichte die ganzen vier Wochen. Hier draußen war es nämlich so, daß man das Bier kastenweise kaufen mußte. So erreichen sie, oder glauben es jedenfalls, daß die Leute weniger trinken. In der letzten Woche trank ich nur noch Milch, Kaffee, Tee und Wasser. Langsam fühlte ich die Kraft in meinen Körper zurückkehren. Es war ein langes und aufreibendes Jahr gewesen, mit regelmäßigen Reisen hinab auf den Grund meiner Büroflaschen.

Ich verbrachte die Ferien allein. Thomas hatte in die USA reisen dürfen, zusammen mit Beate und ihrem neuen Mann, der ein Stipendium bekommen hatte, das einen zweimonatigen Aufenthalt dort drüben deckte. Ich nannte ihn immer noch ‚Beates neuen Mann', obwohl er mittlerweile länger mit ihr verheiratet war als ich. Ich bekam im Laufe der

Ferien zwei Postkarten von Thomas. Die eine war aus Disneyland, wo er schrieb, daß er noch nie vorher so viel Spaß gehabt hätte. Die andere war ein authentisches Foto der Leichen von Tim Evans, Bob Dalton, Grat Dalton und Texas Jack nach der legendären Schießerei in Coffeyville, Kansas am 5. Oktober 1892, und auf der Rückseite der Karte konnte ich lesen, daß mein Sohn diese Reise nicht vergessen würde, so lange er lebte.

Der entfernte Verwandte schickte mir eine Karte aus den sonnigen Gefilden, um mir zu erzählen, daß der Schnaps billiger, die Frauen williger seien und die Sonne den ganzen Tag schiene. Sonst hörte ich von niemandem.

Abends saß ich an dem großen Stubenfenster, ein Glas Bier oder einen kleinen Aquavit in der Hand (so lange noch welcher da war), und las Bücher, die so dick waren, daß man wirklich Sommerferien haben mußte, um durchzukommen. Oder ich saß nur einfach da und starrte ins Weite, an den kleinen Inseln vorbei und auf das scheinbar endlose Meer dort draußen, so wie Menschen immer zum Horizont starren, als gäbe es dort eine heimliche Öffnung zu einer neuen und besseren Welt. Ab und zu kreuzte ein großes Schiff ein Stück des Meeres dort draußen und unten im Süden sandte ein Leuchtfeuer seine regelmäßigen Botschaften in die Umgebung: blink – blink, blink – blink …

In der Nachbarhütte wohnte eine Familie mit zwei kleinen Kindern. Der Vater war groß und schlaksig und trug eine Brille. Die Mutter war eine von dieser grazilen, durchsichtigen Blondinen, die fast unsichtbar werden, wenn sie nur im Bikini daherkommen. Abends konnte ich sie sehen, im Licht ihrer Petroleumlampe. Wenn die Kinder im Bett waren, saßen sie eng beieinander und blickten auf dasselbe Meer hinaus, während sie plauderten. Sie sahen wundersam zufrieden aus. Am Tage kamen sie in farbensprühendem Regenzeug heraus, und wenn wir einander auf dem Pfad zur Hauptstraße begegneten, lächelten sie freundlich, nickten und sagten ‚hallo' und wenn sie sich an manchen Tagen so richtig langweilten, kamen die Kinder herüber und wechselten ein paar Worte mit dem Einsiedler auf der Felskuppe.

An drei Tagen schien die Sonne. Dann saßen sie draußen auf der Terrasse vor der Hütte, bis die Sonne unterging, und die Kinder durften lange aufbleiben. Sie hatten dünne Drinks in ihren Gläsern, und wenn es anfing, kühl zu werden, zogen sie sich füllige Strickjacken über und rückten enger zusammen. Ich konnte ihre hellen Stimmen hören, wo ich saß, unten auf ein paar flachen Steinen vor der Hütte, mit einer warmen Kaffeetasse zwischen den Fingern und einer alten Krebsreuse zu meinen Füßen. Jeder von seinem Aussichtspunkt sahen wir die Sonne, rund und rot, wie einen großen Ballon langsam auf den Horizont zusinken, so rund, daß du fast darauf wartetest, daß sie von dort wieder hochprallte. Aber sie sank in die Tiefe und die Dunkelheit trieb langsam heran, wie eine schwarze Pest aus dem Meer.

Aber die Sonne schien nur an wenigen Abenden. In den Zeitungen stand, es sei der feuchteste Sommer seit Anfang der 20er Jahre und viele behaupteten, wir seien auf dem Weg in eine neue Eiszeit. Die Optimisten konnten uns damit trösten, daß es sich doch wohl kaum um eine neue Eiszeit, sondern nur um eine Periode mit feuchteren Sommern und niedrigeren Durchschnittstemperaturen handelte, die nicht länger als 20–30 Jahre dauern würde. Mit anderen Worten konnten diejenigen von uns, die bis dahin bei Gesundheit geblieben waren, der Zukunft froh entgegensehen.

An einigen Abenden, während der Regen wie Talg auf die stille Wasserfläche tropfte, ruderte ich herum und fischte Krebse aus dunklen Reusen. An diesen Abenden saß ich und aß, bis der Tag graute: solche endlosen, friedvollen Krebsmahlzeiten, wie man sie nur erleben kann, wenn man allein ist.

Dann begannen die Tage zu schrumpfen. Die Abende wurden dunkler, und es war Kälte in der Luft wenn du morgens hinauskamst. Ich blieb ein paar Tage über die Zeit, und es war schon seit acht-neun Tagen August, als ich die Hütte aufräumte, die Fensterläden vorklappte und sorgfältig abschloß.

Ich überquerte die Sotra-Brücke, den Südwestwind in der Seite. Im Norden lag Askøy, gut verpackt in schmutziggrauer Watte, um während der Fracht nicht beschädigt zu werden. Als ich mich der Stadt näherte, hingen die Nebelwolken lauernd die Berghänge hinab, wie um die allerletzten Reste des Sommers zu verschlingen, der kaum einer gewesen war.

Ich parkte den Wagen auf dem Tårnplass und machte einen Abstecher ins Büro am Strandkai. Es hatte sich Post angesammelt und viele hatten im Laufe der Ferien die Postboten damit in Atem gehalten, Reklame zu verschicken. Es war nichts Persönlicheres im Postkasten als die Mahnung für eine Lebensversicherungsrate, die zu bezahlen ich schon seit langem für sinnlos befunden hatte. Ich ging hinauf ins Büro und schloß auf. Der Staub hatte sich zusammengeballt wie die Tiefs vor der norwegischen Küste. Sonst war alles, wie es sein sollte. Die Flasche in der Schreibtischlade war leer wie ein Wahlversprechen, und die einzige Veränderung im Stadtbild vor meinen Fenstern war das neue Hotel, das draußen auf Bryggen langsam Form annahm und der anderen Seite von Vågen ein neues und schöneres Aussehen verschaffte, als würden die ausgeschlagenen Zähne in einem Mund endlich durch neue ersetzt.

Als ich das Krankenhaus anrief und nach Hjalmar Nymark fragte, erfuhr ich, daß er entlassen worden war.

12

„Entlassen?", sagte ich, unnötig laut vielleicht. „Sie meinen wohl überführt. In ein Pflegeheim oder sowas."

„Einen Augenblick, ich werde Sie ..., sagte die Stimme und unterbrach sich selbst.

Eine neue Stimme übernahm. Sie war weitaus mündiger, und ich sah eine dieser großen, kräftigen Oberschwestern vor mir, die dir eine mütterliche Strafpredigt halten, sobald du dich auch nur im Schlaf umdrehst, ohne vorher zu klingeln und um Erlaubnis zu bitten. „Hier ist Pedersen, was wünschen Sie bitte?"

„Hören Sie zu, Pedersen, mein Name ist Veum und ich würde gern meinen guten Freund Hjalmar Nymark besuchen, der ..."

„Er ist entlassen. Er wurde heute entlassen."

„Aber er – meinen Sie wirklich entlassen? Nach Hause?"

„Er fuhr nach Hause, wenn Sie das meinen, ja."

„Aber konnte er denn gehen? Als ich ihn das letzte ..."

„Er benutzte Krücken, aber er war durchaus beweglich."

„Durchaus beweglich? Aber der Mann wohnt im dritten Stock, in einem Altbau, ohne Fahrstuhl. Wie, glauben Sie ..."

"Tut mir leid, Veem ..."

„Veum."

„Das ist selbstverständlich bedauerlich, aber mit der Kapazität hier oben ist es jetzt zur Ferienzeit katastrophal bestellt. Wir schicken die Leute direkt aus dem Operationssaal mit dem Taxi nach Hause, wenn es irgendwie zu verantworten ist." Ich hörte sie in irgendwelchen Papieren blättern. „Und außerdem kann ich Sie beruhigen, wir haben das Sozialamt benachrichtigt, und man hat ihm eine Haushaltshilfe vermittelt, für täglich, also ... Es gibt Leute, die schlechter dastehen als er. Sind Sie vielleicht ein Verwandter, dann können Sie doch ..."

„Ich werde ihn besuchen, ja. Und zwar sofort."

„Also, war sonst noch etwas, Veem?"

„Nein, das ..."

„Dann auf Wiedersehen."

„Wiederhörn."

Ich legte vorsichtig den Hörer auf, damit sie nicht zurückrief und mich ausschimpfte. Dann machte ich mich auf den Weg.

Der schmale, graue Altbau, in dem Hjalmar Nymark wohnte, sah nicht sonderlich einladend aus. Ich stapfte die dunkle Treppe hinauf. Für einen siebzigjährigen Mann, der auf Krücken ging, konnte es nicht leicht sein, hier heraufzukommen. Wenn es einmal brannte, war er nicht viel mehr wert als eine dreißig Jahre alte Ermittlungsakte im Polizeiarchiv.

Im zweiten Stock war die Glühbirne durchgebrannt. Als ich mich zum dritten Stock hinauftastete, bemerkte ich, daß dort jemand war. Ich blieb stehen, das eine Bein eine Treppenstufe über dem anderen. Die Augen, die meinen begegneten, waren aggressiv und bekümmert zugleich.

Dort oben stand eine Frau. Sie war um die vierzig Jahre alt, eine dieser breitgewachsenen, fast viereckigen Frauen, die sich mit breiter Hüftpartie, kurzem Pony und einer kaum merkbaren Andeutung von Unterbiß durch das Dasein schieben. Sie erinnerte schwach an einen orientalischen Freistilringer, aber es war nichts Untertäniges an der Miene, mit der sie mich empfing. Die Stimme war kraftvoll, der Dialekt bergensisch. „Was wollen Sie?"

„Ich möchte zu Hjalmar Nymark", antwortete ich und stieg vorsichtig höher.

„Sind Sie ein Verwandter?" kläffte sie. „Wenn sie glauben, ich fände's sonderlich lustig ... Mir wurde gesagt, die Tür stünde offen, sodaß ich einfach hineingehen könnte. Der Patient soll bettlägerig sein oder jedenfalls äußerst schlecht auf den Beinen."

Ich war jetzt oben bei ihr angekommen. Aus der Nähe wirkte sie etwas weniger imponierend, weil sie zehn bis fünfzehn Zentimeter kleiner war als ich. Die Lippen waren stramm und schmal, die Augen scharf, und sie duftete schwach nach Eukalyptus-Bonbons. Sie trug einen graubraunen, knielangen Mantel, doppelt geknöpft und mit breiten Aufschlägen an den Taschen. Die portweinrote Handtasche hatte lange Riemen, was sie zu einer ausgezeichneten Handwaffe machte. Also hielt ich ein Auge auf sie.

Ich fragte vorsichtig: „Sind Sie die Haushaltshilfe?"

„Ja, und ich hab nicht ewig Zeit. Ich habe noch zwei Patienten und einer davon ist eine Frau von neunzig, die ist blind und teilweise behindert und braucht wirklich jeden Tag Hilfe beim Essenmachen. Und auf dem Amt haben sie gesagt ..."

„Was ist ihr Auftrag?"

„Dieser Hjalmar Nymark – er ist gerade aus dem Krankenhaus entlassen worden, und sie haben mir gesagt, auf dem Amt ..." Sie musterte mich mißtrauisch. „Daß er überhaupt keine Angehörigen hätte und deshalb sollte ich ihn täglich besuchen – außer an den Wochenenden natürlich. Dann haben wir nämlich frei."

„Und was passiert an den Wochenenden?"
„Gar nichts. Wenn sie keine Familie haben, oder sonst jemanden."
„Und die alte, blinde Dame?"
„Nee, also, *da* kommt die Tochter."
„Ach so, *da* kommt die Tochter."
„Ja, die wohnt nämlich auf Stord."
„Und Pflegeheimplätze, sowas gibt's nicht?"

Sie schüttelte stumm den Kopf. Dann glitt ihr Blick zur Seite, in Richtung Tür. Sie war braun gestrichen, und hinter den schmalen Scheiben sahen wir einen Schimmer der Beleuchtung aus Hjalmar Nymarks Flur. In der Mitte der Tür war eine dieser altmodischen Klingeln, wie es sie in einigen Gegenden Bergens immer noch gibt. Man dreht einen Handgriff herum und auf der Innenseite klingelt es: ein kratzender, heiserer Laut.

Die Haushaltshilfe sagte: „Der Mann da drinnen kann kaum gehen. Deshalb sollten die Leute vom Krankenhaus die Tür offen stehen lassen. Ich sollte einfach reingehen. Aber sie ist zu. Und ich hab keine Zeit."

Sie machte eine Bewegung zum Handgelenk und der Armbanduhr.

Ich sah zur Tür hin. Wäre man entschlossen genug, würde es zehn Sekunden dauern, sie zu öffnen. „Sie haben es mit der Klingel versucht?"

„Natürlich. Und ich habe geklopft. Ich war auch eine Etage tiefer, aber da war niemand zuhause." Sie sah mich hilflos an. „Wenn Sie doch bloß ein Verwandter wären, dann ..."

Ich zuckte mit den Schultern. „Was dann? Hier gibt es nur eins zu tun. Wir brechen ein."

Sie riß die Augen auf. „Aber – Vielleicht kann ein Hausmeister ..."

Ich schob sie behutsam zur Seite und ging einen Schritt auf die Tür zu. Ich warf einen Blick auf das Schloß, dann hob ich das rechte Bein und trat flach gegen die Tür, direkt neben dem Schlüsselloch. Es knirschte im Rahmen und Putz rieselte von der Decke. Die Haushaltshilfe sah bekümmert nach oben und hielt sich am Treppengeländer fest. Die Tür ging nicht auf.

Ich trat noch einmal zu. Dieses Mal rieselte deutlich mehr Putz von der Decke. Er bedeckte uns beide wie grauweißer Puder und nun war es an mir, nach oben zu sehen. Wenn ich so weitermachte, stünden wir bald unter freiem Himmel. Die Tür war nach wie vor zu.

„Also gut", sagte ich und machte kurzen Prozeß.

Ein erneuter Tritt zerschlug die Scheibe neben dem Schloß. Mit der Schuhspitze stieß ich die spitzesten Glasstücke los, streckte die Hand hindurch, griff um den Türknauf und öffnete die Tür mit einem kleinen Schnappen des Schlosses. Ich trat zur Seite und deutete der Haushaltshilfe an, vielleicht als erste hineinzugehen, da sie doch die Bürokratie auf ihrer Seite hatte. Sie starrte ängstlich auf die Türöffnung und winkte mich vor sich.

Ich ging hinein und hörte ihre hastigen Schritte direkt hinter mir. Sie wollte zwar nicht vorgehen, aber auch auf keinen Fall etwas verpassen.

Die Wohnung war vollkommen still, der Flur stumm und finster. Ich öffnete die Tür zum Wohnzimmer. Es war leer. „Hjalmar", sagte ich.

Niemand antwortete.

Die Haushaltshilfe atmete schwer hinter mir. „Ist er ..."

Ich durchquerte das Wohnzimmer, ging auf die hellgrüne Tür zu, klopfte an und öffnete sie, ehe jemand antworten konnte.

Es ist schon merkwürdig. Wenn man solche Türen öffnet, weiß man fast immer schon, was man vorfinden wird. Im selben Augenblick, in dem man sie öffnet, weiß man es. Als hätte der Tod seine ganz eigene, starke Ausstrahlung.

Hjalmar Nymark lag im Bett. Die Bettdecke war halb zur Seite geworfen. Das Kopfkissen lag auf dem Boden. Der eine Arm hing schlaff vom Bett herunter, ohne ganz zum Boden zu reichen. Die neuen Krükken lehnten am Nachttisch. Auf dem Nachttisch stand ein Glas Wasser. Das Glas war halb leer.

Das Gesicht verriet nichts. Es war fremd und anders, wie eine zum Teil geschmolzene Wachsmaske. Ein süßlicher, widerlich fader Geruch hing im Raum und es war unmöglich, die Staubschicht auf den Möbeln zu übersehen. Hjalmar Nymark starb in einer Umgebung, die zum Stil des Lebens paßte, das er geführt hatte, umgeben von Leere, allein mit sich selbst.

Ich wandte mich ab und begegnete dem Gesicht der Haushaltshilfe hinter mir. Sie sah nicht mehr ängstlich aus. Plötzlich hatte sie etwas Nüchternes und Realistisches an sich, das fast tröstlich war. Ich trat von der Tür weg ins Wohnzimmer. In den dunklen Raum hinein sagte ich: „Ich werde wohl jemanden anrufen müssen."

13

Ich blieb mit dem Rücken zur hellgrünen Tür stehen. Auf der Anrichte direkt vor mir standen die Bilder von Hjalmar Nymarks Eltern. Es waren hellbraune Fotografien aus der Zeit um die Jahrhundertwende und mir kam plötzlich der Gedanke, daß Hjalmar Nymark drei Generationen in sich getragen hatte und seine Eltern der vierten angehörten. Sie waren wahrscheinlich irgendwann in den 1870ern geboren, ungefähr zur Zeit des deutsch-französischen Krieges, der Pariser Kommune und des

Durchbruchs des Parlamentarismus. Als der erste Weltkrieg ausbrach, waren sie älter, als ich es jetzt war. Bergen war eine autofreie Stadt, auf Fløyen sprossen die Baumsetzlinge und wenn du aufs Land wolltest, fuhrst du einfach auf die andere Seite des Store Lungegårdsvann, mit dem Boot.

Ich sah mir Hjalmar Nymarks Vater an. Von ihm hatte er die Gesichtsform: vierkantig und massiv, mit einer kräftigen Kinnpartie. Das Haar war lockig und stand gerade von der breiten Stirn ab. Der Gesichtsausdruck war feierlich, wie bei allen Menschen, die sich zu jener Zeit fotografieren ließen.

Die Mutter wirkte zarter. Das Gesicht wurde zum Kinn hin schmaler und über der Stirn lag eine helle Schicht blonder Locken. Die Augen wirkten scheu, und um ihren Mund lag ein nachdenklicher Zug.

Und nun lag ihr Kind im Zimmer nebenan. Es hatte sich der ständig wachsenden Schar der Vorväter angeschlossen und was übrig war, war eine leere Hülle und eine tote, inhaltlose Gesichtsmaske.

Ich sah mich um. Der Raum wirkte unbewohnt und verstaubt. Er hatte hier ein Menschenalter lang gewohnt. Nun würden neue Menschen einziehen, neuen Belag auf dem Boden ausrollen, starke Farben an die Wände klecksen, wenig farbenfrohe, geblümte Gardinen vor die Fenster hängen, die Wohnung mit Blumen und Bildern schmücken und mit Möbeln ausstaffieren, in denen man sich nur als Yogaspezialist wohlfühlen konnte.

Die Haushaltshilfe kam aus dem Schlafzimmer. Sie warf einen schnellen Blick auf die Uhr. „Es gibt wohl nichts zu tun", sagte sie.

„Nein", sagte ich kleinlaut. „Nichts, außer die Polizei anzurufen."

Das breite Gesicht wurde noch flacher, die Haut spannte sich über den Wangenknochen, und ich ahnte, wie sie ihren Zeitplan sich in Luft auflösen sah.

„Die Polizei? Aber warum denn? Sie glauben doch nicht etwa ..." Sie sah forschend zu meinem Gesicht auf.

Ich sagte: „Er war selbst Polizist. Vor ein paar Monaten erlitt er einen Unfall. Er wurde angefahren. Ich glaube, es wäre dumm von uns, nicht die Polizei anzurufen."

Sie nickte.

Ich sagte schnell: „Würden Sie bitte so nett sein und das tun? Dann bleibe ich solange hier."

Sie nickte: „Ist in Ordnung. Glauben Sie, wir müssen eine Erklärung abgeben?"

„Das ist sicher schnell gemacht", sagte ich. „Ist ihnen auf der Treppe niemand begegnet, als Sie kamen?"

Sie sah mich verwundert an. „Auf der Treppe? Nein. – Niemand."

Sie schüttelte den Kopf und ging zur Tür. Dann hielt sie plötzlich inne, wurde bedächtig in ihren Bewegungen.

„Das heißt …“

„Ja?“

„Auf der Treppe ist mir niemand begegnet. Aber es kam einer raus, als ich noch unten auf der Straße war.“

„Aus diesem Haus?“

„Ja. Er ging in die entgegengesetzte Richtung, deshalb konnte ich ihn nicht so deutlich sehen.“

„Ein Mann?“

„Ja. Er …“ Sie biß sich auf die Lippen, dachte noch einmal nach. „Da *war* was an ihm.“

„Ja?“

Dann erhellte sich das Gesicht plötzlich und sie sagte: „Ja, *das* war's! Er zog irgendwie das eine Bein nach, als ob er – ja, hinkte.“

Etwas Böses und Kaltes griff um meine Brust. „Sind Sie sicher, daß er … daß er wirklich … hinkte?“

„Ja, so sicher, wie ich hier stehe. Hat das was zu bedeuten?“

„Ich weiß nicht. Aber vergessen Sie um Himmels Willen nicht, das der Polizei zu erzählen! Vergessen Sie das nicht!“

„Nein, ist gut. Nein, werde ich nicht.“

Dann warf sie einen unbestimmbaren Blick in Richtung Schlafzimmer, machte eine Bewegung mit der freien Hand, umklammerte fest mit der anderen ihre Handtasche und war aus dem Zimmer.

Ich blieb zurück und sah mich noch einmal um. Der Raum hatte eine neue Atmosphäre bekommen. Ich durchforschte ihn. Gab es irgendetwas, das nicht stimmte? Die Türen der Anrichte, stand nicht die eine einen winzigen Spalt offen, als hätte gerade eben jemand sie geöffnet und danach nicht wieder ordentlich geschlossen? Der Zeitungsstapel neben dem Ofen, war der nicht unordentlicher, als bei meinem letzten Besuch? Und was war mit dem Schlafzimmer?

Ein Gedanke schoß mir durch den Kopf.

Ich ging ins Schlafzimmer. Ich versuchte, nicht direkt zu Hjalmar Nymark zu sehen. Ich ging auf die Knie und sah unter das Bett. Ich stand wieder auf und öffnete den Kleiderschrank, stellte mich auf die Zehen und sah auf das oberste Bord, verrückte ein paar Pappschachteln. Ich schob die zwei Anzüge und die vier Hemden zur Seite, verstellte die Schuhe auf dem Boden. Ich zog einen Hocker an den Schrank heran, stieg hinauf und sah auf dem Schrank nach. Hinten an der Wand lag eine alte Strickjacke. Sonst war dort oben nichts als Staub.

Ich stieg wieder herunter und blieb stehen. Ließ den Blick durch den ganzen Raum gleiten. Die letzte Möglichkeit war der Nachttisch. Ich öffnete die Schublade. Dort lag eine alte Bibel und eine Illustrierte mit angeblich aktuellen Kriminalreportagen. Ich öffnete die Klappe darunter. Dort lag ein gebrauchtes Taschentuch, ein Fetzen einer alten Zeitung und eine leere Leimtube. Sonst nichts.

Ich richtete mich auf und starrte direkt auf Hjalmar Nymark. Seine Augen waren gläsern und starr. Sie verrieten nichts.

Ich ging wieder aus dem Zimmer und untersuchte die möglichen Verstecke im Wohnzimmer. Nichts!

Ich ging in den Flur, durchsuchte den Schrank, die Regale und eine kleine Kommode. Nichts!

Der letzte Raum war die Küche. Ich öffnete zuerst den Kühlschrank. Dort stand frische Milch, ein Karton mit sechs Eiern, ein paar Tuben Käse und ein Plastikbehälter mit Tomaten. Das war alles. Die Küchenschränke, die Schubladen und die kleine Speisekammer ergaben das gleiche magere Resultat.

Ich blieb am Küchenfenster stehen und starrte auf den Puddefjord hinunter. Draußen bei Laksevåg hatte eine mennigefarbene Bohrinsel zur Überholung festgemacht. Das starke Rot zeichnete sich scharf gegen die Bebauung am Damsgårdsfjell ab, wo die Herbstfarben der Vegetation noch nicht ihren Todesstempel aufgedrückt hatten. Der Himmel über dem Fjell war bleigrau und schwer. Es war einer dieser Augusttage, die von Herbst und Winter und Tod kündeten.

Ich ging langsam zurück ins Wohnzimmer. Ich war ziemlich sicher. Die Pappschachtel, in der Hjalmar Nymark die Zeitungsausschnitte und das ganze übrige Material über den Brand bei Pfau aufbewahrt hatte, war nicht mehr in der Wohnung.

14

Die Haushaltshilfe kam zurück. Die Polizei sei unterwegs, sagte sie. Wir setzten uns beide auf einen Stuhl und blieben auf der äußersten Kante sitzen, ohne etwas zu sagen, wie zwei ferne Verwandte, die sich zum ersten Mal nach vielen Jahren wiedertreffen und nichts zu bereden haben.

Wir hörten sie im Eingang und erhoben uns, bevor sie ins Wohnzimmer kamen. Es waren Hamre, Isachsen und Andersen. Sie grüßten leise, als seien sie schon zum Begräbnis gekommen, und gingen schweigsam ins Schlafzimmer. Als sie wieder herauskamen, waren die Gesichter betrübt. Hamre strich sich bekümmert übers Kinn und sah mich mit leerem Blick an. „Es ist immer traurig“, sagte er.

Niemand protestierte.

Die Haushaltshilfe sagte sofort, daß neue Patienten warteten, sie habe wenig Zeit, und ob sie nicht als erste ihre Aussage machen könne.

„Aussagen?“ sagte Hamre und sah mich fragend an.

Ich öffnete den Mund, aber sie kam mir zuvor. „Ja, heißt das denn nicht so?“

Isachsen und Andersen bewegten sich vorsichtig im Raum herum ohne irgendetwas zu berühren. Isachsens bleiche Sommersprossen verschwanden fast bei der schlechten Beleuchtung. Andersen schnaufte schwer nach dem langen Aufstieg durchs Treppenhaus. Sein dicker Bauch stieß stramm gegen die Anzugjacke, die drauf und dran war, aus den Nähten zu platzen. Isachsen hatte den üblichen säuerlichen Ausdruck im Gesicht und ignorierte mich völlig.

Hamre sah mich immer noch an. „Deutet irgendwas daraufhin, daß der Todesfall verdächtig wäre?“

„Du kennst selbst die Vorgeschichte. Und übrigens. Die Haushaltshilfe hatte den klaren Bescheid bekommen, daß die Tür unverschlossen sein sollte, wenn sie käme. Das war sie nicht. Wir mußten sie aufbrechen.“

„Einen Augenblick mal, Veum. Weshalb bist du hergekommen, gerade heute?“

„Ich bin heute vormittag von Sotra zurückgekommen. Als ich im Krankenhaus anrief, bekam ich zu hören, er sei entlassen worden. Ich ging direkt hierher und traf – äh …“

„Lie. Tora Lie“, sagte die Haushaltshilfe und sah so aus, als wolle sie auch noch die Hand ausstrecken.

„Na gut …“, sagte Hamre. Alle drei Polizisten hörten mir jetzt zu, Isachsen allerdings hatte den Blick aus dem Fenster gerichtet, als ob es ihn eigentlich nicht interessierte, aber an der gespannten Haltung konnte ich sehen, daß er mit dem ganzen Körper lauschte.

„Frau Lie erzählt, sie hätte, als sie kam, einen Mann das Haus verlassen sehen. Einen Mann, der hinkte“, fügte ich mit Nachdruck hinzu.

„Soso“, sagte Hamre ungeduldig. „Aber …“

„Hjalmar Nymark da drinnen – das Kopfkissen liegt auf dem Boden, als hätte jemand es benutzt, um … Ich würde die Todesursache untersuchen lassen. Wenn die auf Erstickungstod lautete, fände ich das äußerst verdächtig.“

Hamre schloß geduldig die Augen, als wolle er sagen, ich solle doch aufhören, ihn über alltägliche Polizeiroutine zu belehren und öffnete sie wieder.

Ich sagte schnell: „Und als ich das letzte Mal hier war, zeigte mir Hjalmar Nymark eine Pappschachtel mit altem Material zu den Ermittlungen um den Brand bei Pfau. Zeitungsausschnitte, Sachdokumente, technische Berichte und so weiter. Und diese Pappschachtel, die kann ich nirgends finden."

„Hast du dich denn auch gut genug umgesehen?" fragte er säuerlich. „Hast du überall gesucht? Deine Fingerabdrücke über die ganze Wohnung verteilt? Sodaß keine anderen mehr zu finden sind?"

„Das spielt keine Rolle, das weißt du genausogut wie ich. Wenn hier fremde Fingerabdrücke *sind*, dann wirst du sie trotzdem finden. Außerdem ist nicht sicher, daß der, der hier war, überhaupt zu suchen brauchte. Als Hjalmar Nymark die Schachtel holte, damals, war er hier drin – im Schlafzimmer. Entweder hat sie unter dem Bett gestanden, ganz oben im Kleiderschrank oder unter dem Nachttisch. Ich tippe auf das Bett. Der, der sie mitgenommen hat ..."

„*Wenn* jemand sie mitgenommen hat", unterbrach mich Hamre. Er sah bleich aus. Viel Sonne hatte es da, wo er die Sommerferien verbracht hatte, auch nicht gegeben. Der Stoppelbart zeigte sich deutlich und es war etwas Zähes, Graues an ihm, das kein gutes Wetter verhieß. Er wandte sich an die beiden anderen.

„Beordert die nötigen Leute her und führt die routinemäßigen Untersuchungen in der Wohnung durch. Ich nehme Veum mit mir auf die Wache, damit er seine Aussage machen kann."

Zu Tora Lie sagte er freundlich: „Sie können ruhig ihre anderen Patienten besuchen, wenn Sie nur so nett wären, sich später im Laufe des Tages bei mir auf der Polizeiwache zu melden."

Die Haushaltshilfe nickte dankbar. Hamre nickte mit dem Kopf in Richtung Tür und sah mich starr an.

„Na los, Veum."

Ich folgte Tora Lie auf den Fersen durch die Tür. In der Türöffnung drehte ich mich um und sah zurück. Jon Andersen stand da und studierte interessiert die Bilder der Eltern Hjalmar Nymarks, während Peder Isachsen mürrisch die Fensternische betrachtete, als erwarte er, dort schlagende Beweise zu finden. Im Zimmer dahinter lag Hjalmar Nymark auf dem ‚lit de parade', wie ein zufällig hinterlassener Gegenstand. Ich ging aus dem Zimmer und durch die Eingangstür mit der zerbrochenen Scheibe. Unten auf der Treppe hörte ich Tora Lie etwas sagen und Hamre leise, aber freundlich antworten – wie es sein Stil war. Ich folgte ihnen, mit dem unbehaglichen Gefühl, immer zu spät aufzutauchen – wie es mein Stil war.

15

Als wir auf die Wache kamen, bat Hamre mich, zu warten. Ich nahm auf einem der Stühle mitten vor der Schranke Platz, hinter der vornübergebeugt ein älterer, bebrillter Polizist saß und die Sportseiten in einer der Tageszeitungen las. Er hatte einen verstörten Gesichtsausdruck, und das verwunderte mich nicht. Die lokale Erstligamannschaft hatte am Tag zuvor haushoch verloren, und nun hatte auch noch die Mannschaft der zweiten Liga zu verlieren begonnen.

Die Polizeiwache trägt Merkmale eines Wartezimmers. Diejenigen, die dort warten, sind vielleicht nicht gerade todkrank, aber die meisten von ihnen sehen so aus. Einige sitzen da und drehen nervös die Daumen. Andre murmeln leise vor sich hin, Litaneien wie die Erklärung der zehn Gebote im Konfirmandenunterricht früherer Zeiten. Lose Vögel kommen und gehen, einige ziemlich verlottert, andere durchaus nicht ohne Bravour. Als ob die Schattenseite des Lebens Revue passierte. Und in der ersten Reihe im Orchester sitzt: der waschbare Veum, die Hoffnung, die nie verblaßt.

In gewisser Weise war es, als säße man im Wartezimmer eines Zahnarztes, ohne einen Termin zu haben. Alle, die neben mir saßen, wurden einer nach dem anderen hereingeholt und wieder hinausgelotst. Ich blieb sitzen, lange Zeit ganz allein.

Hamre war ein paarmal draußen in der Wache, ohne ein Zeichen zu geben, daß ich mit hineinkommen sollte. Er ging mit schnellen Schritten: ein effektiver und energischer junger Mann auf dem Höhepunkt seiner Karriere. Ich saß da und sah zu und fragte mich, was das wohl für ein Gefühl sein mußte. Ich war nie so hoch gewesen. Vielleicht würde ich es auch nicht verkraften. Mir würde wohl schwindelig werden.

Andere Polizisten gingen vorbei, wie eine Kavalkade mehr oder weniger mißglückter Karikaturen. Dankert Muus trampelte vorbei wie ein liebeskranker Elefant.

Ellingsen und Boe hatten wieder zueinander gefunden, aber Ellingsen zog immer noch das eine Bein nach, nach dem Beinbruch vor ein paar Jahren. Er sei zu früh aufgestanden, sagten sie – wenn nicht seine Frau ihn aus dem Bett geworfen hatte. Sie hieß Vibeke, und ich hatte sie einmal ein bißchen näher gekannt, als wir zur Schule gingen. Wenn ich nachrechnete, war es sicher zehn Jahre her, daß ich sie zuletzt gesehen hatte, aber es amüsierte mich – in fröhlichen Stunden – Ellingsen glauben zu machen, daß es häufiger vorkam. Deshalb grüßte er auch nicht, als er vorbeiging. Aber Boe opferte mir einen schrägen Blick und einen diskreten Gruß mit den Augenbrauen. Er war schmaler als Ellingsen, magerer im Gesicht und mit dünnerer Vegetation auf dem Hochplateau.

Jon Andersen ging einen Schritt weiter: er kam herüber und wechselte ein paar Worte. „Wir checken gerade“, murmelte er.

„Was denn?“ fragte ich.

„Du weißt doch“, sagte er, warf einen scheuen Blick auf den Wachhabenden und schlurfte weiter.

Eva Jensen kam vorbei, ohne mich zu bemerken. Ich folgte ihr mit dem Blick. Sie ging federnd. Vielleicht spielte sie Handball, oder lief für den Polizeisportverein. Von Vadheim sah ich nichts.

Endlich kam Hamre wieder heraus. Mit einem kurzen Blick wandte er sich an mich und bedeutete mit einem krummen Finger an, daß ich mitkommen sollte.

Ich folgte ihm in den dritten Stock, den Korridor entlang und in sein Büro. Er schloß die Tür hinter mir und wies auf einen Stuhl. Ich sah auf die Uhr. Es waren zwei Stunden vergangen. Ich fühlte mich hungrig und hoffte, daß es nicht zu lange dauern würde.

Er setzte sich hinter den Schreibtisch und kam direkt zur Sache. „Wir haben mit den beiden Pflegern gesprochen, die ihn vom Krankenhaus nach Hause begleitet haben.“

Ich beugte mich vor. „Ja, und?“

„Sie waren unsicher. Sie brachten ihn ganz bis nach oben. Er wollte selber gehen, aber er hatte Schwierigkeiten, allein hochzukommen.“

In mir zog es sich zusammen. „Das kann ich mir denken. Aber sie brachten ihn nur rauf und ließen ihn dann zurück. Ungefähr, als brächten sie morgens den Abfalleimer nach draußen.“

Er machte eine resignierte Handbewegung. „Mir gefällt das ja auch nicht, Veum. Aber *diese* Männer konnten doch nun wirklich nichts tun. Sie hatten einen Auftrag auszuführen. Und die Krankenhausverwaltung ist genauso hilflos, gebunden durch Tarifabsprachen und Arbeitsschutzgesetz, stramme Budgets und Personalmangel. Und dann sind Ferien. Sie *mußten* ihn einfach gehen lassen.“

Ich sagte bitter: „Das mußten sie wohl. Hochwohlgeborene Administratoren sitzen da und pochen auf Budgets, die ebenso hochwohlgeborene Politiker für sie zurechtgelegt haben. Hast du jemals von Politikern gehört, die verhungert sind, oder die zweimal die Woche eine Haushaltshilfe bekommen, oder in kleinen Wohnungen liegen und verrotten, weil niemand kommt und bemerkt, daß sie tot sind? Hast du mal gehört, daß sowas Politikern passiert?“

„Nein.“

„Aber Gnade den armen Teufeln, die den Fehler gemacht haben, in diesem sogenannten Wohlfahrtsstaat alt zu werden. Arme Teufel, wenn sie anfangen, nachzurechnen, wie viele Steuern sie im Laufe all der Jahre von ihrem Lohn gezahlt haben und sich fragen, was sie jetzt davon haben, wo sie das Geld vielleicht brauchen könnten."

„Du weißt, wie das ist, Veum. Jeder denkt an sich. Wir sind einfach zu wenige, auch hier im Haus. Du solltest die Überstundenlisten sehen."

Ich sagte müde: „Ich weiß, ich weiß. Aber es gibt schwächere Gruppen als euch. Leute, die in Rente gegangen sind. Oder Jugendliche, die Schlange stehen, um Arbeit zu kriegen, in der Lebensphase, in der sie am verletzbarsten sind. Bei den Alten wird schon dafür gesorgt, daß sie so schnell wie möglich unter die Erde kommen. Die Jungen kommen an Stoff oder Alkohol, allzuviele jedenfalls. *Wir* sind nicht zu bedauern, Hamre, Leute wie du und ich. Alles, was wir haben, sind Beziehungsprobleme und lästige Überstundenlisten. Aber das sind doch alles nur Luxusprobleme, Hamre, verstehst du?"

Er sah mich schwermütig an und sagte: „Auch du zehrst jetzt gerade von meinen Überstunden, Veum. Um da weiterzumachen, wo du unterbrochen hast ..."

„Tut mir leid, ich ..."

„Ist schon in Ordnung."

„Verstehst du, Hjalmar Nymark und ich, wir ..."

„Ich sagte, es ist in Ordnung, Veum. Kann ich weitermachen?"

Ich hob resigniert die Hände. Die Leute haben keine Zeit, sich von Freundschaft erzählen zu lassen. Sie haben ja kaum Zeit, Freundschaften aufzubauen. Es könnte ihre festgesetzte Arbeitszeit überschreiten.

Er fuhr fort: „Sie brachten ihn also nach oben und begleiteten ihn hinein. Sie nahmen sich auch noch die Zeit, ihn zu fragen, ob sie ihm was zu Essen machen könnten. Aber er sagte, es sei in Ordnung und daß er sich ein bißchen aufs Ohr legen und warten wolle, bis die Haushaltshilfe käme. Sie halfen ihm in sein Bett. Und dann ... Dann sind sie gegangen."

„Soso. Und ließen die Tür offenstehen, so wie man es ihnen aufgetragen hatte?"

„Tja, *das* ist so eine Sache. Sie waren sich da nicht so sicher. Du weißt, wie das ist, wenn zwei Leute etwas tun sollen. Der eine glaubt, der andere tut es, und der andere glaubt, daß der erste es schon getan hat. Sie konnten also für nichts garantieren, aber der eine von ihnen meinte, er habe das Schloß festgeklemmt, und die Tür danach nur hinter sich zugezogen."

„Tja." Ich seufzte und setzte hinzu: „Aber wir können jedenfalls davon ausgehen, daß sie offenstand und als die Haushaltshilfe und ich ankamen, da war sie verschlossen."

„Sie kam also als erste?"

„Ja. Sie stand da oben, als ich kam, und sie ... Sag mal, ihr verdächtigt doch wohl nicht sie, ..."

„Wir verdächtigen niemanden, Veum."

„Und sie erzählte, wie gesagt, daß sie einen Mann das Haus verlassen sah, gerade als sie kam. Einen, der auf dem einen Bein hinkte.

Er zog eine Grimasse. „Also ehrlich, Veum. Laß uns nicht melodramatisch werden. Ich verstehe, daß du verzweifelt bist über den Tod eines guten Freundes, und ich kann dir versichern, *wir* mögen es auch nicht, daß pensionierte Kollegen auf diese Weise sterben."

„Schon. Aber du mußt doch auch das Auffällige an der Sache sehen. Erst der Unfall und dann – am ersten Tag, als er wieder aus dem Krankenhaus raus ist, liegt er tot im Bett."

„Das erste, was wir herausfinden werden, ist die Todesursache."

„Ich tippe, daß er erstickt ist."

Er zuckte mit den Schultern.

Ich fuhr fort: „Das Kopfkissen. Es lag auf dem Boden. Das Natürlichste ist doch wohl, daß man es unter dem Kopf hat, oder? Ein alter, invalider Mann in einem Bett – und ein Kopfkissen. Jeder X-beliebige könnte ihn umgebracht haben – ein Kind, eine Frau ..."

Er kratzte sich an der Stirn. „Die Obduktion wird das klären. In der Zwischenzeit unternehmen wir selbstverständlich alles, was wir nur können. Die Wohnung wird genauestens durchkämmt. Wir werden die Haushaltshilfe gründlich verhören – vielleicht eine Personenbeschreibung des hinkenden Mannes bekommen, eine Fahndung rausschicken. Ich versichere dir: wir werden alles tun, was in unserer Macht steht. Du kannst ganz beruhigt sein."

„Und die Pappschachtel mit den Zeitungsausschnitten. Ich bin sicher, daß er sie nicht irgendwo außerhalb der Wohnung versteckt hat. Der Unfall kam doch so plötzlich und – ich glaube, er hätte das erwähnt ... Wenn sie nicht mehr da ist, dann hast du doch da das Motiv."

„Es ist nur so, Veum, daß du, soweit wir wissen, der einzige bist, dem er die Schachtel gezeigt hat."

„Da muß es auch noch andere geben. Finde das heraus!"

„Wir werden, wie gesagt – Aber du weißt, wie das ist: eine Behauptung ist nicht mal das Papier wert, auf das man sie schreibt – wenn sie nicht durch Beweise gestützt werden kann, oder identische Zeugenaussagen!"

Ich nickte düster. Das hörte sich nicht sehr ermutigend an. Ich hätte vorher daran denken sollen. Als Hjalmar Nymark überfahren wurde, hätte ich mir irgendwie den Schlüssel zu seiner Wohnung besorgen, die Schachtel holen und an einen sicheren Ort bringen sollen. Das Material in der kleinen Pappschachtel war einzigartig gewesen. Wenn es verschwunden war, befürchtete ich, daß vor der Affaire um den Pfau-Brand ein für allemal der Vorhang gefallen war, daß die Identität der ‚Giftratte' für alle Zeit verborgen bleiben würde und daß Hjalmar Nymark, was diese Fälle betraf, die letzten Reste von Neugier mit über den Jordan genommen hatte – dorthin, wo niemand in anderen Archivmappen wühlt als in der einen, entscheidenden und dorthin, wo alle Geheimnisse endgültig gelüftet werden.

„Weiter war nichts?“ fragte ich Jacob E. Hamre.

„Weiter war nichts.“

„Meldest du dich, wenn der Obduktionsbericht vorliegt?“

„Ja. Aus alter – Freundschaft“. Ich verstand die kleine Pause vor dem einen Wort. Es war eher eine Phrase als alles andere.

16

Tage mit plötzlichen Todesfällen sind Tage, die einen zurückwerfen. Ich saß im Büro, ein paar Stunden waren vergangen. Der Arbeitstag war für die meisten vorbei und die Stadt dabei, sich zu leeren. Wie durch ein Wunder hatte jemand die Wolken vom Himmel gewischt. Ein paar kleine wollene Miniaturschafe hingen draußen über Askøy und bekamen Farbe auf dem Bauch von der fallenden Nachmittagssonne. Ein goldenes Licht füllte die Stadt, flocht sich zwischen die steilen Hausfassaden, schuf plötzliche Reliefs auf dem Straßenpflaster und ließ es in blanken Fensterscheiben blitzen.

Ich war nicht in der Lage gewesen, irgendetwas Vernünftiges zu tun, nachdem ich die Polizeiwache verlassen hatte. Ich hatte in der Cafeteria im ersten Mittag gegessen und im Büro im dritten die Abendzeitungen durchgelesen. Nun saß ich bei schräggestelltem Fenster und hörte die Geräusche des ausklingenden Alltags zu mir hereinsickern. Noch nicht alle hatten Feierabend gemacht. Für manche begann ein neuer Arbeitstag. Unten auf dem Markt war der Prediger dabei, sich in Position zu bringen.

Er hatte da gestanden, solange ich denken konnte, mit demselben mageren Gesicht, derselben zerzausten Frisur, demselben begeisterten Tonfall, wenn er von Jesus sprach. Er war wie eine Figur aus der gutgläubigen Landschaft der Kindheit, wo alles einfach und schwarz-weiß war, Gott ein Mann mit weißem Bart zwischen rosa Wolken und der Tod etwas Fernes, Unbegreifliches, das uns eigentlich nicht anging. Etwas, das Banditen und Indianern widerfuhr, im abenteuerlichen Amerika. Etwas, das den Großeltern widerfuhr, wenn sie alt genug waren.

Der Prediger war wohl in den Fünfzigern und wenn ich nachrechnete, konnte er kaum dort gestanden haben, als ich Junge war. Trotzdem schien er immer dagewesen zu sein. Prediger kamen und gingen; Heilsarmeeoffiziere und scheinheilige Schweden mit Elvis-Frisur hatten Jugendsünden bekannt; junge, blonde Mädchen mit knielangen Faltenröcken hatten zweistimmig gesungen von Seligkeit und Glück. Aber die waren jetzt verschwunden. Nur der Prediger war noch da. In einer ungläubigen Zeit war er der letzte Mohikaner. Er lächelte – aber war da nicht trotzdem ein Zug von Bitterkeit um den Mund? Die Begeisterung – konnte die den Anflug von Enttäuschung überdecken, wenn er ständig von betrunkenen Jugendlichen und alten Säufern gestört wurde?

Er hatte jetzt die Lautsprecher zurechtgerückt, das elektrische Akkordeon eingestöpselt und spielte versuchsweise ein paar Töne, ehe er anstimmte:

Er hat das Perlentor geöffnet,
sodaß hinein ich kommen kann!

Nein, keine Bitterkeit, keine Enttäuschung, sondern der selbe, freudetrunkene Tonfall wie immer, gesungen mit einer Inbrunst, um die ich ihn immer beneiden würde, die ich nie ganz würde fassen können.

Er sang weiter, und ich hörte ihn im Hintergrund, während die Gedanken weiterschweiften.

Ich sah Hjalmar Nymark vor mir, zum Perlentor hinaufschlendernd, in seinem alten Anzug, die Zeitung zusammengerollt in der Faust, das Haar leicht zerzaust und der Anzug leicht verknittert, nach einer allzu hastigen Abreise. Ich sah das Perlentor vor mir, wie es sich dem kindlichem Naivismus immer darstellte, wenn ich dieses Lied hörte, auf einem Fundament aus weißen Wolken errichtet, glitzernd von Perlenglanz, fast blendend im starken, klaren Sonnenlicht. Hjalmar Nymark klopfte an, und es wurde geöffnet. Ich sah ihn dastehen und warten, leise pfeifend, während er sich umsah, ungefähr wie ein Losverkäufer, der an der Tür steht, während jemand hineinläuft, um Geld zu holen. Sie waren hineingegangen, um die Kartothek durchzuchecken, wenn sie nicht auch dort schon zu EDV übergegangen waren. Dann ging das Tor wieder auf und Hjalmar Nymark konnte hereinkommen.

Er hat das Perlentor geöffnet,
sodaß hinein ich kommen kann!

Ich ging ans Fenster und sah hinunter. Jetzt stand er da und redete. Niemand blieb stehen, um ihm zuzuhören. Einige gingen hastig vorbei, ohne nach rechts oder links zu sehen. Ein paar junge Mädchen kamen vorbei, gekrümmt vor unterdrücktem Gelächter. Am Strandkai direkt unter mir blieben ein paar japanische Touristen stehen, und es dauerte nicht lange, bis die Fotoapparate im Einsatz waren. Folklore auf den Film gebannt. Der letzte Mohikaner, lebend angetroffen, auf dem Marktplatz in Bergen.

In solchen Augenblicken fühlte ich mich ihm verwandt. Er dort unten, allein, in begeisterter Rede über Jesus. Ich hier oben, als sein einziger wirklicher Zuhörer. Und er wußte nichts von mir.

Als er fertig war, packte er seine Sachen zusammen, unterhielt sich ein wenig mit ein paar Pennern, die vorbeikamen, belud seinen Wagen und fuhr nach Hause. Ich blieb zurück, allein an meinem Schreibtisch, während die Dunkelheit langsam die Stadt erfüllte, das Büro und mich – bis wir *ein* Dunkel waren, ein Stoff, ein Gedanke ...

Ich mußte gedöst haben. Als ich die Augen wieder öffnete, blinkten mir grüne und rote Neonlichter entgegen, wie kalte Verzierungen im Dunkel.

Ich zog mir langsam den Mantel an, schloß das Büro ab und fuhr nach Hause. Es war nichts anderes zu tun.

17

Und dann, als die meisten Menschen ihren Job wieder begonnen hatten und die Schule wieder anfangen sollte, war plötzlich der Sommer da, mit voller Kraft aufflammend, wie eine Altersverliebtheit. Die Hitzewellen überfluteten die Stadt wirklich wie Wellen, denn von Zeit zu Zeit zogen sie sich zurück, wie um Kräfte zu sammeln, und dann waren kalte Wellentäler in der Luft aus dem Sommer, den wir hinter uns gebracht und vom Herbst, den wir noch vor uns hatten.

Jacob E. Hamre rief schon am nächsten Tag an. „Um dir zuvorzukommen“, sagte er.

„Soso“, sagte ich.

„Wir haben den Obduktionsbericht bekommen“, sagte er.

„Und der besagt?“

Er hielt einen Augenblick inne. Dann sagte er: „Herzversagen.“

„Was?“

„Die Todesursache war Herzversagen. Ganz einfach und keinesfalls unnatürlich – für einen Mann in seinem Alter. Und nach den Anstrengungen, denen er in letzter Zeit ausgesetzt war. Der Arzt sagte, daß es sogar eine verspätete Reaktion auf den Unfall gewesen sein könnte. Der Körper war schon geschwächt. In gewisser Weise ...“

„Ja?“

„In gewisser Weise war es fast barmherzig. Ein Mann wie Hjalmar Nymark hätte nicht so leben können, wie er es mit diesen Verletzungen gemußt hätte. Es war nur gut, daß es so schnell ging."

„So kann man es natürlich auch sehen."

„Ja."

„Und die weiteren Ermittlungen?"

Er sagte schnell: „Die laufen." Dann kam ein wenig langsamer: „Aber wir haben keine Fortschritte gemacht. Es gibt vorläufig nichts, das auf etwas Kriminelles hindeutet."

„Aber der hinkende Mann?"

„Da ist nur die Haushaltshilfe, die ihn gesehen hat, und als wir noch einmal mit ihr sprachen, war sie sich nicht mehr so sicher, ob er wirklich hinkte, oder ob es vielleicht nur so gewirkt haben konnte."

Ich war irritiert. „Nur so gewirkt? – Und was ist mit der Pappschachtel, habt ihr die gefunden?"

Sein Tonfall war müde: „Nein, Veum. Das haben wir nicht."

„Dann setzt ihr also die Ermittlungen fort?"

„Ja. Ich dachte nur, es würde dich interessieren, zu …"

„Das tut es auch, Hamre. Danke für den Anruf. Sie haben es sicher vermerkt auf der anderen Seite des Perlentors, in dem grauen Archivschrank, auf der Karte mit deinem Namen drauf. Einen schönen Tag noch, Hamre."

„Gleichfalls, Veum."

Ich legte auf.

Eine Woche später stand die Todesanzeige in der Zeitung. Sie war so einfach, wie sie nur sein konnte:

Unser alter Freund
Hjalmar Nymark
starb plötzlich, 70 Jahre alt.
Freunde und Kollegen.

Er sollte am Tag darauf beigesetzt werden. Ich riß die Annonce aus der Zeitung und legte sie mitten auf den Schreibtisch, zusammen mit überwältigenden Mengen von Papieren und Dokumenten zu all den anderen Fällen, die ich bearbeitete. Sie lag mit anderen Worten allein.

An dem Tag, an dem Hjalmar Nymark beigesetzt werden sollte, war der Sommer wieder vorbei. Der Himmel hatte sein graues Hemd angezogen, und es lag ein trauriger Zug von Spätsommer in der Luft. Das paßte zur Situation.

Die Schotterwege zwischen den Gräbern auf Møhlendal knirschten unter meinen Füßen. Alte Grabsteine standen herum und lehnten sich hintenüber, wie ältere Menschen, wenn es im Kreuz schmerzt. Die Buchstaben, die hineingemeißelt waren, sandten ihre knappe Botschaft ins Universum hinauf – ein Name und zwei Jahreszahlen: ein Lebenslauf in Fakten eingefangen. Alles und Nichts: eine Handvoll Buchstaben und acht Ziffern. Alle Erniedrigungen und alle Freuden. Alle Trauer und alles Lachen. Liebe und Enttäuschungen. Zärtlichkeit und Einsamkeit. Das steht dort nicht. Das ist da einfach, irgendwo *hinter* den Namen und Jahreszahlen, in der Erde unter den krängenden Steinen, den zerzausten Blumen und den überwucherten Fliesengängen.

Hinten an der Kapelle wartete eine Handvoll Menschen. Der Kripochef war da, aber wir waren einander nie vorgestellt worden. Er war ein bürokratisch aussehender Mann mit starker Brille. Vadheim war da, mit noch traurigerem Blick als gewöhnlich. Mehrere ältere Polizisten schlossen sich uns an, die meisten von ihnen Rentner. Jacob E. Hamre kam im letzten Augenblick angehastet, den Mantel flatternd hinter sich und das Haar zerzaust von den heftigen Windstößen. Drinnen in der Kapelle wartete Hjalmar Nymark in einem weißen Sarg. Zur gegebenen Zeit gingen wir hinein: ich zählte elf Männer, nicht eine einzige Frau und – abgesehen von Hamre und mir – nicht einen Menschen unter fünfzig. Hjalmar Nymarks Todesanzeige hatte von einem Leben in Einsamkeit gezeugt. Keine Familie, keine Namen, nur das anonyme ‚Freunde und Kollegen'. Der Sarg war mit einem einzigen Kranz geschmückt, von der Polizeigewerkschaft, und zwei Trauersträußen. Der eine war von mir.

Der Pfarrer war Ende fünfzig und die Rede, die er hielt, so persönlich wie eine Fotokopie. Wenn jemand einen Kloß im Hals hatte, dann jedenfalls nicht seinetwegen.

Zum Schluß streute er Erde über den Sarg. „Von Erde bist du genommen, zu Erde sollst du wieder werden ..." Die Bühnenarbeiter zogen an den richtigen Seilen, und der Sarg mit Hjalmar Nymark verschwand im Keller, um später eingeäschert, in eine Urne gefüllt und an einem geeigneten Platz abgestellt zu werden. Dort sollte er ruhen, bis es an dem Platz zu eng, das Grab umgegraben und er selbst ein Name in den Registern werden würde. Die steilen Felswände von Ulriken würden über ihn wachen, ein Vierteljahrhundert lang oder so, Regen und Schnee würden fallen, neue Menschen sterben und sich um ihn versammeln, als stellten sie sich auf zum Gesang in einem himmlischen Chor. Vielleicht würde ich selbst mich den Reihen anschließen, bevor sein Grab umgegraben war. Vom Tod wissen wir nichts: nicht, wann er kommt, nicht, was er verbirgt. Ein Auto hinter einer Straßenecke, ein Kopfkissen auf dem Boden ... Schon ist er da, rätselhaft und mächtig, unabwendbar wie die Herbststürme, unaufhaltbar wie der ewige Kreislauf der Jahreszeiten.

Wie immer blieben einige vor der Kapelle stehen. Ich begrüßte ein paar von Hjalmar Nymarks alten Kollegen. Seit langem hatte keiner von ihnen ihn gesehen, aber trotzdem war es traurig, daß er nicht mehr da war.

Ich ging zu Hamre hinüber, der ein Zeichen machte, als wolle er weiterhasten. Er sah mich unzufrieden an, als sei ich sein personifiziertes schlechtes Gewissen.

Ich sagte: „Na? Gibt's was Neues?“

Er war verspannt und bleich um den Mund, als er antwortete: „Nein. Es gibt keine triftigen Gründe, wertvolle Arbeitskraft darauf zu verwenden, in dieser Sache weiter zu ermitteln, Veum. Nichts deutet darauf hin, daß etwas Kriminelles abgelaufen ist. Unglückliche Umstände vielleicht, und nicht einmal das. Die Todesursache *war* Herzversagen. Es gab keine Zeichen von Erstickung – die es gegeben hätte, wenn das Kopfkissen als Mordwaffe benutzt worden wäre. Die beiden Pfleger vom Krankenhaus konnten nicht unterschreiben, daß sie die Tür offengelassen hätten – ganz im Gegenteil, sie sind äußerst unsicher. Diese Pappschachtel ... tja ...“ Er zuckte vielsagend mit den Schultern. „Nymark könnte sie selbst weggeschaft haben, vor dem Unfall. Du sagst selbst, er habe an diesem Tag niedergeschlagen gewirkt, als du ihn im Lokal trafst. Manche Leute tun solche Sachen, wenn sie deprimiert sind: räumen die Vergangenheit beiseite, werfen sie in den Müll oder schmeißen sie in den Ofen und machen Feuer.“

„Und was ist mit dem Unfall selbst?“

„Tja, das ist natürlich was anderes. Das war ein Verbrechen. Selbst wenn es ein Unfall gewesen wäre, hätte sich der Betreffende selbstverständlich melden müssen.“

„Der Fall ist also noch nicht abgeschlossen?“ fragte ich und hörte den Sarkasmus in meiner eigenen Stimme.

„Nein.“

„Ihr arbeitet daran mit allen Kräften?“

Er sah mich resigniert an. „Also, mal ehrlich, Veum. Du weißt, womit wir uns rumplagen müssen. Wir ...“

„Erspar dir weitere Vorlesungen, Hamre. Ich will es nur wissen.“

Es blitzte in seinen Augen und er schob eine Faust durch das zerzauste Haar. „Zum Teufel, Veum. Wenn was Neues auftaucht, werden wir es verfolgen. Aber wir können doch keine neuen Spuren *herzaubern*, jetzt nicht mehr, so lange danach. Wir haben getan, was wir konnten in der ersten Zeit, als die Spuren frisch waren und auf die Zeugen

Verlaß war. Wir sind durch Presse und Rundfunk rausgegangen mit der Aufforderung, sich zu melden. Keine positiven Antworten. Und der Wagen war gestohlen. Es waren keine Fingerabdrücke an ihm zu finden – jedenfalls keine, die uns etwas sagten. Es gab nicht die Spur von Beweisen. Es könnte jeder X-beliebige sein. Er oder sie ist buchstäblich unsichtbar."

„Unsichtbar?" wiederholte ich.

Vadheim näherte sich, zusammen mit dem Kripochef. Ich sagte nachdenklich, so leise, daß nur Hamre es hören konnte: „Als sei er in die Vergangenheit zurückgekehrt, aus der er kam ..."

Hamre sah mich ungläubig an. Vadheim und der Kripochef blieben stehen. Ich begegnete dem Blick des Kripochefs durch die dicken Brillengläser. Das dunkle Haar war nach hinten gestrichen und die Stirn war hoch und gedankenvoll. Er streckte eine Hand aus und stellte sich vor. Ich tat dasselbe. Dann setzte er hinzu: „Ich habe von ihnen gehört, Veum." Aber er sah nicht so aus, als hätte ihn das, was er gehört hatte, sonderlich erfreut, also beließen wir es dabei.

Ich sagte: „Ich war ein naher Freund von Hjalmar Nymark."

„So, tatsächlich?" sagte der Kripochef freundlich.

„Ich höre, ihr habt die Ermittlungen eingestellt?"

„Naja, eingestellt und eingestellt. Wissen Sie, Ermittlungen zu Todesfällen werden nie eingestellt, Veum. Taucht etwas Neues auf, dann ..."

„Etwas Neues? Wie zum Beispiel? Weitere Leichen?"

„Also ..." Es blitzte humorvoll hinter den Brillengläsern. „Warum denn so ungehalten?"

Hjalmar Nymarks ‚Freunde und Kollegen' waren im Begriff, den kleinen Platz vor der Kapelle zu verlassen. Die drei Polizeibeamten machten mich nervös, als sei ich ein Pfadfinderjunge in einem theologischen Streitgespräch mit drei alten Bischöfen. Wir begannen, auf den Ausgang zuzugehen. Oben an Ulriken ragten die Masten der neuen Seilbahn auf, die sie nun endlich wieder in Gang bekommen hatten, nach dem Unglück 1974. Das Betrübliche war nur, daß niemand die Bahn benutzen wollte, die Fahrkarten waren teuer wie Zirkuskarten und die ganze Gesellschaft dabei, in Konkurs zu gehen.

Vor dem Tor fragte Vadheim, ob er mich in die Stadt mitnehmen könne. Ich dankte, sagte aber, daß ich gehen wollte, ich brauchte frische Luft. Vadheim und der Kripochef nickten freundlich zum Abschied, während Hamre nur einen undeutlichen Abschiedsgruß brummte, bevor sie sich alle ins Auto setzten, Hamre am Steuer.

Ich ging über Åstadvollen und Kalfaret hinunter. Es hatte angefangen zu wehen, und ein feuchter Hauch von Nieselregen war in der Luft. In der Gegend, durch die ich ging, wohnten Menschen in großen, öden

Villen, einige davon so groß und unpraktisch, daß man sich darin wie in überdimensionalen Rüstungen vorkommen mußte. Das hier war nicht Hjalmar Nymarks Viertel gewesen. In einem engen, kleinen Raum mit verblaßten Tapeten, unter dem Dach eines Altbaus, dort hatte er gelebt und dort war er gestorben.

Aber war es ein natürlicher Tod gewesen?

Während ich dem Gehsteig den Kalvedalsvei entlang folgte, oberhalb der Hansa-Brauerei entlang, mit Aussicht über Store Lungegårdsvann und das Fjell auf der anderen Seite der Stadt – Løvstakken, das Damgårdsfjell und ganz weit draußen Lyderhorn mit seinem langgestreckten, wachsenden Profil – schwor ich mir selbst, daß ich es nicht einfach dabei belassen würde.

Ich würde es herausfinden.

Wenn Hjalmar Nymark nicht eines natürlichen Todes gestorben war, würde ich das herausfinden, selbst wenn ich zehn, zwanzig, ja dreißig Jahre zurückgehen müßte, um den Schuldigen zu finden.

Unten am Stadttor kam der Regen, wie graues Wischwasser von einer runzligen Putzfrau irgendwo oben hinter den Wolken.

18

Ich ging auf eine Tasse Kaffee und ein halbes Brötchen ins Bahnhofscafé. Um mich her saßen Menschen mit Koffern und Rucksäcken neben sich auf dem Boden. Es war August und Spätsommer im Fjell. Noch hatten die letzten Sommertouristen sich nicht zur Ruhe begeben. Vielleicht träumten sie von sonnenbeschienenen Orten dort oben über der Wolkendecke. Oder vielleicht strebten sie nur auf die Höhen, wie Tiere es tun bei großen Überschwemmungen. Der Regen zeichnete lange, dünne Streifen an die Fenster zur Straße und ließ den Ausblick verschwimmen, als sähest du durch Gelatine.

Ich überquerte die Straße und ging zum Zwillingsgebäude nebenan: Bergens öffentliche Bibliothek. Die beiden Gebäude,der Bahnhof und die Bibliothek – waren aus demselben Material gebaut: großen, dunklen Granitblöcken. Vielleicht hatte man das getan, damit diese soliden Denkmäler zweier der Tugenden der Menschheit: Rastlosigkeit und Wissensdurst, die Tage des jüngsten Gerichts überleben sollten, die man sich vorzustellen am Anfang des Jahrhunderts noch die Phantasie hatte. Und da standen sie nun, in Erwartung der Neutronenbombe. Wenn alle Menschen verschwunden wären, würden sie vielleicht noch immer da stehen: der Bahnhof mit seinem ewigen Durchzug, kühl und ungemütlich, selbst mitten im Sommer; die Bibliothek mit ihren Regalen, die sich unter dem Wissen bogen, das trotz allem nichts geholfen hatte. Vom Bahnhof würden nach ewigen Fahrplänen unsichtbare Züge ausfahren, längst verrostete Gleise entlang; und durch die leere Bibliothek würden still, von Regal zu Regal, die Gespenster zeitloser Benutzer gehen, ohne ein einziges Buch herauszunehmen, ohne ein einziges Wort zu lesen.

Drinnen in der Bibliothek war kein Durchzug. Dort ruhte eine ewige Dämmerung, als seien die vielen Jahre, die sich in den Büchern verbargen, herausgesickert und hätten den Raum mit dem Nebel der Zeiten, dem Halblicht der Geschichte gefüllt.

Ich fragte, ob es möglich sei, *Bergens Tidende* vom April – Mai 1953 einzusehen und eine liebenswürdige, kleine, dunkelhaarige Frau mit großer Brille und grüner Cordhose ging nach unten ins Archiv und kam mit einer eingebundenen Ausgabe vom zweiten Quartal des Jahres zurück. Wäre ich in die Universitätsbibliothek gegangen, hätte ich das ganze auf Mikrofilm bekommen können, aber das machte mich immer verwirrt. Die Atmosphäre geht dir verloren, wenn du dich auf einem kleinen Bildschirm durch die Seiten arbeitest. Du verlierst den Kontakt mit dem Papier, vermißt den Duft, der noch an vergilbten Zeitungsseiten hängt, von Druckerschwärze, die vor langer Zeit einmal frisch war, und die Typen, von Typografen gesetzt, die jetzt wegrationalisiert waren, Bilder von Fotografen, die jetzt Rentner waren und Reportagen von Journalisten, die längst ihren letzten Bleistift gespitzt hatten.

Ich fand bald die Artikel über den Brand bei Pfau und erkannte mehrere der Reportagen aus Hjalmar Nymarks Ausschnittsammlung wieder. Ich notierte Namen, die ich finden konnte, blätterte weiter durch die Woche nach den ersten, dramatischen Tagen, zwei Tage nach dem Unglück erschien eine vollständige Liste der Umgekommenen. Ich notierte die Namen.

Dann blätterte ich weiter zu den Todesanzeigen. Ich notierte die Namen der Verwandten, die ich dort finden konnte. Lange betrachtete ich eine der Anzeigen, die von Holger Karlsen. Dem Mann, der die moralische Verantwortung für das Unglück zugeschoben bekommen hatte, dem Vorarbeiter, der nicht beachtet hatte, daß etwas nicht stimmte.

Mein geliebter Mann,
mein herzensguter Vater,
unser lieber Sohn
Holger Karlsen,
wurde plötzlich
im Alter von 35 Jahren
aus unserer Mitte gerissen.
Sigrid
Anita
Johan – Else
und Angehörige

Sigrid – 1953 mit dem Nachnamen Karlsen – ob sie jetzt noch aufzufinden war? War sie noch am Leben, und wenn ja, würde sie dann mit mir sprechen wollen?

Zum Schluß überflog ich meine Liste. Die Namen, die ich am interessantesten fand, hatte ich unterstrichen. Es waren ungefähr dieselben wie damals im Juni, als ich eine entsprechende Liste angefertigt hatte. Elise Blom – weil sie bei Pfau gearbeitet und später mit Harald Wulff zusammengelebt hatte. Olai Osvold (den sie ‚Brandstelle' nannten), der das Unglück überlebt hatte. Sigrid Karlsen, die mir vielleicht etwas erzählen konnte, wovon ich noch nichts wußte. Und dann Konrad Fanebust – weil er nach dem Unglück die Untersuchungskommission geleitet hatte und den Informationen, die ich von Hjalmar Nymark erhalten hatte, vielleicht etwas hinzufügen konnte.

Zum Schluß fügte ich noch einen Namen in die Liste ein: Hagbart Helle(bust). Neben seinen Namen schrieb ich ein Datum: 1. September. Das war der eine Tag im Jahr, an dem er Norwegen besuchte, und diesen Tag hatte ich schon reserviert.

Nun hatte ich eine Skizze, den Ansatz eines Plans. Aber ich brauchte bessere Hintergrundinformationen und glaubte zu wissen, wo ich sie bekommen konnte.

Von der Garderobe aus rief ich die Zeitung an und fragte, ob Ove Haugland im Hause sei. Das war er und wir machten ab, daß ich kurz heraufkommen sollte.

19

Ein Verlagshaus ist wie ein Bienenstock. Jede winzige Journalistenkabine ist eine Wabe, in der die Arbeitsbiene ihren Schwarz-Weiß-Honig produziert, zur Freude braver Feierabendbürger, die gefräßig von Seite zu Seite hasten, auf der Jagd nach einem Skandal – oder vielleicht einer Neuigkeit.

Ich fand Ove Haugland in seiner Kabine, im vierten, eine Etage über der Chefredaktion. Es muß ein Prinzip geben bei der Konstruktion dieser schmalen, kleinen Büros, die nur an einen Ort zu führen scheinen: zur Schreibmaschine. Der Raum selbst erzwingt Konzentration und wird sofort zu klein, wenn ein Mensch hereinkommt, um interviewt zu werden. Wenn die ‚Frauenfront' mit vier Gesandtinnen ankommt, um sich über die neuesten männlich-chauvinistischen Entgleisungen des Blattes zu beschweren, wird er übervölkert und alles mögliche kann geschehen.

Als ich Ove Haugland das letzte Mal gesehen hatte, hatte er mich an Montgomery Clift nach dem Autounfall erinnert. Das tat er immer noch, aber er war im Gesicht merklich magerer geworden, ein schwacher Anstrich von Silber war in dem dunklen Haar und jetzt – über der Schreibmaschine – trug er eine Lesebrille mit dicken Gläsern: Montgomery Clift in der Filmversion von ‚Miss Lonelyhearts'.

Er saß krumm über die Maschine gebeugt, starrte auf den letzten Satz, den er geschrieben hatte und blätterte zerstreut in einem dicken Katalog, der ein Steuerregister hätte sein können.

Ich streckte den Arm durch die offene Tür und klopfte an der Innenseite und er sah abrupt auf, über seine Brillengläser hinweg. Die Bartstoppeln waren dunkel, er trug eine dunkle Terylenhose und ein grauweißes, am Hals offenes Hemd. Über einem Stuhl hingen eine moosgrüne Strickjacke und ein brauner Schlips. An einem Haken hinter ihm hing ein blauer Mantel. Sein Fenster ging zum Hinterhof hinaus. In einem Fenster gegenüber stand ein dicklicher Mann und starrte in die Luft, während er etwas in ein Diktiergerät sprach. Es war, als spräche er mit uns durch ein Telefon, das nicht funktionierte.

Ove Haugland erhob sich unbeholfen und sagte: „Hallo!"

Ich trat ein, und das Büro schrumpfte. Der Stuhl, auf den ich mich setzte, war leer, aber daneben auf dem Boden lag ein Stapel alter Zeitungen, also hatte er ihn wohl freigeräumt, bevor ich kam. Auf einem kleinen Tisch in einer Ecke stand etwas, das wie ein Privatarchiv aussah, in einer schmutzigen Plastikkassette. Grüne und rote Karteikarten mit fast unlesbaren Stichworten ragten heraus und ich sah die abgerissenen Kanten alter Zeitungsausschnitte, Computerauszüge, Fotokopien und ähnlichem.

Im Regal über seinem Schreibtisch stand eine Reihe dicker Bücher: Geschäftskataloge, Schiffslisten, Steuerregister und solche Dinge, die jemand, der in wirtschaftlichen Angelegenheiten als der größte Experte der Zeitung galt, interessieren mußten. Vor ein paar Jahren hatte ich ihm ein paar Informationen gegeben zu einer Sache, die ihm eine Riesenschlagzeile hätte bringen können – wenn nicht sein Redakteur so lange gezögert hätte, sie in Druck zu geben, bis sie längst in den beiden anderen Zeitungen der Stadt und in der halben Oslo-Presse stand. Vielleicht war ihm das eine Lehre gewesen. Vielleicht hatte er deshalb graue Haare bekommen.

An seine Frau erinnerte ich mich auch. Ich hatte sie in der Stadt gesehen. Sie hatte solch lila, träumende Augen, in denen du irgendwie nie den Grund findest, und wenn wir uns begegneten war ich mir nie ganz sicher, ob sie mich wirklich erkannte.

Er hatte etwas Wehmütiges, oder vielleicht Bitteres an sich. Ich würde darauf achten, nicht nach seiner Frau zu fragen. Es war besser, kein Risiko einzugehen.

Ich sah mich um und sagte: „Gemütlich hast du es hier. Ein paar Quadratmeter dazu, und ich würde mich fast wie zuhause fühlen."

Er lächelte schief. „Ich dachte, du hättest eine schöne Aussicht, Veum."

„Mmh. Das ist aber auch alles." Ich sah hinaus auf seine.

Der Mann mit dem Diktiergerät war jetzt weg.

„Ein bißchen ablenkender als deine vielleicht."

Er blickte blind zum Fenster. „Es ist ewig her, daß ich sie überhaupt gesehen habe."

Ich sagte: „Tja, um direkt zur Sache zu kommen. Das hier liegt vielleicht etwas vor deiner Zeit, aber ..."

Er sah mich neugierig an. „Aha?"

„Aber, sag mal ... Was weißt du über Hagbart Helle?"

Er ließ einen langen Pfiff los.

„Hagbart Helle ... Was willst du mit ihm?" Er sah auf die Uhr.

„Halt ich dich auf?"

„Nein, nein. Ich sehe nur aufs Datum. Du weißt vom – 1.September?"

„Ja, ich weiß davon. Aber wir haben doch erst den ... Ja."

Er nickte und sah leicht enttäuscht aus.

„Das wußtest du also. An einem Tag im Jahr, und zwar jedes Jahr, kommt er nach Hause. Weil sein Bruder, der eine Trikotagenfabrik leitet, an dem Tag seinen Geburtstag feiert. Mehrere Jahre lang hab ich versucht, an diesem Tag mit Hagbert Helle ein Interview zustande zu kriegen, aber es war unmöglich. Er lehnt es ab, sich zu äußern und versucht überhaupt, jegliches Aufsehen zu vermeiden. Fotografen zum Beispiel …"

Er drehte sich mit dem Stuhl herum und blätterte in seinem Archiv. Er suchte ein Pressefoto heraus und gab es mir. Es war körnig und undeutlich und wirkte wie mit Teleobjektiv oder unscharfer Einstellung aufgenommen. Auf dem Rücksitz eines großen schwarzen Wagens saß ein Mann mit einem mageren, krummnasigen Gesicht und fast weißem Haar, leicht vornübergebeugt, als würde er auf die Fahrbahn starren oder etwas zum Fahrer sagen. Ich sah fragend auf.

Ove Haugland nickte. „Hagbart Helle. Das einzige Bild, das ich habe, neueren Datums."

Er gab mir ein anderes Foto. Ein dunkelhaariger, ernster junger Mann blickte in die Kamera, in einer Anzugjacke, die ihn ans Ende der dreißiger Jahre versetzte, und mit einem Gesichtsausdruck wie eine enttäuschte Schnecke.

„Jugendportrait."

Ich sah von einem Bild zum anderen. Die Ähnlichkeit war nicht gerade groß, aber schließlich waren die Bilder auch im Abstand fast eines halben Jahrhunderts aufgenommen.

Ove Haugland fuhr fort: „Vor ein paar Jahren schrieb ich eine Artikelserie über unsere ausgeflaggten Reeder. Ein paar von ihnen gehören zu den reichsten der Welt, natürlich abhängig von Konjunkturen und Kriegen, aber trotzdem. Und Hagbart Helle gehört jedenfalls nicht gerade zu den Geringsten unter ihnen."

„Auf wieviel schätzt du ihn?"

Er machte eine ausladende Handbewegung. „Wie entstand das Universum? Es wäre alles nur Vermutung. Hundert Millionen, eine Milliarde. Unmöglich zu sagen. Das wäre eine Forschungsaufgabe, die ein paar Jahre in Anspruch nähme. Du müßtest all seine Aktienposten in Gesellschaften, Firmen, Kreditinstituten und Reedereien auf der ganzen Welt durchforsten, seinen Besitz aufzählen, der sich auf mehr Länder verteilt, als du jemals gesehen hast …"

„Ohja?"

„Würde ich meinen."

„Ich bin auf See gewesen."

„Fahrzeuge auf mehr Meeren, als du je befahren hast, und so weiter und so weiter."

„Er ist also – könnte man sagen – ein mächtiger Mann?"

„Wenn Geld Macht bedeutet, dann ist Hagbart Helle ein mächtiger Mann – ja, Veum."

„Und Geld *bedeutet* Macht. Leider."

„Und wie ist er so reich geworden?"

„Wie entstand das Universum? Wie …"

„Ich interessiere mich nicht für das Universum. Ich interessiere mich für …"

„Hagbart Helle."

„Genau."

„Aber warum, Veum?" Er beugte sich plötzlich vor und starrte mir intensiv ins Gesicht. „Warum interessierst du dich für ihn?"

Ich sah an ihm vorbei, aus dem Fenster, zu den Fenstern gegenüber. Eine Frau ging vorbei mit einer Mappe unter dem Arm. Vielleicht hatte sie die Botschaft vom Diktiergerät aufgeschrieben. Nur die Unterschrift fehlte. Die Welt wartete.

„Du hast *deinen* Job zu machen, Veum – wenn man es so bezeichnen kann. Ich habe meinen. Bis zum ersten September ist es nicht mehr so lange hin. Vielleicht gibst du mir die Möglichkeit, den Tag mit einer netten, kleinen Story zu begehen?"

Ich nickte. „Ich bin immer zu einem Handel bereit. Du gibst, was du hast und ich gebe das meine."

„Also erzähl, Veum. Warum interessierst du dich für Hagbart Helle?"

„Ich interessiere mich für Namen. Es gab eine Zeit, da hieß er Hellebust, weißt du."

Er blickte erstaunt, eine Sekunde oder zwei. Dann gewann er die Fassung wieder. „Erzähl mir lieber, worum es geht."

„Also. Das ist eine verzwickte alte Geschichte, in die ich da zufällig hineingeraten bin. Es dreht sich um einen alten Industriebrand, vom Frühjahr 1953. Eine Fabrik, die Pfau hieß, und oben im Fjøsangervei lag. Fünfzehn Menschen kamen ums Leben, und der Fabrikbesitzer bekam eine ansehnliche Versicherungssumme ausgezahlt. Er investierte das Geld vernünftig und …"

„Ich kenne die Geschichte. Ich habe die Vorgeschichte Hagbart Helles gründlich studiert."

„Soso. Oder Hellebusts, wie er damals also hieß."

„Und weiter?"

„Nichts weiter. Ein Freund von mir, ein Polizist …"

„Merkwürdige Freunde hast du."

„Pensioniert. Er war an den Ermittlungen zu dem Fall beteiligt, zusammen mit unter anderem Konrad Fanebust."

„Hellebust und Fanebust. Der nennt sich dann womöglich Konrad Fane, heute?"

Ich sagte: „Erzähl mir nicht, daß du nicht weißt, wer Konrad Fanebust ist, Bürgermeister von Bergen von …"

Er hob abwehrend die eine Hand. „Konrad Fanebust, bekannter Bergenser Politiker und Geschäftsmann, Bürgermeister von Bergen

1955–59, leitete die Schiffsmaklerfirma Fanebust & Wiger zusammen mit seinem Kompagnon, William Wiger, der allerdings ums Leben kam, als sein Haus abbrannte, das war wohl so ungefähr 1972–73, und hat sie danach allein geleitet."

„Du vergaßt den Kriegshelden."

Er legte das Gesicht in traurige Falten. „Ich vergaß den Kriegshelden. Konrad Fanebust, bekannter Bergenser Kriegsheld aus den tapferen Kämpfen am Sørfjord im April 1940 ..."

„Danke, das reicht."

„Also dann, zurück zu Helle. Willst du noch mehr wissen? Hast du etwas über ihn?"

„Über ihn?"

„Ich gehe davon aus, daß du, wenn du dich in all das einmischst, doch von irgendwas Wind bekommen haben mußt. Wenn es um den Brand geht, ist die Sache wohl bald verjährt, und wenn du Beweise hast, solltest du sie zeitig genug vor dem 1. September der Staatsanwaltschaft vorlegen, damit sie mit einem gebührenden Empfangskomitee auf Flesland stehen können. Und genau dann wäre ich auch gerne da, Veum, mit Fotograf und allem Drum und Dran. Wenn du mir *die* Story versprechen kannst, bin ich auf ewig dein, wann auch immer und wie auch immer."

„Du sprichst immer noch vom Geschäft, stimmt's?"

Ein Anflug von Nachdenklichkeit huschte über sein Gesicht. Dann lächelte er unbeholfen und sagte: „Ja."

„Also gut. Ich bin wohl hauptsächlich darauf aus ... Ich will ganz ehrlich sein. Ich habe absolut nichts über Hagbart Helle. Gar nichts. Ich bin mehr auf seinen – Charakter aus. Ist er nur ein Steuer-Emigrant, ein smarter Geschäftsmann, Idealist – oder was?"

Ein höhnischer Zug legte sich um seinen Mund. „Du und ich, Veum, wir sind Idealisten. Guck dir unsere verschlissenen Jacken an, die abgelaufenen Schuhe, unsere blanken Hosenknie. Geschäftsleute auf internationalem Topniveau sind keine Idealisten. Mäzene vielleicht – wenn es sich lohnt. Und goodwill lohnt sich. Aber nie aus Idealismus. Interessiert an Wissenschaft und Kultur – als Investitionsobjekte, aber nie aus Schönheitssinn oder Wissensdurst. Leute wie Hagbart Helle sind skrupellose, brutale Gauner – sonst wären sie nie dahingekommen, wo sie sind. Du kommst heute nicht an die Spitze der internationalen Finanzwelt, ohne über Leichen zu gehen, im wahrsten Sinne des Wortes."

Ich sagte nachdenklich: „Fünfzehn Leichen, im Fjøsangervei."

„Zum Beispiel. Aber wenn es *das* ist, worauf du hinauswillst, dann muß es bewiesen werden."

„Ich weiß das. – Du hast also nicht mehr?"

„Leider, Veum. Ich hätte es dir gerne gesagt. Aber der Mann ist eine Sphinx, eine Greta Garbo der Finanzwelt – du siehst das Bild da. Dieser Mann eröffnet keine Museen, die er finanziert hat, tauft keine Supertanker, hält keine Reden auf Kongressen. Dieser Mann sitzt hinter seinem Schreibtisch und zählt Geld, Geld, Geld."

Ich seufzte. „Tja, eine ganz andere Sache. Überhaupt nicht deine Abteilung, aber … könntest du nicht mal im Fotoarchiv untersuchen, ob ihr ein Bild von einem Mann habt, der Harald Wulff hieß?"

Er ließ den Namen auf der Zunge zergehen.

„Harald Wulff?"

„Er war Kollaborateur und arbeitete als Bürobote in Hagbart Helles Fabrik, damals, als sie abbrannte."

Er sah mich forschend an. „'Ne heiße Spur, Veum?"

Ich fügte hinzu: „Und er starb 1971."

Er betrachtete mich resigniert. „Gut, gut. Ich werde mal sehen." Er erhob sich. „Einen Moment nur."

„Wulff mit zwei f", sagte ich.

Ich blieb allein und sah aus dem Fenster. Niemand zu sehen in irgendeinem Fenster. Vielleicht war Mittagspause, oder sie waren nach Hause gegangen.

Ove Haugland kam mit zwei Fotos zurück. Das eine war das gleiche, das Hjalmar Nymark mir gezeigt hatte, nur in größerem Format. Das andere war ein Portrait von Wulff allein, im Zeugenstand, während des Gerichtsverfahrens. Der Winkel war ungefähr der gleiche, aber die Gesichtszüge waren deutlicher: Das lange, pferdeartige Gesicht, die kräftige Nase, die großen Ohren und die dunkle Haarsträhne, die fast wie eine Mähne in die Stirn fiel. Er hätte Pferd heißen sollen, nicht Wulff.

„Kann ich sie ausleihen?"

„Selbstverständlich. Hier hat keiner Verwendung dafür. Aber bring sie zurück, wenn du mit der Story kommst, ja, Veum?"

Ich versprach es, bedankte mich und ging.

20

Ich nahm den Fahrstuhl hinauf in mein Büro. Als ich ausstieg, stieß ich auf die neue Zahnarzthelferin. Sie hatte dunkles Haar, das stramm am Kopf anlag und im Nacken zu einem Pferdeschwanz gebunden war. Zwei Dinge fielen ihr leicht: zu lächeln und zu erröten. Sonst gab es keinen Grund, warum sie beides tat, jedesmal, wenn sie mich sah.

Ich hielt ihr die Fahrstuhltür auf und sagte: „Du mußt mal bei mir im Büro vorbeikommen. Dir die Aussicht ansehen."

Sie sah in die Richtung meiner Bürotür. „Da, meinst du?"

„Ja."

„Die kann doch kaum großartig anders sein, als bei uns drinnen."

„Es ist immer eine andere Perspektive aus einem anderen Büro", sagte ich in einem feierlichen Tonfall.

Sie lächelte, errötete und ging an mir vorbei in den Fahrstuhl. Der Pfeil, der anzeigte, in welchem Stockwerk der Fahrstuhl sich befand, ging im Kreis herum. Ich folgte ihm mit dem Blick. Wer weiß, vielleicht würde er plötzlich stoppen und wieder anfangen, sich nach oben zu bewegen. Aber solche Dinge geschehen nie.

Ich durchquerte das Wartezimmer, als sei ich ein Gespenst meiner selbst. Niemand schreckte aus den Stühlen auf, keine Blondinen, die mir mit tränennassen Knipplingstaschentüchern entgegenkamen. Die Stille brütete über dem Raum, wie eine Henne über einem Steinei.

Ich schloß das Büro auf, wischte den Staub vom Telefonbuch und schlug den Namen Karlsen auf. Er füllte gut und gern eine Seite. Zu meiner Überraschung fand ich auch eine, die Sigrid hieß – und sogar nur eine. Sie wohnte im Ytre Markvei. Das war nicht ganz meine Gegend von Nordnes, aber ich kannte mich dort gut aus.

Es gab keinen Grund, zu zögern. Ich wählte die Nummer und lauschte der Lieblingsmelodie des Telegrafenamts. Aber niemand nahm ab.

Da ich nun das Telefonbuch noch vor mir hatte, schlug ich es erneut auf. Konrad Fanebust war leicht zu finden. Er hatte sowohl eine Geschäftsadresse, als auch Privattelefon. Seine Firma lag in der Olav Kyrresgate; er selbst wohnte im Starefossvei.

Dann war Elise Blom dran. Es gab weniger Bloms als Karlsens, aber keine Elise. Das hätte übrigens auch gerade noch gefehlt. Wenn es so einfach wäre, wäre ich bald arbeitslos. Die Leute könnten sich anstelle eines Privatdetektivs ein Telefonbuch mieten und es war durchaus nicht gesagt, daß sie damit schlechter bedient wären.

Meine gewöhnlich so säuerliche Freundin beim Einwohnermeldeamt konnte mir allerdings helfen. Sie mußte wohl ausgeruht sein nach den Ferien, denn sie bat mich nicht einmal um Bedenkzeit. Im Laufe einer Minute gab sie mir die Anschrift, unter der Elise Blom seit 1955 gemeldet war. Sie besaß ein Haus im Wesenbergssmau.

Das gehört ihr also?"

„So steht es da. Sie kaufte es im April 1955."

„Aber Telefon hat sie nicht?"

„Es sieht nicht so aus."

„Hmm."

„Bist du zufrieden?"

„Du bist unersetzlich", sagte ich und meinte es auch. Ich mußte meine Theorie eine Spur revidieren. Es war doch nicht mit einem Telefonbuch getan. Man brauchte auch eine gute Freundin beim Einwohnermeldeamt.

Ich sagte: „Ich wünsche dir ein langes und glückliches Leben beim Meldeamt. Bestell schöne Grüße."

„Wem? Etwa ...?"

„Dem Meldeamt."

„Oh. Ich dachte ..."

Wie geht's ihr denn? Deiner Schwester."

Ich hörte deutlich, wie sie aufstrahlte. „Ihr geht es richtig gut, Varg. Sie hat gerade ein Kleines gekriegt."

„Möge auch dem Kleinen ein langes und glückliches Leben beim Meldeamt beschieden sein. Falls dir einfallen sollte, aufzuhören. Aber tu das nicht. Und mach's gut."

„Mach's gut."

Doch, sie mußte schöne Ferien gehabt haben. Oder aber es gefiel ihr, Tante zu sein.

Ich versuchte es noch einmal mit der Telefonnummer von Sigrid Karlsen. Jetzt war jemand zuhause. Eine altersmäßig unbestimmbare Frauenstimme antwortete: „Ja, hallo?"

Ich räusperte mich und sagte: „Guten Tag. Äh, mein Name ist Veum und ich rufe an, weil ... Es hört sich vielleicht ein wenig dumm an, aber, waren Sie einmal verheiratet mit ... war ihr Mann ein Holger Karlsen?" Ich sagte seinen Namen deutlich, damit es keinen Raum für Mißverständnisse gab.

Die Antwort kam zögernd. „Ja-a. Worum geht es?"

„Hören Sie. Ich rufe an anläßlich – es ist ja schon lange her – dieser Brand bei Pfau. Es gibt da einiges in dem Zusammenhang, worüber ich gerne mit Ihnen sprechen würde."

Der Tonfall war nach wie vor unsicher. „Ich versteh nicht ganz. Wie sagten Sie war Ihr Name?"

„Veum. Ich bin – also ich stelle Ermittlungen an, und da sind verschiedene Dinge aufgetaucht. Ich verstehe, daß diese Sache Ihnen sicher wehtut, aber ich glaube, wir könnten – wie soll ich sagen – gemeinsame Interessen haben."

„Sind Sie von der Polizei?"

„Nein. Ich betreibe eine private Firma."

Das hörte sich hoffentlich einigermaßen respektabel an. Ich warf einen beschämten Blick durch meine private Firma. Ich würde sie wohl kaum zu einer Besichtigung einladen. „Aber ich weiß nicht, ob Sie sich an einen Polizisten namens Hjalmar Nymark erinnern?"

„Dooch!“

„Er ist tot. Und kurz bevor er starb, erzählte er mir so einiges.“ Ihre Stimme verhärtete sich. „Was die Polizei die ganze Zeit gewußt hat?“

Ich antwortete schnell: „Nein, nein. Eher ein paar Theorien, die er hatte, aufgrund gewisser Vermutungen.“

„Aber was meinen Sie damit, daß wir – gemeinsame Interessen haben sollten?“

„Ich meine, daß Grund besteht, zu glauben, daß Ihr Mann endlich entlastet werden könnte.“

„Wenn es Geld ist, worauf Sie aus sind, äh – Veum, dann kann ich Ihnen versichern, daß ...“

„Überhaupt nicht, Frau Karlsen. Das versichere ich Ihnen. Ich interessiere mich für Ihre Sicht der Sache, Ihre Gedanken darumherum, was Sie auch zu erzählen haben mögen. Ich brauche Ihre Zeugenaussage, sozusagen. Das ist alles. Vorausgesetzt, daß Sie nicht meinen, es sei zu schmerzhaft, in all dem nochmal herumzugraben.“

„Glauben Sie mir, Veum – gerade *das* macht gar nicht so viel. Ich werde sowieso mit der Geschichte niemals fertig. Ich habe die letzten 28 Jahre darin herumgegraben, also ...“

„Könnte ich einmal bei Ihnen vorbeikommen?“

Es entstand eine kleine Pause. „Gerade heute paßt es nicht so gut. Aber wenn Sie morgen kommen könnten, recht früh?“

„Was meinen Sie mit recht früh?“

„Neun, halb zehn? Sie kriegen auch Kaffee ...“

„Das klingt ausgezeichnet. Dann ist das abgemacht, ja?“

„In Ordnung.“

Wir sagten Auf Wiedersehen und legten auf. Ich blieb, wie schon so oft, sitzen und starrte aus dem Fenster. Es war Nachmittag geworden. Vågen lag grau und flach da, der Fjellhang mit den matten Augustfarben, von verzeinzelten braungrünen Flächen durchsetzt, dort, wo die ersten Blätter nach dem monatelangen Regen schon zu verfaulen begonnen hatten. Und der Himmel darüber: grauweiß und undurchdringlich.

An diesem Tag war Hjalmar Nymark zu Asche geworden und ich hatte meine allererste Verabredung in dieser Angelegenheit getroffen.

21

Ich erwachte zu einem neuen grauen Tag. August hing mit dem Schnabel über der Stadt, wie ein zerzauster Seevogel. Die Wolken lagen wie dunkler Blasentang über Askøy und das erste Regentreiben war schon in der Luft.

Sigrid Karlsen wohnte in einem schmalen, zweistöckigen Holzhaus, dessen Front sich zum Giebel hin nach vorn zu neigen schien. Es war weiß, aber nicht neu gestrichen.

Die Eingangstür stand offen. Ein dunkler Gang führte zu einer Wohnung im Erdgeschoß, an deren Tür ein anderer Name stand. Eine Treppe führte ins erste Stockwerk hinauf. Dort wohnte Sigrid Karlsen hinter einer grünen Tür mit hohen, schmalen Fenstern und geriffeltem Glas. Ich drückte auf die Türklingel. Bald bewegte es sich in der Wohnung dahinter und eine kleine Frau öffnete mit einem vorsichtigen Lächeln die Tür.

„Frau Karlsen? Ich bin Veum."

Sie öffnete die Tür vollends. „Kommen Sie herein."

Wir kamen in einen kleinen, schmalen Vorflur, in dem kaum für mehr als eine Kommode und einen Spiegel Platz war. Die Kommode hatte eine deutliche Schramme an einer Ecke und quer über den Spiegel lief ein Sprung.

Sie streckte die Hand aus. „Sigrid Karlsen."

„Varg Veum. Freut mich!"

„Ich werde Ihnen Ihren Mantel abnehmen, dann ..."

„Danke."

„Wir gehen rüber in die Küche. Hier."

Ich folgte ihr gehorsam. Wir kamen in eine kleine, weißgetünchte Küche mit blaukarierten Gardinen vor den Fenstern, einem hellen Tuch auf dem Tisch und einem angenehmen Duft von Kaffee vom Ofen her. Die Küchenschränke hatten blaue Türen und an der Wand über dem Kühlschrank hing ein Kalender mit dem Bild eines Jungen und eines Hundes, die über eine dieser Blumenwiesen liefen, wie es sie nur auf solchen Bildern gibt. Auf dem Küchentisch stand ein Radio und erfüllte den Raum mit Kaffeekränzchenmusik, garniert mit entspanntem Geplauder.

Die Küche ging nach Norden hinaus, und über die Dächer der Nachbarhäuser sahen wir die Turmspitze der Nykirke ragen. Sigrid Karlsen zog einen Stuhl heran und holte Tassen, Untertassen und einen Teller für jeden von uns. In einer Schale lagen ein paar Kekse, und sie fragte, ob ich Sahne in den Kaffee haben wolle. Ich sagte nein danke und sie schenkte Kaffee in die Tassen. Während sie sich setzte, an die andere Seite des Tisches, sagte sie: „Ich war ein bißchen überrascht. Als Sie anriefen."

„Das verstehe ich gut. Es ist ja so lange her."

„Ja ..." Sie sah gedankenverloren aus dem Fenster. Ihre Augen waren blau, hinter großen, silbern eingefaßten Brillengläsern, das Haar blond mit einer Ahnung von grau darin. Die Gesichtszüge waren regelmäßig und jungmädchenhaft und nur die feinen Fältchen um Augen und Mund verrieten ihr Alter, das ich auf irgendwo zwischen fünfzig und sechzig schätzte. Sie war klein und zierlich, trug ein blaues Baumwollkleid und eine leichte, beigefarbene Strickjacke über den Schultern. Wenn sie Schminke benutzte, dann mit großem Talent.

Sie nahm ihren Blick vom Fenster und sah ein wenig scheu wieder mich an.

„Ich kenne mich gut aus hier draußen", sagte ich. „Ich bin selbst in Nordnes aufgewachsen, nur ein bißchen weiter draußen."

„Was du nicht sagst. Wir sagen doch ‚du', oder? Ich wohne hier seit gleich nach dem Krieg. Wir wohnten hier, als ... Holger hatte eine Wohnung versprochen bekommen gleich nach dem Krieg. Die Miete war nicht so schlimm, daß wir es nicht schaffen konnten. Er hatte eine gute Stellung und wir hatten gespart, was wir konnten. Wir haben es hier gut gehabt."

Ich sah aus dem Fenster. „Dann hast du hier sicher einmal am Fenster gesessen und auf die Straße gesehen – und ich lief da unten, als Junge. Ich erinnere, daß wir hier ab und zu eingekauft haben. Es lag ein Fischgeschäft direkt hier unten, das stimmt doch, oder?"

„Doch." Sie lächelte schwach. „Es lagen mehrere Geschäfte hier, damals. Jetzt sind nicht mehr viele übrig."

„Nein."

„Aber du mußt erzählen ..."

„Ja. Aber ich glaube, ich möchte dich anfangen lassen, wenn du nichts dagegen hast."

„Also gut. Was willst du wissen?"

„Ich möchte, daß du einfach erzählst, alles, was dir so einfällt, was du erinnern kannst von den Ereignissen vor und nach dem furchtbaren Brand."

Sie nickte langsam. „Ich glaube, ich ..."

Sie erhob sich und schenkte mir Kaffee nach. Dann sagte sie: „Ich hole nur eben ..." Sie ging ins Wohnzimmer. Die Tür ließ sie nur angelehnt und ich sah einen Streifen eines dunklen Raums mit altmodischer Tapete in seidenartigem Blattmuster, alten Möbeln und einem Fernsehapparat, der dort nicht hinzugehören schien.

Sie kam mit einer eingerahmten Fotografie zurück. Die gab sie mir und ich saß eine Weile damit in der Hand da.

„Das sind wir an unserem Hochzeitstag. Das war 1947."

Es war ein feierliches, gestelltes Bild. Die zwei jungen Menschen blickten starr in die Kamera, mit einem Lächeln, das wie in die Gesichter hineinretouchiert wirkte. Ich blickte zu ihr auf. Sie hatte sich nicht sehr verändert, aber es *war* mehr als dreißig Jahre her. Auf dem Bild hatte sie etwas Frisches, Jungmädchenhaftes an sich, etwas Helles und Sonniges. Der Mann an ihrer Seite war größer und dunkler. Das Gesicht war markant, mager mit einem kräftigen Kinn. Es war ein schönes Gesicht, aber er wirkte auffallend deplaziert in dem dunklen Anzug mit den breiten Aufschlägen, und die weiße Nelke im Knopfloch gehörte dort einfach nicht hin. Ich konnte ihn mir gut im Arbeitsanzug vorstellen. Das dunkle Haar war aus der Stirn gestrichen und direkt über den Ohren kurzgeschnitten.

Sie sagte: „Er war neunundzwanzig. Ich war sieben Jahre jünger."

Ihr Kleid war weiß und weitfallend, der Brautstrauß üppig. „Die Nykirke war noch nicht wieder aufgebaut nach dem Krieg, also heirateten wir in St. Markus. Aber die Hochzeit selbst hielten wir in der Koch- und Stewart-Schule. Das war im November, bei klarem Wetter."

Ich nickte. „Und er war Vorarbeiter bei Pfau?"

„Ja. Er war es gerade geworden und damit stieg sein Lohn um so viel, daß wir meinten, wir könnten es uns leisten zu heiraten. Wir hatten einander seit 1942 gekannt. Ostern."

Sie hielt die Kaffeetasse in beiden Händen. „Das ist fast wie ein anderes Jahrhundert, die Zeit nach dem Krieg. Es waren magere Jahre, aber wir waren froh, daß der Krieg vorbei war, und wir waren voller Optimismus. Holger und ich waren jung und glücklich und wir glaubten, wir hätten die Zukunft vor uns. 1949 bekamen wir Anita. Es war eine schwere Geburt, denn ich war etwas zu schmal, aber es ging trotzdem gut. Oh, wenn ich zurückdenke ... Ich seh ihn vor mir, frühmorgens, wenn er zur Arbeit sollte. Er saß da – genau da, wo du jetzt sitzt. Er war – ich fand, er war ein wunderschöner Mann. Ich habe ihn ja auch sehr geliebt."

Leise sagte sie: „Tue es noch immer."

„Er ..."

„Er hatte das karierte Arbeitshemd an, die braunen Schuhe, den etwas zu langen Gürtel um – weil er doch so dünn war, der Arme. Er trank Kaffee und aß sein Brot und wenn Anita wach war, nahm er sie auf seinen Schoß und alberte und lachte. Er war ein guter Vater und er nahm sich Zeit für die Kleine. Sowas war damals durchaus noch ungewöhnlich und die anderen Kerle in der Gegend sahen ihm lange nach, wenn er mit Anita in der Karre den Abendspaziergang machte ..." Sie setzte die Tasse ab. „Dann ging er also – oder nahm den Bus. Linie 6 oben vom Haugevei. Und kam nicht vor dem Abendessen, um fünf Uhr, nach Hause. Aber obwohl er müde war – und du weißt, eine Farbenfabrik, damals gab es nicht die gleiche Kontrolle, welche Stoffe benutzt wurden, wie heute – er hatte oft Kopfschmerzen. Er war ein guter Mensch, in Viken aufgewachsen, als jüngster von acht – und dann sollte er so früh sterben und so einen Nachruf bekommen. Es gab Leute, die mich danach noch jahrelang anriefen, Veum. Witwen von anderen, die da oben umgekommen waren. Sie riefen an und kamen mit Drohungen und sagten, daß Holger –

daß sie wünschten, er – würde in der Hölle schmoren, weil er ihre Männer ermordet hätte. Eine von ihnen schickte mir Blumen – jedes Jahr, am Jahrestag des Brandes – noch acht-neun Jahre nachher! Das erste Mal ahnte ich ja noch nicht, von wem sie waren und öffnete den Briefumschlag. ‚Herzlichen Glückwunsch' stand auf der Karte. ‚Gruß ...' Später warf ich die Blumen in den Müll. Ich rief den Blumenladen an und bat, mir keine mehr zu schicken, aber da ging sie zu einem anderen. Ich rief die Polizei an, aber die sagten, sie könnten nichts tun. Zum Schluß hörte es von selbst auf. – Die Arme, sie war natürlich krank. Aber es waren ein paar böse Jahre, danach. Ich war allein mit Anita und es dauerte lange, bis die Versicherungsgesellschaft die Police auszahlen wollte. Sie behaupteten ... – aber wenigstens in dem Punkt war die Polizei in Ordnung. Sie sagten, nichts könne bewiesen werden, weder Holgers Schuld, noch das Gegenteil. Und da es keine Beweise gab, mußten sie zum Schluß bezahlen. Ich sprach mit meinem Anwalt und der half mir. Aber das kostete Kraft, glaub mir. Ich hoffe, daß ich nie mehr was ähnliches erleben muß. Und das Schlimmste war, daß ich – ich wußte doch, daß er unschuldig war. Ich wußte, was er gesagt hatte, und ich kannte doch diesen Mann – besser, als irgendjemand sonst."

„Erzähl, was er sagte."

Sie sah an mir vorbei, fast dreißig Jahre zurück in der Zeit. „Er klagte selten. Er war Vertrauensmann im Betriebsrat über mehrere Amtszeiten, aber er gehörte nicht zu den Revolutionären. Von Natur war er Sozialdemokrat."

„Wie die meisten Norweger."

„Ja, vielleicht. Jedenfalls war er ein Mann der Zusammenarbeit. Wenn er eine Lösung aushandeln konnte, versuchte er Konflikte zu vermeiden. Aber selbstverständlich entstanden auch Situationen ... – während der Lohnverhandlungen zum Beispiel ... und er konnte stur sein, er wußte, was er wollte. Doch gerade in solchen Zeiten beklagte er sich nie. Es kam nur etwas über ihn – eine Art Traurigkeit. Er bekam lange, betrübte Furchen in der Stirn, die Augen wurden dunkler und sein Mund bekam einen scharfen, fast verbitterten Zug. Dabei war er so schön. Er konnte an einen jungen Dichter erinnern, einen Rudolf Nilsen vielleicht. Aber das war er ja nicht. Er saß am Verhandlungstisch und da ging es um Zahlen, um Arbeitsstunden und Wochenlohn." Sie hielt inne, schenkte heißen Kaffee in unsere noch halbvollen Tassen, saß einfach nur da und schien dem Radio zuzuhören, aus dem ein Akkordeonensemble mit viel triefendem Gefühl den „Traum von Elin" spielte.

Dann sagte sie: „Die letzten Tage vor dem Brand war er genauso."

„Trübsinnig?"

„Ja. Und ihm war unwohl. Ich sah es ihm an. Er war bleich, und mochte kaum was essen. Einmal, nachts – oder früh morgens – als er nicht wußte, daß ich wach lag, hörte ich, daß er auf dem Klo war, um sich zu erbrechen, ohne etwas herauszukriegen. Ich ließ vorsichtig anklingen, ob er nicht mal zum Arzt gehen sollte, aber er schüttelte nur den Kopf. Dann fragte ich, ob er irgendwelche Beschwerden hätte. – Da sah er mich nur mit diesem traurigen Blick an. Ich konnte sehen, wie die Muskeln in seinem Gesicht arbeiteten. Aber er sagte nichts. Nicht bevor er abends von der Arbeit kam. Plötzlich, beim Kaffee, stieß er hervor: Morgen geh ich zur Leitung! – Ich erinnere jedes Wort, als wäre es gestern gewesen – Morgen geh ich zur Leitung. Da muß eine Leckage sein, ich bin mir ganz sicher. Da sind noch andere außer mir, die Beschwerden gehabt haben. – Er erzählte, daß mehrere der anderen, die in der Produktionshalle arbeiteten, in der letzten Zeit von Schwindel, Kopfschmerzen und Übelkeit geplagt gewesen seien, und er war überzeugt davon, daß irgendwo eine Leckage sein müsse. Ausströmendes Gas." Ihre Stimme brach kaum merklich, als sie sagte: „Es hätte auch Explosionsgefahr bestehen können."

Ich nickte. „Und am Tag danach …"

Mit plötzlicher Heftigkeit stieß sie hervor: „Am Tag danach ging er zur Leitung und gab Bescheid!"

Dann wurde sie ruhiger. „Es war ein komischer Tag. Ich weiß es noch wie … Es war April und es war richtig typisches Aprilwetter. Im einen Augenblick schien die Sonne, im nächsten goß es in Strömen. Ich hatte eingekauft, und als es auf dem Nachhauseweg zwischen den Schauern aufklarte, machte ich eine etwas weitere Runde durch Nordnes. Ich weiß nicht, ob du erinnerst, wie es zu der Zeit hier aussah?"

„Doch, doch."

„Die Brandstellen nach den Bombenangriffen. Die rotbraunen Reste der Grundmauern und dann die neue Vegetation darüber. Ich sehe noch die sonnengelben, molligen Weidenkätzchen an dem Tag. Die Büsche waren voll davon. Und die Sonne wärmte, der Wind kam in plötzlichen Stößen und zerzauste dein Haar. Anita saß in der Karre und ich dachte: Gottseidank, endlich wird es Frühling. Es würde ein herrlicher Sommer werden, mit dem kleinen Kind und diesem lieben Mann. Wie die glücklichste Frau der Welt kam ich mir vor. – Und genau an dem Tag kam er zum Abendessen nicht nach Hause."

„Nein?"

„Nein, und das war noch nie vorgekommen. Er kam nie zu spät, sondern immer … Ich hatte Eintopf gekocht und weiße Sagogrütze mit roter Soße zum Nachtisch. Ich rief in der Fabrik an, aber dort konnten sie mir nichts anderes sagen, als daß er zur gewohnten Zeit gegangen sei. Erst so gegen acht kam er nach Hause und da hatte ich noch nicht einmal Anita ins Bett gekriegt. Sie war so unruhig. Ich hörte ihn unten auf der Treppe, er kam schwerfällig herauf. Fummelte am Schloß herum. Ich saß drinnen in der Stube im Dunkeln. Er ging erst hier rein und ich sah ihn ganz deutlich im Licht bevor er zur Tür herüberkam und mich entdeckte. Er... Die Unterlippe war vorgeschoben, wie bei einem schmollenden Kind. Das Haar war wirr und er ging auf eine merkwürdig schlenkernde Weise. Als er zur Tür kam, blieb er stehen und lehnte sich in den Rahmen und das schlechte Gewissen leuchtete aus seinen Augen. Ich hatte ihn nie vorher so gesehen. Mir war klar, daß er getrunken hatte und er stank nach Bier. Alles, was er sagte, war: Sie wollten nicht auf mich hören. ‚Wer?' fragte ich, irritiert vor Sorge. ‚Die Leitung', sagte er, fast fauchend. Später, als wir Anita endlich im Bett hatten und ich ihm einen Kaffee gekocht hatte und wir in der Stube sitzen und uns wieder beruhigen konnten ... Da erzählte er, daß er zur Betriebsleitung gegangen war und sie von seinem Verdacht unterrichtet hatte. Doch die Leitung hatte ihn abgewiesen und gesagt, sie würde es überprüfen, aber ein Produktionsstop käme gerade jetzt überhaupt nicht in Frage."

„Sagte er, mit wem er gesprochen hatte?"

„Wenn er sich schon so ausdrückte, wenn er nichts weiter sagte als die Leitung, dann konnte es sich nur um einen Mann handeln."

„Und das war?"

„Hellebust. Der Direktor."

„Der später abstritt, daß dein Mann überhaupt irgendwas gesagt hätte."

Es funkelte in ihren Augen. „Ja. Ganz genau!" Die kleinen Fäuste ballten und öffneten sich und an den Schläfen traten plötzlich die Adern hervor.

„Und am Tag darauf..." Sie mußte tief durchatmen. „Am Tag darauf ..." Tränen traten in ihre Augen und ihre Stimme war belegt. „Am Tag darauf hörte das Leben auf – auch für mich, Veum."

Ich nickte stumm.

„Und es war ein wirklich schöner Frühlingstag! Keine Regenschauer. Die Sonne strahlte, aber ich war besorgt als er ging, wegen allem, was am Tag vorher passiert war. Er hatte etwas Verbissenes, Verbittertes, als er ging und ich fühlte mit ziemlicher Sicherheit – ich machte mir solche Sorgen, weil ich ..."

„Weil du ...?"

„Ich werde immer – bekomme immer Angst in Konfliktsituationen. Und an dem Tag war ich davon überzeugt, daß Holger sich entschlossen hatte, zu streiken, die Leute zum Streik aufzurufen – wenn die Leitung nicht nachgab."

„Aber weißt du denn …"

„Nein, ich weiß nicht, was passierte, denn an dem Tag war Hellebust ja in Oslo, mit ihm konnte er also auf keinen Fall gesprochen haben – und dann … Als sie anriefen und erzählten …" Sie schluckte und schluckte. „Ich stand mit dem Telefon in der Hand und war völlig gelähmt. Ich konnte mich nicht bewegen, ich konnte nichts sagen. Ich ließ nur den Hörer fallen – sah ihn baumelnd da hängen. Ich konnte noch nicht einmal schreien. Ich war stumm, öffnete den Mund und mein Körper schrie, aber um mich herum war es ganz still. Ich hörte Anita mit ein paar ihrer Puppen plappern, drinnen im Schlafzimmer, hörte das laufende Radio und das Geblubber von irgendwas auf dem Herd. Aber in mir drin war nichts weiter als eine schrille, ohrenbetäubende Stille."

Sie verharrte über die Kaffeetasse gebeugt. Der eine Zeigefinger strich behutsam an der Kante entlang, wie der Schatten einer Liebkosung. Leise sagte sie: „Danach hab ich allein gelebt." Sie sah fast wie in Trotz zu mir auf. „Ist es nicht lächerlich, wenn eine Frau von fast sechzig von Liebe erzählt?"

„Nein."

„Du bist so jung und gehörst in eine andere Zeit. Heute ist alles anders. Die Leute hasten aus der einen Ehe in die nächste, finden nie Ruhe, haben es so eilig, zusammenzukommen, daß sie … Aber haben sie Zeit zu lieben, wirklich zu …? Vielleicht gehörte ich auch zu den Privilegierten, weil ich es erleben durfte. Holger – ich hatte ihn so lieb, daß er mich auf eine Weise erfüllte. Er erfüllte mich – ganz und gar – und als er nicht mehr da war, war da nur noch Leere. Ein Vakuum, in das nichts Lebendes hineinkommen konnte. Verstehst du … Diese Liebe, so wie ich sie erlebte, verbrauchte mein Bedürfnis nach – solchen Dingen. Den Rest des Lebens verwende ich, oder werde ich für Anita verwenden: für das, was mir von Holger geblieben ist." Sie sah mich jetzt direkt an. „Seit damals habe ich keinen Mann angerührt, niemanden geküßt, nicht – gar nichts ." Und mit einem schwachen Lächeln fuhr sie fort: „Es war nicht einmal eine Entbehrung. Kannst du das verstehen?"

Ich sah in ihr Gesicht. Nicht geküßt seit 1953, nicht den Ausbruch in die Gefilde der Sinnlichkeit erlebt, weil es nicht mehr nötig war. Weil sie dort schon gewesen war. Es hörte sich romantisch an – und ein bißchen altmodisch. Es machte sie eigentlich älter als sechzig. Aber auf eine merkwürdige Weise fühlte ich, daß ich sie verstehen konnte, daß da eine Art Verwandtschaft war zwischen uns, die wir da jeder auf seiner Seite des kleinen Küchentisches saßen: Die Frau von fast sechzig, die seit 1953 nicht mehr geliebt hatte, und der Mann mit den ersten grauen Haarsträhnen und einer erst kürzlich hinter die Stirn geritzten großen Sehnsucht.

Ich fragte: „Was macht deine Tochter?"

„Anita ... Sie arbeitet in einer Tagesstätte draußen in Loddefjord. Sie mag Kinder gern, hat aber selbst noch keine. Sie hat nicht geheiratet und wohnt hier, immer noch. Sie konnte eine kleine Wohnung unter dem Dach mieten und ißt meistens hier unten. Auf diese Weise ist da immer noch jemand, der zu mir nach Hause kommt."

„Wie nahm sie den Verlust auf?"

„Das ist schwer zu sagen. Sie war ja so klein, als es passierte. Sie verstand wohl im Grunde nicht, was geschehen war. Aber sie konnte völlig hysterisch werden, wenn ich mal einen Abend ausgehen wollte. Das war, als hätte sie Angst, daß ich auch einfach so verschwinden würde wie ihr Vater. Aber ich denke oft, daß das, was später mit mir passierte, viel schlimmer für sie war – meine Nervenprobleme, weil es sich so ewig hinzog, bis wir die Lebensversicherung ausgezahlt bekamen und dann all das schmutzige Gerede, die Anklagen gegen Holger, die Untersuchungen, die nie zu etwas führten, Treffen mit Versicherungsleuten, Anwälten, Polizisten ... Es war ein fünf-sechs Jahre langer Alptraum, bevor es endlich ruhiger wurde und wir wieder versuchen konnten, wie normale Menschen zu leben. Das, womit sie später zu kämpfen hatte, hat vielleicht damit zu tun."

„Etwas Bestimmtes?"

„Nein, nein. Aber alle haben ja – gefühlsmäßige Probleme heutzutage, hab ich den Eindruck. Sie hat ihre Quote abbekommen. Ich glaube nicht, daß irgendein Kind ohne Narben aus einer Phase ohne einen Elternteil herauskommt, ob sie nun durch Scheidung oder Todesfall verursacht wird."

„Das mag sein."

„Aber vielleicht bin ich altmodisch." Sie wurde still.

Ihre großen Brillengläser reflektierten das Licht von draußen und schufen eine Form von Ferne: als säße sie auf der anderen Seite eines Fensters und sähe mich an.

„Sag mal", sagte ich, „hast du jemals mit Hellebust gesprochen, über das, was passiert ist?"

Sie schüttelte den Kopf. „Ich schrieb ihm, mehrmals. Ich flehte ihn an, zu sagen, was wirklich passiert war: zuzugeben, daß Holger bei ihm war und sich über die Leckage beschwert hatte." Ihr Ton wurde bitter. „Er würdigte mich niemals einer Antwort."

„Nein. Direktoren haben größtenteils eins gemeinsam. Sie geben niemals Fehler zu."

„Ich versuchte, ihn anzurufen, aber ich kam nie weiter als zu seiner Sekretärin."

„Alvhilde Pedersen?"

„Ja, schon möglich. Ich habe keine Ahnung, wie sie hieß. Als ich am Rande der Verzweiflung angelangt war, überlegte ich, dorthin zu fahren und mich vor ihre Tür zu setzen, bis sie gezwungen gewesen wären, mit mir zu sprechen. Aber es wäre wohl nichts weiter passiert, als daß sie die Polizei gerufen hätten – und mit denen hatte ich ja schon gesprochen. Außerdem erledigten sie die ganze Fabrikgeschichte im Laufe kurzer Zeit und Hellebust verließ das Land."

„Die Polizei – mit wem hast du da gesprochen?"

„Naja, da waren verschiedene. Ich kann mich noch gut an den erinnern, den du am Telefon erwähnt hast. Nymark, nicht wahr? Er war einer von der soliden, zuverlässigen Sorte, zu denen man automatisch Vertrauen hatte. Ich glaube, er war auf meiner Seite, um es mal so zu sagen. Ansonsten hatte ich das beklemmende Gefühl, daß es mehr zählte, was Hellebust zu sagen hatte. Wenn Aussage gegen Aussage stand, dann mußte es ja Hellebust sein, der Recht hatte. Aber du hast gesagt, Nymark wäre tot, und daß da was Neues aufgetaucht ist?"

„Naja, was heißt neu. Ich kann dir erzählen, daß Hjalmar Nymark sich sehr mit diesem Fall beschäftigt hat, bis zu seinem Tod. Er ließ ihn nie los. Sein Tod kam sehr plötzlich, und irgendwie – irgendwie versuche ich, da weiterzumachen, wo er aufgehört hat. Was ich eigentlich tue, ist wohl, ein paar der Umstände um Hjalmar Nymarks Tod zu untersuchen – weil die Polizei es nicht tun will. Und diese Umstände, die umfassen unter anderem den Brand bei Pfau 1953 – und einen mysteriösen Todesfall, der sich 1971 ereignete. Aber die eigentliche Lösung des Ganzen liegt, glaube ich auf der Brandstelle von Pfau begraben."

„Ein Todesfall, was ...?"

„Sagt dir der Name Harald Wulff etwas?"

Sie schüttelte den Kopf.

„Er arbeitete bei Pfau. Als Bürobote."

„Wir hatten nie irgendwelchen Kontakt zu denen, die im Büro arbeiteten. Ich habe mal einige von Holgers Arbeitskollegen getroffen, das war alles."

„Tja. Das ist eine lange, verworrene Geschichte, und ich verspreche dir, daß ich hier rauskommen und dir alles erzählen werde, wenn ich ihr jemals auf den Grund kommen sollte. Und wenn du nicht meinst, daß es schon genug Aufstand gegeben hat, dann gehen wir zur Presse und ich werde dir helfen, deinen Mann endgültig zu rehabilitieren, ob es nun achtundzwanzig Jahre zu spät ist, oder nicht!"

Sie lächelte schwach – und traurig – als könne sie nicht recht an das glauben, was ich sagte.

„Aber, um es kurz zu sagen. Harald Wulff ist als Kollaborateur verurteilt worden, und er wurde stark verdächtigt, hinter einer Reihe zweifelhafter Todesfälle aus den Kriegsjahren zu stehen. Nymark – und ich würde annehmen, auch Konrad Fanebust – hatten den nicht gerade geringen Verdacht, daß der Brand bei Pfau gelegt worden sein könnte ..."

„Ich erinnere mich noch gut an Konrad Fanebust. Er war immer so freundlich und er half mir auch später, gegenüber der Versicherungsgesellschaft. Vielleicht kann er etwas erzählen ..."

„Er ist bald der einzige noch lebende – abgesehen von Hagbart Hellebust selbst – sodaß ich wirklich hoffe. Ich werde mit ihm reden."

„Aber wie ging es weiter mit diesem Wulff?"

„Er wurde getötet, 1971. Jedenfalls ist das die offizielle Erklärung."

„Die offizielle?"

„Ich meine, daß er es vielleicht doch nicht war, der getötet wurde. Vielleicht hat er überlebt, um es mal so auszudrücken. Und ist gar nicht tot. Sondern irgendwo da draußen."

Unwillkürlich sah ich zum Fenster. Gegen meinen Willen spürte ich, daß meine eigenen Worte in mir ein Gefühl von Angst auslösten, mich in der Magengegend umklammerten und meine Mundhöhle austrockneten. Der Gedanke gefiel mir nicht, und die Stadt war plötzlich in dem grauen Wetter noch dunkler – dunkel und gefährlich. Wenn Harald Wulff wirklich irgendwo da draußen im Halbdunkel war, mit Gott weiß wie vielen Leben auf dem Gewissen, dann würden ein oder zwei Leben mehr oder weniger ihn nicht allzuviel kosten. Vielleicht hatte ich schon zuviel gesagt.

Wieder war da das ungläubige, unsichere Lächeln. „Aber ..."

„Du glaubst doch nicht an Gespenster, oder?"

„Neeeiin."

„Nein, aber ein Mensch mit einem Merkmal, das jedenfalls eine deutliche Gemeinsamkeit mit Harald Wulff darstellt, wurde in der Nähe gesehen, als Hjalmar Nymark starb und das unter meines Erachtens verdächtigen Umständen. Und da ich nun ebenfalls nicht an Gespenster glaube, gibt es nur eine Erklärung, oder nicht?"

„Doch!"

Ich konnte sehen, daß ich sie unsicher und verwirrt gemacht hatte, daß sie nicht mehr hundertprozentig sicher war, ob sie mir vertrauen konnte. Und ich verstand sie. Mir war klar, daß mir viele skeptische Gesichter begegnen würden, wenn ich weiterhin herumging und von dreißig Jahren alten Verbrechen erzählte, von verdächtigen Todesfällen aus dem Krieg und von Gespenstern.

„Findest du, daß sich das unwahrscheinlich anhört?"

Sie betrachtete mich durch ihre großen Brillengläser. „Ich weiß nicht. Es ist nur so schwer, sich umzustellen, sozusagen von vorn anfangen zu sollen. Vielleicht... Vielleicht ist es besser, es so zu lassen, wie es ist, es wird nur noch mehr Unglück mit sich bringen, wieder darin herumzurühren."

Ich sah über den Rand der Kaffeetasse zu ihr hinüber.

„Ich verstehe, daß du skeptisch bist. Aber – ich empfinde es jedenfalls als eine Verpflichtung, Hjalmar Nymark gegenüber. Ich werde die Untersuchungen fortsetzen, so weit ich komme. Aber ich werde versuchen, dich nicht mehr damit zu belästigen."

„Du belästigst mich ganz und gar nicht, versteh mich nicht falsch. Nur, ich … Ich bin 58 Jahre alt und Witwe, seit ich 31 bin. Das Leben, das ich einmal hatte, ist verspielt. Ich liebe Holger, ja, ich sage liebe – in der Gegenwart. Für mich wird er immer Gegenwart sein. Aber das bedeutet auch, daß ich 27 Jahre in einem leeren Raum gelebt habe. Jahre, die ich mit ihm zusammen hätte haben sollen, habe ich ohne Liebe, ohne Berührung gelebt. Meine Zärtlichkeit habe ich einem Blumenbeet auf einem Grab gegeben, Freude hat sich an Erinnerungen geknüpft – und an Anita. Du mußt verstehen, daß ein Mensch – daß ich müde werde."

Ich sagte leise: „Natürlich. Ich will nicht, ich …"

Ich wandte den Kopf zur Seite, starrte verzweifelt um mich, suchte nach etwas, was ich sagen konnte, etwas anderem. Ich sagte: „Was – was tust du sonst? Arbeitest du?"

Sie nahm die Brille ab und legte sie vor sich auf den Tisch. Der Blick wurde schmal und ziellos. Sie massierte sich hart mit den Handflächen die Augen. „Ja, ich habe eine halbe Stelle unten in der Bezirksverwaltung, drei Tage die Woche."

„Also du arbeitest – da unten?" Ich sah auf das dunkle, hohe Verwaltungsgebäude des Bezirks Hordaland hinunter und bekam eine Gänsehaut. Das Gebäude mit den braunen Metallplatten an der Fassade erhob sich wie ein Staudamm gegen die Strandgate, in grellem Kontrast zu den hübschen, kleinen Holzhäusern auf der anderen Seite des Ytre Markvei. Wenn die Herbststürme und der Sommerregen einsetzten, konnte es wirklich ein dunkler und wenig gastfreundlicher Bezirk sein, aber so lebensfeindlich war er denn doch nicht: ein so häßliches Monument hatte er nicht verdient.

„Ja." Als läse sie meine Gedanken, sagte sie: „Ich weiß noch … als wir hier einzogen. Wir konnten direkt auf Vågen hinuntersehen. Die Schiffe, die kamen und gingen. Die großen Passagierschiffe auf Skolten – die Amerikalinie …"

„Ja. Das war einmal, wie es heißt. Es wird damit wohl sein, wie mit den Märchen. Bald wird es auch niemanden mehr geben, der daran noch glaubt." Ich erhob mich und stand unschlüssig mitten im Raum. „Dann werde ich mich wohl verabschieden. Und, danke!"

Sie war auch aufgestanden. „Ja, dann. Ich danke dir."

Sie begleitete mich in den Vorflur, wo ich meinen Mantel anzog und die Wohnungstür öffnete. Bevor ich hinausging sagte sie: „Dann meldest du dich, wenn du etwas herausfindest?"

„Wenn du willst?"

Sie nickte nur stumm, ohne noch etwas zu sagen.

Ich nickte zurück, lächelte hilflos und war wieder auf dem Weg hinaus ins Tageslicht.

22

Das Tageslicht kann befreiend sein, aber auch durchdringend und unbarmherzig wie eine Röntgenlampe. Ich war nicht in der Stimmung, durchleuchtet zu werden und folgte den Schattenreihen der Häuser zurück ins Zentrum. Es war an der Zeit, sich zu erkundigen, ob Konrad Fanebust mich empfangen würde.

In einer an Helden armen Stadt war Konrad Fanebust einer der wenigen. Lebten wir in bombastischeren Zeiten, hätte vielleicht jemand auf der Torgalmenning einen Sockel errichtet und eine Statue von ihm dort aufgestellt. Es waren tatsächlich mehrere Bücher über seine Heldentaten und Aktionen während der Kämpfe 1940 und später im Widerstand während der Okkupation geschrieben worden. Und als Jungs am Anfang der 50er Jahre sprachen wir mit der gleichen Ehrfurcht von ihm, mit der wir Hopalong Cassidy, Roy Rogers und Shetland-Larsen erwähnten. Nach dem Krieg wurde er bald zu einer Art Gallionsfigur und hätte er einer anderen Partei angehört, wäre ihm ein Ministersessel sicher gewesen. So mußte er sich mit einer Amtszeit als Bürgermeister von Bergen zufrieden geben, wobei es mehr geworden wären, wenn er es nicht vorgezogen hätte, sich aus der Politik zurückzuziehen. Danach verschwand er mehr oder weniger hinter die Kulissen. Aus den Zeitungen ging allerdings hervor, daß er eine erfolgreiche und betriebsame Schiffahrtsgesellschaft leitete und das in Zeiten, in denen die Reedereiwirtschaft nicht eben wenige Klippen zu umschiffen hatte. Abgesehen davon zog man ihn nach wie vor hinzu, wenn das eine oder andere Kriegsjubiläum begangen werden sollte, das der Besetzung oder der Befreiung, obwohl er in allen Interviews beteuerte, wie ungerecht es sei, gerade ihn immer wieder und auf Kosten all der anonymen Freiheitskämpfer hervorzuheben, die während des Krieges seine Kampfgenossen gewesen waren.

Konrad Fanebust hatte Büros mit Aussicht auf Byparken, im zweiten Stock, und von einem Vorzimmer gehobenen Stils mit großen, braunschwarzen Möbeln, orientalischem Teppich und einer großen, dunkelgrünen Palme in einer Ecke schirmte seine Sekretärin ihn vor der Umwelt ab. Schon allein in ihr Büro vorzudringen, war kein einfacher Job.

Die Sekretärin war höflich, charmant und abweisend. Sie war Ende dreißig, hatte goldbraunes Haar, trug einen schwarzen Pullover und einen grauen Rock und äußerst gepflegte weiße Hände mit blankem Lack auf kurzgeschnittenen Nägeln. Und sie beherrschte den Refrain: „Haben Sie einen Termin?"

Ich schüttelte betrübt den Kopf. „Nein, leider nicht."

„Dann fürchte ich …"

„Fürchten Sie nichts. Erzählen Sie einfach Fanebust, daß ich anläßlich des Todes eines gemeinsamen Freundes hier bin. Hjalmar Nymark. Sagen Sie, es sei wichtig. Äußerst wichtig."

Sie betrachtete mich nachdenklich. „Also gut. Haben Sie Zeit, zu warten?"

Ich machte eine generöse Armbewegung. „Wenn Zeit Geld bedeutete, wäre ich reich."

„So." Sie lächelte ein wenig spitz, klopfte dann aber an eine Tür und wartete auf Antwort, bevor sie hineinging.

Solche Büros wirken immer dunkel. Die Fenster sind schmal und altertümlich, die Wände so dick, daß du kaum das Verkehrsrauschen hörst, die Zentralheizung schafft eine gleichbleibende Durchschnittstemperatur während aller zwölf Wintermonate des Jahres und vor den Fenstern könnte die Atombombe fallen, ohne daß du es bemerken würdest. So kommt es einem jedenfalls vor.

Sie kam zurück, ließ aber die Tür hinter sich nur angelehnt. Das war ein gutes Zeichen. „Sie können hineingehen. Er hatte gerade einen Augenblick Zeit."

Ich dankte und lächelte. Mir war klar, daß sie eine tüchtige Sekretärin war, die mit Umsicht über die Augenblicke ihres Chefs wachte. Ich ging hinein und verschloß sorgfältig die Tür hinter mir.

Konrad Fanebust saß am Schreibtisch und schrieb. Er sah kurz und prüfend zu mir auf. Dann zeigte er mit der freien Hand auf einen Stuhl, während er weiterschrieb. Er war ein Mann mit Sinn für Systematik: ein Ding zur Zeit.

Ich bekam Gelegenheit, sowohl Fanebust, als auch sein Büro eingehend zu betrachten, bevor ein einziges Wort fiel.

Das Büro war groß, Bücherschränke mit Glastüren davor bedeckten die Wände und die hohen Fenster waren mit Hilfe tiefgrüner Samtgardinen noch schmaler gemacht worden. Der Teppich war so dick, daß es sich, als ich den Raum zu dem mir angewiesenen Stuhl hin durchquerte, anhörte, als hätte ich Katzenpfoten. Es war ein altmodischer Stuhl, mit hohem, schmalen Rücken, aber durchaus nicht unbequem.

Fanebusts Schreibtisch hätte selbstverständlich größer sein können, wenn man eine Polonese darauf veranstalten wollte. So war aber reichlich Platz für einen konzentrierten Tango, solange man den Ausfallschritt nicht übertrieb.

Konrad Fanebust mußte ungefähr 65 Jahre alt sein. Ich erkannte ihn aus den Zeitungen wieder, nur sein Haar war weißer, als ich es erinnerte. Das Gesicht war markant, knochig und charaktervoll. Die Augen blitzten blau unter buschigen, grauweißen Augenbrauen und die Gesichtsfarbe war rotbraun und frisch, was durch den Kontrast zu dem weißen Haar noch hervorgehoben wurde. Er trug einen diskreten, koksgrauen Anzug mit Weste, hellblauem Hemd und perlgrauem Schlips. Er schrieb schnell und in langen Zügen mit dem Füllfederhalter.

Dann legte er den Federhalter weg, überflog die letzten Linien und machte ein paar stumme Mundbewegungen, bevor er die Blätter in eine Mappe und das Ganze zur Seite legte. Erst dann sah er wieder zu mir auf. Sein Blick war offen und direkt. Er rieb die Hände leicht gegeneinander und sagte: „So." Dann erhob er sich hinter dem Schreibtisch und streckte die Hand über die Tischfläche aus, ohne sich um den Tisch herumzubewegen. Ich mußte aufstehen und mich über den Tisch vorbeugen, um ihm die Hand zu schütteln und fühlte mich unbeholfen dabei. Das war effektive Kundenbehandlung und ich notierte es mir für spätere Gelegenheiten. Wenn du von Anfang an die Oberhand behalten willst, dann bleib auf deiner Seite des Schreibtisches.

„Veum."

„Fanebust."

Wir grüßten kurz, wie Duellanten. Fanebust setzte sich als erster wieder. Er besaß die Initiative, daran war kein Zweifel.

„Sie sagten zu Frau Larsen, es ginge um den Tod meines alten Freundes Hjalmar Nymark?"

„Ja. Ich war selbst ein Freund von ... Sie waren nicht bei der Beerdigung?"

„Nein, leider nicht. Ich war in Athen und sah es erst in der Zeitung, als ich zurückkam. Es war traurig, ich wäre gerne dort gewesen. Wissen Sie – wenn alte Freunde auf diese Weise sterben, dann hat man immer das Gefühl, sie vernachlässigt zu haben, und das hat man in gewisser Hinsicht ja auch. Man hätte sie öfter besuchen sollen, nur dann ist es plötzlich zu spät, und was einem bleibt ist nur ein schlechtes Gewissen. – Nun war es allerdings einige Jahre her, daß Hjalmar Nymark und ich gemeinsame Aufgaben hatten, aber ich habe immer versucht, den Kontakt zu den Jungs von damals aufrecht zu erhalten. Zu denen, die noch übrig sind."

Er sah mich verständnisinnig an. „Aber lassen wir das. Erzählen Sie mir, weshalb Sie hier sind."

„Ich bin aus zwei Gründen hier – oder dreien. Hauptsächlich aufgrund gewisser Umstände in Zusammenhang mit Hjalmar Nymarks Tod ..."

Er hob die Augenbrauen als Kommentar.

„Und außerdem bin ich hier wegen des Brandes bei Pfau und eines Mannes, den sie ‚Giftratte' nannten."

Ich ließ die Worte in Ruhe einsinken. Seine Augenbrauen senkten sich wieder, aber das Gesicht verriet gar nichts. Er besaß das dem erfahrenen Politiker und Geschäftsmann angeborene Pokerface. Alles, was er sagte, war: „So ..."

Äußerst kurz referierte ich, was Hjalmar Nymark mir über den Brand bei Pfau, die Ermittlungen danach und den Verdacht gegenüber Harald Wulff erzählt hatte. Zum Schluß sagte ich, das ganze abrundend: „Also mit anderen Worten ... Ich bin hauptsächlich hier, um bestätigt zu bekommen, was Hjalmar Nymark erzählte – und außerdem eventuell, um zu erfahren, ob Sie noch mehr erzählen können, was Hjalmar Nymark vergaß, oder nicht wußte."

Ich hob eine Hand, um anzudeuten, daß er das Wort hätte.

Er betrachtete mich reserviert. „Sagen Sie mir erst, wen Sie repräsentieren und um was für Umstände im Zusammenhang mit Hjalmar Nymarks Tod es sich handelt. Sind Sie Journalist?"

„Ich bin Privatdetektiv, aber ich bin hier als Hjalmar Nymarks letzter Freund, um es mal so auszudrücken. Er war ein einsamer Mann, zuletzt."

„Privatdetektiv?"

„Ja, aber, wie gesagt – es hat mich niemand engagiert. Ich bin aus eigener Initiative hier, und was die mysteriösen Umstände betrifft ..." Ich griff von der Seite her an. „Glauben Sie, daß ‚Giftratte' tot ist?"

Er schien erstaunt. „‚Giftratte'? Tja. Nun bekamen wir ja unseren Verdacht nie bestätigt und ich bezweifle, daß das jemals geschehen wird. Ich erinnere mich, in der Zeitung gelesen zu haben, daß Wulff tot sei; das ist nun schon einige Jahre her."

„Das war 1971."

„Soso. Das kann stimmen."

„Wie stark war euer Verdacht gegenüber Wulff?"

Er lehnte sich im Stuhl zurück, steckte die Daumen in die Westentaschen und starrte auf einen Punkt irgendwo über meinem Kopf. Der Blick war gedankenvoll. Er sagte: „Das ist viele Jahre her, Veum. Wenn ich jetzt daran zurückdenke."

Sein Blick kam wieder herunter. „Aber es gelingt mir nicht oft, die Gedanken daran zu vermeiden. Ich trage noch immer die Narben der Verletzungen, die ich im Krieg bekommen habe, und die Nächte können noch immer quälend sein."

Dann glitt der Blick wieder nach oben, als befände sich dort über meinem Kopf die Vergangenheit. „Ich durchlebe immer noch wieder die Untersuchungen – nennen Sie es ruhig Verhöre – die wir damals durchführten, 1953, nach dem Brand. Wir hatten uns ein paar Büros der alten Polizeiwache in der Allehelgensgate zuteilen lassen. Spät abends saßen wir und gingen technische Berichte durch, Zeugenaussagen der Angestellten, zufälliger Passanten und der Brandspezialisten. Es waren ruhige Abende, damals, Anfang der 50er Jahre. Da war abends noch nicht solch ein Verkehr. Wenige Autos, der eine oder andere Bus, ein Taxi. Es war ein recht kleines Büro, das überfüllt wirkte, wenn wir zu dritt waren. Ich saß an einer Längsseite des Schreibtisches, Hjalmar Nymark an der anderen und eingeklemmt zwischen Schreibtisch und Wand saß der, mit dem wir sprachen. Direkt unter dem einzigen Bild im Raum – einer Fotografie König Haakons. Und einer derjenigen, mit denen wir am längsten und häufigsten sprachen, war Harald Wulff."

Das Gesicht verhärtete sich. „Er fühlte sich getreten, wiederholte er wieder und wieder. Wir hatten ihn auch 1945 verhört, er kannte uns also. Daß er eine Strafe wegen Landesverrats abgesessen hätte, gäbe uns nicht das Recht, ihn so zu behandeln. Wir kümmerten uns wenig um diese Einwände. Sowohl Hjalmar Nymark als auch ich hatten während des Krieges schlimme Sachen erlebt, und das war noch nicht so viele Jahre her. Außerdem war dies alles vor der Zeit der großen Verteidiger. Heutzutage bekommt ja das abscheulichste Nazipack eine Behandlung wie des Königs Schoßhunde."

Er lächelte schief. „Ich sehe Hjalmar Nymark da am Tisch, groß und gutmütig, aber hart wie Stein. So war er während des Krieges auch. Er wurde nie erschöpft. Morgens um vier, wenn sich mein Gesicht anfühlte wie verschimmelte Spagetti, war er noch immer frisch und energisch. Harald Wulff hing längst in den Seilen, während Hjalmar Nymark um ihn herumtanzte und ihn aus der Reserve locken wollte."

„Aber er fiel nie um?"

Sein Blick kam schwerfällig zurück ins Jetzt. „Er fiel nie um. Er schwankte nicht einen Fingerbreit. Und das machte uns unserer Sache noch sicherer. Wäre er zusammengebrochen, hätte er um Verständnis gejammert, vielleicht hätten wir gezögert. Aber er war – er zeigte keine anderen Gefühle als Irritation, Wut. Und wenn er noch so müde und erschöpft war, gab er nichts preis. Und genau so – genau solch ein Typ Mensch mußte ein Mann wie ‚Giftratte' sein. Eine schwarze Katze mit neun Leben, die immer auf allen Vieren landete, egal, von wie hoch sie gefallen war."

Wieder verhärtete sich sein Gesicht. „Wir waren mit mehreren seiner Opfer während des Krieges eng befreundet. Er machte ihnen gnadenlos den Garaus, auf seine giftige, unsichtbare Weise. Unfälle widerfuhren Menschen, die das Unglaublichste überlebt hatten. Menschen, die hundert Meter senkrecht die Felsen hochgeklettert waren, nachdem man sie von einem Fischkutter bei hartem Seegang an Land gesetzt hatte – solche Menschen fallen nicht die Treppe hinunter und brechen sich das Genick. Sowas passiert einfach nicht. Menschen, die zwei Stunden über einen teilweise vereisten Hardangerfjord geschwommen sind, fallen nicht in Vågen und ertrinken! Ich erinnere mich, daß wir, Hjalmar Nymark und ich, nach einer der nächtlichen Sitzungen ernsthaft diskutierten, ob wir ihn schlicht und einfach ins Auto verfrachten, an einen entlegenen Ort fahren und liquidieren sollten. Wir hatten solche Dinge während des Krieges getan – und für uns war Harald Wulff ein Überbleibsel dieses Krieges, ein Repräsentant des alten Feindes, auch wenn wir uns tausendmal im Jahre 1953 befanden."

Er schüttelte irgendetwas mit einem Schulterzucken ab. „Aber wir taten es also nicht. Hjalmar stellte sich dagegen. Er war zu sehr Polizist geworden. Im Zweifel für den Angeklagten. Hätten wir sichere Beweise gehabt, dann ... aber sonst nicht. Und das war's dann. Zum Schluß mußten wir ihn gehen lassen. Wieder hinaus in die Freiheit. Wir setzten unsere Arbeit fort. Verhörten andere, versuchten, den einen schwachen Punkt zu finden – denn der mußte da irgendwo sein, glaubten wir."

„Und was ist mit dem Brand? Dieser Vorarbeiter, Holger Karlsen, der sozusagen die Schuld bekam ..."

„Das war ein Skandal. Ein Mann wie Harald Wulff ging frei aus – und ein gewissenhafter, zuverlässiger Arbeiter wie Holger Karlsen bekam die Schuld. Jedenfalls die Verantwortung, im Bewußtsein der Leute. Ich weiß noch, wie seine Frau zu mir kam. Sie war völlig verzweifelt."

„Ja. Ich habe mit ihr gesprochen. Ich hörte, Sie hätten ihr hilfreich zur Seite gestanden?"

„Oh, das war nicht der Rede wert."

„Hjalmar Nymark meinte, Holger Karlsen sei vielleicht niedergeschlagen worden."

Er betrachtete mich mit festem Blick. „Das ist korrekt. Er hatte starke Kopfverletzungen. Im Abschlußbericht hieß es, daß sie wahrscheinlich von herabgefallenen Teilen der Dachkonstruktion herrührten. Es hätte ebensogut ein Schlag mit einem harten Gegenstand gewesen sein können. Für Hjalmar und mich war das ungefähr die Stelle, an der wir dem vermuteten schwachen Punkt am nächsten kamen. Wenn wir nur die – mögliche – Mordwaffe gefunden hätten ... Aber wir fanden sie nie und hätten wir sie gefunden, wäre es nicht möglich gewesen, Fingerabdrücke sicherzustellen, es wäre alles versengt gewesen. Aber hör mal, du hast mir noch nicht geantwortet ... Was ist denn passiert mit Hjalmar."

„Hjalmar Nymark wurde im Juni von einem unbekannten Autofahrer überfahren. In der letzten Woche wurde er aus dem Krankenhaus entlassen, viel zu früh nach meiner Meinung, aber sie schoben es auf den

Personalmangel. Ich fuhr hin, um ihn zu besuchen, im dritten Stock in einem Haus in der Skottegate. Die Tür sollte offenstehen, denn er erwartete eine Haushaltshilfe. Aber als ich ankam, war die Tür verschlossen. Die Haushaltshilfe war auch da und wir brachen ein – und fanden ihn im Bett. Auf dem Boden lag ein Kopfkissen. Für mich sah es fast so aus, als könnte jemand ihn erstickt haben, aber die Obduktion ergab Herzstillstand, als Folge der starken Belastungen und der Schäden, die er sich bei dem Unfall zugezogen hatte. Die Polizei fand keinen Grund, den Fall zu untersuchen."

„Aber Sie?"

„Die Haushaltshilfe sah einen Mann das Haus verlassen, als sie kam. Der Mann hinkte auf einem Bein – wie es ‚Giftratte' nachgesagt wurde – und wie es jedenfalls Harald Wulff tat."

Er sah mich skeptisch an. „Naja ..."

„Und noch eins. Vor dem Unfall zeigte Hjalmar Nymark mir eine Schachtel mit alten Zeitungsausschnitten, Kopien von Berichten und so weiter von 1953. Ich durchsuchte die Wohnung, nachdem ich ihn fand, und die Polizei tat dasselbe. Wir fanden die Schachtel nirgends. Jemand hat sie entfernt. Und wer sollte daran ein Interesse haben?"

Er nickte langsam. „Da ist etwas Wahres dran. Aber was ist mit – Harald Wulff starb doch damals 1971 wirklich, oder?"

„Oder es starb ein anderer 1971. Ich bin durchaus nicht so sicher, daß es Harald Wulff war. Aber wenn er es wirklich *war*... Wäre es denkbar, daß ‚Giftratte' trotz allem jemand ganz anderes war?"

Er betrachtete mich nachdenklich. „Selbstverständlich. Alles ist möglich. Aber in dem Fall sind die Spuren so kalt, daß es hoffnungslos wäre, ihn jetzt noch zu finden."

„*Diese* Spuren nicht!"

„Nein, die vielleicht nicht. Aber trotzdem. Ich würde annehmen, daß, was ‚Giftratte' angeht, abgesehen von ihm selbst, in ganz Norwegen Hjalmar Nymark und ich diejenigen sind, die am meisten über ihn wußten. Und wir hätten beide unsere rechte Hand darauf verwettet, daß Harald Wulff ‚Giftratte' war."

„Aber in dem Fall – in dem Fall bist du der einzige, der ..."

Es wurde still zwischen uns. Der letzte Gedanke hatte Stille gesät. Wieder einmal fühlte ich, wie mich das schleichende Unbehagen überkam. Wieder einmal spürte ich eine Art unsichtbarer Anwesenheit, als säße Harald Wulff mit uns im Raum und erfüllte uns mit Kälte. Konrad Fanebust durchbrach die Stimmung, indem er auf die Uhr sah. „Tja, also, ich habe leider einen Termin, Veum. Aber egal. Sollte es noch mehr geben, was Sie wissen müssen, dann melden Sie sich ruhig. Ich hege größte Symathie für das, was Sie tun, und sollten Sie etwas herausfinden, würde ich großen Wert darauf legen, wenn Sie mich auf dem Laufenden hielten. Ich werde – Sie können durchaus davon ausgehen, daß ich für Ihre ökonomische Unabhängigkeit sorge, um es ein wenig formell auszudrücken."

Ich erhob mich. „Das wäre sehr freundlich, aber ich betrachte das ganze als einen Freundschaftsdienst für Hjalmar Nymark."

Er erhob sich hinter dem Schreibtisch. „Dann lassen Sie mich die Zeche bezahlen, auch als einen Freundschaftsdienst für Hjalmar."

Ich öffnete den Mund, aber er winkte kurz ab.

„Wir kommen auf die Frage später zurück."

Ich hob die Schultern und protestierte nicht, sondern sagte: „Dann bedanke ich mich."

Er nickte kurz. „Auf Wiedersehen."

Ich ging zur Tür, leise auf dem weichen Teppich. Ich hatte die Hand schon an der Türklinke, als er mich zurückhielt.

„Veum ..."

Ich drehte mich um.

Er hatte sich um den Schreibtisch herumbewegt und stand daneben. „Hören Sie, Veum ... Wenn er tatsächlich wieder davongekommen sein sollte. ‚Giftratte'. Suchen Sie ihn mir, Veum. Finden Sie ihn!"

Wie er da neben dem Schreibtisch stand, wohlgekleidet, mager und weißhaarig, mit einem energischen Gesichtsausdruck und die Finger um den Tischrand gekrümmt, erinnerte er an einen alternden U.S.-Marshal, klar zum letzten, entscheidenden Duell.

Ich nickte stumm, öffnete die Tür und ging, bevor er ziehen konnte.

23

Ich aß in einer dieser Cafeterias zu Abend, in denen sie die norwegische Volksseele auf Tellern servieren: wässrige Kartoffeln, völlig zerkochtes Gemüse und eine Wurst, die in einer Fettlache schwimmend nach Luft japste. Der Nachmittagsdunst lag flach und grau über den roten Dächern am Fjellhang und die Autoschlangen wiesen wie Uhrzeiger vom Zentrum weg. Die Straßen wurden menschenleer gesogen, wie durch eine unerbittliche Zentrifugalkraft. Die Abgase mischten sich mit dem grauen Dunst und umgaben die Nachmittagsstunden mit einem Lichtschein wie von einem rauchigen Lagerfeuer.

Das Haus, das Elise Blom gehörte, war zweistöckig und einmal weiß gewesen. Die verflossenen Jahre hatten auf dem Holz ihre Fingerabdrücke hinterlassen, und hinter den verschlossenen Fenstern hingen grauweiße Gardinen und versperrten die Einsicht. Nur im ersten Stock leuchtete es schwach von einer Stahllampe direkt neben einem der Fenster.

Zwei schiefe Treppenstufen führten zu einer braunen Haustür, aber noch bevor ich die unterste erreicht hatte, wurde die Tür geöffnet. Die Frau, die herauskam, empfing mich mit dunkelbraunen, feurigen Augen, aber es war nichts Einladendes an ihnen. Ich hatte einmal eine Lehrerin mit solchem Blick gehabt und sie hatte nie Disziplinprobleme.

„Wollten Sie zu mir?" fragte sie, als sei die Gasse ihr Privateigentum und als hätte ich mich einer schwerwiegenden Grenzverletzung schuldig gemacht.

„Elise Blom?" fragte ich und fuhr unwillkürlich zusammen. Ihre Lippen strammten sich und sie schob kaum merklich das Kinn vor. Es war ein starkes Kinn und erinnerte mich am meisten an die Elise Blom, die ich aus den Zeitungsberichten nach dem Pfau-Brand kannte. Damals war ihr Haar stramm aus dem Gesicht gekämmt, was ihre knochigen, klassischen Züge noch unterstrichen hatte, die sie selbst auf einem grob gerasterten Foto zu einer augenfälligen Schönheit machten. Nun waren fast dreißig Jahre vergangen und das Gesicht hatte etwas Konturloses, Zerfließendes bekommen. Das Kinn war immer noch da, aber sonst schienen die Züge die Proportionen verloren zu haben. Der Mund hatte etwas Schiefes, Aggressives, als sei sie der Schurke in einem Western und spräche die ganze Zeit nur durch einen Mundwinkel.

Sie war für einen abendlichen Stadtbummel gekleidet: in blauem Mantel, braunen Schuhen, eine rote Handtasche in der einen Hand. Sie war stark geschminkt und der Mund war rotgemalt, mit Konturen, die die schmalen, altjüngferlichen Lippen voller erscheinen ließen. Wie um zu unterstreichen, daß sie wirklich im Begriff war, zu gehen, zog sie die Tür hart hinter sich zu. Sie blieb auf der obersten Treppenstufe stehen. „Wer sind Sie?" fragte sie.

„Ich heiße Veum und ich komme anläßlich einiger Ermittlungen, die ich im Zusammenhang mit dem Brand bei Pfau anstelle, falls Sie sich daran erinnern."

Ein höhnischer Ausdruck durchzog flüchtig ihre Augen. Es waren die kältesten Augen, die ich jemals gesehen hatte.

„Was für Ermittlungen, wenn ich fragen darf?"

„Es sind Dinge geschehen, die Anlaß geben, sich einmal ausführlich mit dem, was damals, 1953 passiert ist, zu befassen." Ich unterließ absichtlich, 1971 zu erwähnen. Hier würde es sich unzweifelhaft lohnen, schrittweise vorzugehen.

„Und woher kommen Sie? Von der Polizei?" Ohne auf Antwort zu warten, stieg sie von der Treppenstufe herunter, und ging dicht an mir vorbei mit schweren Schritten zur Øvregate hinunter.

Ich hastete hinterher. „Nein, nicht von der Polizei. Ich bin eine Art Freelancer."

Sie sah mich kurz an, schnaubte verächtlich und ging weiter die Gasse hinunter. Eine Wolke von Parfüm stand um sie herum, ein Duft von welken Rosen, die zu lange im Rinnstein gelegen hatten. Sie hatte eine auffällige Gangart. Der Oberkörper schien nach vorn zu kippen, während die Hüftpartie hinterherhing, und sie setzte die Beine schwer und plattfüßig auf den Boden. Wäre ich ein ungebildeter Mensch, hätte ich gesagt, sie ging wie eine Kuh. Aber meine Mutter hatte mir beigebracht, solche Dinge für mich zu behalten.

„Es hat nämlich einen Todesfall gegeben", fuhr ich fort und holte sie ein, als wir auf die Øvregate hinauskamen, gleich hinter Bredsgaarden, wo zwei so verschiedene Kulturinstitutionen wie ‚Asmervik Kartoffeln' und die Vestlandsabteilung des norwegischen Schriftstellerverbands liegen.

Elise Blom antwortete nicht, sondern ging weiter in Richtung Nikolaikirke.

„Ein Polizist ist tot. Hjalmar Nymark. Er untersuchte den Brand."

Sie blieb abrupt stehen und schüttelte heftig den Kopf. Das Haar lag in künstlichen Locken um das Gesicht, als fände sie es nicht mehr zweckmäßig, es stramm nach hinten zu ziehen.

„Hören Sie, wie-Sie-auch-immer-heißen ..."

„Veum."

„... und wen-Sie-auch-immer-vertreten."

„Die Versicherungsgesellschaft Nemesis mit Aktien in der Ewigkeit."

„Was?" Sie fiel aus der Rolle und verlor den Faden.

Der Souffleur sprang helfend ein. „Oder vielleicht vertrete ich Hjalmar Nymark selbst. Als ein letzter Gruß von uns, die hier unten noch übrig sind."

Sie sah mich an, als sei ich eine Blase auf ihrer Zunge, die eben geplatzt war und ihre Stimme kam direkt aus dem Kühllager.

„Lassen Sie mich eins ein für alle Mal klarstellen. Ich bin es herzlich leid, daß Leute kommen und nach einem Brand fragen, der hundert Jahre her ist. Vor nicht mehr als einem halben Jahr war dieser Typ hier, dieser – ja, Nymark, oder wie Sie ihn gerade genannt haben – und ich hab nicht mehr zu sagen. Nicht einen Piep. Haben Sie verstanden?"

Ich fuhr sanftmütig fort: „Hjalmar Nymark suchte Sie also auf, vor nur einem halben Jahr? Was haben Sie ihm erzählt?"

Sie verdrehte die Augen und stapfte resolut die schmalen alten Gehsteige der Øvregate entlang weiter. Wir kamen an dem Frisiersalon vorbei, wo die Friseure Vikne, Vater und Sohn, meine Borsten schneiden, wenn ich es mir ein seltenes Mal leisten kann. Vom Turm der Sentralkirke schlug eine spröde Glocke sechs Schläge. Wir befanden uns mitten in der stillen Stunde zwischen Arbeitstag und Feierabend, wenn die Stadt scheinbar die Luft anhält und die Straßen mit einem Mal so gut wie leer sind.

Elise Blom bog entschlossen in Vestlandalmenningen ein und ich folgte, stumm und treu, wie ein wohldressierter Ehemann. Sie tat, als sähe sie mich nicht.

Unten vor der roten Ampel blieb sie stehen. Ich bezog Stellung neben ihr. „Wenn Hjalmar Nymarks Tod etwas mit dem Brand bei Pfau zu tun hätte, könnten Sie sich dann nicht denken, auf ein paar wenige Fragen zu antworten?"

Sie sah geradeaus vor sich hin und sprach wieder durch den Mundwinkel. „Wie kann der Tod eines alten Trottels mit einem Brand von vor dreißig Jahren zu tun haben?"

Es wurde grün und wir überquerten die Straße.

„Genau das ist es, was ich versuche, herauszufinden."

Ohne ein Wort bog sie plötzlich zur Seite und ging durch eine Tür, an der auf einem großen, prangenden Schild BINGO stand und mit immer noch gleichplatten Füßen eine steile Treppe hinauf. Ich folgte ihr unverdrossen.

Wir kamen in eine grelle Räumlichkeit mit nackten Lichtröhren an der Decke, grauweißen Schmutzflecken auf dem Boden und einem merkwürdigen Geruch von dünnem Kaffee, Zigarettenrauch und etwas zu dick bekleideten Menschen. Eine hohe und dünne Mikrofonstimme leierte eine Zahlenreihe herunter, als sei es die heimliche Liturgie einer Freimaurerbruderschaft, oder nur die Liednummer bei der abendlichen Andacht im Missionshaus. Ich fand die Stimme hinter dem Mikrofon auf einer Erhöhung ganz hinten im Raum. Obwohl sie kaum viel älter als 25 sein konnte, gehörte sie einer Frau mit einem erstaunlich alten Gesicht unter dem gebleichten Haar.

Elise Blom stürzte zu einem freien Platz an einer der Tischreihen und ich setzte mich auf den Platz neben ihr, nur auf der anderen Seite des Durchgangs. Sie knurrte mir leise zu: „Wenn Sie mich noch weiter belästigen, werde ich jemanden bitten, die Polizei anzurufen."

Ich machte eine unbeholfene Handbewegung und sah mich um. Die Blicke, die uns auf dem Weg in den Raum hinein gefolgt waren, wichen aus. Nur einer hielt stand: eine dickliche Frau mittleren Alters starrte mir intensiv ins Gesicht, als erwarte sie, das Super-Bingo des Abends darin geschrieben zu sehen.

Durch die Tischreihen kamen ein paar Frauen in lila Schürzen mit Geldtaschen über den Schultern. Eine blieb vor mir stehen.

„Wieviele?“ fragte sie.

Ich lächelte verwirrt und sagte: „Wieviele kann ich nehmen?“

„So viel du willst“, antwortete sie. Sie hatte ein ansprechendes Gesicht und ein freundliches Wesen und sah aus, als sei sie mir wohlgesonnen.

„Ich nehme zwei“, sagte ich.

„Nur zwei?“

„Na, dann fünf.“

„Okay. Das macht zwanzig Kronen.“

Ich bezahlte gehorsam und bekam fünf Spielbons vor mir auf den Tisch sowie einen kurzgewachsenen Bleistift. Ich strich mir über die Bartstoppeln und versuchte auszusehen, als sei ich ein Mitglied des Klans. Ich hatte Bingolokale früher immer mit einer Mischung aus Verwunderung und Neugier betrachtet. Wenn ich ab und zu an dem Eingang eines solchen Lokals vorbeiging, gegen zehn Uhr vormittags, wenn die Leute Schlange standen, um hineinzukommen, hatte ich mich immer gefragt, was diese Etablissements so attraktiv machte, und was für Menschen sie besuchten. Ich fragte mich, wohin sie gingen, wenn die tägliche Bingo-Runde vorbei war – diese wortkargen Ehepaare mit ihren vielen Kaffeetüten unter dem Arm, diese tüchtigen, graugekleideten Damen mit den auf den Kopf gepressten Hüten, als hätten sie Angst, jemand würde sie ihnen wegnehmen und diese schlappen, pickeligen Jungs in den etwas zu kurzen Lederjacken, mit wackligen Knien und latschiger Gangart. Es war etwas Einsames in den Gesichtszügen der Menschen, die am Abend ein solches Bingolokal verließen. Nicht wenige der Gäste waren Frauen reifen Alters wie Elise Blom. Einige von ihnen hatten magere, leidende Gesichter, als hätten sie nur um ein Haar zwanzig Jahre unglücklicher Ehe überlebt. Andere waren übergewichtig und kräftig und eindeutig siegreich aus ihren hervorgegangen. Der auffallend große Anteil an reifen Frauen und an Jungen in den letzten Wachstumsjahren ließ mich darüber nachdenken, ob es hinter dem ganzen ein erotisches Muster gäbe. Vielleicht waren diese Orte eine Art Treffpunkt für Griesgrämige, eine Wegkreuzung, wo die Verirrten aller Generationen sich spontan begegnen konnten.

Meine Gedankenkette wurde unterbrochen, als ein Mann drei Reihen hinter mir, mit zierlichem Mittelscheitel und großem Luftraum zwischen den Zähnen, plötzlich rief: „Bingo!“ Er lachte laut und lärmend, als hätte er etwas Amüsantes gesagt. Die Mikrofonstimme verstummte und eine der Lilagekleideten kam herunter und kontrollierte sein Brett. Rund herum an den Tischen klirrte es in den Kaffeetassen. Der Kaffee wurde aus großen, braunweißen Thermoskannen serviert, und wenn man hungrig war, konnte man vakuumverpackte Kopenhagener kaufen. Der

Mann, der gewonnen hatte, wählte als Gewinn ein Zweikilopaket Würfelzucker. Vielleicht wollte er ihn zwischen die Zähne stopfen.

Ein kräftiger Mann in Wildlederjacke, dunkelbrauner Hose und schwarzen Schuhen kam aus einem Hinterzimmer, warf einen langen und forschen Blick auf die Versammlung, wechselte ein paar Worte mit der Blondine hinter dem Mikrofon und verschwand. Die Blondine mit dem alten Gesicht schaltete die Lautsprecher wieder ein. Ein neues Spiel begann. Neue Zahlen wurden in die Versammlung hinausgeworfen und mit der gleichen Erwartung entgegengenommen, wie gesalzene Heringe, die man einem Rudel Seehunde in einem Aquarium zuwirft. Um mich herum kratzten Bleistifte und Kugelschreiber. Elise Blom verfolgte das ganze konzentriert und kreuzte an. Ich beobachtete sie. Im Profil war noch immer etwas von ihrer früheren Schönheit sichtbar, wenn auch der Übergang zwischen Kinn und Hals fließender war, als er 1953 gewesen sein mußte. Sie hatte den Mantel aufgeknöpft, und ihr Körper sah straff und jugendlich aus. Ihr Taille war schlank, was durch einen breiten, braunen Gürtel hervorgehoben wurde, und der weiße Pullover lag eng um die prallen Brüste, die mich an die falschen Profile der 50er Jahre erinnerten. Der braune Rock lag locker über den Knien bis hinunter zu den Knöcheln und zeigte nicht viel von den Beinen.

Wie alt war sie eigentlich? Sie war 1932 geboren, wenn ich mich recht erinnerte. Dann war sie also 49. 1953 war sie 21 gewesen und Harald Wulff 39. Was hatte eine junge, hübsche Bürodame dazu gebracht, sich in einen achtzehn Jahre älteren Mann zu verlieben, der Bürobote war, wegen Kollaboration verurteilt gewesen und allem Anschein nach im lokalen Milieu wenig geachtet war. Hatte er Eigenschaften besessen, die sich von den Fotos nicht ablesen ließen und die niemand mir gegenüber erwähnt hatte? Charme – erotische Anziehungskraft – vielleicht einen dämonischen Zug?

Es mußte Geheimnisse geben in ihrem Leben, einige davon vielleicht so düster, daß es sowohl für sie als auch für alle anderen das Beste war, sie ruhen zu lassen.

Und weshalb war sie hier? War dies jetzt ihr Leben? Gehörte sie zu den treuen Scharen der Bingo-Gemeinde, oder schaute sie nur zufällig hier vorbei? Ich bezweifelte das Letztere, denn sie kreuzte routiniert auf ihrem Spielbrett ab und eine hektische Röte überzog ihre Halspartie, wenn sie sich einer vollständigen Bingo-Reihe näherte.

Eine knochendürre Frau piepte lautstark aus der ersten Reihe: „Bingo!" Es entstand eine neue Pause zwischen den Spielen. Ich stand auf und ging zu ihr hinüber. Sie blickte feindselig zu mir auf. Ich sagte: „Ich will dich wirklich nicht belästigen. Können wir nicht rausgehen, irgendwo hin? Ich kann ein Glas Bier ausgeben, oder einen Drink, wenn du willst. Es ist ganz einfach – notwendig. Und ich werde nicht locker lassen!"

Sie schnaubte zur Antwort.

Ich setzte rasch hinzu: „Und ruf von mir aus die Polizei. Ich kann gerne da meine Fragen stellen. Dort würden sie sicher auch großes Interesse daran haben."

„Nein, ich – warte!" sagte sie hastig.

In dem Moment kündigte die Mikrofonstimme ein neues Spiel an. Elise Blom sagte kurz: „Warte!"

Das Spiel begann. Ich trottete nach vorn und bezahlte eine Tasse Kaffee. Als ich zurück an meinem Platz war, verfolgte ich die Spielaktivität mit abnehmendem Interesse, zur großen Irritation einer älteren Dame direkt hinter mir. Sie piekte mir in regelmäßigen Abständen auf den Rücken und stieß verärgert aus: „Sie müssen spielen! Sie müssen notieren! Sie können doch nicht einfach so rumsitzen, Mann!"

Draußen vor den schmutzbedeckten Fenstern bekam der Himmel einen dunkleren Ton. Unsichtbare Hände zogen graue Gobelins vor und nur die alte Takelage der *Statsraad Lemkuhl* zeichnete sich mit scharfen Linien vor dem Hintergrund ab. Alles andere wurde verwischt und undeutlich, wie alte, zerbröckelnde Bühnenkulissen.

Als sie fünf Spiele gespielt hatte, ohne zu gewinnen, erhob sich Elise Blom, knöpfte den Mantel zu, blickte mich starr an und ging auf den Ausgang zu. Ich folgte ihr hastig. Mit einem verwunderten Blick auf die unbenutzten Spielbons räumte die Lilagekleidete meinen Tisch ab. Als wir das Lokal verließen, hörte ich die Blondine hinter dem Mikrofon ein neues Spiel ankündigen.

Als ich zusammen mit Elise Blom auf den Gehsteig hinaustrat, kam mir der plötzliche Gedanke, daß wir für zufällige Passanten womöglich das typische Bingopaar abgaben. Sie mit der nicht sehr geschmackvollen Zusammenstellung von blauem Mantel und braunen Schuhen, etwas zu stark geschminktem Gesicht und einer Art zu gehen, die einen wachsenden Rausch andeutete; ich mit dem leicht verschlissenen, im Nacken hochgeschlagenen Mantel, den nicht ganz frisch geputzten Schuhen, der braunen Cordhose mit verbeulten Knien und dem ungeschnittenen Haar, das sich im Abendwind leicht lüftete und die grauen Strähnen an der Stirn entblößte. Zwei ausdruckslose Gesichter an einem zufälligen Abend Ende August, während der Herbst mit heftigen Windstößen aus Nordwest sein Kommen ankündigt, leere Plastiktüten die Bordsteinkanten entlanggeweht werden und die Fassaden der Häuser sich stumm und drohend gegen die Nacht erheben.

Ich sagte: „Na? Du kommst also mit?"

Sie sah mich mit verzogenen Gesichtszügen an. Etwas von dem Feuer in ihren Augen war erloschen und die Stimme resignierte, als sie antwortete: „Wir können ein Bier trinken gehen, wenn du mich denn unbedingt belästigen *mußt*."

Dann riß sie sich los und peilte eine Richtung an.

„Wohin gehen wir?" fragte ich.

Sie zuckte mit den Schultern und ging los. Ich folgte. Sie sah aus, als wüßte sie, wohin sie wollte.

24

Das Restaurant, das sie aussuchte, hatte, seit es früher einmal anders hieß, eine geschmacklose Renovierung durchgemacht, und auch damals war es nicht besonders toll gewesen. Jetzt war es eine Art Aufreißerlokal für Leute mittleren Alters. Das Durchschnittsalter der Anwesenden lag jenseits der Fünfzig, und die Stimmung an den Tischen wechselte von lautstarker Betrunkenheit bis zu kopfhängender Melancholie. Auf der Tanzfläche führten diverse Vertreter des männlichen Geschlechts veraltete Stilübungen aus den Tanzschulen der 50er Jahre vor, mit ihrem Lieblingspartner: sich selbst. Denn sie hätten ebensogut allein tanzen können. Die selbstgefällig verzückten Halblächeln, die in den unteren Gesichtshälften der Parkettlöwen flackerten, verrieten einen ungetrübten Glauben an die eigene Vortrefflichkeit, und die auffälligen Handbewegungen in Richtung der schwellenden Hinterteile der weiblichen Partner sollten eine Weltgewandtheit andeuten, die wahrscheinlich verschwinden würde, wenn man sich zu gegebener Zeit vorsichtig aus der Unterwäsche pellte. Auf dem Tanzboden traten sie noch als betörende Don Juans auf; im Schlafzimmer, so nahm ich an, trugen sie Zipfelmützen auf allen herausragenden Körperteilen. Es lebe der ewige Vorsprung im Leben! Zum Ziel kommst du immer zu spät.

Die Gesichter an den Tischen um uns herum spiegelten verschiedene Grade von Blässe, für einen Augenblick mit einem Glanz von Heiterkeit, aber mit der Gewißheit der eigenen Sterblichkeit als einem verborgenen Muster hinter den angestrengten Lächeln der Gesichtsmasken und der geschminkten Verzweiflung. Die Männer verbargen ihre Ratlosigkeit hinter einer aufschneiderischen Eleganz, die nie ganz geglückt wirkte, weil der Schlips schiefhing, das Taschentuch in der Brusttasche Eselsohren hatte und die Hose waagerechte Falten über den Knien. Die Frauen ihrerseits tarnten sich durch ausgefranste Kleider oder versuchten, durch Dekolletés zu verwirren, die an der Fleischbörse in Chicago solide Erfolge erzielt hätten. Und als passende Geräuschkulisse für den visuellen Eindruck spielte das Zweimann-Orchester eine ärmliche Version von: ‚Wenn bei Capri ...', so mechanisch in der Instrumentierung und so freudlos im Rhythmus, daß sie eine seltsame Assoziation von einem der dunkelsten Bethäuser des Hinterlands auslöste, wo sie zum Festsoupee am Karfreitag einen Gesang anstimmten.

Aber als Elise Blom und ich uns zu einem freien Tisch mit Fensterplatz hinschlängelten, hatte ich das bedrückende Gefühl, daß wir nicht auffielen. Wir gehörten hierher, genau wie auf den Gehsteig draußen vor dem Bingo-Lokal. In einer Diskothek wären wir aufgefallen wie zwei Dinosaurier in einer Katzenschau. Hier waren wir unter Unsresgleichen.

Wir hatten unsere Mäntel in der Garderobe abgehängt. Der enge Pullover unterstrich die Üppigkeit ihres Körpers, aber der breite Gürtel war gerade so stramm, daß er den Eindruck ein wenig zerstörte. Etwas vom Soft-Eis lief über.

Eine Kellnerin in rosa Jacke nahm unsere bescheidene Bestellung entgegen: für jeden ein Bier und einen Hamburger.

Das Halbdunkel im Raum war dafür berechnet, die Konturen der Gesichter weicher zu machen und es zu erleichtern, sich mit ihnen abzufinden. Bei Elise Blom hatte es die entgegengesetzte Wirkung. Das Konturlose wurde hervorgehoben, und der aggressive Ausdruck in den Augen erhielt noch einen unversöhnlichen Glanz von Irritation.

Ich sagte leichthin: „Bist du oft hier?"

„Was geht dich das an?" fauchte sie.

„Nichts."

„Eben!"

Ich seufzte und sah an ihr vorbei. Direkt bei unserem Tisch beugte ein Parkettcharmeur mit Fettglanz auf dem Vollmond seine Tanzpartnerin gefühlvoll hintenüber zum Boden – eine Operation, die er von Rudolph Valentino gelernt haben mußte – während er ihr verzückt in die Augen starrte, um zu sehen, ob er sein eigenes Spiegelbild darin entdecken konnte. Seine Partnerin hing hintenüber mit einer Miene, als glaubte sie nicht daran, jemals wieder hochzukommen. In ihrem Ausschnitt war eine veritable Lawine im Anrollen. Ich schloß die Augen, um davon nicht mitgerissen zu werden, aber zum Glück kam die Kellnerin mit unseren Bieren, und das Paar wurde gezwungen, sich wieder aufzurichten.

Elise Blom nahm einen Schluck aus dem Bierglas und stellte es mit einer erregten Bewegung auf den Tisch. Etwas vom Bierschaum blieb an ihrer Oberlippe hängen, wie ein vergessener Wattebausch.

Ich steckte einen Finger in den Hemdkragen und führte ihn langsam herum, bevor ich mich wieder heranwagte. „Als du bei Pfau gearbeitet hast … Wart ihr viele in der Verwaltung?"

Sie sah mich kühl an. „Warum fragst du danach?"

„Um eine Übersicht über die Situation zu bekommen."

„Welche Situation?"

„Die Arbeitssituation."

Sie betrachtete mich nachdenklich. Dann sagte sie langsam: „Da war der Direktor, Hagbart Hellebust selbst."

„Ja, und sonst?"

„Dann war die Verkaufsabteilung. Eine ganze Menge Verkäufer, aber die reisten ja meistens herum. Der Verkaufschef hieß Olsen, aber der reiste auch."

„Jaha." Endlich sah es so aus, als kämen wir in Gang.

„Dann war da die Buchhalterin, Frau Bugge. Sie hatte ein eigenes Büro."

„Ahso."

„Und dann wir."

„Und wer war ‚wir'?"

„Wir im äußeren Büro."

„Du warst Sekretärin bei Hellebust, stimmt's?"

„Nein, stell dir vor, das war ich nicht. Ich war Bürogehilfin und übernahm Arbeit sowohl für den Verkaufschef als auch für Frau Bugge. Fräulein Pedersen war Hellebusts Sekretärin, Privatsekretärin hieß es sogar." Plötzlich strahlte sie auf. „Und Fräulein Pedersen ist tot." Mit triumphierender Miene fuhr sie fort: „Sie starb nur ein paar Jahre nach dem Brand. Sie hob all ihre Ersparnisse ab und ging nach Spanien, aber da unten bekam sie irgendeine mysteriöse Krankheit, was sie da unten eben so haben, und schaffte es gerade noch, nach Bergen zurückzukommen, bevor sie starb. Ich war im Krankenhaus und hab sie besucht." Sie hielt mit überraschter Miene inne, als wunderte es sie, im Laufe einer knappen Minute so viel Informationen von sich gegeben zu haben.

Die Kellnerin kam mit unseren Hamburgern. Die Scheiben waren durchweicht von Fett und fielen, wenn du sie durchschnittst, zum Teil auseinander, aber das Fleisch war eßbar und die Salatblätter tatsächlich knackig.

Zwischen zwei Bissen sagte ich: „Es war doch noch jemand angestellt, oder nicht?"

Sie sah mich feindselig an. „Wer denn?"

„War da nicht ein Bürobote? Ein …" Ich tat, als würde ich nachdenken. „Harald Wulff?"

Wieder leuchtete es höhnisch aus ihren Augen. „Ohja, der. Den hätte ich fast vergessen." Dann senkte sie den Blick und aß stumm weiter.

Hinter ihrem Rücken sah ich das Orchester die Tribüne verlassen, um Pause zu machen. Die Parkettlöwen ergriffen die Gelegenheit, um zur Toilette zu stürmen. Es sah fast aus wie eine Art Epidemie.

Ich aß auf und schob den Teller zur Seite. „Hör zu … An einem der letzten Tage vor dem Brand. War es nicht so, daß der Vorarbeiter, Holger Karlsen, heraufkam und darüber klagte, daß, wie er glaubte, irgendwo in der Produktionshalle eine Leckage sei?"

Sie sah nicht vom Teller auf und schnitt ihr Brot in winzige Stückchen, wie um die Mahlzeit so lange wie möglich auszudehnen, und antwortete nicht, schüttelte aber bestimmt und verneinend den Kopf.

Ich beugte mich über den Tisch vor und versuchte, ihren Blick heraufzuziehen. „Nein?"

Sie hob das Gesicht. Die Zungenspitze glitt über das Zahnfleisch, um Krümel aufzusammeln und sie sah mir starr in die Augen, als sie sagte: „Genau danach bin ich gefragt worden, wieder und wieder nach dem Brand. Und meine Antwort ist noch immer die gleiche. Nein. Es ist niemand gekommen und hat sich über sowas beschwert, und schon gar nicht Holger Karlsen."

Ich machte eine entwaffnende Armbewegung. „Es ist bald dreißig Jahre her. Niemand wird sich darum scheren, die Sache weiter zu verfolgen, wenn du … Wenn du bloß die Wahrheit sagen könntest."

Einen Augenblick lang sah ich, daß sie unsicher war, welche Reaktion sie wählen sollte. Eine Sekunde lang oder zwei war das Gesicht entblößt, in einem Ausdruck, der an jemanden erinnern konnte, der gelaufen und gelaufen war und nun endlich einsah, daß der Lauf verloren war. Dann schob sie den Stuhl hart zurück und stand abrupt auf. „Ich habe immer die Wahrheit gesagt! Und ich werde mich verdammt nochmal nicht damit abfinden, so überrumpelt zu werden von einem – einem …" Sie ließ den Blick verächtlich an mir herabgleiten, um zu unterstreichen, daß sie keine Worte dafür fand, was ich für einer war.

Ich erhob mich selbst und fühlte Wut in mir aufflammen. Die Leute in der Nähe begannen, auf uns aufmerksam zu werden: einer der Charmeure am Nebentisch drehte den Ton des Hörgeräts lauter und bekam einen auffallend konzentrierten Gesichtsausdruck. Ich sagte mit leiser, gepresster Stimme: „Setz dich wieder hin. Wir sind nicht fertig. Noch nicht. Du hast immer noch was gut, z.B. mir von Harald Wulff zu erzählen. Oder willst du, daß der ganze Laden die Geschichte hört, während wir rausgehen? Wirf einen Blick auf den smarten Jungen da drüben, mit dem Regionalfunk hinter dem Ohr."

Sie erbleichte und setzte sich schwer hin. Das war ein unbarmherziger Ausfall gewesen, und anständige Männer schlugen Frauen nicht unter die Gürtellinie. Aber sie war so minimal mitteilsam gewesen, und ich sah noch immer Hjalmar Nymark vor mir, auf dem Bett ganz hinten in der dunklen Wohnung liegend, das Kopfkissen auf dem Boden. Und dann eine Pappschachtel voller alter Zeitungsausschnitte, die plötzlich spurlos verschwunden war.

Ich setzte mich hin und machte mit dem Zeigefinger eine kreisende Bewegung in Richtung der Abhörstation am Nebentisch, zum Zeichen, daß er die Lautstärke herunterdrehen sollte.

Während ich noch Oberwasser hatte, lehnte ich mich vor und sagte: „Ja, denn du hast doch mit Harald Wulff zusammengelebt. Ganz bis zu seinem Tod. Oder hast du das vielleicht auch vergessen?"

„Nein", flüsterte sie. Die Unterlippe zitterte schwach und sie suchte in der Handtasche nach einem Taschentuch. Es war schnell gefunden, und sie hielt es leicht vor den Mund, wie um ein Zeichen von Schwäche auf den Lippen zu verbergen. Der Blick, den sie mir sandte, war nicht sonderlich schön. Er war dunkel, wie ein geschlossener Tunnel. Das Gesicht hatte sich verschmälert und es waren tiefe Löcher in den Wangen.

Ich sagte: „Ihr habt zusammen gelebt – wieviele Jahre? Fünfzehn? Sechzehn?"

„Sei ... seit 1959."

„Und ganz bis zuletzt?"

Sie nickte.

„Erzähl mir, wie er gestorben ist."

Sie sperrte die Augen auf. Die Stimme kam stoßweise und sie stolperte über die Worte. „Ich – nein – das nicht. Dann geh lieber zur Polizei. Ich bin fertig damit, habe es weggeschoben. Ich weiß nichts davon. Er ging einfach. Kam nicht wieder. Die Polizei. Erzählte mir. Als sie an die Tür kamen. Es passierte einfach."

„Keine Vorwarnung? Keine mysteriösen Anrufe?"

Sie schüttelte stumm den Kopf.

„Wie habt ihr gelebt? Wovon lebte er?"

„Wie – die meisten Leute. Ich arbeitete ja. Und er übernahm weiterhin solche – Bürojobs. Er – er fand seinen Platz."

„Seinen Platz, in der Gesellschaft, die er eigentlich haßte und verachtete?"

„Er ..."

„Behielt er seine politischen Auffassungen, nach dem Krieg?"

Plötzlich funkelte es wieder in ihren Augen. „Ihr seid ein paar verdammte Idioten, ihr alle – alle zusammen ... Nie könnt ihr jemanden in Frieden lassen, wenn er einmal einen Fehler gemacht hat. Nicht einmal, wenn sie tot sind, laßt ihr sie in Ruhe. Ihr kommt daher, trippel, trappel, kleine Gnome und Kümmerlinge und quengelt mit denselben, alten

Fragen. Er hat seine Strafe abgesessen für das, was er getan hat – damals – lange bevor ich ihn traf. Ist das nicht genug? Ist eine gesühnte Strafe nicht genug? Müßt ihr alles in den Dreck ziehen?"

„Tut mir leid, aber ich gehöre zu der Generation, die – das früheste, was ich erinnere, und ich kann nicht viel mehr als zwei Jahre alt gewesen sein, ist das Geräusch der Bomben, die über Bergen fielen und die merkwürdige, frostige Stimmung in den Bunkern, wo wir uns zusammendrängten, Nacht für Nacht, Morgen für Morgen."

„Ich erinnere das selbst. Das waren englische Bomben, Veum."

„Aber es war der Krieg der *Nazis*. Den Leute, wie Harald Wulff mitgeholfen haben, zu kämpfen, für andere Nationen, gegen ihre eigenen Landsleute."

„Tja …" Ihre Schultern sanken zusammen und sie verstummte wieder.

„Das war in dem Fall ein Fehlgriff, für den er nach dem Krieg reichlich hat büßen können. – Nichts desto trotz war er es, in den ich mich verliebte."

Das war eine Aussage, auf die ich keine unmittelbare Antwort hatte. Ich hielt einen Moment inne. Das Orchester war wieder an seinem Platz. Es tat mir weh, sie ‚As time goes by' spielen zu hören, als sei es eine ganz gewöhnliche Tanzmelodie. Um uns herum tanzten – eben jene – unsere Landsleute, Paar für Paar, eng und zärtlich. Die meisten draußen auf der Tanzfläche waren während des Krieges jung gewesen. Einige von ihnen hatten vielleicht aktiv an den Kämpfen teilgenommen, auf der einen oder der anderen Seite. Jetzt, vierzig Jahre später, sah man nicht mehr, auf welcher Seite sie gekämpft hatten. Die Zeit zähmt alle Raubtiere. Zum Schluß enden alle im Museum.

Als ich dann redete, tat ich es mit leiser Stimme. „Ich gehe davon aus, daß du alles weißt, was es von früher über Harald Wulff zu wissen gibt. Ich brauche dir wohl nicht von all den Untaten zu erzählen, für die er nie eine Strafe bekommen hat, obwohl sehr schwerwiegende Indizien dafür sprechen, daß er sie begangen hat. Während des Krieges und vielleicht auch danach. Unglücksfälle wurden sie genannt. Morde, würden andere sagen!"

Sie betrachtete mich mit runden Augäpfeln. „Wovon sprichst du denn jetzt? Was für Unglücksfälle? Was für Morde?"

„Zufällige Todesfälle, reguläre Liquidierungen, ausgeführt während des Krieges von einem anonymen Massenmörder für ‚die gerechte Sache'. ‚Giftratte' nannten sie ihn, denn er war unsichtbar, wie ein namenloser Giftmörder."

„Und dieser – dieser Mensch – das soll Harald gewesen sein?" Sie sah mich ungläubig an.

„Ja. Hat er dir vielleicht nicht davon erzählt?"

Sie presste die Lippen zusammen. Und doch schaffte sie es nicht, die Worte zurückzuhalten. Sie kamen heraus, gepresst und fast unhörbar. „Nein, das hat er nicht getan, und ich kann dir erzählen: ich kannte Harald besser, als irgendjemand sonst und ich weiß – ich *weiß* – er wäre nie fähig gewesen, zu …“ Plötzlich kamen die Tränen. Ihr Gesicht verzerrte sich und wurde rot und sie stand auf und schmiß die Handtasche auf den Tisch, so daß das Bierglas umfiel, der Inhalt über das Tischtuch floß und die Gäste am Nebentisch erschreckt auffuhren. Einer der Musiker verlor völlig den Takt von ‚Wenn der weiße Flieder …‘ und zwei der Kellner waren schon auf dem Weg zu uns.

Elise Blom fauchte mich an: „Ich will nie mehr was von Ihnen hören, Veum. Wenn Sie mich nur noch einmal ansprechen, werde ich – wende ich mich an die Polizei – und, wenn Sie es wagen, Sie werden es bereuen!“

Sie warf einen verächtlichen Blick auf die Kellner, die hinzugekommen waren. „Entschuldigen Sie. Ich werde gehen. Der Herr bezahlt.“

Ohne mich noch eines Blickes zu würdigen, drehte sie sich auf dem Absatz um und ging zur Garderobe. Die Kellner räumten auf, und die Kellnerin kam resolut mit der Rechnung. Als ich bezahlt hatte, war Elise Blom längst verschwunden. Die Gäste an den anderen Tischen verfolgten mich mit verschlagenen Blicken und zwei Kellner begleiteten mich bis an die Tür, um sicher zu gehen, daß ich auch wirklich ging.

Unten auf dem Gehsteig vor dem Restaurant war nichts zu sehen. Elise Blom war nach Hause gegangen; kein Auto fuhr vorbei; es regnete weich von einem nassen Himmel. Es war an der Zeit, sich nach Hause zu trollen.

25

In Bergen ist das Jahr unberechenbar. Die Jahreszeiten können auftauchen wie Karten aus dem Jackenärmel eines himmlischen Zauberkünstlers: ein unerwartetes Schneewetter im März, eine plötzliche Frostnacht im Mai, ein Sonnentag und fünfzehn Grad Wärme im Januar. Es ist, als spielten die Wettergötter ein gigantisches Ballspiel mit der Sonne, die ständig hinter die Aus-Linie getreten wird. Alles ist möglich; es gibt keine wasserdichten Regeln.

In diesem Jahr kam der Sommer gerade im Übergang von August und September zurück und die Wärmeperiode dauerte zwei Wochen. Aber die Sonne fiel schnell am Himmel und trotz der hohen Temperaturen ließ sich niemand hinters Licht führen.

An einem der allerletzten Tage im August ging der erste Bergen-Marathon unserer Zeit vom Stapel. Ich hatte an dem Wochenende Thomas bei mir. Er kam zeitig am Sonnabendmorgen an meine Tür, mit sonnengebleichtem Haar und Mickey-Maus-Hemd unter der Jeansjacke. Als ich öffnete, standen wir einen Augenblick da und sahen uns an. Er sah ein wenig verschüchtert aus, aber als ich mich herunterbeugte und ihm einen Kuß gab, entwand er sich nicht. Er war im Laufe des Sommers gewachsen und die Zähne in seinem Mund wirkten nicht mehr so groß.

Es ist nicht immer leicht, den Kontakt zu einem Kind aufrechtzuerhalten, das du nur alle vierzehn Tage siehst, aber an diesem Wochenende hatte er viel zu erzählen und wir hatten einen gemütlichen Sonnabend. Wegen des Marathonlaufs fragte ich, ob ich ihn am Sonntag früher nach Hause fahren sollte, aber zu meiner Überraschung sagte er, er wolle mitkommen. „Ich komme früh genug nach Hause", sagte er.

„Aber es kann ein langes Warten werden", sagte ich. „Vier, fünf Stunden vielleicht."

„Ich nehme ein Buch mit."

Er nahm ein Buch mit. Ich fragte nicht, welches.

Am Sonntagmorgen trieben die allerletzten der vielen Wolken dieses Sommers vom Himmel und als wir zum Fana Stadion kamen, war die Sonne dabei, ein ordentliches Spätsommerfeuer zu entfachen. Es würde warm werden, das Hauglandstal hinauf.

Unten auf der Bahn waren die eifrigsten Läufer schon dabei, sich aufzuwärmen. Andere begnügten sich damit, sich an den entsprechenden Stellen mit Vaseline einzuschmieren, Pflaster über die Brustwarzen zu kleben und zu checken, zum zehnten Mal, daß die Schuhe vernünftig geschnürt waren. Die Stimmung vor einem Marathonlauf ist seltsam. Wenn du es nicht besser wüßtest, würdest du glauben, alle Krankenhäuser im Land hätten ihre Intensivstationen geschlossen und die Patienten nach Hause geschickt. Schmerzen in Bein- und Schenkelmuskulatur, Magenleiden vielerlei Art und Neurosen genug, um eine psychiatrische Abteilung zu füllen, entfalteten sich rund um den Start, wo eine Stimmung tiefen und innigen Pessimismus herrschte. Wenn die Hälfte der Läufer in der Lage war, den ersten Kilometer durchzustehen, wäre es ein Wunder.

Auf der inneren Bahn sah ich Eva Jensen in Jeans und grünem T-Shirt. Wir grüßten einander und ich fragte, ob sie die Absicht habe, teilzunehmen. Sie lachte ein ansteckendes Lachen und schüttelte den Kopf. „Ich werde nur meine moralische Unterstützung geben", sagte sie und ließ den Blick über die Laufbahn gleiten. Die rote Kunstbahn lag matt und einladend im Sonnenschein und tausend Jogging-Schuhe schlugen einen gedämpften Tam-tam-Rhythmus in gespannten Zirkeln rund um den Rasen in der Mitte. Ich folgte ihrem Blick und fand Vegard Vadheim da draußen, in gelbem Hemd und den schwarzen Hosen der Polizei und mit einer dunkelblauen Schirmmütze tief in die Stirn gezogen. Der alte Langlaufkämpfer war schon während des Aufwärmens gut in Gang, und er würde auch dieses Mal nicht leicht zu schlagen sein.

„Würdest du bitte meinen Jungen ein bißchen im Auge behalten?" Ich klopfte Thomas auf die Schulter.

Sie lächelte. „Na klar. Er kann im Auto mitfahren, dann werden wir euch unterwegs anfeuern."

„Prima."

Vegard Vadheim kam zu uns herüber. „Na, hast du dich ins Licht hinausgewagt, Veum?"

„Es ist jedenfalls einen Versuch wert", sagte ich und machte ein paar schnelle Kniebeugen, um die schlimmste Nervosität zu dämpfen. Als ich mich wieder aufrichtete, sagte ich leise: „Wie geht's mit den Ermittlungen?"

Er sah mich scharf an. „Überhaupt nicht."

„Was soll das heißen?"

„Es hat sich definitiv erwiesen, daß es keinen Zusammenhang geben kann zwischen dem, was damals war und dem, was dieses Jahr geschehen ist. Sollte etwas Neues auftauchen, dann ... Er zuckte mit den Schultern. „Wenn nicht ..." Sein Gesicht war betrübt. Das dunkle Haar war noch ein wenig grauer geworden. Der Kiefer zeichnete sich scharf ab, der ganze Körper war mager und knochig. Das ließ ihn rastlos erscheinen, als warte er nur auf den Startschuß.

Es war auch nicht mehr lange bis dahin. Ich bekam aufmunternde Blicke von Thomas und Eva Jensen und an der Startlinie stellte ich mich neben Vadheim, als könnte seine Laufstärke mich mit sich ziehen. Das tat sie dann auch, die ersten fünfhundert Meter. Dann trieb er langsam von mir, Meter für Meter, Sekunde für Sekunde. Hinauf zur Kirche in Fana hatte ich seinen Rücken noch in Sichtweite. Später sah ich ihn nicht wieder, bis wir einander weit im Hauglandstal begegneten, er auf dem Rückweg und ich auf dem Hinweg.

Ich hatte mich auf eine ungefähre Zeit von 3.30 eingepeilt, mit einer Geschwindigkeit von fünf Minuten pro Kilometer. Das klappte zwanzig Kilometer weit gut, aber dann begann der Weg, steiler und steiler zu werden. Nach 36 Kilometern erhielt ich eine ordentliche Lektion über den Unterschied zwischen Marathon und anderen Läufen. Auf den letzten sechs Kilometern wurde es so steil, daß es mir am besten erschien, zu gehen, jedenfalls abschnittweise. Beim letzten Treffpunkt sah mich Thomas mit bekümmerten Augen an und Eva Jensen hatte plötzlich etwas Krankenschwesterhaftes, als sei sie sich nicht sicher, ob ich mich auf den Beinen halten könnte. Aber ich schaffte es, in ziemlich genau drei Stunden, fünfzig Minuten und zehn Sekunden. Das war eigentlich gar nicht so schlecht für einen 39jährigen, der noch nie vorher einen Marathonlauf bestritten hatte. Vegard Vadheim gewann seine Klasse, in 2.55.16 und war schon wieder aus der Dusche heraus, als ich ins Ziel lief. Eva Jensen fragte, ob wir in die Stadt mitfahren wollten, aber ich antwortete, ich führe selbst. Nach rund einer Stunde war ich auch tatsächlich dazu in der Lage.

Als Eva Jensen und Vegard Vadheim das Stadion verließen, sah ich ihnen lange nach. Thomas fragte, wie das Rennen gewesen sei, aber es dauerte eine Weile, bis ich antwortete.

26

Der letzte Montagmorgen im August war mild und sonnenumrandet. Die Frauen trugen die Blusen offener, während sich die Männer an ihre Regenschirme klammerten und skeptisch nach Anzeichen für Regen sahen. Aber es waren keine Wolken über Askøy und das Wasser im Byfjord lag spiegelblank und still. Nicht ein Windhauch war in der Luft; das Wetter schien stillzustehen, genau an der Wasserscheide zwischen Sommer und Herbst. Ich ging mit bedächtigen Schritten ins Büro. Der Marathonlauf rumorte empfindlich in den Beinen, aber es war bei weitem nicht so unangenehm, wie ich befürchtet hatte. Das harte Sommertraining hatte sich ausgezahlt und das Tempo hatte mich auch nicht kaputtgemacht.

Draußen vor meinem Bürofenster lag die Stadt mit klaren, sonnengezeichneten Konturen, von einem morgenfrischen Kunstmaler gemalt, Verschwendung von Farben. Auf dem Markt dominierten die Obststände: goldene Apfelsinen, rotglänzende Äpfel, Birnen so grün wie der Garten Eden. Auf dem Fischmarkt strahlte es weiß in offenem Fisch und die Markthändler standen mit breiten Fäusten in großen Hosentaschen und starrten mit lüsternen Blicken den Frauen nach, die vorübergingen. Direkt unter meinem Fenster, bei den Gemüsehändlern, war Hochsaison. Der Porree streckte sich brünstig, die Kohlköpfe schwollen wolllüstig und über den schneeweißen, frischen Zwiebeln lag eine verspätete Sommerfreude. Die Geschäftigkeit zwischen den Ständen war groß. Der Umsatz würde erfreulich sein. Aber oben bei mir war es still. Niemand sucht am Montagmorgen Privatdetektive auf. Die meisten warten bis Dienstag.

Da, wo ich saß, hatte ich Bergen in Miniatur vor mir. Von den Einkaufenden im Zentrum – auf dem Markt und in den Läden drumherum –

über Bryggen zu dem neuen Riesenhotel, das noch nicht fertig war. Am Fjellhang von der Øvregate bis nach Sandviken hinaus lagen die alten Arbeiterviertel, kleine Holzhäuser in den gewundenen Gassen zwischen Øvregate und Skansen, hohe, graue Bergenser Stadthäuser die Vestlidsalmenning entlang und bis nach Sverresborg. Fjellien und Fjellvei entlang lagen die großen, unwirtlichen Villen aus der Zeit des Ersten Weltkrieges, früher einmal Herrschaftshäuser, heute hauptsächlich bewohnt von Rentnern oder Leuten, die sie geerbt hatten. Am Berg darüber wiederum, südlich, in Richtung Ulriken, lagen in Starefossen die Häuser der Neureichen aus den 50er Jahren, mit gekalkten Fassaden, die im Sonnenlicht leuchteten, mit Aussicht über den größten Teil der Stadt und, hinter den Bäumen verborgen, sogar einem friedlichen kleinen Tennisplatz, auf dem junge Menschen in weißer Kleidung dynamisch Sonntagssport für Bessergestellte betrieben. Noch weiter oberhalb davon aber lag Jedermannsland: Fløyen und der Naturpark dort oben, mit schmalen Pfaden zwischen den Bäumen, wo du auf gedämpftem Kiefernadelboden gehen und dich von der Stille erfüllen lassen, zu plötzlichen Aussichtspunkten finden und Hand in Hand durch laue, blinde Sommerabende gehen konntest, mit jemandem, den du liebhattest, falls du jemanden hattest.

Und als natürlicher Kontrast zu all den trauten Heimen den Fjellhang hinauf, stand eine verwahrloste Versammlung von Stadtstreichern unten auf der Landungsbrücke am Markt und ließ eines der ersten Biere dieses Tages die Runde machen. Dorthin wollte ich. Von dort führte der Weg weiter, zurück bis 1971 und vielleicht ganz bis 1953.

Die Obdachlosen von Bergen haben ihre festen Sammelpunkte, und die meisten von ihnen sind mit diesen Orten verbunden und sammeln sich dort fast wie eine Familie. Es sind immer dieselben Gesichter.

Einer dieser Orte ist die Landungsbrücke am Markt, ein anderer, an kalten Tagen, hinten bei der Korskirke. Frühmorgens an regnerischen Tagen kannst du sie unter der Leeseite des Dachs draußen bei Schuppen 12, am äußersten Ende des Strandkais finden. Später am Tag findest du sie in der Gegend um Marken und die Kong Oscarsgate. Die meisten wohnen in der Herberge der Inneren Mission in der Hollendergate; einige übernachten regelmäßig in der Ausnüchterungszelle.

Ein dritter Platz ist der Theaterpark und das Rondell vor dem Theater. Einige findest du im Nygårdspark und unten bei Møhlenpris, einige wenige in der Umgebung Viken – Danmarksplass, während sich ein großer Zweig der Familie an verschiedene Orte in Sandviken hält, rund um die Herberge der Heilsarmee in der Bakkegate und das neue Blaukreuzler-Heim draußen bei Rothaugen.

Die Obdachlosen sind nie schön anzusehen und es ist nichts Romantisches an ihnen. Sie haben von Suff, psychischen Problemen, Tablettenmißbrauch und Gewalttätigkeit gezeichnete Gesichter, blaurot verfärbt, oft zerschlagen, entweder nach Prügeleien oder durch Stürze im Rausch. Mit der Polizei haben sie eine Art friedlicher Übereinkunft. die meisten Gewalttätigkeiten geschehen innerhalb des Milieus, wegen unbezahlter Schulden oder Streit um eine Flasche. Die Männer sind unrasiert, die Frauen haben schlechte Zähne. Ihr Haar ist zerzaust, die Kleider haben sie getragen, so lange du sie kennst und ihre Körper können verfallen wirken, oft fast wie aufgeblasen. An einem schönen Sonntag im August, wenn sie an der Landungsbrücke eine sorglose Flasche Pils teilen, während du mit dem Stresskoffer in der Hand und neugebundenem Schlips um den Hals auf dem Weg ins Büro bist, kann es passieren, daß dich ein wenn auch noch so kleiner Stich von Neid durchfährt. Aber ein alter Sozialarbeiter weiß es besser. Sieh sie dir an einem Frostmorgen im November nach einer Nacht in einem umgedrehten Boot bei Nygårdstangen an, bei zehn Grad Kälte und ohne anderen Trost, als einen kleinen Schluck Brennspiritus auf dem Boden einer Limonadenflasche. Begegne ihnen am zweiten Ostertag, wenn alle Behältnisse geleert sind, sogar bei den Schnaps-Schwarzhändlern, und sie von Entzugssymptomen geschüttelt werden. Sieh ihnen in die Augen, wenn sie auf dich zukommen und murmelnd um eine Krone für ‚eine Tasse Kaffee' betteln. Sieh nach, ob du Freiheit und Unabhängigkeit in ihren Augen findest und nicht Angst, Depression und Erniedrigung. Von denen, die in den großen Villen in Fjellvei wohnen, bis zu diesen Elenden am Fuße der Gesellschaftsleiter ist es per Luftlinie nicht weit, aber zwischen ihnen ist ein Abgrund: sie leben in zwei verschiedenen Welten.

Die alten Säufer rund um die Landungsbrücke sind ehemalige Seeleute, Hafenarbeiter, Laufburschen und Handlanger. Die meisten von ihnen sind durch psychische Probleme und Alkoholmißbrauch dort gelandet. Ein paar sind auch tablettenabhängig, aber die wenigsten nur rauschgiftsüchtig zu nennen. Die Rauschgiftsüchtigen gehören einer späteren Generation an und du findest sie rund um den Ole Bulls plass, ganz oben im Nygårdspark und rund um das Lille Lungegårdsvann. Nicht viele von ihnen zeigen sich bei Tageslicht. Ihre Einkäufe finden im Dunkeln statt. Die Säufer dagegen kaufen während der Geschäftszeiten ein: Bier vom Kolonialhändler, Schnaps vom Wein-Monopol, zuweilen durch Mittelsmänner.

Ich überquerte den Markt und schlenderte zu der Clique draußen auf der Landungsbrücke hinaus. Sie betrachteten mich mit nassen Lippen. In den Bartstoppeln glitzerte es von Biertropfen. Ein paar von ihnen nickten. Sie kannten mich von früher.

Es waren sechs Männer und eine Frau. Vier der Männer waren um einiges über fünfzig, der fünfte war ein Junger um die dreißig, mit halblangem, fettigem, in der Mitte gescheiteltem Haar, zerzaustem Bart und verwüsteten Gesichtszügen. Die Frau war in dem oft so unbestimmbaren Alter der Frauen dieses Milieus, irgendwo zwischen zwanzig und sechzig. Es mag unglaublich erscheinen, daß einige von ihnen sich den Schnaps durch Prostitution verdienen; es läßt dich glauben, daß die Transaktionen in völliger Dunkelheit vor sich gegangen sein müssen. Diese Frau hatte einen massigen Körper und ein merkwürdig mageres Gesicht. Der Mund war eingefallen und teilweise zahnlos, das Gesicht bleich wie der Tod, und die Augen schwammen wie Fische mit dem Bauch nach oben in einem vergifteten Teich. Das Haar war graublond, sie trug einen unkleidsamen Herrenmantel mit einem dicken Shetland-Pullover darunter, und die Beine waren von ein paar steifen, fleckigen Jeans bedeckt. An den Füßen hatte sie grüne Gummistiefel.

Einer der Männer war ein Typ, den sie ‚Faßband' nannten, Gott weiß, warum. Er hatte einen braunen, alten Filzhut auf dem Kopf und erinnerte an einen Adolf Hitler, malariaverzehrt und frühzeitig pensioniert, irgendwo im südamerikanischen Dschungel. Das Haar war grau und er hatte eine häßliche rote Narbe am Hals. Früher war er als Maschinist zur See gefahren, doch jetzt hätte er es wohl kaum geschafft, heil die Leiter zum Maschinenraum hinunterzustolpern.

Ich hielt einen zusammengefalteten Zehner vor ‚Faßband' in die Luft und spürte das augenblickliche Interesse, das er bei den anderen weckte. „Hör zu, Kamerad, ich würd gern mit einem Typen reden, den sie ‚Brandstelle' nennen. Wo find ich ihn?"

Er sah lange auf den Zehner. „‚Brandstelle', ja", murmelte er. Er sah sich in der Runde um.

Einer der anderen sagte: „Er hängt meist mit dem Professor zusammen. Draußen in Sandviken. Versuch's vor der Unteroffiziersschule."

Zwei andere nickten zustimmend. Der Junge mit dem Mittelscheitel starrte feucht auf den Zehner. Die Frau betrachtete mich wie durch einen versteinerten Wald, ihr Blick war so tot wie Asphalt.

Als hätte er nicht gehört, was die anderen gesagt hatten, sagte ‚Faßband': „Ich würd dir empfehlen, 's mal bei der Unteroffiziersschule zu versuchen. Ich weiß nich, ob du dich an den Professor erinnerst?"

Ich nickte.

„Er is oft mit ihm zusammen."

Ich schob den Zehner in die Brusttasche seiner graubraunen Tweedjacke und dankte für die Auskunft. Er hatte einen grünen Wollschal um den Hals, und das aufgedunsene Gesicht erstrahlte in einer Art Lächeln, während er den Zehner aus der Brusttasche fischte und ihn, von der Hand bewacht, in die rechte Hosentasche rettete.

„Und dann ist da eine, die Olga heißt", fuhr ich fort. „Die, die mit Stauer-Johan zusammen war, wenn ihr euch an den erinnert."

‚Faßband' bekam einen nachdenklichen Blick.

„Der Johan, ja. Wer erinnert sich nich an den. Der kam doch zum Schluß auch inne Zeitung."

„Lebt sie noch?"

„Die Olga, klar. Die hängt auch da draußen in Sandviken rum. Mal hier, mal da. Meist isse alleine, aber ich könnt mir denken, daß ‚Brandstelle' weiß, wo se zu finden is. Hat 'ne Wohnung da draußen irgendwo. Hat's nich gut verkraftet, das mit'm Johan. Is nich mehr die alte seitdem."

Ich tastete mich vor. „Weißt du was davon, was damals passiert ist, mit Stauer-Johan?" Ich ließ den Blick durch die Runde gleiten. „Ihr vielleicht?"

Die Gesichter verschlossen sich und wurden wie die der drei Affen: sahen nichts, hörten nichts, wußten nichts. Sie schüttelten die Köpfe. „Nich mehr, als was inner Zeitung stand", sagte ‚Faßband'. „Er hat sein Teil abgekriegt, der Johan."

Ich stutzte. „Hat sein Teil abgekriegt, was meinst du?"

„Ja, ich mein …" Er sah mich verwirrt an. „Er is doch abgetaucht. Verschwunden."

„Ja, aber wohin denn?"

Er wandte den Kopf zur Seite und starrte hinaus über Vågen. „Das Meer da draußen, das verbirgt viele Geheimnisse, Veum. Das kann ich dir versprechen."

Ich trat dicht an ihn heran. „Weißt du etwas?"

Er schüttelte schwer den Kopf. „Aber wir denken uns doch unser Teil, nich? Und wenn welche von uns verschwinden, dann geh'n wir meist ins Meer. Das is doch bloß natürlich. Wir sind doch immer hier, um den Hafen rum. Ein kleiner Schritt zu weit raus, ins Dunkle, schon liegs de da und strampels. Haste zuviel getankt, dann gehört gar nich viel dazu, bis de ohnmächtig wirs oder einfach sinks. So is das Leben, Veum. Goodby and farewell."

„Jemand von den anderen? Erinnert ihr was?"

Sie schüttelten unisono die Köpfe. Ich holte einen neuen Zehner hervor. „Ich kann bezahlen."

Sie sahen lange auf den Geldschein. Er schmeckte nach Pils. Einer von ihnen stotterte: „Da war mal Gerede … Du weißt, der Johan, der war bei der ‚Hjemmefront' im Krieg. Ich weiß noch, wie die Olga erzählte, einmal, daß sie Besuch gekriegt hätte, kurz bevor der Johan verschwunden is, von einem, der Leiter von seiner Gruppe war, damals, im Krieg.

Und daß die Olga rausgehn mußte, als die beiden miteinander geredet haben. Se hat geglaubt, daß sie irgendwas geplant haben, aber dann war der Johan verschwunden – und das wars dann."

Ich starrte auf das große, blaurote Gesicht vor mir. Das Haar war gelblich, die Augen hellbraun, die Nase klumpig wie eine mißgebildete Kartoffel. Ich sagte tonlos: „Einer, der seine Gruppe geleitet hatte ... Du weißt nicht – sie nannte keinen Namen?"

Er druckste herum, starrte auf den Zehner. Ich verstand, daß der Zehner nach einem Namen rief, aber ich wollte nicht irgendeinen lose aus der Luft gegriffenen haben. Ich gab ihm den Schein und fragte: „Er hieß nicht Fanebust? Konrad Fanebust?"

Er schüttelte den Kopf. „Ich weiß es nich mehr. Ehrlich gesagt."

‚Faßband' meinte: „Das kannste doch die Olga fragen. Vielleicht weiß die das."

Ich nickte langsam und zustimmend. „Vielleicht weiß sie es", wiederholte ich nachdenklich.

Dann hob ich die Hände zu einer Art Gruß, steckte die Fäuste in die Manteltaschen und machte mich, an Bryggen entlang, auf den Weg nach Sandviken.

27

Der Professor saß allein auf dem runden Platz vor der Unteroffiziersschule, wie sie immer noch genannt wurde, obwohl es seit vor dem letzten Weltkrieg in Bergenhus keine Schule für niedere Dienstgrade mehr gegeben hatte. Er hatte den Wintermantel fest zugeknöpft, trotz des warmen Wetters. Die Wangen waren füllig, die Nase krumm und die Augen hinter den dicken horneingefaßten Brillengläsern groß und scharf. Der Kopf schien auf den Schultern zu ruhen, was ihm ein eulenartiges Aussehen gab. Aber das war nicht der Grund, warum sie ihn den Professor nannten.

Es gab so viele Schicksale. Der Professor hatte sein Staatsexamen im Hauptfach Mathematik abgelegt und nur die mündliche Prüfung stand noch aus. Er paukte, was das Zeug hielt, die letzten Tage bis zum allerletzten Examenstag und dann brannte irgendwo in seinem Kopf eine Sicherung durch. Er machte niemals mündliches Examen, verbrachte ein halbes Jahr in einer psychiatrischen Klinik, drei Jahre in einem Sanatorium und kam als ferngesteuerter, lakonischer Roboter wieder heraus, durch Tabletten aufgebaut und von kundigen Reparateuren in Bewegung gesetzt. Aber ganz gesund wurde er nie und trieb in den niederen

Gesellschaftsschichten umher wie Leergut auf einer Strömung von Brackwasser. Dreißig Jahre später saß er allein auf dem runden Platz vor der Unteroffiziersschule, in verschlissenen braunen Hosen, eine halbgeleerte Flasche Pils auf dem Boden zwischen den schwarzen Schuhen.

Aber der Blick, den er mir zuwarf, verriet durchaus Intelligenz. Der Professor konnte etwas beunruhigend Waches an sich haben, als würde er eigentlich nur spielen und hätte das dreißig Jahre lang getan, wie ein heruntergekommener Hamlet mittleren Alters. Als hätte er einmal für den Rest des Lebens einen Beschluß gefaßt und hielte nun daran fest.

Ich hatte in weiser Voraussicht auf dem Weg eine Plastiktüte mit Halbliterflaschen Bier gekauft, diskret versteckt hinter den ersten Tageszeitungen. Solche kleinen Fläschchen können in der Gesellschaft, in der ich den Tag zu verbringen gedachte, die reinsten Mauerbrecher sein.

Ich begrüßte den Professor, nahm neben ihm auf der Bank Platz und öffnete ihm zu Ehren die erste Flasche. Um zu zeigen, daß ich einer von den Kumpels war, nahm ich selbst einen ordentlichen Schluck, bevor ich sie ihm hinüberreichte, ohne etwas zu sagen.

Er griff stumm danach, setzte sie an den Mund und leerte sie in einem langen Zug. Dann flammte kurz der Hamlet-Witz in seinen Augen auf, ehe er mir die leere Flasche zurückgab.

„Wie geht's, Professor?" fragte ich freundlich.

Seine Stimme war rauh. „Och, weißt du, es sickert und fließt." Er sprach mit gebildetem Tonfall ohne nennenswerten Dialekt.

„Und – selbst auch?"

Ich nickte. Wir saßen eine Weile stumm da. Er schielte auf meine Plastiktüte hinunter.

Ich fischte eine neue Flasche herauf und blieb damit in der Hand sitzen, ohne sie zu öffnen. „Eigentlich war es ‚Brandstelle', nach dem ich Ausschau hielt ..."

„‚Brandstelle'? Was willst du von ihm?"

„Mit ihm reden. Über den Brand."

„Über *diese* alten Geschichten? Mein Gott nochmal, Mann!"

„Und dann Olga. Die mit Stauer-Johan zusammen war."

„Über sie willst du mit ‚Brandstelle' reden?" Er klang neugierig.

„Nein, nein. Nach ihr suchte ich auch."

„Ahso." Nach einer Denkpause sagte er: „Sie geht ab und zu vorbei, die Olga. Aber sie spricht mich selten an. Wir haben nie zum gleichen Kreis gehört, sozusagen."

„Zu welchem Kreis gehörte sie?"

„Sie ... Sie und Stauer-Johan waren oft für sich allein. Nachdem er verschwand, hat sie sich völlig zurückgezogen. Aber ‚Brandstelle' ..."

„Ja?"

Er machte eine schwere Bewegung mit dem Kopf, wie um einen steifen Nacken zu strecken. „An Tagen wie heute, mit Sonnenschein und so, müßtest du ihn draußen beim Flughafen finden können. Versuch's mal da, äh ..." Ich sah, daß er nach meinem Namen suchte und von der Flasche in meinen Händen abgelenkt war.

Ich öffnete die Flasche und gab sie ihm. „Veum", sagte ich.

Er strahlte ein großes Lächeln, aber wohl kaum über den Namen. Als ich aufstand und ging, hatte er die Flasche schon am Mund. Die Sonne schien durch das braune Glas, in goldenem Widerschein.

Ich fand ‚Brandstelle' an der Sonnenböschung zum Wasser hin, auf der Pier, die zum alten Wasserflughafen in Sandviken führte. Er war in angenehmer Gesellschaft. Sie waren zwei Paare und vier Flaschen und die Plastiktüten versprachen mehr. Die Böschung bestand aus Steinen, Schotter und spärlichen Grasbüscheln, aber wenn man Mantel und Pullover auszog und unter dem Nacken zusammenrollte, konnte man es sich in der Sonne richtig gemütlich machen. Die Damen waren reichlich aufgeknöpft, und es wogte träge, sowohl zu Land, als auch zu Wasser. Die Sonne schien blitzend in die Kräuselungen vor den Ufersteinen. Links von ihnen, die Sjøgate entlang, lagen die Speicher, rechts der Byfjord, wo weiße Möwen schaukelnd auf den Wellen lagen und die Askøy-Fähre sich vorsichtig von der Stadt zu der Insel dort draußen bewegte. Beide Damen waren im gleichen, unbestimmbaren Alter wie die Kollegin auf der Landungsbrücke, aber die beiden Herren waren definitiv über fünfzig. Der eine war ein Zwerg mit schwarzem Schnauzbart und ein wenig zigeunerhaft; ein vierkantiges Halunkengesicht, das in einer Pariser Seitengasse heimisch ausgesehen hätte, wie das eines Liebedieners in einem belebten Bordell. Er hatte den Oberkörper entblößt, aber die Hosenträger anbehalten. Die Haut auf der Brust war kreideweiß und weiblich und der bucklige Rücken schien ihn nicht zu genieren.

‚Brandstelle' selbst lag auf dem Rücken, die Hände unter dem Nacken und mit zwinkernden Augen. Er trug ein blaugrau kariertes Flanellhemd und eine braune Hose. Er hatte die Schuhe weggeschleudert und spreizte die Zehen durch löchrige Strümpfe. Das Gesicht leuchtete wie eine aufgehende Sonne auf einer japanischen Porzellanmalerei. Die Haut war flammend rot und rissig, die Augen wässerten schwach und er war vollkommen glatzköpfig, als sei ihm das Haar von der Kopfhaut gesengt worden. Ein Blick auf sein Gesicht erzählte mir augenblicklich, welche Tragödie der Pfau-Brand wirklich gewesen war, und ich konnte diejenigen verstehen, die sich gefragt hatten, wer besser dran war; die, die im Brand umkamen, oder die, die überlebten.

Ich ging vorsichtig die Böschung hinunter und begegnete ihren verwunderten Blicken. Die Damen richteten fast anständig ihre Rocksäume und ich sah, daß sie einen Augenblick glaubten, ich sei ein Bulle, denn der Zwerg schmiß seine Jacke über ein paar der Flaschen.

„Tut mir leid, daß ich störe", sagte ich. „Ich weiß nicht, ob ihr mich kennt. Ich heiße Veum und ich werde für die – Mühe bezahlen."

Ich streckte die offene Plastiktüte vor und als sie die Bezahlung erblickten, entspannten sie sich zusehends und der Zwerg sagte: „Willkommen im Grünen, wer de auch bis."

Ich nahm in der Sonne Platz. Wir saßen eine Weile stumm da. In solchen Kreisen war es nie ratsam, übereilt zu handeln. Diese Menschen hatten es nur dann eilig, wenn fünf Minuten später das Wein-Monopol zumachte. Ansonsten lebten sie ruhig und bedächtig, solange nur eine offene Flasche in der Nähe war. Sie tranken auch nicht unbedingt sehr viel, Hauptsache war, es war *irgendetwas* zu trinken da. Die Tage waren unterschiedlich, für diese wie für alle anderen Menschen. Manche waren gut, und dann reichte ein Bier, oder zwei. Andere Tage waren schlimm, und dann reichten zwei Flaschen Schnaps nicht aus.

Es war zu dieser Tageszeit ein stiller Ort. Der Verkehr von und nach Åsane war gering, und es war lange her, daß in Sandviken viele Boote anlegten, um zu löschen. Hinter uns erhoben sich die Fjellhänge, rund und mollig zum Fløyen hin, auf der Südseite des Skredderdal; steil und dunkel in Richtung Sandviksfjell und Sandvikspil, der standhaft die Windrichtung anzeigte. Der Sonnenschein spiegelte sich in den Glasscheiben am Fjellhang und oben auf einer Felskuppe wuchtete wie ein steingraues Dracula-Schloß auf einer Bergzinne die Rothaugen Schule.

Ich saß die Hände um die Knie gelegt und wandte den Blick hinaus aufs Meer. Die Wellen flimmerten auf Nordnespynten zu, wo Ballangen wie ein vorsichtiger großer Zeh die Temperatur des Wassers prüfte. Ein Westamaran kreuzte auf dem Weg nach draußen, stieg wie ein riesiges Meerestier genau vor Pynten aus dem Wasser, brüllte häßlich gegen den Spätsommerhimmel und stapfte auf hohen Stelzen südwärts in Richtung Sunnhordaland und Stavanger.

Ich sagte: „Eigentlich wollte ich hauptsächlich mit dir sprechen, ‚Brandstelle'."

Er blinzelte mich mit schmalen Augen an. „Ahja? Und über was?"

„Über das, was damals passiert ist."

„Wann damals?"

„Als es brannte, 1953."

Er setzte sich abrupt auf und es knisterte trocken in der Gesichtshaut, als er eine Grimasse schnitt. „Über den Brand?"

„Es sind da Dinge aufgetaucht. Ich habe mit Sigrid Karlsen gesprochen, der Witwe von Holger Karlsen. Und ich habe mit anderen geredet." Ich beugte mich vor. „Du bist der einzige, der übrig ist. Der noch lebt. Das weißt du, oder?"

Plötzlich sperrte er die Augen auf und betrachtete mich mit starrem Blick. „Doch, das weiß ich. Ich seh's im Spiegel, jeden Morgen. Ich hab das jetzt bald dreißig Jahre lang jeden Morgen gesehen. Verstehst du?"

Ich nickte hilflos. „Ja."

„Das hat mir das Leben weggenommen. Ich war ein ganz normaler, ordentlicher Arbeiter, damals, und was is aus mir geworden? Es hat viele Jahre gedauert, bis ich überhaupt soweit in Ordnung war, wie ich jetzt bin. Die ersten Jahre war ich nur 'ne wässernde Fleischwunde aus mißglückten Hauttransplantationen. Mein Leben kaputtgemacht hat's – und ich erinner mich, Veum – und ich weiß das!" Er griff halbblind nach einer Flasche und nahm einen ordentlichen Schluck. „Komm nich hier an und erzähl mir alte Kamellen." Nach einem erneuten Schluck sagte er, plötzlich ruhiger: „Was willste wissen?"

Die anderen drei waren stumm. Sie hörten zu. Eine Möwe flog tief über uns hinweg und schrie dünn und heiser, wie zur Erinnerung an eine böse Vergangenheit.

„Ich ... Ich möchte gern, daß du – daß du mir nur von dem Brand erzählst. Vom Brand, so wie du ihn erinnerst, wie alles passierte."

Er wiederholte leise: „Der Brand – wie alles passierte ..."

28

„Am Tag, als es brannte ... Ich sehe die Produktionshalle noch wie heute vor mir, als ob ich mittendrin stünde. Zwei Etagen hoch, um die Fallhöhe auszunutzen. Die Farbe wurde in Riesentanks hergestellt, mit mehreren Räumen drin. In jedem Stockwerk wurden neue Stoffe beigemischt und neue Prozesse in Gang gesetzt. An jedem Absatz gab es 'ne große Anzahl Kontrollscheiben, Skalen, Konzentrationsmesser und so weiter."

Sein Blick ging in die Ferne und wir anderen saßen stumm da.

„Ganz unten lagen die Tanks, wo die fertige Farbe gemischt wurde, bevor sie zur Zapfstation rausging, wo die leeren Eimer auf dem Fließband reinkamen, gefüllt und in Kartons gesetzt wurden, die dann wieder zur Auslieferung transportiert wurden."

Ich sah in das verunstaltete Gesicht und versuchte, es mir 1953 vorzustellen. Olai Osvold war damals ungefähr dreißig Jahre alt gewesen, nicht besonders kräftig, aber klein und drahtig und sicher ein guter Arbeiter. Die Oberarme waren massig, auch jetzt noch und er hatte sicher ordentlich zupacken können. Aber das Gesicht ... Hatte er gut ausgesehen? Glattrasiert? Vielleicht ein kleiner Schnauzbart? Und das Haar, welche Farbe hatte es gehabt? Blond? Hell? Dunkel? Das war unmöglich zu sagen.

„Wir hatten unsre festen Stationen mit unsrer festen Routine, aber es war keine gewöhnliche Fließbandarbeit, jedenfalls nicht in der Produktionshalle. Du mußtest die ganze Zeit hellwach sein und du mußtest eine Mischung einschätzen, vielleicht vom einen was ein bißchen überdosieren und dann bei anderen Zusätzen sparsamer sein. Normalerweise saßt du auch nicht still. Du verfolgtest den Prozeß durch deine ganze Station und es mußten Messungen gemacht werden, schwere Griffe, wenn was zugesetzt werden sollte. Du hast deinen Körper eingesetzt, aber das war's nicht, was die Arbeit am schwersten machte. Das war die Luft. Die war nie ganz sauber. Es blieb immer irgendwas von all den Zusätzen hängen. Damals wurden starke Verdünner benutzt, Stoffe, die heut' verboten sind, nach dem, was ich so höre. Wenn der Tag vorbei war, hattest du immer einen schweren Kopf, und es konnte ein paar Stunden dauern, bis du dich wieder fit gefühlt hast. Kopfschmerzen kriegtest du auch."

„Aber habt ihr denn diese Sachen nicht angesprochen, mit der Leitung?"

Er sah mich höhnisch an. „Dochdoch, wir haben es angesprochen. Aber du solltest wissen, das waren damals im Arbeitsleben noch ganz andere Zeiten als heute. Die in der Leitung kümmerten sich nich sonderlich darum, was wir da von ganz unten sagten. Und du kannst sagen, die Schwäche vom Holger, das war, daß er nicht hart genug dranblieb, wenn es wirklich drauf ankam. Ich hab dem Holger nie was vorgeworfen wegen dem, was passiert is. Obwohl da genug Leute waren, die das gemacht haben. Aber es is doch so, wenn er wirklich gefürchtet hat, daß irgendwo in der Produktionshalle eine Leckage war, hätte er sich auf die Hinterbeine stellen müssen und uns die Arbeit niederlegen lassen. Streiken, bis alles gehörig gescheckt war."

„Meinst du, daß er nicht sicher war?"

„Ich weiß nich, was ich meine. Ich sag, wenn er das *wirklich* gefürchtet hat, dann hätte er Bescheid sagen müssen und die Leute aus der Halle abziehen."

„Er hat also mit euch anderen nicht darüber gesprochen?"

Er schüttelte den Kopf. „Ich konnte sehen, daß er rumging und über irgendwas nachgrübelte. Ich hatte meine Station auf der vorletzten Etage, aber der Holger, als Vorarbeiter, hatte seine ganz unten am Boden.

Er hatte 'ne kleine Kabine mit Glasfenstern, hinten an der Tür, wo er Überstundenlisten führen konnte und aufschreiben, wieviel von den verschiedenen Stoffen wegging und so Sachen. Manchmal sah ich, daß er nur da drinnen saß und in die Luft starrte, ohne überhaupt was zu sehen. Einmal war er oben bei mir und ging rum und guckte. Dann fragte er, wie zufällig: Merkst du irgendwas in der Luft, Olai? – Ich prüfte mal nach, aber wie ich gesagt hab: es war immer was in der Luft. Die war nie so sauber wie draußen auf der Straße. Also zuckte ich einfach mit den Schultern und antwortete nich weiter. – Aber am Tag, bevor es brannte, da kam er wieder zu mir rauf. Olai, sagte er. Ich muß mal was erledigen, es kann sein, daß ich 'ne Zeit wegbleibe, kannst du nicht die Dinge da unten im Auge behalten? Doch, das war in Ordnung. Ich war sozusagen der nächste auf der Liste und wenn er weg war, dann war das eben auch Routine. Als er zurückkam, ging er rein in sein kleines Büro und da sah ich ihn sitzen und wieder vor sich hinstarren. Ein paarmal war er draußen und zog richtig den Atem ein, dann ging er wieder rein. Einmal sah ich, daß er den Telefonhörer nahm und eine Nummer wählte, aber dann legte er wieder auf, ohne abzuwarten, ob jemand abnahm. Als wir an dem Tag nach Hause gingen, hab ich gefragt, ob was nich in Ordnung wär, aber er starrte nur vor sich hin und sagte leise: Ich bin ehrlich nicht sicher, Olai. Kann ja sein, daß es nur mir schlecht geht. Und dann redeten wir nich mehr davon. Und am Tag danach knallte es."

Er machte eine kurze Pause. Seine Trinkkumpane sahen ihn mit großen Augen an. Es war offensichtlich, daß sie dies hier noch nicht gehört hatten. Es war faszinierend, ihm zuzuhören, dem einzigen Augenzeugen des Brandes, der noch lebte, der tatsächlich da drin gewesen war, in der Produktionshalle bei Pfau, als sie in Flammen aufging.

„Ich erinnere mich gut an den Tag. Es war ein milder warmer Morgen – genau wie heute – nur daß Frühling war. Ich nahm das Fahrrad zur Arbeit und ich war früh dran, weil ich Lust hatte, zu duschen. Zuhause hatten wir sowas nich, aber in der Fabrik war 'ne richtige Dusche und Garderobe. Wir brauchten das, damit wir uns nach der Arbeit abspülen konnten."

„Warst du verheiratet?" Die Frage kam wie von allein, aber hinterher hätte ich mir selbst auf die Zunge beißen können.

Ich sah, daß er vom Thema abkam. „Nee. Ich wohnte zuhause bei meinen Eltern. Ich hatte wohl schon eine im Kopf, aber nach dem Unglück, da – verschwand das irgendwie im Sand."

Seine Augen blickten nachdenklich und es kam ein dunkler Zug über sein Gesicht. Ich hielt die Luft an und sagte nichts mehr.

Langsam kehrte er wieder in die Produktionshalle zurück.

„Um sieben Uhr fingen wir an und der erste Teil vom Tag lief wie immer. Nichts Ungewöhnliches. Und als es dann knallte, da ging alles so schnell, das war fast so wie Lichtbilder. Die Explosion selbst …"

Also hat die Explosion das ganze ausgelöst? Es kam keine Vorwarnung?"

Er schüttelte den Kopf. „Nichts weiter, als die Vorwarnung vom Holger jedenfalls. Ich seh das genauso deutlich vor mir, als hätte es sich in meinem Kopf festgebrannt. Und das hat es sich wohl irgendwie auch. Alles wurde weiß."

„Habt ihr denn weiße Farbe gemacht?"

„Nein, nein", antwortete ‚Brandstelle' abwesend. „Das Licht. Der ganze große Raum, ein großer weißer Augenblick. Die Explosion war über mir in einem der obersten Tanks. Ich sah den Holger – er stand halb aufgerichtet in seinem Glaskäfig, gerade so, als hätte er drauf gewartet, daß es passieren würde. Einer der Jungs aus der Etage über mir wurde einfach in die Luft geschleudert, und dann, in dem weißen Augenblick, da hing er da einfach, in der Luft, zwölf Meter über dem Betonfußboden. Im nächsten Augenblick …"

Er schluckte schwer. „Alles ging so schnell. Es gibt was, was sie St. Elms Feuer nennen, oder so ähnlich, auf See: Feuer, was sich plötzlich über eine ganze Bohrplattform ausbreitet. So war das hier auch: Die Farbe von oben stand in Flammen und regnete auf uns runter, wurde in alle Richtungen geschleudert – als ob es Flammen regnete. Die Schreie – Herrgott, wie sie schrien, wie besessene Teufel, die – ich weiß nich was. Der Holger, der war aus seinem Glaskasten rausgekommen, er hatte einen Feuerlöscher gegriffen und versuchte rumzusprühen. Aber es war hoffnungslos. Das war, wie in einen Vulkan zu pissen, genauso viel hat es genützt. Ich stürmte die Leiter zum Boden runter. An meinen Kleidern war Feuer und ich fühlte – mein Gesicht – wie eine starre Maske, als wenn ich eine Neujahrsmaske aufgehabt und die sich in meiner Haut festgebrannt hätte. Als ich runterkam, stolperte ich über einen von denen am Boden. Er lag auf dem Bauch, mit dem Gesicht zum Beton. Ich faßte ihn unter den Armen und zog ihn zur Tür hin. Ich sah zur Tür. Der Holger hatte den Feuerlöscher weggeschmissen und ich sah ihn deutlich, als er die Tür aufmachte, sah ihn genau in der Türöffnung stehen und wie er rausstolperte und die Hände vors Gesicht hielt. Die ganze Zeit brannte es um uns rum und es kamen kleine Explosionen, das ganze Gebäude zitterte, das war wie ein Erdbeben, oder, als wenn eine Atombombe explodiert wär. Ich fühlte, daß ich in die Knie ging. Ich schaffte nich, den andern weiter zu zerren. Ich sah verzweifelt zur Tür und da kam er rein, der Bürobote, Harald Wulff. Er war's, der mich rausgeholt hat. Wenn er nich gewesen wär, dann …"

„Erinnerst du ...“

„Nein, genau da bin ich ohnmächtig geworden“, unterbrach er mich. „Ich erinnere nich mehr, als daß ich ins Gesicht von Harald Wulff raufsah, und dann wurde alles dunkel, bis ich im Krankenhaus aufwachte, von oben bis unten in weiß eingepackt und mit solchen Schmerzen im Körper, daß es sich anfühlte, als wenn ich am Spieß gegrillt würde, lebendig. Ehrlich gesagt, du, ich hab geglaubt, ich wär in der Hölle aufgewacht.“

„Gott, wie grauenhaft“, sagte eine der Frauen in der kleinen Zuhörerschar.

„Das ist gräßlich“, sagte die andere.

„Mensch, du mußt froh sein, daß du überhaupt mit'm Leben davongekommen bist, du, Olai“, sagte der Zwerg.

‚Brandstelle‘ sah ihn starr an. „Genau das hab ich mich all die Jahre danach gefragt, du. Ob ich wirklich Glück hatte, oder ob's nich am Besten gewesen wär, wenn ich auch draufgegangen wär.“

„Bloß, dann hättste *uns* nich getroffen!“ sagte der Zwerg.

„Fünfzehn Mann gingen drauf. Nur ich und noch zwei überlebten, und die gingen ein paar Jahre später auch übern Jordan. Der Holger, der Piddi, jahrelange Arbeitskollegen – was hatte ich gemacht, daß ich überleben durfte? Sie hatten Familie, mehrere von ihnen, Frau und Kinder, es wär besser gewesen, wenn einer von denen rausgekommen wär ... Ab und zu krieg ich fast ein schlechtes Gewissen.“

Die eine Frau legte eine mollige Hand auf sein Knie. „Das sollste nich haben, Brandstelle. Das sollste nich.“

„Nich?“ Er sah sie wie benommen an. Er war noch immer nicht ganz von 1953 zurückgekommen.

Ich sagte langsam: „Holger Karlsen ging also durch die Tür *raus*, und gleich danach kam Harald Wulff *rein*?“

„Ja, ja – und hat mich gerettet. Er hat mich *gerettet*, verstehst du? Und der, den ich mit mir gezerrt hatte, das war einer von den andern, die überlebt haben, eine Weile ...“

„Genau. Er rettete *dich*.“ Das war das Wichtigste für ‚Brandstelle‘, und ich würde ihm nicht widersprechen. Aber warum hatte er nicht Holger Karlsen gerettet? Warum war Holger Karlsen nicht ganz hinausgekommen, wenn er lebendig aus der Produktionshalle gekommen war? Selbstverständlich gab es da Explosionen und selbstverständlich konnte er einen Stahlbalken auf den Kopf bekommen haben, draußen vor der Halle – aber war das wahrscheinlich? Zufälligkeiten bestimmen über uns alle, aber – Raum für Zweifel gab es immer.

Langsam öffnete ich eine Bierflasche und reichte sie ‚Brandstelle‘. „Guck mal, hier. Du mußt ein trockenes Maul haben!“

Er sah mich leer an, nahm die Flasche, setzte sie an den Mund und trank. Dann sagte er: „Ich hab viele Jahre ein trockenes Maul gehabt, Veum."

29

Mit der Sonne schräg von rechts überquerten wir Sandvikstorget, und in einem spiegelnden Fenster sah ich uns, alle fünf. Der Zwerg, der Riesen-Olsen genannt wurde, und die zwei Damen gingen vor. Die Damen mußten aufs Klo und Riesen-Olsen hauste in einer Kellerwohnung gleich oben im Sandviksvei. Am Schluß kamen ‚Brandstelle' und ich. Er hatte versprochen, mit mir zu Olga Sørensen zu gehen, falls sie noch am gleichen Ort wohnte, wie vor zwei Jahren.

Als ich uns geschlossen im Fenster sah, schoß es mir wieder ein: ich unterschied mich nicht von den anderen. Für einen Privatdetektiv war ein gewisser Grad von Anonymität nicht zu verachten, aber daß ich so glatt ins Bild paßte, als Bingo-Spieler, im Aufreißerlokal der alternden Singles und jetzt, in versoffener Gesellschaft, mit schweren Plastiktüten an den Fäusten baumelnd, das machte mich niedergeschlagen. Ich fuhr mir mit der freien Hand durchs Haar und versuchte, meine Kleidung zu ordnen. Aber eine ältere Dame, die vorbeiging, warf einen strammen Blick auf uns alle, ohne mich mit Verwunderung herauszusondern.

„Aber die Olga hat doch wohl nichts mit dem Brand zu tun, oder?" sagte ‚Brandstelle'.

„Nein, nein. Hier geht's um was anderes", antwortete ich vage.

„Stauer-Johan?" fragte er vorsichtig.

Ich sah ihn schnell an, bevor ich nickte. „Hast du ihn gekannt?"

„Nee. Nich mehr, als alle die andern. Weißt du, wenn man erst drin is im Milieu, dann isses gar nich so groß." Er zögerte etwas. Dann sagte er leise: „Aber ich bin der Olga mal nachgestiegen, vor'n paar Jahren. Sogar *die* hat mich abgewiesen. Da siehst du, was für Chancen ich hab. Was ich an Liebe gekriegt hab, die letzten dreißig Jahre, das hab ich mir kaufen müssen. Oder sonst isses im Suff passiert, wenn sie sowieso mit jedem X-beliebigen pennen."

Ich antwortete nicht, sondern nickte und biß mir auf die Lippe.

„Kommt doch mit zu mir", sagte Riesen-Olsen und kam zu uns herüber. „Wir können für einen Genever zusammenlegen, dann nehm ich ein Taxi rein nach Greggen und kauf einen. Na los!"

„Wir müssen nur hoch, was erledigen", sagte ‚Brandstelle' feierlich. „Und Geld hab ich auch nich."

„Und du?“ Er sah hoffnungsvoll zu mir.

„Ich klaubte fünf Zehner aus der Innentasche. „Guck hier. Das is von ‚Brandstelle“.

Seine Hände waren groß, und sie schlossen sich um das Geld, wie eine Kinderfaust um Schokoladenpapier. „Du bist eingeladen, wenn du willst. Brandstelle weiß, wo es is.“

Riesen-Olsen und die Damen bogen nach rechts ab, während wir weitergingen, die Treppen bei Søre Almenning hinauf. ‚Brandstelle‘ mußte nach jedem Absatz eine Atempause einlegen, also dauerte es seine Zeit.

Olga Sørensen wohnte im ersten Stock eines grauen Bergenser Stadthauses in der Kirkegate. Wir gingen die Treppe zum ersten Stock hinauf. *Jensen* stand an der braunen Tür, aber nichtsdestotrotz wohnte dort, laut ‚Brandstelle‘, Olga Sørensen. Wir bekamen es allerdings nicht bestätigt, denn es machte niemand auf.

Ich sah zweifelnd auf das Türschild. „Du bist sicher, daß sie nicht umgezogen ist?“

„Klar, sag ich doch. Dann hätt ich davon gehört.“

„Aber – der Name an der Tür?“

„Dasselbe Schild hing hier letztes Mal auch. Sie hat sich nur nich die Mühe gemacht, es auszuwechseln. Unten am Briefkasten steht sicher ihr Name.“

Die braune Tür verriet nichts. Hinter zwei schmalen, welligen Glasscheiben erkannten wir undeutlich eine geblümte Gardine, aber das Licht drinnen brannte nicht.

„Sie kommt sicher gleich wieder“, sagte ‚Brandstelle‘. „Jetzt weißt du jedenfalls, wo sie wohnt. Wir können solange zu Riesen-Olsen runtergehn und warten.“

Auf dem Weg nach draußen überprüfte ich die Namen auf den Briefkästen. Er hatte Recht. Auf einem von ihnen stand O. Sørensen.

Wir kamen genau in dem Moment zu Riesen-Olsen hinunter, als eine der Damen aus einem Taxi stieg, mit einer blauen Tüte vom Wein-Monopol in der einen Hand und einer Topfpflanze in der anderen. „Sie haben *mich* zum Monopol geschickt. Ich denk mir, Riesen-Olsen wollte 'ne Nummer schieben, während er wartete. Aber ich hab die Blume hier gekauft. Dachte, wir könnten's ein bißchen hübsch machen.“

In dem klaren Tageslicht war ihr Gesicht offen und ein wenig naiv, mit großen Poren und vollen Lippen mit Konturen wie denen einer Qualle, nur teilweise durch eine unregelmäßige Schicht roter Farbe getarnt.

Ich taumelte eine Treppe hinunter und in einen dunklen kalten Keller hinein. Ganz hinten im Keller leuchtete es durch die Ritzen der Tür und als wir sie öffneten, landeten wir direkt im Schoß von Riesen-Olsen und seiner Freundin. Sie lagen in luftiger Bekleidung auf dem Boden und sahen aus, als hätten sie die Klimaanlage getestet. Es war ein kleiner Raum und als wir nun mit drei Leuten ankamen, gab es ein Gedränge wie im Stadion während eines Endspiels. Riesen-Olsen zog die Hosen hoch und seine Freundin schob routiniert den Rock zurecht. ‚Brandstelle' setzte sich in den einzigen Stuhl im Raum, ein Überbleibsel aus dem Dreißigjährigen Krieg, während die Dame mit der Topfpflanze durch den Raum und in die Küche hinausging, um zu wenden. Die Küche bestand aus einer Zinkspüle und einem Eimer auf dem Boden. Neben dem Eimer stand ein offener Milchkarton und zehn leere Bierflaschen. Sie war augenscheinlich schon einmal hiergewesen, denn sie griff einen Küchenschemel und nahm in der Türöffnung Platz.

„Nimm Platz", sagte Riesen-Olsen höflich zu mir. Ich sah mich um. Ich hatte die Wahl zwischen einem Heizstrahler, den Riesen-Olsen und seine Freundin bei ihren Freiübungen zur Seite getreten hatten, und einer umgestülpten Bierkiste. Ich wählte die Bierkiste und Riesen-Olsen setzte sich auf den Ofen. „Dann servier du mal, Lisbeth", sagte er zu seiner Freundin, und die Dame ging gehorsam in die Küche und holte fünf schmutzige Wassergläser.

Der Genever schimmerte in den Gläsern und wir prosteten in die Runde. Die Wände waren nackt, bis auf eine, an die er eine Seite von *Bergens Tidende* geheftet hatte. Ich hatte keine Ahnung, weshalb. Es war die Landwirtschaftsseite. Der Raum lag im Halbdunkel und die Sonne reichte nicht so weit herunter. Es war zu spät im Jahr, oder zu früh am Tag. „Geht's uns nich prima?" sagte Riesen-Olsen und sah strahlend um sich.

Seine Freundin war mitten im Raum stehengeblieben, und ihr blieb nichts weiter übrig, als sich einfach da zu setzen, wo sie stand. Vorläufig sah ich, daß sie zögerte und ich konnte erraten, warum. Hinten in einer Ecke lag ihr Höschen, das er ihr noch hatte ausziehen können, bevor wir kamen.

Ihr altersloses Gesicht wandte sich mir zu. Die Augen waren braun, das Haar dunkel und zerzaust, mit ein paar unsymmetrisch verteilten hellbraunen Strähnen, und um ihren Mund lag ein verwüsteter Zug. Ich hatte sie selbstverständlich schon längst wiedererkannt. Es war mir nur bis dahin nicht klar geworden.

„Sag mal – kenn ich dich nich von irgendwoher?" fragte sie mit rauher Stimme und kniff das eine Auge zu, als könne ihr das helfen, mich besser zu sehen.

„Ich bin viel auf Achse", sagte ich. „Überall und nirgends, in der Stadt."

„Was biste denn eigentlich?“

Ich antwortete nicht direkt. „Ich war mal beim Jugendamt.“

„Ohja.“ Ihr Gesicht wurde flach. „Die haben meine Kleine geholt. Erst ins Kinderheim. Dann kriegte sie Pflegeeltern. Heut weiß ich nich mal, wo sie is.“

„Ich glaube nicht, daß ich was damit zu tun hatte.“

„Nee, ich weiß. Aber es kann doch sein, daß ich mich daher an dich erinner.“

„Ja. Vielleicht“, sagte ich neutral. Ich mochte ihr nicht sagen, daß wir in der Volksschule in Parallelklassen gegangen waren. Es würde ihr vielleicht nicht gefallen, daß sich jemand daran erinnerte, wie sie vor langer Zeit gewesen war. Sie war ein schönes junges Mädchen, damals, nur ein bißchen wild. Und das war vor dreißig Jahren, ungefähr zu der Zeit, als Pfau abbrannte.

„Ach ja, hier sitzen wir und uns geht's gut“, sagte Riesen-Olsen und leerte sein Glas, bevor er sich einen neuen Schnaps eingoß.

‚Brandstelle‘ war drüben im Lehnstuhl still geworden. Er starrte vor sich hin, ohne zu sehen, ohne zu hören. Die Dame in der Küchentür saß noch immer mit der Topfpflanze im Schoß, als hätte sie es aufgegeben, einen Platz dafür zu finden.

„Die Menschen können einem leidtun“, sagte die Freundin von Riesen-Olsen. Lisbeth hieß sie, und ich erinnerte mich immer deutlicher an sie. Sie war in die sechste Klasse gegangen, und ein paar der Jungs hatten in einem der neuen Gebäude, die noch im Bau waren, mit ihr schlafen dürfen. Wir anderen wurden mit den lebhaftesten Beschreibungen ihrer vielen Vorzüge gefüttert. Jetzt hatte sie sich endlich auf den Boden gesetzt, und wenn ich frech genug gewesen wäre, hätte ich wenigstens eine der Beschreibungen überprüfen können.

Ja, die Menschen konnten einem leidtun. Mädchen wie Lisbeth konnten einem leidtun, für die wir eine Art ängstlicher Verliebtheit empfunden hatten, wir, die damals, so früh im Leben zu den Zurückhaltenden gehört hatten. Mädchen wie Lisbeth konnten einem leidtun, mit ihrem damals langgestreckten, linkischen Jungmädchenkörper, in Strickjacke und Baumwollrock und mit einem tiefen, männlichen Lachen ... Schade, daß sie dreißig Jahre später hier auf einem Kellerfußboden hockte und die Menschen und sich selbst bemitleidete.

Und ‚Brandstelle‘ konnte einem leidtun, dem durch die Gleichgültigkeit anderer Menschen das Gesicht und damit sein Leben zerstört worden war. Riesen-Olsen konnte einem leidtun, ein schlecht zugeschnittener Däumling, der seinen Partnerinnen nicht höher reichte, als daß er ihnen gerade in die untersten Haare beißen konnte. Die Dame mit der Topfpflanze konnte einem leidtun, weil sie zum Monopol geschickt wurde, während andere liebten; und konnte ich einem nicht eigentlich auch leidtun, wie ich da saß, Genever im Glas, eine lichte Ahnung hinter der Stirn und eine Reihe von unaufgeklärten Verbrechen auf dem Programm?

Ich sah auf die Uhr. Ein paar Stunden waren vergangen, seit wir bei Olga Sørensen gewesen waren. Es war nicht sehr viel gesagt worden und auch nicht sehr viel getrunken. Wir hatten im Kellerdunkel gesessen und das Tageslicht seinen rechteckigen Abdruck über den Boden bewegen gesehen, Stück für Stück. Das Licht fiel durch ein schmales Fenster, mit Kaninchendraht davor, und durch das Fenster konnten wir die Schuhe der Leute sehen, die oben auf dem Gehsteig vorbeigingen.

Lisbeth schlief halb in ihrer Ecke, der Mund öffnete sich, die Lippen wurden weich wie bei einem Kind: pitt-pitt-pitt sagte es aus ihrem Mund. Riesen-Olsen legte seinen freien Arm um ihre Schultern und stützte sie. Einen Augenblick lang schien es mir, als sähe ich einen Anflug von Zärtlichkeit in seinem Blick, dann nahm er sich zusammen und schickte mir einen ironischen Augenaufschlag, wie um zu sagen: Guck, womit ich mich rumzuschlagen hab!

‚Brandstelle' saß und murmelte vor sich hin. Die Frau in der Küchentür strich der Topfpflanze weich über die Blätter: zarte, süße Liebkosungen.

Ich erhob mich steif von der Bierkiste, stellte das leere Glas darauf ab und streckte mich.

‚Brandstelle' sah plötzlich auf. „Willst du los?"

„Ich glaub, ich versuch's noch mal bei Olga", sagte ich.

Er nickte. „Ich bleib hier", sagte er.

Ich holte ein Stück Papier hervor und schrieb meine Büroadresse und die Telefonnummer darauf.

„Falls dir noch mehr einfallen sollte, meld' dich bei mir."

„Noch mehr? Wozu?"

„Zum Brand."

„Ach der ... Dazu gibt's nix mehr zu sagen."

„Nein, nein, nur für den Fall."

Er nickte. „Grüß mal die Olga."

„Ja, grüß mal!" stimmten die anderen zu. Lisbeth hatte die Augen wieder geöffnet.

Ich nickte in die Runde und verließ sie. Als ich die Tür hinter mir schloß, hörte ich Lisbeths Stimme: „Ich frag mich, woher ich den da kenn. Ich weiß, ich hab ihn schon mal geseh'n."

Der Übergang vom Halbdunkel zum Licht war blendend. Es war, als käme ich hinaus in eine neue Welt, weißgewaschen und strahlend, direkt aus der Waschmaschine zum Trocknen aufgehängt, zum Ansehen für Kellermenschen. Aber nur ansehen, nicht berühren.

30

Auch dieses Mal öffnete niemand die Tür, an der *Jensen* stand. Ich lehnte mich mit meinem vollen Gewicht gegen die Türklingel, wie ein nostalgischer Vertreter, der in dieser Wohnung einmal ein paar Damenstrümpfe verkauft und danach die Hoffnung nie aufgegeben hat. Es klingelte, daß selbst Tote hätten aufwachen müssen, aber niemand kam und öffnete, und zum Schluß mußte ich aufgeben.

Ich ging langsam die Treppen hinunter. Eine der Türen im Erdgeschoß öffnete sich leise einen Spalt und über einer Sicherheitskette starrten ein Paar neugierige Augen zu mir hinaus. Als ich ihrem Blick begegnete, wollte sie die Tür sofort wieder schließen. „Heh, warte", sagte ich. „Mach nicht zu."

Sie machte nicht ganz zu. Die Nase war groß und spitz über der blanken Kette, die Haut alt und faltig. Die Augen waren blauschwarz und pfiffig und ich dachte: Die altbekannte, wache Dame im Parterre, immer zur Stelle, immer zu Diensten.

Ich kam direkt zur Sache. „Verzeihung, Sie haben nicht zufällig eine Ahnung, wo sich Fräulein Sørensen aus dem ersten Stock aufhält?"

Sie schüttelte den Kopf und sah mich wißbegierig an. „Worum geht es?"

„Ich sollte ihr einen Gruß überbringen, von einem alten Bekannten ..."

„Ach wirklich?" Sie sah nicht aus, als würde sie mir glauben.

„Ist sie oft weg, lange?"

Abrupt sagte sie: „Sie hatte auch gestern Besuch. Vielleicht ist der Gruß schon überbracht."

„Wer ist denn dagewesen?"

„Das weiß ich nicht. Aber es war ein Herr. Ich hab ihn nur von hinten geseh'n, als er ging."

„Wie sah er aus? Hatten Sie ihn schon mal gesehen?"

„Nein. Es war so dunkel. Es war abends und er war ganz normal gekleidet. Hut und Mantel, schönes Zeug."

Ich spürte eine Unruhe zwischen den Schulterblättern heraufkriechen. „Keine Kennzeichen? Nichts Besonderes, was Ihnen auffiel?"

„Ich weiß nicht ..."

Zögernd sagte ich: „Es war nicht was – an der Art, wie er ging?"

Sie schien nachzudenken. Dann leuchtete ihr Gesicht plötzlich auf. „Doch, jetzt, wo Sie es sagen – ich glaube tatsächlich, daß er das eine Bein nachzog. Ja, er hinkte."

Im einen Augenblick schwitzte ich und mir war heiß, im nächsten zitterte und fror ich. Meine Lippen waren erstarrt, als ich sagte: „Sie haben nicht zufällig einen Schlüssel für die Wohnung?"

„Schlüssel, nein!“ Sie schüttelte verärgert den Kopf. „Und der Hausmeister ist von der Gemeinde angestellt, den erwischt man also nie. Nein, Sie werden warten müssen, bis sie zurückkommt.“ Sie wollte die Tür schließen.

Ich atmete langsam aus. „Sie haben also gesehen, daß sie wegging?“

„Neeein, das will ich nicht sagen.“

„Also … Sie würden nicht so nett sein und mit mir raufgehen. Ich glaube, es bleibt mir nichts übrig, als die Tür aufzubrechen. Ihr kann was passiert sein.“

„Die Tür aufbrechen? Ich glaub, Sie sind verrückt, Mann! Dann rufe ich die Polizei!“ Die Tür knallte vor mir zu, aber ich hörte drinnen keinen Laut. Sie stand direkt dahinter und lauschte.

Ich sagte zur verschlossenen Tür: „Tun Sie das.“ Dann ging ich die Treppe wieder hinauf.

Das Leben läuft in Zirkeln, größeren oder kleineren. In gewissen Abständen findest du dich in Situationen wieder, in denen du dir selbst sagst: Das hier hast du schon einmal erlebt.

Als ich vor Olga Sørensens Tür stand, erlebte ich erneut den Augenblick vor Hjalmar Nymarks Tür, ein paar Wochen vorher.

Auch diese Tür bereitete keine Probleme. Ich ging auf die gleiche Weise vor: trat die Glasscheibe ein, streckte die Hand hindurch und öffnete das Schnappschloß mit Hilfe des Drehknopfs.

Die Tür ging auf und das gleiche tat die Nachbartür. Der Typ, der da stand, war zwei Meter groß und trug rote Hosenträger. „Was, zum Teufel?“ sagte er.

„Ruf sofort die Polizei an, bevor ich es tue“, sagte ich und starrte mutig an ihm hoch.

„Ich hab verdammt nochmal nichts mit der Polizei zu tun“, antwortete er, verschwand wieder und zog die Tür mit einem kräftigen Knall hinter sich zu.

Ich zuckte mit den Schultern und ging in die Wohnung hinein. Der Vorraum war dunkel und recht klein. An der einen Wand standen alte Wildlederstiefeletten und ein Paar Gummistiefel und an ein paar Haken hingen ein graubrauner Mantel und eine alte Schürze.

Ich holte vorsichtig Luft. Die Wohnung stank nach Bier und noch Schlimmerem.

Ich öffnete die erste Tür, zu der ich kam. Es war die Küche. In der Spüle standen Stapel von Tellern und Gläsern und auf dem Boden lagen einige leere Bierflaschen. Eine ungeöffnete Dose Erbsen stand mitten auf dem Tisch. Sie sah unfaßbar einsam aus, wie ein Symbol einer kläglichen Festmahlzeit.

Ich ging zurück in den Vorraum und öffnete die nächste Tür zum Wohnzimmer. Weitere Türen brauchte ich nicht zu öffnen.

Es sah aus, als hätte hier ein Fest stattgefunden. Überall lagen leere Flaschen. Ein Lehnstuhl lag umgeworfen auf dem Boden und ein verschlissener Couchtisch stand an ein fransiges Sofa geklemmt. Ein Aschenbecher lag umgestülpt auf dem Boden und die zerdrückten Zigarettenstummel schufen ein unordentliches Muster auf dem schmutzigbraunen Fußbodenbelag.

Eine Frau mit grauem, verfilztem Haar und eingefallenem, verwüstetem Gesicht lag mit dem Rücken halb über einem braunschwarzen Sekretär. Auf der scharfen Kante des Sekretärs war ein dunkler, klebriger Fleck, an dem ein paar lange, graue Haarbüschel hingen. Die steifen Finger der rechten Hand umklammerten einen Flaschenhals, und sie lag in einem See von Bier, der aus der Flasche gelaufen war. Sie starrte zur Decke hoch, als sähe sie direkt in die ewigen Supermärkte und wäre schon auf dem Weg zum Bierstand.

Wenn das hier Olga Sørensen war, hatte die Frau im Erdgeschoß Recht gehabt: dann war der Gruß schon überbracht.

31

Ich ging wieder ins Erdgeschoß hinunter und klingelte. Niemand öffnete. „Hallo!" rief ich gegen die Tür. „Haben Sie die Polizei angerufen? Wenn nicht, dann können Sie es jetzt tun."

Niemand antwortete. Wahrscheinlich stand sie zitternd vor Schreck gleich hinter der Tür, voller Angst, was ich mir jetzt wohl einfallen ließ.

Das nächste Telefon war in der Snack-Bar unten in der Ekregate. Der Inhaber war aus Haugesund, aber ich durfte sein Telefon trotzdem benutzen. Der Wachhabende auf der Kripostation sagte, sie würden sofort einen Wagen herschicken. Ich ging zurück in die Kirkegate und blieb vor dem Haus stehen und wartete.

Der Wagen kam und Dankert Muus stieg aus. Als er mich erblickte, drehte er sich zum Auto um und sagte: „Wer hat die Meldung entgegengenommen? Warum haben die nicht erzählt, daß es Veum war, der angerufen hat? Der Leichengräber."

Er sah mich giftig an. Der Mantel war derselbe alte, der Hut hatte sich nicht von der Stelle gerührt. Der Blick, den er mir sandte, hätte von einem Kanibalen kommen können, der auf strenge Diät gesetzt war. „Wen hast du diesmal um die Ecke gebracht, Veum?"

Ich nickte zum Haus hin. „Komm mit."

Ich führte ihn in den ersten Stock.

Als wir an der Tür im Erdgeschoß vorbeigingen, hörte ich, wie sie sich wieder einen Spalt öffnete, aber ich sah mich nicht um.

Dankert Muus wurde von Peder Isachsen begleitet, blaßblond und sauertöpfisch wie immer. Sie paßten zusammen. Keiner von beiden mochte mich. „Veum ist eine Art Nekrofiler, wenn du das Wort kennst“, hörte ich Muus Isachsen hinter meinem Rücken unterhalten. Als wir oben an die Tür kamen, kläffte er: „Wer ist denn hier eingebrochen?“

Ich betrachtete ihn ruhig. „Wenn ich nicht das Fenster eingetreten hätte, hätte ich sie nie gefunden.“

„War es denn so unbedingt nötig, sie zu finden?“ Ein boshafter Blick leuchtete in seinen Augen auf. „Das ist doch nicht etwa eine von deinen Drogenhuren?“ Für Isachsen fügte er hinzu: „Veum hat es mit den Minderjährigen. Und Leichen. Er ist ein Mann mit einem weiten Interessengebiet.“

„Sie heißt Olga Sørensen und ist sicher sechzig, und ...“

„Du magst sie älter, mit den Jahren?“

„Sie war die Freundin von Stauer-Johan, der 1971 verschwand. Das Verfahren wurde eingestellt. Gestern hatte sie Besuch von einem Mann, der hinkte. Ein hinkender Mann wurde auch beim Verlassen des Hauses gesehen, als Hjalmar Nymark getötet wurde.“

„*Getötet wurde?*“

„Ja. Aber *das* Verfahren habt ihr ja auch eingestellt, oder nicht?“

Vor seinen Augen ging ein Vorhang herunter. „Wollen wir reingehen oder hier draußen stehenbleiben und Blödsinn reden?“ Er spendierte noch eine Nebenbemerkung für Isachsen: „Hörst du, er hat seine Geschichte parat, die ganze Theatermaschinerie in Bereitschaft.“

Wir gingen in die Wohnung. Die Frau hatte sich nicht von der Stelle bewegt. Jetzt konnte ich sie eingehender betrachten. Sie trug eine braune Hose von der geräumigen Sorte und einen gelbbraunen Pullover, in den zwei hineingepaßt hätten. Das Gesicht war von grauweißen Furchen durchzogen und das Gebiß lag verrutscht im eingefallenen Mund.

Muus legte mir eine große, schwere Hand auf die Brust und schritt ins Wohnzimmer. „Du bleibst da draußen, Veum.“

Hinter der Türöffnung blieb er stehen. Er ließ den Blick forschend durch den Raum gleiten. Dann klaubte er einen angekohlten kleinen Zigarettenstummel aus der Manteltasche, steckte ihn zwischen die Lippen und zündete ihn mit einem Feuerzeug an. Muus war der Typ, der die Taschen immer voller alter Zigarettenstummel hatte. Es war undenkbar, ihn eine frische, lange und weiße Zigarette anzünden zu sehen. Sie würde sich von seinem graubleichen Gesicht abheben.

Von hinten sah es aus wie ein Genrebild aus einem amerikanischen Kriminalfilm der 40er Jahre. Muus im Mantel und Hut, der Zigarettenrauch wie eine blaue Wolke über seinem Kopf kreisend. Das ärmliche Interieur. Und dann die Frauenleiche auf dem Boden, die allerdings nicht die hollywoodschen Schönheitsansprüche erfüllte, die aber ganz sicher ein wohlverdientes Statistenhonorar würde kassieren können, wenn die Szene fertig war.

Es war nur so, daß diese Sache nie fertig wurde. Wie im Film wurde sie wieder und wieder gedreht, bis niemand mehr richtig wußte, wie sie eigentlich sein sollte. Das einzig Sichere war, daß die Dame wirklich tot war, daß es sich nicht um einen Film handelte, und daß Dankert Muus sich nicht mit Humphrey Bogart messen konnte, nicht einmal mit Edward G. Robinson.

Muus drehte sich langsam um. „Und nun erzähl mir ein für alle Mal, was du hier zu suchen hattest, Veum."

„Wie ich gerade gesagt habe ..."

„Und sei so nett und gib uns gleich die endgültige Version. Ich habe nicht die Absicht, mehr mit dir zu reden, als absolut notwendig. Du kennst mein Verhältnis zu Leichen. Es ist nicht dasselbe wie deins."

„Nein, du bist der, der immer zu spät kommt, stimmt's?" sagte ich leise.

„Noch einen von diesem Kaliber und du verschwindest für den Rest des Tages hinter Gittern", antwortete er. „Möglicherweise jedenfalls, aber ..."

Ich hob die Hände und er hielt inne. „Wie ich gesagt habe: die Dame war die Freundin von Stauer-Johan, der 1971 getötet wurde, zur *gleichen* Zeit, zu der ein Mann mit Namen Harald Wulff getötet wurde. Harald Wulff, der wahrscheinlich mit dem Massenmörder ‚Giftratte' aus dem Krieg identisch war und der außerdem vielleicht 1953 in den Brand in der Pfau-Fabrik verwickelt war."

Muus machte eine kauende Mundbewegung. „Hör zu, Veum. Vielleicht und wahrscheinlich, 1971 und 1953, hergottnochmal! Ich frage, warum du *heute* hier bist. Ich hab dich nicht um eine Geschichtsvorlesung gebeten."

„Nein? Also gut. Ich bin heute hier, weil ich ein bißchen in diesen Sachen ermittle – sowohl was den Brand von 1953 angeht, als auch nicht zuletzt das Verschwinden von Stauer-Johan 1971. *Das* war's jedenfalls, wonach ich Olga Sørensen fragen wollte."

„Olga Sørensen? Heißt sie also?"

„Das ist jedenfalls der Name der Frau, die hier wohnt. Aber frag doch die Frau im Erdgeschoß rechts. Sie hat mir nämlich erzählt, daß Fräulein Sørensen – gestern – Besuch hatte, von einem Mann, der hinkte."

„Manche mögen Leichen, andre mögen Leute, die hinken – was ist schon dabei?"

„Hör zu, Muus. Harald Wulff hinkte. Stauer-Johan hinkte. Der Mann, der gestern abend hier war, hinkte. Der Mann, der beim Verlassen des Hauses, in dem Hjalmar Nymark *starb*, gesehen wurde, hinkte. Findest du nicht, daß sich das merkwürdig anhört?"

„Tja, dann sind wir also eine Nation von Leuten, die hinken, na und? Die einen hinken, die anderen werden Privatdetektiv. Ich ziehe die ersteren vor."

„Aber …"

„Wo wir gerade dabei sind, Veum. Ist wohl gerade Sauregurkenzeit in eurer Branche? Ich meine, wenn du schon ganz bis 1953 zurückmußt, um einen Fall zu finden, in dem du rumschnüffeln kannst?" Er drehte den Kopf leicht zu Isachsen, um zu sehen, ob sein Publikum mitging. Das tat es. Isachsen lachte höflich, aber trocken.

„*Und* 1971, Muus. Das ist nicht so lange her."

„Nein, nur zehn Jahre. Aber das ist ja vielleicht auf deinem Kalender nicht so lange. Ist wohl ungefähr die Zeit, die jedesmal vergeht, bevor du wieder ein Honorar kassierst, was?"

„*Ich* finde das jedenfalls auffällig. Und ich würde dir empfehlen, es ein bißchen genauer zu untersuchen. Herauszufinden, wer hier war, zum Beispiel."

Er sagte ruhig: „Das werden wir, Veum. Du brauchst uns unseren Job nicht beizubringen. Ich war schon in dieser Branche, als du noch in die Windeln gemacht hast, also komm bloß nicht so."

Er wandte sich von mir ab und ging ein kleines Stück weiter. Mit der Schuhspitze trat er gegen eine der leeren Flaschen. Breitbeinig blieb er mitten im Zimmer stehen. Nach einem erneuten Blick über das Ganze, wandte er sich wieder mir zu. „So wie ich dieses Bild hier einschätze, ist es am wahrscheinlichsten, daß es ein Unglücksfall war. Die Dame hat sich ein Bier zuviel genehmigt. Im Suff hat sie Schlagseite gekriegt und den Kopf gegen die Kante dieses Sekretärs geschlagen." Er zeigte auf den blutigen Fleck. „Und der Schlag war tödlich."

„Eben. Ein Unglücksfall. Und genau das war Harald Wulffs Markenzeichen. Unglücksfälle."

„Aber hast du nicht gerade gesagt, Harald Wulff wurde 1971, in diesem berühmten Jahr getötet?"

„*Angeblich* wurde er das."

„Du besitzt einen reichen Wortschatz, Veum. Vielleicht und wahrscheinlich und angeblich. Aber schließlich und endlich bedeutet es dasselbe, oder? – Ich nix wissen, weiße Mann sein dumm in Kopf, ja?"

„Ihr solltet euch zum Turnier in den lateinamerikanischen Tänzen anmelden, ihr zwei", sagte ich schneidend. „Ihr seid mir vielleicht ein Pärchen."

Er ignorierte mich und wandte sich an Isachsen. „Sind die anderen unterwegs? Die Obduktion wird zeigen, wieviel Promille sie hatte, und was die Todesursache war. Wenn wir ein paar Worte mit den Nachbarn wechseln und einsammeln, was es hier drinnen an technischen Indizien gibt, dann sollten wir die Situation wohl unter Kontrolle haben."

Isachsen nickte.

Ich sagte: „Und vergeßt nicht, daß Olga Sørensen eine wichtige Zeugin gewesen wäre, in einem Fall, der plötzlich wieder aktuell geworden ist."

„Willst du jetzt Rätselraten mit mir spielen, Veum?" sagte Muus müde.

„Wenn sie von dem, was 1971 passiert ist, mehr wußte, als sie bis jetzt erzählt hat, dann könnte es für irgendwen wichtig geworden sein, sie aus dem Weg zu schaffen, jetzt, wo da jemand anfing, wieder in dem Fall herumzuwühlen."

„Auch wenn dieser jemand niemand anders war, als der kleine, wilde Veum? Überschätz nicht deine eigene Bedeutung. Und überlaß das Grübeln uns. *Du* verläßt den Ort des Geschehens – jetzt." Er wurde plötzlich noch brüsker. „Ich will dich nicht eine Sekunde länger hier herumschnüffeln sehen. Wenn du nicht mehr zu sagen hast, dann verschwinde und überlaß den Tatort denen, die hier einen Job zu leisten haben."

„Schon gut, schon gut. Meinst du, du brauchst mich morgen?"

„Ich werd dich überhaupt nicht mehr brauchen, Veum. Warum fragst du das noch? Du hast doch wohl nicht die Absicht, morgen ins Ausland zu fahren, oder?"

„Nein, ich bin allerdings morgen den ganzen Tag beschäftigt. Mit einem Fall." Ich hütete mich, zu sagen, daß es sich, so wie ich es sah, noch immer um den gleichen Fall handelte, nur jetzt mit dem Gewicht auf 1953. Der nächste Tag war der erste September: der einzige Tag im Jahr, den Hagbart Helle in Bergen zubrachte. Das war ein Ereignis, das ich nicht zu versäumen gedachte.

„Um Himmels willen, Veum, solange du nicht in meine Beete trampelst, kannst du von hier bis zum Pluto beschäftigt sein. Ich werde dich schon finden, falls ich dich brauchen sollte. Auf der richtigen Seite der Anklagebank, von *meinem* Blickwinkel aus gesehen. Und du kannst dir selbst denken, welche Seite das ist. Wünsche einen richtig guten Arbeitstag, Veum. Wann ist der Fall denn datiert – 1947?"

Er wieherte leise, sodaß er beinah seinen Zigarettenstummel verschluckt hätte und Peder Isachsen stimmte freudlos ein. Das zweistimmige

Gelächter folgte mir bis in den Vorraum, aber schon an der Eingangstür war es verstummt.

Ich war also wieder einmal zu spät gekommen. Zum zweiten Mal in kurzer Zeit war jemand vor mir dagewesen. Ein Mann, der hinkte. Ich nahm diese Tatsache nicht so leicht, wie es Muus anscheinend tat. Und ich war sicherer denn je, daß hier mehr als eine Leiche begraben lag. Es wurde nur schwerer und schwerer, zu wissen, wo man graben sollte.

Ich ging nach Hause, kochte Essen und saß dann mit einem Glas Aquavit in der einen Hand und einem Buch in der anderen in meinem Wohnzimmer, ohne zu lesen. Ich hatte mehr als genug zu überdenken.

Der Raum um mich war still und tot. So still und tot, wie ein Raum nur sein kann, wenn du einmal darin geliebt hast, mit einer Frau, die dir wirklich etwas bedeutete.

32

Als die erste Morgenmaschine aus Kopenhagen auf Flesland gelandet war und die Passagiere auf dem Weg in die Ankunfthalle waren, ging ich zum Informationsschalter und sagte: „Entschuldigung, aber könntest du vielleicht Hagbart Helle bitten, sich am Schalter zu melden?“

Es gibt vereinzelte junge Männer, die für hängende Gärten noch nicht genug Bartwuchs haben, die aber statt dessen einen unansehnlichen, flaumigen Oberlippenbart anlegen, als zweifelhafte Bestätigung dafür, daß sie das geschlechtsreife Alter erreicht haben. Der Junge hinter dem Informationsschalter gehörte dazu, war aber immerhin alt genug, um diese Frage schon einmal gehört zu haben. Er maß mich vom morgenzerzausten Haar bis zu den ungeputzten Schuhen und sagte: „Sind Sie von der Presse?“

Ich antwortete nicht, ließ nur durchblicken, daß ich auf Antworten wartete, nicht auf Fragen.

„In Anbetracht der Umstände“, fuhr er fort, mit einem höhnischen Schimmer in den Augen, „spielt das allerdings kaum eine Rolle. Hagbart Helle kam vor ungefähr einer Stunde mit seinem privaten Jet auf Flesland an. Er ist längst weitergefahren.“ Sein Lächeln lag jetzt offen zutage, wie eine Haifinne direkt vor einem öffentlichen Badestrand.

„Das waren viele Worte um nichts“, murmelte ich und wandte mich ab, damit er nicht an meinem Gesicht sah, daß ich dastand wie jemand, dem der Schlips der Länge nach im Krabbensalat hing. Genau genommen hätte ich mir vielleicht selbst einen solchen Bart anlegen sollen.

Ich trank in der Cafeteria eine Tasse Kaffe, während ich darauf wartete, daß sich die Uhrzeiger dem Zeitpunkt näherten, zu dem andere Menschen sich in ihre Büros setzten und die ersten Tageszeitungen aufschlugen. Geschäftige Männer mit schwarzen Stresskoffern düsten hinaus zur ersten Maschine nach Oslo. Die Luft war warm, also trugen sie die hellen Mäntel lässig über dem Arm. Nicht eine einzige Frau war unter ihnen. Sie würden am Abend zurück sein, also hatten sie keinen Grund, ihre Sekretärinnen mitzunehmen.

Gegen neun rief ich bei der Trikotagenfabrik an, die Hagbart Helles Bruder betrieb, und fragte nach dem Geschäftsführer Hellebust. Eine morgenfrische Frauenstimme antwortete, daß der Geschäftsführer an diesem Tag leider nicht anzutreffen sei, aber ich könne mit dem Prokuristen sprechen. ich fragte, ob sie wisse, wo sich der Geschäftsführer aufhielte, aber als die perfekte Vermittlungsdame, die sie war, antwortete sie nur, er sei ‚außerhalb' beschäftigt. Ich dankte, legte auf und verließ die Telefonzelle.

Als ich wieder in die Stadt fuhr, war der Himmel hoch und offen. Die weitläufige Landschaft in Fana lag wie ein grüner Flickenteppich da und das Fjell um Bergen herum erhob sich blaugrau am Horizont, der bei jedem Kilometer, den ich zurücklegte, näher und näher kam. Zwischen den Bergen lag ein flacher Dunst, über dunkelgrünen, üppigen Baumkronen. Ungefähr dorthin wollte ich.

Paradis, so haben sie in aller Bescheidenheit einen Stadtteil genannt, durch den du kommst, bevor du dich Bergens Zentrum ernsthaft näherst. Nicht ganz ohne Grund, obwohl man das Gebiet bis Koppedal und Hop im Süden und bis Fjøsanger im Norden ausweiten könnte. Diese Gegend, am Hang zum Nordnesvann, gehört zu den fruchtbarsten der gesamten Bergen-Region, und in eine grün-goldene Decke gepackt liegen dort die herrschaftlichen Villen mehrerer Generationen. Einige der Straßen haben Namen nach Schiffsreedern.

An einem stillen Straßenende mitten in dieser Gegend lag die Villa, die Hagbart Helles Bruder gehörte. Als ich meinen alten, grauen Morris auf der Schattenseite der Straße parkte, ging er beinah in die Schatten der Baumkronen über. Die ersten Berberitzen dieses Herbstes sprühten rot in zurückgezogenen Gärten, und über dunkelgrünen Hecken zeichnete die eine oder andere Blutbuche ihre schicksalsschwangere Silhouette gegen den klaren, blauen Septemberhimmel, wie ein Baum in einer griechischen Tragödie.

Ich stieg aus dem Wagen und schlenderte ein kleines Stück die Straße entlang. Ein großes, schwarzes, schmiedeeisernes Tor versperrte die Einfahrt zu Hellebusts Villa. Hinter dem Tor sah ich, daß der Schotterweg sich teilte. Rechts lag eine weiße Garage mit zwei schwarzen Toren; links, zurückgezogen hinter knorrigen Apfelbäumen und fülligen Rhododendronbüschen lag das Haus; breit, weiß und mit glänzenden, schwarzen Dachziegeln. Vor dem Haus war eine breite Terasse, leer. Die Terassentüren standen halb offen und ich hörte ferne Stimmen und das Klirren von Besteck auf Tellern. Die Bewohner dieses Hauses gehörten wohl zu denen, die ihr Frühstück mit Messer und Gabel aßen.

Am Tor hing ein Schild, auf dem stand: *Vorsicht, bissiger Hund!* Ich sah und hörte nichts von einem Hund, aber trotzdem ging ich weiter. Vorläufig rekognoszierte ich nur. Rasch kam ich ans Ende der kleinen Sackgasse. Ich kehrte um und ging zurück zum Wagen.

Es lagen nicht viele Häuser in der Straße und die Gärten waren groß. Hier wohnten Menschen mit großem Vermögen und niedrigen Steuerprozenten, mit Luxusyachten in großen Bootshäusern unten am Nordnesvann und Ehefrauen, die vormittags in Diskussionsgruppen gingen und nachmittags Wohltätigkeitsbasare arrangierten. Ich richtete unwillkürlich meinen Schlips. Hier fürchtete ich, viel mehr aufzufallen, als unter den Bingo-Spielern, alternden Frauenjägern und Bergens losen Vögeln. Hier würden sie wahrscheinlich darum bitten, meinen Ausweis sehen zu dürfen.

Ich sah auf die Uhr. Es war noch früh, aber ich sah keinen Grund, aufzuschieben, was ich zu tun hatte. Ich konnte Hagbart Helle ebensogut beim Frühstück wie beim Mittagessen stören.

Das schwere Tor knarrte schwach, als ich es öffnete, und der weiße Marmorschotter knirschte, als ich den langen Garten entlangging, vorbei an zierlich arrangierten Blumenbeeten mit frühen Herbstblumen, aber noch immer kam kein Hund und bewies, daß er bissig war.

Der Gartenweg führte nicht zur Terasse, und ich hatte nicht die Absicht, jemanden unnötig zu irritieren, indem ich über seinen Rasen ging, also folgte ich dem Gang bis zur schwarzen Eingangstür und drückte auf den Klingelknopf.

Das Mädchen, das öffnete, war in den Zwanzigern, hatte langes, blondes Haar und trug ein schwarzes Kleid mit weißer Schürze. Ihre Augen waren blau wie gefrorene Veilchen und die Stimme war ziemlich kühl, als sie sagte: „Was wünschen Sie?"

Ich antwortete munter: „Ich würde gern mit Hagbart Helle sprechen."

„Sind Sie angemeldet?"

„Nein, leider nicht. Ich habe ihn im Voraus nicht erwischt, aber …"

Sie wollte die Tür wieder schließen. Ich setzte einen Fuß in den Türspalt und fuhr fort: „Ich bin sicher, daß er mit mir sprechen will."

„Das sagen alle", sagte sie. „Nehmen Sie bitte den Fuß weg." Sie sah mit einem Ausdruck auf meinen Schuh hinunter, als wäre er eine Katzenleiche.

„Was ist denn los?" ertönte eine dunkle, volle Stimme hinter ihr.

Ich sah an ihr vorbei in eine grauweiße Halle mit Wänden aus Naturstein und weißem Kalk in den Fugen. Ein Mann war von hinten neben sie getreten.

Es war ein junger Mann, jünger als ich. Er war groß und gut gebaut, hatte kurzgeschnittenes, blondes Haar und eine Gesichtsfarbe, die auf reichliche Betätigung im Freien schließen ließ. Die Haut war sonnenverbrannt und die Zähne stark und weiß. Die Augen waren blau und durchsichtig, wie äußerst feines Porzellan, aber das war das Einzige an ihm, was zerbrechlich wirkte. Er sah aus, als bestünde er aus wohltrainierten Muskeln und starkem Willen und ich zog den Fuß vorsichtig wieder an mich, damit er ihn mir nicht wegnehmen konnte.

„Wer sind Sie?" fragte er. „Womit kann ich Ihnen dienen?" Er sprach Ostnorwegisch, auf die ausdruckslose Art, die die Kinder besserer Leute aus dem Osloer Westend kennzeichnete.

Ich hielt mich an die Bergenser Variante derselben Sprache, gebildet, wohlartikuliert und schnarrend mit einem nicht geringen Anstrich von Aristokratie. „Guten Tag. Mein Name ist Veum und ich würde gern ein paar Worte mit Hagbart Helle wechseln."

„Und worum handelt es sich?"

„Entschuldigung, wie war doch gleich Ihr Name?"

Er sah mich leicht befremdet an. „Mein Name ist Carsten Wiig und ich bin Helles Privatsekretär. Sie können ohne Skrupel mit mir reden. Aber Sie kommen wohl von der Presse, kann ich mir denken."

„Ganz und gar nicht", sagte ich in einem Tonfall, als hätte ich nie im Leben meine Finger mit Druckerschwärze beschmutzt. „Ich bin freier Unternehmer." Das war an und für sich eine korrekte Bezeichnung, obwohl mein Steuerbescheid mir wohl kaum einen besonderen Kredit eingebracht hätte, weder bei Wiig, noch bei anderen Interessenten.

„So", sagte er und betrachtete mich abwartend, unter müden Lidern hervor. Er war gut gekleidet, in schneeweißem Hemd, das die kupferbraune Gesichtsfarbe unterstrich, mit einem leichten, graukarierten, zierlich gebundenen Halstuch aus Seide im Halsausschnitt, in blauem Blazer und einer grauen, gutgebügelten Hose und schwarzen Schuhen, die so blank geputzt waren, daß du den Widerschein seines Hemdes darin sehen konntest.

„Es geht um eine Fabrik, die Hagbart Helle einmal betrieben hat, hier in der Stadt. Die Pfau-Fabrik. Farben."

Sein Gesichtsausdruck war unbeweglich. „Aha?"

„Ich benötige in der Angelegenheit ein paar Auskünfte."

„Ich fürchte, Hagbart Helle beschäftigt sich nicht mehr mit Dingen, die so lange Zeit zurückliegen."

Ich fuhr unverdrossen fort: „Aber ich bin sicher, daß es ihn interessieren würde, zu hören – daß es ihn persönlich interessieren würde, zu ..."

Er unterbrach mich in einem etwas lauteren Ton und mit nur leicht erhöhter Stimmstärke: „Ich fürchte, ich kann Hagbart Helle auf gar keinen Fall mit Sachen belästigen, die so lange Zeit zurückliegen. Ich kann ihnen versichern: Hagbart Helle ist heute aus ausnahmslos privaten Gründen in der Stadt. Dieser Tag ist einer der äußerst wenigen Ferientage, die er sich im Laufe des Jahres gönnt, und es wird mir tatsächlich vollkommen unmöglich sein, Ihren Besuch ihm gegenüber auch nur mit einem Wort zu erwähnen. Ist das klar?"

„Nein."

„Nein? Was meinen Sie mit – nein?" Sein Gesicht bekam eine noch frischere Farbe. Er war jetzt vorn in die Türöffnung getreten, wie um mich zu hindern, vorbeizustürmen. Das Mädchen war weg.

Ich sagte mild: „*Nein* gehört tatsächlich zu den Worten, deren Bedeutung zu verstehen die meisten Menschen in sehr jungen Jahren lernen. Es ist möglich, daß ihr, die ihr am Holmenkollenåsen aufwachst, nicht gewohnt seid, ihm in freier Wildbahn zu begegnen, aber hier, in unserem Teil des Landes, verbinden wir es praktisch mit einer Form von Verneinung. – Nein: das bedeutet ... Ist das klar? Nein, das ist nicht klar. Ich würde nach wie vor äußerst gern mit Hagbart Helle sprechen."

Er beugte sich vor und wuchtete über mir, auf jeden Fall mindestens fünf Zentimeter. „Hören Sie zu, Sie, Veum, oder wie auch immer Sie heißen. Wir kommen aus einem internationalen Geschäftsleben, das ist nicht mit Sonntagsschullehrern bevölkert. Spiel mir hier nicht den Bogart, dazu hast du nicht das Rückgrat. Wenn mir danach ist, kann ich dich zusammenfalten, in einen Briefumschlag stecken und ins südliche Patagonien schicken, ohne Rücksendeadresse. Also, mach mich nicht an, ja, Veum?"

Ich sah ihm starr in die Augen. „Ich habe genug über Helle, um ihn bei der Polizei anzuzeigen."

„Ach ja? Da, wo wir herkommen, kaufen wir Polizisten im Supermarkt."

„Nicht in Bergen."

„Ach nein? Ich hab was anderes gehört. Außerdem kenne ich Helles Vergangenheit gut genug, um zu wissen, daß es da nicht ein Staubkorn von etwas gibt, was in der ganzen Welt auch nur einer herausfinden kann. Glaubst du, er würde sonst jedes Jahr hierherkommen? – Und nun sind die Höflichkeitsfloskeln definitiv vorbei, Veum. Vielen Dank für das Gespräch. Wiedersehn." Er legte eine breite Hand auf meine Brust und schob mich hart zurück.

Ich taumelte von der Treppe und wäre um ein Haar gefallen. Als ich die Balance wiedergewonnen hatte, hatte er die Tür hinter sich geschlossen und stand breitbeinig auf der Treppenstufe vor der Eingangstür, die Arme frei an den Seiten baumelnd und die Fäuste leicht geballt.

Ich hätte selbstverständlich versuchen können, an ihm vorbeizugehen. Ich hätte auch versuchen können, einen Zementmischer zu verführen. Das Resultat wäre dasselbe gewesen.

„Ich komme wieder", versprach ich ihm, machte auf dem Absatz kehrt und ging den Schotterweg hinunter, ohne mich umzusehen. „Tell them, Zorro is coming!"

„Dann vergiß deinen Zwillingsbruder nicht – und den Onkel aus Amerika", knurrte er mir nach. „Und vergiß nicht Polizeimeister Bastian."

Ich war mal als witziger Hund bekannt gewesen. Jetzt fühlte ich mich immer häufiger wie ein geprügelter Köter. *Vorsicht, bissiger Hund!* stand am Tor. Jetzt verstand ich, wen sie meinten.

33

Ich setzte mich in den Wagen. Von dort aus starrte ich auf das schwarze, schmiedeeiserne Tor. Nach einer Weile stieg ich aus und stand gegen die Kühlerhaube gelehnt da. Ich war rastlos und nichts geschah.

Solche abgelegenen Villenviertel haben ihre eigene Atmosphäre.

Einerseits ist etwas Anziehendes an ihnen: große, grüne Gärten, die daliegen und still vor sich hin atmen; Häuser mit vielen Räumen und weichen Teppichen; Balkontüren, halb geöffnet für den Duft von Äpfeln und Herbstrosen und die Töne aller Vögel des Himmels. Du befindest dich in einer Oase, unendlich weit weg von den Anstrengungen und der Hetze des Alltags.

Andererseits ist es genau *das*: irgendwie scheint es, als läge die ganze Gegend in Watte gepackt. Den Verkehr hörst du nur von weit her, keine Dampfhämmer, die gegen widerspenstige Schiffskörper schlagen und keine giftigen Farbdünste, die deine Nasenlöcher reizen. Einmal im Laufe des Tages kommt vielleicht ein grüngekleideter Postbote an deinem Tor vorbei. Zweimal in der Woche kommt ein großes, graues Müllauto und leert deine Abfalleimer, aber sie kommen normalerweise so früh, daß du noch nicht einmal aufgestanden bist. Andere Werktätige siehst du selten. Der einzige Krach kommt von deinem Pudel, wenn er eine umherstreifende Katze entdeckt hat, aber das ist schnell vorbei.

Es war also kein Wunder, daß sie in dieser Straße Privatdetektive nicht mochten. Eine Frau kam aus einem Tor etwas weiter oben an dem kurzen Wegstück. In dem Augenblick, als sie heraustrat, die kurze, graue Pelzjacke in der gleichen Farbe wie der langhaarige, kleine Hund, den sie an der Leine führte, sah ich, daß sie mich entdeckte. Sie ging los, aber mit behutsamen Schritten, als bewege sie sich auf brüchigem Eis. Die Beine waren schön, der Rock schwarz. Als sie näher kam, schätzte ich sie auf irgendwo in den Vierzigern, blond und schön und ohne sichtbaren Makel. Sie paßte zu den wohlfrisierten Rasenflächen und den regelmäßigen Hecken. Aber nun hatte sie mich längst aus dem Blick verloren. Ich war in der Luft verschwunden und mit mir der Mini und alles andere. Wie ein Geist aus *Tausend und eine Nacht* war ich verflogen, direkt vor ihren Augen. Ihr Blick war starr und wasserklar, als sie vorbeiging. Ich räusperte mich leise und ein Muskel an der Seite ihres Halses straffte sich, aber sie ging an mir vorbei weiter.

Vielleicht hätte ich ihr nachpfeifen sollen. Aber ich tat es nicht. Ich fürchtete, sie könnte ohnmächtig werden.

Ich ging wieder ein Stück die Straße hinauf, kam an dem Tor vorbei und sah zum Haus hinauf. Es lag noch immer ebenso still und zurückgezogen da, und nichts deutete darauf hin, daß jemand die Absicht hatte, herauszukommen.

Ich ging zurück zum Wagen, setzte mich auf den Vordersitz und kurbelte das Fenster herunter. Im September ist das Licht wie im April, aber irgendetwas ist doch anders. Im April sickert es klar und weiß durch nackte Baumkronen und die Menschen wenden die Gesichter nach oben und schnuppern nach dem Sommer, mit frohen, optimistischen Augen. Im September hat das Licht einen traurigen Goldton und es schwebt schwer durch die Baumkronen herab, in denen die Blätter schon den ersten Schimmer von Herbst tragen. Der September ist wie ein reicher Mann mit viel Geld in den Taschen, der nichts anderes als Alter und Tod vor sich sieht. Auf die Visitenkarte des Septembers hat jemand mit durchsichtiger Tinte *Wehmut* geschrieben.

September, das ist der Duft bleichroter Rosen. An einem Spätsommerabend vor unendlich vielen Jahren hatte ich mit einem gleichaltrigen Mädchen neben mir auf einer Gartentreppe gesessen, und in der Verzückung des Augenblicks hatte ich die fast weißen Rosenblätter über ihr dunkles Haar gestreut. Ich erinnere noch den Duft der Rosen – fast besser, als ich sie erinnere.

Die Liebe verwirrt und verwundert dich. In regelmäßigen Abständen stößt du in deinem Leben auf sie, kreist um sie, läßt dich einfangen, bis sie dich wieder wegtreibt. Und die Liebe ist es, die das Spiel dirigiert: du folgst nur kopflos und gehorchst jedem noch so geringen Zeichen. Eine Frau kommt in dein Leben, geht durch ein paar Jahre davon, wie ein lichtes Wesen durch einen dunklen Raum; und dann plötzlich ist sie verschwunden und hat die Tür hinter sich zugemacht, während du zurückbleibst, im Dunkeln.

An einem frühen Vormittag im September in einem niedrigen Auto zu sitzen, kann dir die wunderlichsten Assoziationen verschaffen. Es gab keinen Grund dafür, gerade jetzt dazusitzen und über so etwas nachzudenken. Ich hatte eigentlich Wichtigeres zu tun.

In dem Haus, vor dem ich geparkt hatte, befand sich Hagbart Helle. Auf die eine oder andere Weise mußte ich dort hineinkommen, um ein paar Worte mit ihm zu wechseln. Ich hatte keine Ahnung, was ich sagen sollte, wußte aber jedenfalls, wo ich anfangen wollte.

Die Frage war nur, ob ich überhaupt die Chance bekommen würde. Es tat sich etwas. Hinter dem Tor dort war der junge Carsten Wiig aufgetaucht. Er stand da lässig und blinzelte in meine Richtung, als glaubte er, nicht richtig zu sehen. Die Sonne glitzerte in seinem blonden Haar, schimmerte in seinem weißen Hemd. Als er durch das Tor trat, geschah das mit zielbewußten, langen Schritten. Ich kurbelte das Fenster ein Stück hoch.

Wenn du in einem Morris Mini sitzt und jemand kommt, um ein ernstes Wort mit dir zu reden, kann es angebracht sein, sitzenzubleiben. Der Wagen reicht dem, der davorsteht, nicht höher als zur Gürtellinie, der Betreffende muß sich herunterbeugen, um mit dem, der drinnen sitzt, Kontakt zu bekommen, und es bedarf nur einer Geringfügigkeit, daß er sich in dieser Haltung ziemlich dämlich vorkommt. Carsten Wiig wurde mir jedenfalls nicht wohlgesinnter dadurch. „Weshalb zum Teufel sitzt du hier?" kläffte er mich an, über die halb aufgekurbelte Scheibe.

Ich nahm mir Zeit, zuckte demonstrativ mit den Schultern und sah mich träge um. „Die Aussicht ist gar nicht so schlecht, für jemand, der langsame, italienische Filme mag. Der hier könnte von Antonioni sein, aus den frühen 60er Jahren."

„Von wem?" Er hatte sicher kaum von anderen als John Wayne gehört.

„Einem Typ, der Filme gemacht hat, die hauptsächlich aus Pausen bestanden. Aber schönen Pausen, ohne Frage. Solchen wie dieser Straße."

„Hören Sie zu, wie Sie auch hießen …"

„Veum war mein Name."

„Sie, Veum – entweder Sie verschwinden augenblicklich, oder ich rufe die Polizei."

„Augenblicklich? Rufen Sie die Polizei?"

„Ja."

„Das könnte interessant werden. Dann könnten wir ja mit der ganzen Gang zu Hagbart Helle reingehen und alle miteinander reden."

Sein Gesicht verhärtete sich. „Wenn Sie nicht ... Dann haben wir andere Methoden."

Ich schenkte ihm eins meiner leichten Lächeln, flüchtig wie fröhliche Finanzbeamte. „Was du nicht sagst! Könntest du ein paar davon für mich aufmalen?"

Er beugte sich vor und versuchte, die Tür zu öffnen. Ich öffnete sie hart und traf ihn an den Knien. Er verlor das Gleichgewicht. Ich sprang auf die Straße, schlug die Autotür hinter mir zu und stand direkt vor ihm.

Wir standen da und starrten einander an. Er war rot im Gesicht. Seine Fäuste waren geballt.

„Was zögerst du noch?" fragte ich. „Kannst du nicht malen?"

Er entblößte die Zähne, doch ohne zu lächeln. „Wenn es mir nicht darum ginge, Helle um keinen Preis irgendwelche Scherereien zu machen, dann würd ich dir jetzt ein paar Kniffe aus dem Ausland zeigen. Aber wir sind noch nicht fertig miteinander, also fühl dich bloß nicht zu sicher. Eins kann ich dir im Vertrauen sagen: Hagbart Helle wird sich in diesem Haus aufhalten bis kurz bevor er zurückreist. Er wird sich nicht vor die Tür bewegen und du hast keine Möglichkeit, ins Haus reinzukommen, um mit ihm zu sprechen. Wenn du also keine Lust hast, den Tag völlig zu vergeuden, würde ich dir empfehlen, ihn auf bessere Weise zu nutzen. Ich kann dir versichern – es findet hier niemand, daß du die Straße sonderlich schmückst."

Ich sah mich verwundert um. „Nein? Fehlt mir vielleicht der Blazer? Die Mitgliedschaft im königlichen Automobilclub? Wir leben in einem freien Land, Wiig, jedenfalls dem Anschein nach, und ich halte mich genau da auf, wo ich will und solange ich will."

„Also gut." Er öffnete die Fäuste, aber die Augen waren noch immer gleich hart. „Komm nicht und sag, du wärst nicht gewarnt worden." Dann drehte er sich um und ging ebenso zielbewußt zurück, wie er gekommen war.

Ich setzte mich wieder ins Auto und beobachtete weiter. Es verging eine halbe Stunde, und noch eine.

Als ein Versuch, Bewegung in die Sache zu bringen, startete ich den Wagen, fuhr demonstrativ am Tor vorbei, um zu wenden und ließ den Motor extra laut aufheulen, als ich aus der Straße bog. Direkt hinter der Kurve parkte ich aber wieder und behielt im Rückspiegel die Ausfahrt im Auge. Sie sollten nicht ungesehen an mir vorbeikommen.

Die Frau, die mir in dieser Straße begegnete, war zirka zehn Jahre jünger als ihre Vorgängerin, ihr Haar war dunkel und sie saß in einem niedrigen, silbernen Sportwagen, der an mir vorbeistrich, ohne viel Geräusch von sich zu geben. Ich sah die Frau in einem kurzen Augenblick: sie erinnerte mich an ein Gesicht. Es war in dem gleichen Sommer gewesen, vor langer Zeit, aber die Rosen waren noch nicht verblaßt, und es war die Zeit des Flieders. Dieses Mädchen war blond und ihr Name hatte einen biblischen Klang: Rebecca. Mit langem Hals und ernstem Gesicht hatte sie auf dem Stuhl neben mir gesessen, plötzlich waren wir allein im Raum und wir waren gerade achtzehn. Ohne etwas zu sagen, aber mit einem klaren Gefühl der Vorbestimmung, hatten wir uns langsam zueinander vorgebeugt und uns geküßt, lange. Draußen hatte es gerade gewittert, die Straßen waren naß und die Gärten sattgrün und üppig wie das, was mich jetzt umgab. Ich klatschte die Hand auf das Steuerrad. Die Gärten hatten es ausgelöst. Denn auch so ist die Liebe: die Erinnerungen verblassen mit den Jahren, die Wunden schließen sich, und du findest eine Art Frieden mit dir selbst; aber plötzlich werden sie aufgerissen, plötzlich erlebst du dasselbe noch einmal, stärker und deutlicher, als jemals vorher. Kleine Stücke der Vergangenheit, die du immer mit dir trägst.

Aber ich hatte Erinnerungen, die frischer und schmerzhafter waren als Rebecca, und die aufzufrischen ich gerade jetzt keine Lust hatte. Die grünen Gärten waren aufdringlich, die Sonne war weißer geworden. Es dröhnte blau vom unnahbaren Himmel und ich fühlte mich mit einem Mal müde, resigniert. Es war nutzlos, hier zu sitzen und auf jemanden zu warten, der doch nicht kommen würde. Ich entschloß mich, aufzugeben. Fürs Erste. Aber wir würden noch eine Partie spielen, bevor der Tag vorüber war, das schwor ich mir.

Ich startete den Motor und ließ den Wagen den Weg zurück zur Hauptverkehrsader nach Bergen rollen. Wir trieben mit dem Strom stadteinwärts, während der Lärm um uns anstieg.

Auf dem Nygårdatang lag eine Art Klein-Manhattan und wartete auf uns; ein unansehnlicher kleiner Teil eines Baustils, den die Amerikaner schon lange hinter sich gelassen hatten. Ich fand einen freien Parkplatz auf dem Festplatz und ging das letzte Stück zur Polizeiwache zu Fuß. Dort fragte ich nach Hamre.

34

Hamre wirkte irritiert und gestreßt und machte mich darauf aufmerksam, daß er äußerst viel zu tun habe. Er hatte schmale Furchen von den Nasenflügeln abwärts und die Lippen spannten sich über den zusammengebissenen Zähnen. Auf seinem Schreibtisch lagen Berge von Akten und aus dem Papierstapel stach das eine oder andere Foto heraus.

„Dir ist klar, welcher Tag heute ist?“ fragte ich.

„...und ich habe erst recht keine Zeit, Rätsel zu raten!“ vollendete er einen Satz, den er nie begonnen hatte.

„Das ist kein Rätsel. Es steht auf dem Kalender“, antwortete ich.

Er setzte sich schwer hinter den Schreibtisch, strich sich mit hastiger Hand durch das Haar und starrte mich an. Ich sagte: „Okay. Es ist der 1. September. Hagbart Helle ist heute in der Stadt. *Der* Tag ist heute.“

Er sah plötzlich noch müder aus. „Also, *die* Geschichte wieder. Tut mir leid, Veum. Wir haben keine neuen Spuren gefunden – und es ist nichts in den Akten, was uns den geringsten Anlaß gäbe, einen Mann wie Hagbart Helle zu stören. Glaub nicht, daß uns das nicht ärgert. Ich wünsche mir nichts mehr, als diesen Fall aufgeklärt zu sehen.“ Leise setzte er hinzu: „Schon um vor weiteren Besuchen von dir verschont zu werden.“ Lauter sagte er: „Du siehst ja, wie's hier aussieht. Die Fälle häufen sich, und wir *haben* ganz einfach nicht die Kapazität, alle so gründlich zu behandeln, wie wir gerne würden. Und mitten in alldem müssen wir nun ran und auf Fragen zur Gewalttätigkeit der Polizei antworten. Als ob überhaupt jemand daran zweifelte, daß es die gibt.“ Er sah mich anklagend an. „Aber nicht rund um die Uhr, 365 Tage im Jahr. Nicht *jeden* Tag. Wir haben andere Dinge zu erledigen, als im Fahrstuhl rauf und runter zu fahren und versoffene Randalierer grün und blau zu schlagen. Ob du's glaubst, oder nicht.“

„Ich hab euch nicht beschuldigt.“

„Nein, du nicht. Wenn du hier angestellt wärst, dann stündest du ja selbst in der Statistik. Die Geschichte kennen wir ja alle. Aber gerade deshalb kennst du auch die Kehrseite der Medaille. Wir begegnen schließlich auch nicht gerade wenig Gewalt, die wir dieses unerfreuliche Geschäft zu unserem Broterwerb gewählt haben.“

„Gut, gut. Laß uns das Thema wechseln, wo du doch soviel zu tun hast. Was ist mit Hjalmar Nymark?“

„Ich hab es dir schon mal gesagt. Der Unfall war eine häßliche Sache, aber er war nicht Schuld an seinem Tod. Jedenfalls höchstens indirekt, und das würde vor Gericht nie ausreichen. Du bist der einzige, der behauptet, daß hinter seinem Tod was Kriminelles steckt, und wir haben nicht eine einzige Spur gefunden, die darauf hindeutet, daß du Recht hast.“

„Und was ist mit dem Todesfall gestern abend?“

„Was? Welcher?“ Er sah aufrichtig erstaunt aus.

„Diese Frau, Olga Sørensen, die ich tot in ihrer Wohnung draußen in Sandviken gefunden habe.“

„Ach so. Sie fiel um, im Suff, und verletzte sich, wie es aussieht. Reiner Unglücksfall.“

„Ja, natürlich“, sagte ich säuerlich. „Die reinen Unglücksfälle scheinen sich zu häufen in dieser Geschichte. Erinnert dich das nicht an was? –

Olga Sørensen war die Freundin von Stauer-Johan, der 1971 verschwand, damals, als Harald Wulff angeblich getötet wurde. Und Harald Wulff ist das Bindeglied zwischen all diesen Verbrechen, vom Krieg, über den Brand im Fjøsangervei bis zu dem, was dieses Jahr mit Hjalmar Nymark passiert ist."

„Aber Harald Wulff ist doch tot! Herrgottnochmal, Mann!"

„Ich fange an, mich das zu fragen. Für mich sieht es aus, als ginge er noch um. Was ist, wenn – was ist, wenn nicht er 1971 getötet wurde, sondern sie an seiner Stelle Stauer-Johan abserviert haben?

„Na gut, daran hab ich ja auch schon gedacht. Aber wo ist er in dem Fall denn abgeblieben? Niemand hat seit damals etwas von Stauer-Johan gehört, aber auch nicht von Harald Wulff. Es gab nur *eine* Leiche, aber *zwei* sind verschwunden. Kannst du mir das bitte erklären, Veum?"

„Nein." Nach einer kurzen Pause fügte ich hinzu: „Noch nicht. Aber hör zu! Ich habe mit ‚Brandstelle' gesprochen, Olai Osvold, dem einzigen Überlebenden von Pfau. Du hattest doch eine Skizze von der Fabrik, oder?"

Er sah verzweifelt um sich. „Irgendwo, ganz unten im Stapel." Er zögerte einen Augenblick. Dann stand er auf. Ich wußte es und hatte es immer gewußt: Jacob E. Hamre *war* ein fähiger Polizist und er ließ keine Frage unbeantwortet stehen.

Er hatte einen Stapel bis ganz unten durchblättert, einen weiteren auch und dann noch einen. Schließlich stieß er auf die richtige Akte. Er fischte sie heraus und ein paar andere landeten auf dem Boden. Ich beugte mich hinunter und hob sie für ihn auf, während er die, die er in der Hand hatte aufschlug. Nach einem Moment des Suchens zog er eine Blaupause der Planskizze der Pfau-Fabrik hervor. Er gab sie mir und ich beugte mich eifrig über das große, ausgebreitete Papier. Ich fand die Produktionshalle schnell. Der Ausgang führte durch ein Treppenhaus und vom Treppenhaus gab es nur einen Ausgang. Mit anderen Worten: wenn ‚Brandstelle' Holger Karlsen aus der Produktionshalle gehen und gleich darauf Harald Wulff hereinkommen sehen hatte, dann mußten die beiden einander draußen im Treppenhaus begegnet sein. Der Unterschied war nur der, daß Holger Karlsen nie weiter kam, während Harald Wulff Zeit hatte, in die Produktionshalle zu gehen, ‚Brandstelle' zu holen und mit sich hinauszuschleppen – und dabei mußte er sogar im Treppenhaus an Holger Karlsen vorbeigekommen sein.

Mit der Planskizze in der Hand wiederholte ich, was ‚Brandstelle' mir erzählt hatte.

Er nickte. „Daran ist nichts Neues, Veum. Das steht alles hier. Und es ist völlig korrekt. Das ist genauso, wie er damals den Hergang schilderte. Nur, daß Harald Wulffs Erklärung eine andere ist. Auch die steht hier.

Es stand Behauptung gegen Behauptung, aber da Osvold schwer verletzt war und deshalb nicht als ebenso zuverlässig bezeichnet werden konnte wie Wulff, der keinen Schaden davongetragen hatte, hatte niemand irgendeine Möglichkeit, den Fall weiter zu verfolgen. Damals nicht, und heute nicht."

Ich spürte einen kalten Kloß im Bauch. „Hast du die Erklärung da – Harald Wulffs?"

Er nickte und blätterte, bis er sie fand. Mit einem Gefühl von Feierlichkeit nahm ich das alte Protokoll entgegen, schlug es auf und las Harald Wulffs stenografierte Erklärung dazu, was geschehen war, als er in die brennende Fabrik hineinlief:

Ich traf Holger Karlsen, den Vorarbeiter, an der Tür zur Produktionshalle. Er war nur leicht verletzt. Er rief mir zu: Nimm Osvold mit, er liegt da drüben. Ich werde versuchen, Martinsen zu erwischen. Ich nickte nur und lief los. Osvold war bewußtlos und es war harte Arbeit, ihn rauszukriegen. Als ich die Tür öffnete und ihn rauszog, sah ich, daß Holger Karlsen auf dem Weg in die Halle war. Sie war schwarz von Rauch und ich sah ihn nur wie einen dunklen Schatten darin. Das war das letzte, was ich von ihm sah. Hinterher hörte ich, daß sie ihn gefunden hatten, daß er es nicht geschafft hatte, Martinsen zu retten, und daß er nicht geschafft hatte, selber rauszukommen. Ich hab mir oft Vorwürfe gemacht, aber ich hätte nichts tun können, ich war ja mit Osvold beschäftigt ...

Ich schloß die Augen. Es war, hörte ich seine Stimme: dunkel muß sie gewesen sein, ein wenig heiser vielleicht, nach dem Rauchhusten, und mit dem eigentümlichen Midthordalands-Tonfall: *Ich hab mir oft Vorwürfe gemacht ...*

Es war nicht schwer zu verstehen, daß sie sich dieser Zeugenaussage hatten beugen müssen, obwohl sie von einem ehemaligen Kollaborateur kam. Und Fanebust hatte erzählt, sie hätten ihn hart unter Druck gesetzt, aber er hätte nicht einmal ein Komma geändert. Harald Wulffs Version dessen, was in der Produktionshalle geschehen war, würde allem Anschein nach als die offzielle stehenbleiben, bis der eine oder andere am Jüngsten Tag dasitzen und in ein paar zerfallenen, alten Verhörprotokollen blättern würde, seinen gerechten Finger auf ein oder zwei Stellen darin setzen, sich streng räuspern und reglos auf Harald Wulff starren würde, bevor er zu sprechen begann.

Ich legte die Papiere zurück auf Hamres Schreibtisch. „Hör zu, nochmal dieser Todesfall gestern. Der ist auffällig. Warum sollte Olga Sørensen gerade jetzt stürzen und sich den Schädel einschlagen – wo jemand angefangen hat, in den alten Geschichten herumzuwühlen? Das ist nicht – Das läßt sich nicht nur mit einem Zufall erklären. Wird denn auch dieser Fall nicht untersucht?"

„Doch, selbstverständlich, aber es ist nicht mein Fall, Veum."

„Muus?"

Er lächelte gespannt. „Genau. Du kannst ja versuchen, dich bei ihm zu erkundigen."

„Das wird nichts nützen."

Dasselbe gespannte Lächeln. „Ich weiß."

„Also ... Ist dir klar, daß eine Dame einen Stock tiefer gesehen hat, daß Olga Sørensen am Abend vorher, also vorgestern, Besuch hatte – von einem Mann, der hinkte?"

„Nein – oder doch. Es wurde in der Morgenkonferenz erwähnt. Aber, wie gesagt, Muus ist es, der die Hauptverantwortung für ..."

„Aber verdammt nochmal, Hamre. Der hinkende Mann ist doch die Verbindung zwischen diesem Todesfall und dem Hjalmar Nymarks – und genau genommen auch die Verbindung zu Harald Wulff und Stauer-Johan!"

„Aber ..."

„Wenn du es so betrachtest, kann man das hier als eine direkte Fortsetzung des Falls Hjalmar Nymark betrachten. Und das ist immer noch *deiner*, oder nicht?"

„Der der *Abteilung*, Veum. Wir haben keinen Besitzanspruch auf die Fälle, mit denen wir arbeiten."

„Dann bring es vor – bei der *Abteilung*. Laß es andere beurteilen. Vadheim zum Beispiel. Ihr seid vernünftige Polizisten, zum Teufel, aber Muus ..."

„Wir *wissen*, daß du kein gutes Verhältnis zu Muus hast, Veum."

„Und – bist du gewillt, es darauf ankommen zu lassen, auf meine Aufforderung hin?"

Es saß ruhig hinter seinem Schreibtisch und sah mich an. Ein gutgekleideter junger Mann, ein überarbeiteter Abteilungsleiter in einer Bank vielleicht, oder ein gestreßter technischer Berater in einer Werbeagentur. Im Endeffekt nichts davon. Oberwachtmeister der Kriminalpolizei, den Schreibtisch voll von ungeklärten Fällen. Leise sagte er: „Laß es uns so sagen: Ich werde mit Vadheim konferieren und vielleicht werden wir es mit dem Kripochef besprechen. Ich sage vielleicht, Veum. Okay?"

„Fein!" Ich stand auf. Er kam um den Schreibtisch herum und begleitete mich zur Tür. Ich sagte: „Es tut mir leid, daß ich dich so viel Zeit gekostet habe."

Er lächelte blaß. „Schon in Ordnung."

Ich öffnete die Tür und hielt inne, fast Stirn an Stirn mit Dankert Muus. Er sah aus, als sei er aus der Unterwelt heraufgestapft und hätte alle kleinen Teufel des Universums auf den Fersen. Als sich sein Blick auf mich heftete, wurde er kalt, wie Frostluft über öder Wildnis. Dann bewegte er sich weiter zu Hamre und wurde nicht sonderlich wärmer. Seine Stimme war hart und gepresst, als er sagte: „Hast du mit Veum über die Ermittlungen gesprochen?"

Ich drehte mich zu Hamre um, um zu sehen, wie er es aufnahm. Er sah Muus kühl an. „Ich habe mit Veum über etwas gesprochen, das vor 28 Jahren passiert ist. Hast du etwas dagegen?"

Muus sah ihn wütend an. „Ich dachte, du hättest Besseres zu tun." Dann drehte er sich um und polterte weiter durch den Korridor. „Lahmer Bulle!" fauchte er, daß sowohl Hamre als auch ich es hörten.

Hamre wurde noch bleicher und der Mund wurde zu einem schmalen Bleistiftstrich in seinem Gesicht. Dann nickte er mir verkrampft zu und schloß die Tür.

Am Ende des Korridors knallte hart eine andere Tür zu. Einen Augenblick befand ich mich völlig allein. In einem Büro irgendwo in der Nähe wurde unbeholfen auf einer Schreibmaschine getippt, der zögernde Liebesbrief eines Anwärters in diesem Fach? Ich machte mich auf den Weg nach draußen.

35

In der Tür empfing mich die Nachmittagssonne, mild und warm. Ich blieb auf dem Treppenabsatz stehen. Vor mir lagen das alte und das neue Rathaus; das alte mit seinem spitzen Giebel, wie ein Liliputanerhaus zwischen der Post und allen Bankgebäuden; das neue mit seiner unschönen Betonfassade, eine deplazierte Jakobsleiter, die nirgendwo hinführte, ein babylonischer Turm für Nebelgerede und Bürokratie. In dreizehn Etagen erhob es sich über die Stadt, als sei es von Bedeutung, aber das war eine Behauptung, an der die meisten zweifeln würden. Schön war es jedenfalls nicht.

Ich zog durch das Zentrum und hinaus in Richtung Nordnes. Entlang der Allee vom Kloster an bergauf begannen die Bäume, gelb zu werden. Einige wenige Blätter waren schon abgefallen und hatten sich an den Asphalt geklebt wie allzu eifrige Todesküsse des Sommers.

Ich ging an Frederiksberg vorbei hinaus zum Nordnespark, am Seebad vorbei und weit hinaus auf die Landspitze. Die Luft war kühler und die Sonne stand niedriger. Noch immer hing sie verhältnismäßig hoch am Himmel, aber der weiße Dunst, der von unten heraufstieg, versprach kürzere Tage und niedrigere Temperaturen. Ich umrundete die Spitze und bog wieder zurück zur Stadt. Hier, am Ende des Nordnesparks, hinter den Depotbaracken und unten am Wasser, lagen die alten Speicher. Noch immer stieg der unverkennbare Geruch von Trockenfisch zu mir herauf, obwohl es viele Jahre her war, daß die großen Ladungen Trockenfisch hier angelandet worden waren.

Und hier, unten auf dem Platz hinter den Häusern, war an einem kalten Wintertag im Januar 1971 ein Mann ums Leben gekommen. Ich trat an das Geländer und sah hinunter. Ein Lastwagen stand dort geparkt. Das Tor war offen, aber es hing eine solide Kette mit Hängeschloß davor, so daß es abends abgeschlossen werden konnte. War es 1971 auch schon dagewesen? Hatte jemand den Schlüssel gehabt?

Ich versuchte, mir die Szene vorzustellen: den Mann, der geschlagen und getreten wurde, bis er starb, zusammengekrümmt und blutend auf dem hartgetrampelten, schmutzigen Schnee. Den Mann, der später als Harald Wulff benannt worden war. Ein Kollaborateur, den sein Schicksal eingeholt hatte, 26 Jahre, nachdem der Krieg in Norwegen zuende ging.

Aber *war* er wirklich so gewesen? Oder war es ein anderer, der ums Leben kam? Noch ein unschuldiges Opfer? Und wo war in diesem Fall der Mann, der den Namen Harald Wulff trug?

Zehn Jahre waren wieder vergangen seit damals. Was es an Spuren gegeben haben mußte, war längst verschwunden. Zehn Winter war Schnee gefallen und wieder getaut, hatte die Sonne geschienen und der Regen gespült. Die Spuren waren kalt, so kalt, wie sie nur sein konnten. An *diesem* Tatort gab es nichts zu holen, und mit der Sonne schräg von rechts ging ich weiter, wieder in die Stadt zurück.

Bei der Nykirke bog ich nach rechts ab. Ich hatte ein paar Dinge, nach denen ich Sigrid Karlsen fragen wollte.

Ich sah zu ihrem Fenster hoch, als ich mich dem Haus näherte, aber da war kein Zeichen von Leben. Ich sah auf die Uhr. Sie mußte jetzt zuhause sein.

Die Haustür stand offen, als hätte jemand vergessen, sie zu schließen, und ich ging hinein. Als ich in den ersten Stock kam, sah ich, daß auch die Tür zu ihrer Wohnung einen Spalt offen stand.

Ein Stoß durchfuhr mich. Etwas stimmte nicht.

Ich drückte auf die Klingel und klopfte gleichzeitig hart an die Tür. Sie ging langsam auf.

Im Vorflur herrschte Chaos. Die kleine Kommode lag umgestürzt am Boden und jemand hatte die Schubladen herausgezogen und den Inhalt im Raum verteilt. An der Wand lag, in Stücke zerbrochen, der

Spiegelrahmen. Die Teile des zersprungenen Spiegels lagen über den Boden zerstreut, wie helle Gucklöcher hinunter in eine andere Welt.

Ich setzte die Füße vorsichtig in das Durcheinander. Mit Kälte im Körper sagte ich dünn: „Hal – lo?"

Niemand antwortete. Alles war still.

36

Ich öffnete vorsichtig die Tür zur Küche. Das Herz klopfte hart in meinem Hals. Dort war dasselbe Durcheinander. Der Kalender war von der Wand gerissen und lag im Ausguß. Das Bild von dem spielenden Kind und dem Hund war zusammengeknüllt und auf die Anrichte geschmissen. Das Kofferradio lag auf dem Boden, mit dem Rücken nach oben. Der Küchenstuhl war umgeworfen. Hinten unter der Bank lag eine Plastiktüte mit Abfall. Kartoffelschalen und Eierschalen waren über den Boden verstreut. Gleichzeitig roch es stark nach Putzmittel, aber ich konnte nicht sehen, woher der Geruch kam.

Die Tür zum Wohnzimmer stand halb offen. Es war dunkel dort drinnen, aber die Verwüstungen waren, soweit ich sehen konnte, nicht so groß. Der Fernseher war umgeworfen und der Stecker aus der Wand dahinter herausgerissen. Ein Blumentopf lag zerbrochen auf dem Boden. Eine der Gardinenstangen hing schief, so daß die Gardinen auf der einen Seite auf den Boden reichten. Eine Handvoll Bücher aus dem Regal lag verstreut herum. Und in dem einen Lehnstuhl, das Gesicht hinter den Händen verborgen und mit zusammengekrümmtem Körper saß wie festgefroren Sigrid Karlsen. Sie bewegte sich nicht. Nur ein schwaches Zittern der Schultern zeigte, daß sie lebte.

Wie wenn man einen Menschen in einer intimen Situation überrascht – nur eben der Trauer statt der Liebe. Das eine kann ebenso peinlich sein wie das andere. Und es ist nie leicht, wenn man als Fremder in so etwas hineingerät. Ich beugte mich hinunter und hob das Radio auf, stellte es auf die Anrichte und schob es bestimmt zur Wand, um durch die Geräusche zu demonstrieren, daß ich da war. Dann ging ich langsam zur Tür, blieb mit großen, hilflosen Händen stehen und sah sie an. Graues Sonnenlicht war in ihrem Haar. Was ich vom Nacken sah, war weiß und nackt. Sie trug ein helles, graues Kleid mit einem einfachen, braunen Gürtel, der wie ein Strick um die Taille gebunden war. „Frau Karlsen?" sagte ich behutsam. „Ich bin's, Veum."

Sie nahm die Hände nicht vom Gesicht. Aber sie richtete ihren Rücken eine Spur auf, so daß ich verstand, daß sie mich gehört hatte.

Ich blieb stehen und wartete.

Langsam spreizte sie die Finger und ich konnte ihre Augen zwischen den langen, weißen Gliedern schimmern sehen. Sie waren dunkel, rot umrandet. Dünne Streifen zeigten, wo die Tränen ihre Wangen hinabgelaufen waren. Ihre Brille sah ich nicht. Mein Blick glitt automatisch über den Boden, aber dort lag nicht mehr, als ich von der Küche aus gesehen hatte.

„Was ist passiert?" fragte ich und zeigte auf das Durcheinander im Zimmer, als könne sie im Zweifel darüber sein, was ich meinte.

Sie schüttelte den Kopf. Der Mund antwortete stumm: Nichts. Die Lippen waren blaurot, unter einer dünnen Schicht Lippenstift.

„Nichts?" sagte ich, ohne besonderen Tonfall. Herr Nichts war wohl nur auf der Durchreise? sagte eine dunkle Stimme irgendwo in mir. Herr Nichts hat nur die gesamte Wohnung auf den Kopf gestellt und nun ist er weg. Ein Gast aus der Vergangenheit – ein Flüchtling in die Zukunft? – Wer? – hörte ich meine eigene Stimme sagen.

Wieder sah sie mich stumm an. Die Hände senkten sich jetzt langsam vom Gesicht. Ihre Züge waren erschütternd nackt. Sie konnte nichts verbergen, nicht mit *diesem* Ausdruck. Plötzlich fielen mir zwei Details von meinem letzten Besuch bei ihr ein. Die Kommode auf dem Flur: die Farbe war an einer Ecke abgeschabt. Und der Spiegel: es war ein Sprung quer hindurchgegangen.

Ich sagte vorsichtig: „Das ist doch nicht zum ersten Mal passiert, oder?"

Sie schüttelte stumm den Kopf. Ein weißes Taschentuch war in ihrer einen Hand aufgetaucht. Sie wischte sich vorsichtig unter den Augen, über die Wangen, hinunter zur Oberlippe.

„Jemand, den du kennst ... Ein Mann?"

Sie sah mich erschrocken an, wurde rot und schüttelte verneinend den Kopf. „Nein, nein", sagte sie dünn. Es war eine verschreckte Stimme, gequält und anders als beim letzten Mal.

Und dann wußte ich die Antwort, bevor ich die Frage stellte:

„Deine Tochter?"

Ihre Augen füllten sich mit Tränen. Die Lippen begannen zu zittern. Das Taschentuch kam wieder hervor.

Sie weinte. Ich trat ganz ins Wohnzimmer, leise, wie auf Moos. Ich bewegte mich zum Fenster hin und sah nach draußen auf die Straße hinunter. Die Pflastersteine waren flach und abgeschliffen. Die Häuser hatten müde Fassaden. So kleine Häuser – so viele Menschen – so vieles, was man nicht weiß.

„Ist sie ... Hat sie das oft?"

„Es – es kommt über sie. Nicht oft. Sie ist in Behandlung gewesen und es geht gut – bei der Arbeit. Da funktioniert sie, aber dann, dann –

irgendwo muß sie es ja rauslassen, nicht? Die Ärzte sagen, sie sei schizophren. Sie hat Medikamente genommen, aber …" Ihre Hände flatterten lautlos vor ihr her, wie Schmetterlinge an einem plötzlichen Frosttag.

„Ich sehe es an ihren Augen, wenn sie nach Hause kommt. Und dann passiert es einfach. Sie ist zu stark für mich, ich komme nicht gegen sie an … Dann wirft sie alles um, reißt herunter und zerschlägt, was sie zu fassen kriegt, und – verschwindet. Zum Abend kommt sie zurück; dann ist es vorbei. Wenn es allzu schlimm wird, geht sie selbst in die – Anstalt. Bekommt stärkere Medikamente eine zeitlang, kommt zurück – meine arme kleine Anita … Meine Kleine."

Unsere Augen begegneten sich. Ja, kleine Kinder werden groß, aber für die Eltern bleiben sie immer klein, und ganz besonders, wenn sie Probleme haben. „Haben sie – Haben die Ärzte jemals gesagt, was die Ursache sein könnte?"

„Daß sie so früh den Vater verlor, und auf eine solche Weise. Und all das Häßliche, was in den Jahren danach geredet wurde. Sie mußte es irgendwo verstecken, und flüchtete in – eben das." Es kam mechanisch, wie eine nüchterne Konstatierung von Fakten. Aber in der Ausdrucksweise lag viel verhaltene Raserei. Und die Botschaft erreichte mich: Anita Karlsen, die zu der Zeit, als Pfau brannte, erst vier Jahre alt gewesen war, war noch ein weiteres Opfer dieses unglückseligen Geschehens.

Sigrid Karlsen hatte aufgehört zu weinen. Plötzlich ballte sie die Fäuste und stand auf. „Ich muß wohl anfangen, aufzuräumen."

„Ich werde dir helfen", sagte ich schnell.

Sie sah mich fest an. „Ich möchte es am liebsten allein tun." Dann erklärte sie versöhnlich: „Ich will nicht, daß jemand hier ist, wenn Anita zurückkommt. Sie ist immer so beschämt, hinterher."

Ich nickte. „Ich verstehe."

„Wolltest du etwas Bestimmtes?" fragte sie. „Wenn du schon hergekommen bist?"

„Ja, das wollte ich sicher. Aber ich hab vergessen, was. Ich hab wirklich einen richtigen Schock gekriegt. – Eine Weile hatte ich geglaubt, ich würde hier das gleiche vorfinden, wie am Abend zuvor, draußen, bei Olga Sørensen. – Ich möchte nur sagen, Frau Karlsen, daß ich immer noch mit dieser Sache arbeite, und ich bin mehr und mehr überzeugt davon, daß dein Mann nicht die geringste Schuld an dem hatte, was damals passiert ist, und ich lasse nicht locker, bis ich dem auf den Grund gekommen bin. Sag das Anita, wenn du meinst, daß es paßt – sag, ich *wüßte*, daß ihr Vater unschuldig war."

Sie sah mich mit traurigen Augen an. „Was hilft denn das schon, jetzt noch? Aber, trotzdem danke."

„Ich komme wieder, wenn ich unwiderlegbare Beweise dafür habe", sagte ich mit fester Stimme. Mir fiel auf, daß ich *wenn* gesagt hatte, und nicht *falls*, und ich wußte, daß ich nicht log. Und wenn ich bis in die Hölle hinunter müßte um Harald Wulff von dort heraufzuholen, ich würde herausfinden, was damals wirklich passiert war. Um Anitas und ihrer Mutter willen. Und ich hatte immer stärker das Gefühl, daß ich so weit gar nicht gehen mußte.

Die Abrechnung rückte näher, langsam aber sicher, für wen auch immer. Viele Jahre zu spät, aber trotzdem …

Draußen hatte es zu dämmern begonnen. Die Konturen verwischten. Und bei Nacht kommen die Wölfe hervor: sowohl die, die im Rudel jagen, als auch die einsamen Jäger.

37

Die Dunkelheit fiel jetzt schnell, und in den großen Villengärten gingen die Lichter an. Ihr Schein fiel flach über Gärten mit feuchter Erde unter dem herbstlichen gelben Gras. Wenn die Sonne weg war, wurde es schnell kalt.

Ich parkte dieses Mal in sicherem Abstand, eine Seitenstraße weiter und ging das letzte Stück zu Fuß zum Haus von Hagbart Helles Bruder. Ich folgte dem Weg entlang der Hecke, um mich außerhalb des Blickfelds vom Haus aus zu halten.

Die Hecke, die den Garten vom Weg trennte, war dicht und dornig. Das Eisentor war an zwei soliden Natursteinsäulen befestigt, die in die Hecke hineingebaut waren.

Ich ging in die Hocke und betrachtete das Tor eingehend. Trotz des Schildes war auch jetzt kein Hund zu sehen. Ich versuchte, zu erkennen, ob es am Tor vielleicht eine Alarmvorrichtung gäbe, aber ich fand keine sichtbaren Abzeichen dafür. Trotzdem war ich noch lange nicht sicher.

Ich ging am Tor vorbei und an der Hecke entlang weiter. Die Nachbarvilla lag ungeschützter, hinter einem niedrigen Holzzaun, den auf der Innenseite Rosenbüsche zierten. Die Hecke von Direktor Hellebust führte weiter um das Grundstück herum. Nachdem ich mich ausführlich umgesehen hatte, stieg ich über den Zaun und ging weiter an der Hecke entlang, auf der Rückseite der Garage dahinter.

Die Hecke war noch immer gleich dicht. Hinter dem Grundstück neigte sich die Böschung langsam zum alten Eisenbahndamm hinunter, der seit langem unbefahren war. An einer Stelle war eine Vertiefung im

Boden, wie von einem alten Bachbett. Dort entstand plötzlich ein kleiner Hohlraum unter der Hecke.

Ich sah mich um. Es war merkwürdig still. Oben am Himmel, zwischen den zerrissenen Wolkenformationen, hatten die Sterne Löcher in die schwarze Wölbung gestochen. Løvstakken streckte sein schmales Profil nach Westen, und über den Bergrücken konnte ich eine Abendmaschine zur Landung auf Flesland ansetzen sehen, lautlos, fast wie eine Vision.

Ich ging in die Hocke, beugte den Nacken und presste mich unter der Hecke hindurch – und befand mich auf dem Grundstück. Ich blieb ruhig stehen und lauschte, gebeugt.

Es kamen schwache Laute vom Haus, das hinter ein paar Obstbäumen und einer Gartensitzecke lag, die aus Tisch, Korbstühlen und weißen Fliesen bestand. Kein Wachhund kam zähnefletschend auf mich zu, kein hitziges Bellen verkündete, daß sich ein Unbefugter näherte.

Ich richtete mich vorsichtig auf und ging in einem Halbkreis zum Haus hinunter. Ich erreichte die seitliche Hauswand. Über mir war eine Reihe von Fenstern; zwei davon waren völlig dunkel, aus dem dritten schien ein warmes, flackerndes Licht, wie von einem Kaminfeuer. Es war das Fenster, das der Vorderfront am nächsten lag und ich nahm an, daß es zum Wohnzimmer gehörte.

Das Fenster lag über Kopfhöhe, und ich ging darunter vorbei bis zur Ecke. Ich sah um sie herum. Die schiefergedeckte Terrasse lag in das Licht getaucht, das durch die großen Gartenfenster fiel. Eine mit Steinbeetblumen bepflanzte Böschung führte zur Terrasse hinauf. Als ich den Kopf noch ein Stück weiter vorstreckte, sah ich, daß die schweren, braunen Samtvorhänge teilweise vorgezogen waren. Wahrscheinlich würde ich ungesehen zu den großen Fenstern hinaufkommen können.

Ich bewegte mich vorsichtig durch das Beet nach oben, vermied es, auf den Steinen zu gehen und kümmerte mich nicht darum, daß ich ein paar Blumen zertrat.

Oben auf der Terrasse blieb ich stehen und atmete durch den offenen Mund. Ich hatte richtig gesehen. Die Vorhänge verbargen mich. Niemand rief hinaus. Aber ich hörte die Stimmen durch das Glas, monoton und konturlos, ohne einzelne Worte unterscheiden zu können. Die großen Fenster bestanden aus doppeltem Thermopenglas, und die isolierten in beide Richtungen.

Ich trat ganz ans Fenster heran und näherte mich behutsam dem offenen Feld zwischen den Gardinen. Ich bewegte mich vorsichtig, Zentimeter für Zentimeter und hielt den Kopf nach hinten und den Körper so flach wie möglich an die Scheibe.

Jetzt war ich an der Kante des Vorhangs. Indem ich den Kopf langsam herumdrehte, konnte ich schräg in den Raum hineinsehen.

Die Beleuchtung war unruhig und flackernd. Ein paar diskrete Leuchter waren das einzig ruhige Element dort drinnen. Auf einem großen Eßtisch stand ein siebenarmiger Kerzenleuchter mit hohen weißen Kerzen. Die Flammen flackerten gegen die hohen, schmalen Stuhlrücken. Die Stühle waren leer.

Ich schob den Kopf noch ein Stück weiter vor.

Das Licht wurde stärker, rot und golden. Jetzt sah ich den weißgekalkten Kamin. Die Oberfläche war rauh. Vor dem Kamin standen drei hohe Lehnstühle und ein flacher Tisch mit einem breiten Sofa davor, alles in einem warmen, roten Samtstoff. Auf dem flachen Tisch standen ein Eisbehälter, Flaschen voll tanzender Kohlensäure und eine Auswahl der teuersten Brandweinsorten. Um den Tisch herum, im Licht des Kamins, saßen sechs Menschen.

Einen von ihnen kannte ich. Mit geradem Rücken und klarem Profil vor der Kaminwärme saß Carsten Wiig und hörte zu. Ihm am nächsten saß eine junge Frau, schön, wie die meisten vor tanzenden Flammen werden, aber mit einer großen Brille und einem etwas zu starren Lächeln auf den hochgezogenen Lippen. Zwei Frauen saßen in ein vertrauliches Gespräch vertieft für sich in einer Ecke. Die eine war Ende sechzig und weißhaarig. Die andere war beträchtlich jünger, mit sonnenverbranntem Gesicht und ausgeblichenem Haar.

Der eine der beiden älteren Männer im Raum war ein dicklicher, leicht aufgedunsener Typ mit gerötetem Gesicht und gelblichweißem, dünnem Haar, das glatt nach hinten gekämmt war. Der andere war Hagbart Helle.

Hagbart Helle saß in scharfem Profil gegen die weiße Wandfläche. Ich hätte ihn nicht wiedererkannt, wenn nicht die undeutliche Fotografie gewesen wäre, die Ove Haugland mir gezeigt hatte.

Es war etwas Raubvogelartiges und Skrupelloses an dem mageren, sehnigen Gesicht, der großen, adlerartigen Nase, den stechenden, dunklen Augen und dem ausgeprägt straffen Zug um Mund und Kieferpartie. Er gehörte zu denen, die immer wachsam waren, jede Unregelmäßigkeit registrierend – und jede Verdienstmöglichkeit. Die Haut war sonnenverbrannt und rotbraun, aber die Falten waren deutlich sichtbar und er wirkte älter, als ich gedacht hatte. Es war, als ginge mir erst in diesem Augenblick auf, daß Hagbart Helle in Wirklichkeit ein alternder Mann war, dreiundsiebzig Jahre alt. Die Karrierejagd und der Erfolg hatten ihn sicher abgehärtet, aber die Zeit konnte er niemals aufkaufen. Die Jahre holen uns alle ein, Reiche wie Arme.

Dann entdeckte ich, daß da drinnen noch ein lebendes Wesen war. Vor dem Kamin hob plötzlich ein großer, schwarzer Dobermann den Kopf und horchte. Hatte er mein Herz schlagen hören? Oder hatte er plötzlich von etwas Fremdem Witterung bekommen, von etwas, was da nicht sein sollte?

Dennoch war es nicht der drohende Hundekopf, der mich zurückhielt.

Nur ein Glasfenster trennte mich von Hagbart Helle, aber auf einmal begriff ich, daß es nutzlos war. Die Glasscheibe zwischen uns war nur eine symbolische Trennwand, aber sie hätte ebensogut aus Beton sein können.

Die Menschen dort drinnen in ihren maßgeschneiderten Kleidern, mit ihren teuren Trinkgewohnheiten, ihren mahagonibraunen, samtbezogenen Möbeln, ihren massiven silbernen Kerzenleuchtern, mit ihren Tausendtonnern auf schweigenden Meeren, von den Tropen bis nach Alaska, mit ihren Bankkonten in der Schweiz, Ferienhäusern auf den Seychellen und Orchideengärten rund um ihre Häuser in der Karibik: sie waren außerhalb meiner Reichweite.

Menschen wie Stauer-Johan, ‚Brandstelle', Riesen-Olsen und ihresgleichen, die konnten eine Flasche Bier oder zwei klauen, und wenn sie die Tat wiederholten, setzte man sie hinter Schloß und Riegel. Menschen wie Hagbart Helle konnten Fabriken stillegen, konnten wirtschaftliche Transaktionen tätigen, die normale Menschen als Schwindel bezeichnen würden, wenn sie sie überhaupt verstanden, oder den größten Teil ihres Einkommens unter zahllosen Pseudonymen in unsichtbaren Investitionen anlegen, in unzähligen Scheinfirmen über die ganze Welt verstreut, und ihr Leben in der Sonne leben, vor flackernden Kaminfeuern, fern vom Lärm und Krach der Maschinen, jenseits aller Sorgen. Sie hatten die Macht, die das Geld ihnen gab, und es erforderte eine andere Gesellschaftsordnung, ein anderes System, um sie zu erreichen.

Die einzige Chance, sie zu erwischen, war, daß du mit konkreten, handfesten Beweisen auftrumpfen konntest. Und die hatte ich nicht. Ich hatte nicht einmal eine Theorie.

Sehnsuchtsvoll betrachtete ich Hagbart Helle, dachte an all die Fragen, die ich ihm gestellt hätte, Behauptungen, die vielleicht eine Reaktion provoziert hätten, bevor mir der Wachhund an die Gurgel sprang. Aber tief im Inneren wußte ich auch, daß es aussichtslos wäre. Hagbart Helle hatte sich sicher aus dem schmutzigen Fahrwasser heraus und auf die großen, stillen Meere manövriert; er hatte internationale Vorstandskonferenzen beherrscht, kampflustige Kollegen ... Er ließ sich nicht provozieren. Er saß dort drinnen sicher in seinem warmen Sessel, ein halbvolles Schnapsglas in der Hand und das leicht starre Lächeln um den ehrgeizigen Mund. Er hatte sein Ziel erreicht. Er war aus dem Schneider.

Der Bruder war ein anderer Typ. Yngvar Hellebust war der gewöhnliche, heimische Kapitalist, ohne sichtbare Ambitionen. Dem Aussehen nach hätte er Finanzbeamter sein können, aber zufällig leitete er eine mittelgroße und – seinem Einfamilienhaus nach zu urteilen – durchaus florierende Trikotagen-Fabrik. Trotzdem lagen Lichtjahre zwischen ihm und Hagbart Helle: der Unterschied zwischen Provinz und Metropole, zwischen Jungsclub und Mafia.

Oder war es vielleicht doch der Hund, der mich zurückhielt? Er hielt noch immer den Kopf erhoben, auf dem kräftigen, schwarz-braunen Hals. Er hatte starke Kiefer und scharfe Zähne. Von Natur aus war er Jäger und Mörder. Ich hätte keine Lust gehabt, draußen im Herbstdunkel mit ihm um die Wette zu laufen.

So langsam wie ich gekommen war, zog ich mich zurück.

Ich warf noch einen letzten Blick auf Hagbart Helle. Dann trat ich leise wieder vom Fenster zurück, stieg langsam durch die Steinbeetblumen hinunter, schlich still an der Hauswand entlang, an den Gartenmöbeln vorbei, den knorrigen Obstbäumen, und tauchte wieder unter der Hecke hindurch.

Die Nacht verdichtete sich um mich herum, wie ein dunkler Sack. Ich hatte keine Ahnung, was ich nun anfangen sollte.

38

In dieser Nacht ging ich nicht nach Hause.

Ich fuhr den Fjøsangervei in Richtung Zentrum, aber es war unmöglich, zu sehen, wo die Farben-Fabrik Pfau gelegen hatte. Die Wunden waren verheilt. Neue Häuser waren entstanden.

Ich parkte den Wagen auf dem Tårnplass und ging zum Büro hinunter. Einen Augenblick zögerte ich vor dem Eingang zu Hjalmar Nymarks Stammlokal, aber ich ging weiter.

Oben im Büro tastete ich mich in der Dunkelheit zum Schreibtisch vor, öffnete die unterste Schublade, schraubte den goldenen Verschluß von der neuen, blanken Flasche, goß in ein Glas – und trank.

Ich trank nicht viel, nicht mehr, als ein gewöhnliches Wasserglas, und ich ließ mir Zeit. Es schmeckte wie nach Mondschein, und die Zunge wand sich, wie eine Schlange bei der Häutung. Ich trank auf alle verlorenen Vorsätze, alle torpedierten Ideale, trank auf alle, die vorbeigegangen waren, die ich gekannt hatte und die wieder in der Dunkelheit verschwunden waren. Ich trank auf neuerrichtete Grabsteine, auf alte Brandstellen und kleinlaute Rückzüge. Skål, tapferer Ehrenmann, skål!

Später – in der Nacht – verließ ich das Büro und ging in die Stadt. Mitternacht war vorüber und in den Straßen herrschten die Schatten, die

Schatten und die Eiligen, mit gesenkten Blicken. Ich hatte es nicht eilig und meine Augen waren wachsam.

Ich ging durch Nordnes, unter den hohen Betonfassaden der Strandgate, bis hinaus zum Park. Wieder kam ich an der Stelle vorbei, wo an einem Januarabend 1971 ein hinkender Mann ermordet worden war. Aber ich blieb nicht stehen. Ich ging weiter. Von der Landspitze herauf kam ein Mann in braunem Mantel, mit grauem Bart und einem Airdaleterrier an der Leine. Sonst traf ich keinen Menschen.

Die See lag öde und schwarz da. Nicht ein Schiff war zu sehen.

Ich ging wieder zurück, am Seebad vorbei, das still und verlassen war, wie ein Monument des Sommers, der nie so ganz dagewesen war, vorbei an der Steuermannschule und Nordnes Schule vorbei.

Zu dieser Tageszeit durch die Stadt zu gehen, war wie ein Gang durch eine Ausstellung der Stadien deines eigenen Lebens. Vom Nordnes der Kindheit ging ich Galgenbakken hinunter bis zum Strandhage und der Skottegate, und auf einmal war ich bei einem der neuesten Bilder der Ausstellung: dem Haus, in dem ich Hjalmar Nymark tot gefunden hatte. Aber in dieser Nacht blieb ich nicht stehen.

Ich wanderte weiter, Nøstet entlang, in Richtung Møhlenpris und über den krummen, weißen Rücken der Puddefjordbrücke. Drüben in Gyldenpris hatte ich in sehr jungen Jahren ein Mädchen gekannt, mit blauer Poesie im Blick, aber so viel Blues im Herzen, daß sie in einer psychiatrischen Klinik endete, wo sie sie fanden, nachdem sie sich auf der Toilette erhängt hatte.

Um Viken herum und über den Danmarksplass kam ich von Süden zum Zentrum zurück, über die alte Nygårdsbrücke und an dem Krankenhaus vorbei, dem sie den Namen Florida gegeben hatten, allerdings nicht, weil dort die Sonne öfter scheint als in anderen Teilen der Stadt. Vor der Bushaltestelle waren sich zwei Jugendliche in Lederjacken in die Haare geraten, angefeuert durch eine wilde Clique von Fans. Ein Polizeiwagen fuhr an die Bordsteinkante und zwei Beamte sprangen heraus, wie wachsame Fledermäuse in ihren schwarzen Uniformen.

Ich ging weiter, durch Marken, die Øvregate entlang und weiter in Richtung Sandviken. Vor der Kellerwohnung Riesen-Olsens stoppte ich einen Augenblick, aber alles war dunkel und still, und keine Bachusstimmen riefen mich hinein.

Ich ging zum Flygehavn hinunter und blieb wieder stehen. Das Universum stand auf dem Kopf. Die Sterne lagen glitzernd im Wasser und über der Stadt wölbte sich die schwarze See. Der Skoltegrunnskai lag wie eine grauweiße Barriere zwischen Himmel und Erde, und draußen, an der Böschung zu den Ufersteinen, stand ich.

Ich atmete tief ein. Die Luft war kalt und roch nach Tang und Bilgenöl. Stunden waren vergangen, die Lichter um mich herum waren erloschen, alles war jetzt still.

Zurück, die Sjøgate entlang, konnte ich mitten auf der Fahrbahn gehen. Kein Auto fuhr vorbei, obwohl ich genau in der Schlange ging, die ein paar Morgenstunden später von Åsane her hier stehen würde. Es war fast unheimlich: als käme ich in die Stadt und plötzlich wären alle tot. Es war nicht der Atomkrieg, sondern eine plötzliche Pest. Und ich war der einzige Überlebende. Die Stadt gehörte mir, ganz allein.

Beim Skutevikstorg ging ich ein Stück in Richtung Nye Sandviksvei hinauf und stand einige Sekunden vor einem weißen Holzhaus. Alle Fenster waren dunkel. Sie schlief, zusammen mit den ihren.

Ich ging zurück und auf den Skoltegrunnskai hinaus. Wieder begegnete ich der See. Überall in dieser Stadt begegnest du der See. In dieser Nacht war sie wie ein kraftvolles Haikugedicht: Schwarz/ist die See/ im September. – Die Poller erhoben sich wie neugierige Seehundköpfe über die Kaimauer und lauschten dem lautlosen Gedicht. Das Frachtschiff, das am Festningskai angelegt hatte, hatte Rostflecken. Ich strich mir automatisch über das Gesicht. Die Bartstoppeln waren borstig geworden.

Jetzt war das Zentrum tot. Es war die stillste Stunde, zwischen fünf und sechs Uhr morgens. Sogar die spätesten Nachtwanderer hatten nach Hause gefunden, und für die, die um sieben Uhr zur Arbeit sollten, war es zu früh. Vor der Holberg-Statue stand ein einzelnes Taxi mit leuchtendem Schild auf dem Dach. Auf der Treppe vor der Fleischhalle saß noch einer, der überlebt hatte, ein Mann in schmutzig-grauem Mantel, das Gesicht zwischen den Knien verborgen. Andere Zeichen von Leben sah ich nicht.

So setzte ich meine ruhelose Wanderung fort. Beim Gehen durchdachte ich, was ich von den Gerüchten über ‚Giftratte' während des Krieges, über den Brand bei Pfau, den Mord an Harald Wulff und Stauer-Johans Verschwinden 1971 und dann über die Geschehnisse der letzten Monate: Hjalmar Nymarks Unfall, daraufhin sein Tod und nun den ‚Unglücksfall' Olga Sørensens wußte.

Bergen hatte sich in dieser Zeit verändert. 1953 war es eine um vieles kleinere Stadt als heute. Im Fyllingsdal, hinter einem Fjell, durch das noch keine Tunnel gebohrt waren, lagen die Felder breit und grün zwischen den verstreuten Höfen, und eine idyllische kleine Straße schlängelte sich durchs Tal. In der anderen Richtung, durch Åsane, war es eine Tagestour bis Salhus oder Steinsø, und die Leute fuhren nach Kjøkkelvik oder Flesland und nannten es mit gutem Gewissen ‚aufs Land'. Die Flugverbindungen nach Osten gingen noch über den Flughafen in Sandviken, und es fuhr ein Lokalzug nach Nesttun. Im Zentrum lag das alte Postgebäude aus rotem Ziegelstein zur Allerhelgensgate hin, direkt gegenüber der schmutziggrünen, alten Polizeiwache, und die Bebauung nach Süden erstreckte sich nicht weiter als zu den Baracken in Landås. Wenn im Stadion ein Fußballspiel stattfand, standen nicht in der gesamten Umgebung geparkte Autos, sondern es war der reinste Pilgerzug in Richtung Zentrum, wenn das Spiel zuende war, und die Straßenbahnen sahen aus, als wären sie von kolossalen Bienenschwärmen angegriffen worden: sogar draußen hingen die Leute. Und mein Vater würde noch ein paar Jahre Straßenbahnfahrer sein. In Nordnes gab es noch immer große Brandplätze aus dem Krieg, ich war elf Jahre alt und ohne Sorgen. Hjalmar Nymark hingegen war 42 und auf der Höhe seiner Kraft, Konrad Fanebust an der Spitze seiner Karriere, jedenfalls als Politiker; Elise Blom war 21 Jahre alt, vor Jugend strotzend, noch voller Erwartungen an das Leben; Holger Karlsen war 35 und stolzer Vater eines vierjährigen Mädchens, seine Frau glücklich und Hagbart Hellebust war ein effektiver und tatkräftiger 45jähriger. Alle waren sie anders gewesen, 1953, in einer kleineren Stadt. Einige hatten schon damals eine Katastrophe erlebt, andere hatten gewartet, 28 Jahre lang. Sogar der unschuldige kleine Elfjährige aus Nordnes war auf merkwürdige Weise in diese Tragödie hineingezogen worden. Und Bergen würde nie wieder dieselbe Stadt werden, die es 1953 war.

Von Nordnes bis Sandviken, von Fjøsanger bis Nøstet: überall kreuzten sich die Spuren, wie die umherstreifender Tiere auf einem endlosen Hochplateau. Aber einige hatten sich vor mehr als einem halben Jahrhundert gekreuzt, andere erst vor ein paar Tagen. Die allermeisten Spuren waren kalt, aber einigen wenigen konnte man noch folgen …

Unten in Nøstet gibt es ein kleines Lokal. Es gehört zu den ersten, die morgens öffnen. Dort kehrte ich gegen Morgen ein und sammelte mich über einer Tasse kochend heißem, pechschwarzem Kaffee, in Gesellschaft einer Handvoll anderer Wölfe der Nacht.

Sie hatten markante Gesichtszüge. Wir saßen über die Tassen gebeugt, stumm wie die Nacht, die hinter uns lag, verschlossen wie der Morgen, der uns umgab. Die meisten von uns sollten zur Arbeit, aber einige hatten auch kein Ziel. In der halben Stunde zwischen sieben und halb acht bildeten wir eine Art Gemeinschaft, ausgesetzt in dem Leerraum zwischen durchwachter Nacht und Arbeitstag.

Danach war die Verzauberung vorbei und die Tassen waren leer. Ein schmaler Rand von Kaffeeresten lag noch auf dem Grund, und wir standen auf und gingen mit gebeugtem Nacken aus der Tür.

Draußen war die Stadt voll von Lärm. Der Tag hatte uns wieder eingeholt.

39

Ich ging nach Hause in meine winzige Wohnung, stahl ein paar Stunden des Tages, auf dem Sofa ausgestreckt, duschte lange und fühlte mich gerade frisch genug, um zu spüren, daß ich deprimiert war. Hunde, die 28 Jahre lang begraben waren, lagen gut versteckt, oder sie waren in völlige Auflösung übergegangen. Es war nicht viel zu finden.

Auf dem Weg zum Büro kaufte ich die Zeitungen. Als ich aufschloß, hörte ich, daß das Telefon klingelte, aber es hörte auf, bevor ich es erreicht hatte, und als ich den Hörer ans Ohr hob, war da nichts weiter, als mein ältester und treuester Gesprächspartner: der Summton.

Ich schlug eine der Zeitungen vor mir auf und ließ den Blick über die erste Seite wandern. Ganz unten rechts fand ich einen Zweispalter mit der Überschrift: *Mysteriöser Todesfall in Sandviken.* Aus dem Text ging hervor, daß ‚eine 58 Jahre alte Frau spät am Montagabend tot in ihrer Wohnung in Sandviken aufgefunden worden' war, und in bezug auf die Todesursache noch immer einige ‚Unklarheiten' bestanden. Vieles deutete darauf hin, daß es sich um einen Unglücksfall handelte, aber trotzdem suchte die Polizei als Zeugen ‚einen Mann, wahrscheinlich in den 50ern, bekleidet mit einem grauen Mantel und dunklem Hut, der leicht auf dem einen Bein hinkte'. Der Mann selbst, oder Personen, die ihn gesehen hatten, wurden gebeten, sich so schnell wie möglich bei der Polizei zu melden. Darüber hinaus hatte die Polizei der Presse nichts Konkretes mitzuteilen.

Ich durchblätterte schnell die anderen Zeitungen. Mehr war auch dort nicht zu finden. Die Zeitungen aus Oslo waren noch nicht gekommen: sie waren gewöhnlich phantasievoller, aber alles in allem nicht ausführlicher. Das meiste, das von dem Fall bekannt war, stand sicher hier.

Ich las die Artikel noch einmal durch. Daß die Meldung von der Fahndung überhaupt in Druck gegangen war, war an sich schon ein Lichtblick. Das konnte bedeuten, daß Hamre oder Vadheim, oder womöglich auch der Kripochef selbst sich gegen Muus durchgesetzt hatten. Daß dort nicht mehr stand, bedeutete nicht, daß die Polizei nicht weitere Fakten in der Hinterhand hatte, nur, was sie der Presse nicht erzählten, würden sie wohl auch kaum mir erzählen.

Ich legte die Zeitungen zur Seite und rief Konrad Fanebust an. Von seiner Sekretärin erfuhr ich, daß er bei einer Sitzung in Kopenhagen war und nicht vor dem späten Abend zurückerwartet wurde, oder mit der ersten Morgenmaschine am nächsten Tag. Ich dankte für die Auskunft und legte auf.

Draußen vor meinen Fenstern breitete ein neuer Tag seine Flügel aus, goldene Septembersonne auf den Federn.

Die Häuser am Fjellhang zeichneten sich scharf vor ihrem Hintergrund ab, und über den Baumkronen lag ein brauner Schimmer, als hätte jemand ein sehr, sehr dünnes Netz über sie geworfen. Es war der Herbst, der seine Netze ausgelegt hatte. Bald würden wir alle darin zappeln.

Das Telefon klingelte wieder. Ich nahm ab. „Hallo?"

Niemand antwortete.

„Hallo? Hier ist Veum."

Jemand legte auf. Es sagte klick, und kurz danach war der Summton wieder da. Ich sah auf die Muschel hinunter als ob sie mir etwas erzählen könnte. Entweder war es die falsche Nummer gewesen, oder aber jemand hatte die Lust zu sprechen verloren.

Fünf Minuten später hörte ich, daß die Tür zu meinem Wartezimmer aufging.

Ich wartete ab, ob jemand anklopfte, aber nichts geschah. Die Leute verhalten sich unterschiedlich in den Büros von Privatdetektiven. Einige stürmen durch alle Türen herein, ohne einen Gedanken daran, daß du vielleicht gerade deine Lieblingsblondine hoch auf dem Schoß sitzen hattest. Andere kommen ins Wartezimmer und gehen fast in die Tapete über. Sie zu finden ist wie nach versteckten Figuren in einem Bilderrätsel zu suchen. Andere setzen sich hübsch ordentlich mit einer anständigen alten Illustrierten in der Hand auf einen Stuhl, ungefähr als wollten sie zum Arzt; während wieder andere ganz einfach anklopfen.

Ich ging zur Tür und öffnete sie. Ebensogut hätte ich einem Bulldozer aufmachen können.

Der Mann stand da und wartete auf mich, mit leicht gespreizten Beinen. Er war breit und athletisch gebaut, auf die leicht untersetzte Art, die ehemalige Gewichtheber kennzeichnet. Die blaue Strickmütze war in die Stirn gezogen, über ein bleiches, viereckiges Gesicht mit hellblauen Augen und blaßgrauem Bartwuchs. Er war sportlich gekleidet, in kurzer Lotsenjacke, blauen Jeans und leichten, braunen Stiefeln, aber mir war nicht danach, sein Sport zu sein.

Bevor ich den Mund aufmachen konnte, hatte er mir seine große Faust in den Magen gepflanzt. Ich knickte zusammen wie eine kichernde Tanzlehrerin, und er schlug mir in einem Tangoschritt das Knie gegen die Schläfe. Ich sah schon doppelt, und als seine Faust wieder herunterkam, genau in den Übergang von Nacken und Schulter, faltete sich der ganze Raum zusammen wie ein chinesischer Fächer, und dann war alles weg.

Aber ein Detail hatte sich mir vor dem ersten Schlag noch eingeprägt: er war nicht allein gewesen. Durch die geriffelte Scheibe zum Korridor hatte ich die Silhouette einer anderen Person gesehen, dunkel und undeutlich durch das Glas.

40

Schritte, die gehen und Schritte, die kommen, wie Wellen, die dich überspülen, wenn du halbetrunken am Strand liegst. Vor und zurück, vor und zurück.

Rütteln dich leicht in der Brandung: vor und zurück, vor und …

„Veum?"

Die See spült. Schwarz ist der September. Selten ist die Sonne.

„Veum?" Eine Stimme. Sie wirkt bekannt, aber nicht vertraut. Ich schaff es nicht, sie einzuordnen.

Ich öffne die Augen und starre auf den verschlissenen braunen Fußboden. Meine Stimme ist gerädert, die Zunge galvanisiert. „Hallo?" Es weckt ein Echo in mir, grausam und grotesk: Hal-ha-lo-hal-lo-hal-looooooo …

Mir ist übel. In meinem Bauch liegt ein großer schwarzer Stein und er schmerzt. Ich habe eine Beule an der Stirn und mein Nacken fühlt sich an, als lebte er sein eigenes Leben, losgelöst von meinem.

„Na komm. Was ist denn los?" Diese Stimme …

Ostlanddialekt. Wann trafst du zuletzt einen Ostländer, Varg? Nein. Nein. Es war umgekehrt. Er traf mich.

Kräftige Pranken drehten mich herum. Ich stöhnte. Die Decke kam fürchterlich nah. Sie sah aus, als hätte sie eine Wäsche nötig.

„Na, du bist wach?"

Die Stimme über mir wurde ferner, das große Gesicht kleiner und es schob die Decke mit sich hoch. Der Raum wurde höher, aber ich blieb am Boden eines großen, schimmernden Marmeladenglases liegen. Das Gesicht hatte ich schon einmal gesehen.

Ich setzte mich abrupt auf, drehte mich herum und blieb auf allen Vieren hocken, den Kopf zwischen den Armen hängend. Er glühte wie Feuer, aber wenn ich ihn ruhig hielt, kühlte er ab. Die Schritte bewegten sich von mir weg, um mich herum, in einer verwirrenden Echofolge. Ab und zu waren sie in meinem Kopf, dann plötzlich waren sie draußen auf dem Korridor.

Ein kurzes, unfreundliches Lachen. „Du siehst vielleicht komisch aus."

Ich lachte. Haha. Genauso fühlte ich mich auch. König der Narren. Liebling der Rattenfänger.

Ich kroch zur Wand, dorthin, wo ich sie vermutete, und richtete mich langsam an ihr auf, während ich mich mit flachen Handflächen abstützte. *Oh, oh, oh, oh, Mrs. Robinson!* Die Stimmen sickerten wie mehrtoniger Klang, wie Ringe auf dem Wasser durch meinen Kopf. *Heaven knows a place for those who pray, hey, hey, hey, …*

Meine Knie fühlten sich an, als wollten sie jeden Augenblick dem Druck nachgeben, aber sie hielten stand. Ich stand da und sah mich um, als sähe ich den Raum um mich herum zum ersten Mal: das Paneel, das bis in Taillenhöhe reichte, die alte Tapete darüber, die Stühle an der Wand, der Tisch mit den blanken, runden Beinen und die alten Illustrierten, die darauf verstreut lagen.

Die Hände in den Taschen seiner modischen weißen Hose, weit um die Oberschenkel, eng an den Knöcheln, in leichtem, hellem Jacket, in weißem Hemd und mit breitem, rotkariertem Schlips stand Carsten Wiig und sah mich an, mit leicht erhobenen Augenbrauen und einem säuerlichen Lächeln auf den Lippen. Weil ich mich bleich wie ein Laken und zittrig wie Espenlaub fühlte, wirkte er noch sonnenverbrannter und gesünder als das letzte Mal, daß ich ihn sah. Er war der erste Preis in einem Wettbewerb, zu dem ich mich niemals gemeldet hatte. Jetzt wartete ich nur auf die Urkunde.

„Hallo-o?" sagte er und lächelte. „Hört mich jemand? Ist jemand zuhause?" In einem anderen Tonfall sagte er: „Mein Gott nochmal, du siehst aus, als seist du von einem Schnellzug überfahren worden, Veum."

Ich starrte ihn nur an, durch fransige Löcher in dem Nebel, der mich umgab.

„Oder hast du etwa mit dem Feuer gespielt, Veum?"

Es lag jetzt eine vage Drohung in seinen Worten. Jetzt kam die Katze aus dem Sack. *So* groggy war ich nicht, und ich glaubte nicht an Zufälle. Ich hatte die Silhouette hinter dem Glasfenster gesehen und zweifelte nicht daran, wer es gewesen war.

Er kam näher. „Hat dir jemand was Böses getan, Veum?"

Er stand jetzt direkt vor mir. Ich konnte die kleinen, verbrannten Hautstellen auf seiner Nase und seinen Wangenknochen erkennen. Die Stimme war jetzt ganz leise, beiläufig, als interessierte es ihn eigentlich nicht, was er sagte:

„Weißt du, Leute wie Helle haben großen Einfluß. Das, was hier passiert sein könnte, was weiß ich, was es gewesen sein mag, aber es bringt mich irgendwie auf einen Gedanken!"

Irgendwie; ich formte das Wort höhnisch mit dem Mund, aber es kam kein Laut heraus.

„Dir könnte Schlimmeres passieren, als dies. Wenn du dich nicht entschließt, vorsichtiger zu werden."

Pausen, wie in einer schlechten Čechov-Vorstellung. Ich hatte Lust, zu gehen.

„Kapiert? Wenn du das nächste Mal Besuch kriegst, Veum ... ist es nicht sicher, ob du überhaupt noch wieder hochkommst, hinterher."

Dann wandte er sich abrupt ab, als würde ihm schlecht von meinem Anblick. Er ging zur Tür. In der Türöffnung wandte er sich wieder um. „Wünsche baldige Besserung, Veum. Und vergiß meinen Rat nicht. Nichts im Leben geschieht zufällig." Ein kurzer Blick auf die Armbanduhr, eine ironische Verbeugung zu mir und dann war er verschwunden.

Die Tür schloß sich hinter ihm, und ich stand da und starrte auf die leere geriffelte Glasscheibe und auf meinen Namen, der spiegelverkehrt darauf stand. Ich fühlte mich auch ziemlich spiegelverkehrt, wie ich dort stand.

Langsam aber sicher schaffte ich es, mich wieder ins Büro zurückzuschleppen. Ich ließ die Tür zum Wartezimmer angelehnt, zum Zeichen, daß man direkt hineingehen konnte. War ich erst einmal in den Stuhl hinter dem Schreibtisch gekommen, hatte ich nicht die Absicht, mich so schnell wieder zu erheben.

Ich nahm meinen Platz ein. Das Bild vor den Fenstern hatte sich verändert. Die Perspektive stimmte nicht, sie zeigte ein merkwürdiges Mißverhältnis: die Häuser am Fjellhang waren plötzlich größer, als auf Bryggen, und es lag ein komischer Rotton über allem, als ginge gerade die Sonne unter, oder wie der Feuerschein eines ausbrechenden Vulkans. Draußen auf Bryggen husteten die Autos Blut.

Ich blieb sitzen und starrte aus dem Fenster, bis das Tageslicht anschwoll und über mich hereinbrach. Die Röte verschwand und alles wurde weiß. Ich legte den Kopf auf den Schreibtisch und wurde wach, als das Telefon klingelte.

Ich hob den Hörer ab und lauschte, ohne etwas zu sagen. Es tickte von irgendwo aus einer Telefonzelle.

Wir verharrten stumm, an beiden Enden der Leitung. Dann ertönte eine metallische Mikrofonstimme im Hintergrund: „Flight 92 ..." Der Hörer wurde schnell aufgelegt.

Ich nickte langsam. Das war Carsten Wiig; er war auf Flesland und wollte kontrollieren, ob ich noch am Leben war. Sie wollten nicht noch einen ‚Unfall' auf dem Gewissen haben. Sie wollten in jedem Fall nicht mehr Aufsehen als sie schon verursacht hatten.

Ich hatte die Botschaft verstanden. Hätten sie mich gern tot gesehen, dann hätten sie den Mann mit der Pudelmütze allein geschickt. Ich hatte ihn nie vorher gesehen und hätte wetten mögen, daß er aus dem Osloer Milieu rekrutiert war. Carsten Wiig war selbst mitgekommen, um sich zu versichern, daß ich nicht schlimmer angeschlagen war, als sie vorgesehen hatten. Er konnte Hagbart Helle mit Zufriedenheit Bericht erstatten.

Aber die Frage, die mir blieb, war: bedeutete das, daß sie wirklich etwas zu verbergen hatte, jetzt noch, 28 Jahre später? Oder etwas, was vor

Kurzem geschehen war, vor nicht mehr als einem knappen Monat, in einer Wohnung in der Skottegate? Ganz zu schweigen vom Montag dieser Woche. – Oder war es nur eine Demonstration ihrer Macht?

Ein paar Stunden waren vergangen, und der Schlaf über meinem Schreibtisch hatte mir gutgetan. Draußen war die Perspektive wieder normal. Ich hatte Kraft genug, mich hinunterzubeugen, die Flasche und das Glas aus der untersten Schublade zu holen und mir einen klaren, hellen Aquavit einzuschenken.

Ich nippte vorsichtig am Glas. Die Wärme breitete sich langsam aus, wie Öl auf Wasser.

Ich ließ die Schultern kreisen. Die Nackenpartie tat noch weh, und der Oberarm fühlte sich steif an. In meiner Schläfe hämmerte es und ein dumpfer Schmerz pochte irgendwo in der Magenregion. Aber ich fühlte mich besser als seit vielen Stunden. Und ich hatte wieder angefangen zu denken.

Ich blieb mit dem Glas in der Hand sitzen. Der Tag stolperte weiter, auf unsicheren Krücken, durch mich hindurch. Es gehört nicht viel dazu, einen in den Graben zu fahren. Ich hätte lieber auf Bräune setzen sollen. Ein kleines Sonnenstudio, kein Privatdetektivbüro.

Gegen halb vier hörte ich, daß die Tür zu meinem Wartezimmer ging. Die Tür wurde wieder verschlossen und leichte, weibliche Schritte durchquerten den Raum, bis sie in der Türöffnung erschien.

Es dauerte ein paar Sekunden, bis ich sie wiedererkannte. Doch dann schob ich das Aquavitglas zur Seite, als gehörte es ganz und gar nicht dorthin und sagte: „Das ist aber eine Überraschung." Aber ich war geistesgegenwärtig genug, aufzustehen, während ich das sagte.

Es war die Zahnarzthelferin aus der Praxis nebenan. Sie trug einen türkisfarbenen Mantel, errötete wie ein Sonnenuntergang und wußte nicht recht, wo sie ihre Hände lassen sollte. Sie war sehr jung. Es schien, als brächte sie zur selben Zeit Dämmerung und Sonnenschein in mein Zimmer.

Ich erhob mich und ging um den Schreibtisch herum, noch immer eine Spur unsicher auf den Beinen.

Sie sagte: „Du hast gesagt – ich sollte kommen und mir – die Aussicht ansehen." Sie sah etwas schräg zur mir auf. Als ich zu nah kam, trat sie zur Seite und ging schnell zum Fenster. „Aham", sagte sie.

Ich blieb mitten im Raum stehen. „Und was bedeutet ‚Aham'?"

Sie lachte. „Das bedeutet – dieselbe Aussicht wie drüben bei uns."

„Hattest du eigentlich etwas anderes erwartet?"

„Du hast gesagt …" Sie unterbrach sich selbst und sah auf mein Glas hinunter. „Was ist *das* denn?"

Ich lächelte schwach. „Es sieht aus wie Wasser."

Mißtrauisch sah sie mich an. Das Nachmittagslicht machte ihre Gesichtszüge noch weicher und ließ mich an eine andere Frau denken, die einmal dort am Fenster gestanden hatte. Sie hatte noch immer rote Wangen, und die Augen waren dunkel, die Brauen schwarz und markant. Ich fragte mich, wie alt sie war – neunzehn, vielleicht zwanzig.

Ich trat etwas näher. Sie stand da mit einem kleinen halben Lächeln um die Lippen. Ich sagte: „Du bist – du bist der Typ, in den sich alle verlieben, stimmt's? Du weißt das, alle sagen das ..."

Sie sah mich mit großen glänzenden Augen an.

Ich fuhr fort: „Genau wie Ingrid Bergmann in *Casablanca*."

„Wer?" Sie sah verwirrt aus.

„Oh – eine Frau, in die man sich leicht ..."

„Jetzt hab ich sie gesehen", sagte sie. „Die Aussicht." Sie lächelte strahlend, als sie an mir vorbeiging, so nah, daß ich ihren süßen, blumigen Duft spüren konnte. „Danke dir."

An der Tür blieb sie stehen und sah sich um. „Warum machst du das Licht nicht an?"

Aber sie wartete nicht auf eine Antwort. Ich hörte ihre Schritte auf dem Weg aus dem Wartezimmer, die Tür, die hinter ihr zuschlug, ihre Schritte draußen im Korridor, die Fahrstuhltür, die Maschinerie und dann schließlich: Stille.

Ich betrachtete mich im Spiegel. Dann griff ich das Aquavitglas, prostete meinem Spiegelbild zu und sagte: „This is looking at you, kid." Ich leerte das Glas in einem Zug, ging hinüber und machte das Licht an. Wenig später ging ich nach Hause.

41

Der September hat Tage wie goldener Honig, Morgen mit schwerer Sonne vor deinen Fenstern. Der September ist eine reife Geliebte: mit runden Formen und Spätsommerwinde in den Adern. Die Sonne spielt in Farben, die noch nicht die kalten Töne des Oktobers tragen. Das sind Tage, zu denen man langsam aufwachen und für die man viel Zeit haben sollte.

Ich aß ein wohlbemessenes Frühstück vor einem Fenster, das nach Putzen verlangte. Die Regen des Sommers lagen als bleiche Schicht auf dem Glas. Vor dem Fenster flatterte munter die Wäsche. Ein Radio spielte deutsche Unterhaltungsmusik. Oben auf dem Dachfirst hielten die Kleinvögel Kriegsrat: Zeit für eine Mittelmeerreise – oder September in Norwegen? Es gibt immer eine Wahl zu treffen, Entscheidungen zu fällen.

Ich rief wieder in Konrad Fanebusts Büro an. Doch, Fanebust war gekommen. Nein, er saß in einer Besprechung. Ob sie nicht freundlicherweise meinen Namen – dann könnte Fanebust zurückrufen, wenn er Zeit hatte.

Ich bat sie aufs liebenswürdigste, jetzt ein paar Worte mit ihm wechseln zu dürfen. Ich bat sie, von Veum zu grüßen und zu sagen, daß ich etwas äußerst Wichtiges mit ihm zu besprechen hätte. *Äußerst.*

Die Dame kam nach ein paar Minuten zurück, etwas außer Atem. Doch ja, sie hatte mit Fanebust gesprochen, und wenn ich um halb drei vorbeikommen könnte, würde er versuchen, ein bißchen Zeit abzuzweigen.

Ich sagte: „Haben Sie denn nicht die letzten Weltuntergangs-Prophezeiungen gelesen? Die Welt kann um halb drei untergegangen sein, und außerdem ist dieses Jahr Parlamentswahl."

Sie sagte: „Haben Sie die Zeitungen nicht gelesen? Der Termin ist um halb drei. Auf Wiederhören."

„Auf Wiederhören."

Auf dem Weg zum Büro kaufte ich die Zeitungen. *Krise in der Schiffsbranche*, stand auf einer Titelseite. *Krisensitzung in Kopenhagen* stand auf einer anderen. *Neue Konkurse zu erwarten?* hieß es auf einer dritten. Die Formulierungen waren unterschiedlich, aber die Bedeutung war dieselbe: Konrad Fanebust hatte mit wichtigeren Dingen zu kämpfen, als mit Bränden von vor 28 Jahren, Verschwundenen von vor zehn.

Und außerdem war also Parlamentswahl. Dies war ein Jahr, in dem alle Politiker die Wahlkampagnetechnik in den USA studiert hatten. Die Kandidaten der Linken kamen auf grünen Fahrrädern zu den Wahlveranstaltungen geradelt, die Zentrumsparteileute pflanzten Büsche auf kahle Grünflächen, der Staatsministerkandidat der Arbeiterpartei verteilte rote Rosen auf der Torgalmenning, während der konservative Kandidat sich vom norwegischen Fernsehen in höchst volksnahem Gespräch auf dem Gemüsemarkt in Stavanger filmen ließ, wenn auch vielleicht mit etwas starrem Lächeln, aber immerhin. Dies war das Jahr, in dem alle noch mehr versprachen als jemals zuvor, und alle wußten, daß wir weniger denn je bekommen würden. Es war Hochsaison für alte Zyniker. Die Optimisten waren in Deckung gegangen.

Vom Büro aus rief ich Vegard Vadheim an. Ich fragte, ob es bei den Fahndungen, die sie rausgeschickt hatten, etwas Neues gab. Er antwortete, er könne darauf nicht antworten, aber es gäbe nichts. Ich dankte und legte auf.

Der Vormittag ging still vorüber, wie ein bescheidener Beerdigungsgast. Aus der Nachbarpraxis dröhnte der Zahnarztbohrer. Ich dachte an die Assistentin, die nervösen Patienten Servietten um den Hals heftete, Amalgan mischte und neue Terminwünsche entgegennahm. Wenn ich jemals ein vernünftiges Honorar bekam, sollte ich vielleicht selbst einen Termin ausmachen. Mit ihr.

Fünf vor halb drei war ich in Konrad Fanebusts Vorzimmer. Draußen auf der Straße war ich an zwei jungen, kurzhaarigen und wohlgekleideten Männern vorbeigegangen, die ein ernstes, gedämpftes Gespräch führten, der eine einen Stapel Dokumente in den Händen, der andere eine Handvoll Osloer Zeitungen. Gerade als ich vorbeiging, wurden sie still. Bevor ich das Vorzimmer betreten hatte, war das Gespräch wieder in Gang.

Fanebusts Sekretärin stand auf, als ich hereinkam. Sie sah auf die Uhr. Es war eine goldene. An diesem Tag war sie in Grün: grüner Rock, moosfarbenes Cardigan-Kostüm, bernsteinfarbener Schmuck in der Halsgrube. „Sie sind Veum?" konstatierte sie.

Ich lächelte. „Sie vergessen nie ein Gesicht."

Sie sagte trocken: „Ich habe alles hier auf dem Block."

„Das Gesicht?"

„Den Namen." Sie wählte Fanebusts Nummer und sagte, daß ich gekommen sei. Dann legte sie den Hörer auf. „Sie können gleich hineingehen, Veum."

„Vielen Dank."

Ich öffnete die Tür. Konrad Fanebust saß am Schreibtisch und schrieb, genau wie beim letzten Mal. Er wies mich auf denselben Stuhl und schrieb weiter, es war eine vollkommene Wiederholung. Nicht wie in den Filmen, wo du die Szenen völlig anders erinnerst, als sie wirklich waren. Dies war eine getreue Kopie, oder auch eine gekonnte Imitation.

Er sah vielleicht etwas müder aus als beim letzten Mal. Ob es die Krise in der Schiffsindustrie war, oder ob die Nachtstunden in Kopenhagen den Ausschlag gegeben hatten, war schwer zu sagen. Aber die Furchen waren eine Spur tiefer und das Lächeln ein wenig angespannter, als er den Füllhalter fein säuberlich zur Seite legte, den Briefbogen in dieselbe Mappe legte wie beim letzten Mal, die Hände vor sich auf dem Tisch faltete und sagte: „Ja … Veum. Sie haben mir etwas Wichtiges zu erzählen. Soll das heißen – Haben Sie ihn etwa gefunden?"

„Wen, Wulff?" sagte ich leichthin.

„Ja?"

„Nein." Ich beobachtete ihn über den Schreibtisch hinweg. „Hatten Sie das erwartet?"

„Wie meinen Sie – erwartet? – Sie sagten doch selbst – daß Sie meinten, es gäbe die Möglichkeit, daß er trotz allem noch am Leben sei."

„Ja. Ich wußte es vielleicht nicht besser. Die Frage ist mittlerweile: Wieviel wußten *Sie*, Fanebust?"

Er wurde eine Spur roter im Gesicht. Dann nahm er die Finger voneinander, machte eine Armbewegung zu mir hin, wie eine Art Aufforderung, mich zu erklären, bevor er die Ellbogen auf die Tischplatte und die Fingerspitzen genau gegeneinandersetzte.

Ich sagte: „Sie hätten mir erzählen sollen, daß Sie Stauer-Johan kannten. Oder Johan Olsen, um uns an seinen bürgerlichen Namen zu halten."

Sein Gesicht verriet nichts. „Johan Olsen?"

„Sie haben ihn aufgesucht, im Januar 1971. Kurz bevor er verschwand." Ich beugte mich vor. „Ich habe glaubwürdige Zeugenaussagen, Fanebust, es hat keinen Zweck, es zu verheimlichen."

Er sagte: „Was sollte ich zu verheimlichen haben? Johan Olsen ist kein außergewöhnlicher Name, und ich kann gern zugeben, daß ich jemanden kannte, der so hieß. Aber was hat das hiermit zu tun?"

„Erzählen Sie mir erst, woher kannten Sie Ihn? Er verkehrte nicht gerade in Ihren Kreisen."

„Nein, aber Johan war einer meiner Kampfgenossen aus dem Krieg. Er gehörte nicht zum allerengsten Kreis, wie Hjalmar Nymark, aber er war dabei. Er war ein guter Kamerad. Einer, auf den man sich verlassen konnte. Aber leider ging es ihm nach dem Krieg nicht so gut. Er war nicht der einzige; da waren viele, die psychische Probleme bekamen und anfingen zu trinken. Es ging schlecht mit Johan. Ab und zu, wenn ich konnte, tat ich etwas für ihn, beschaffte ihm zum Beispiel den Job am Kai, aber zum Schluß wurde er zu unzuverlässig und drehte völlig durch. Es kann gut sein, daß ich ihn im Januar 1971 besucht habe. Ich kann mich nicht erinnern. Ich war nicht oft bei ihm zuhause, aber es kam vor."

„Warum gingen Sie zu ihm nach Hause, wenn Sie es taten?"

Er sah mich kalt an. „Alte Kameradschaft. Wenn man unter solchen Umständen zusammen gekämpft hat wie Johan und ich, dann versucht man, den Kontakt zu halten. Egal, wie anstrengend das ab und zu sein mag."

„Und dann verschwand er also."

„Ja, ich erinnere mich."

„Sie erinnern sich. Haben Sie jemals versucht, ihn zu finden?"

„Ich? Das überließ ich doch wohl der Polizei. Was meinen Sie, hätte ich tun sollen? Einen Privatdetektiv engagieren?"

„Tja ..."

„Leute verschwinden, Veum. Wenn man älter wird, dann werden es weniger. Einige sterben, andere ziehen in andere Städte, andere Länder, gleiten aus dem Milieu und sind weg. Andere verschwinden ganz einfach nur. Vielleicht wohnen sie weiterhin hier, in derselben Stadt wie du, aber du siehst sie nie mehr. Es kann Zufall sein, Schicksal, was weiß ich. Wenn ich jetzt an mein Leben zurückdenke: wie viele meiner Freunde sind mir noch geblieben? Wie viele der Kampfgenossen sind noch übrig? Du solltest bedenken – wir haben einige Jahre unter starkem Druck gelebt, und das hat seine Spuren hinterlassen. Viele von uns sind zu früh gestorben."

„Aber Johan Olsens Verschwinden war trotzdem anders, oder nicht?"

„Stimmt", sagte er abrupt. „Vielleicht", setzte er schnell hinzu.

„Stimmt – vielleicht?" wiederholte ich, langsam und fragend.

Konrad Fanebust saß aufrecht hinter dem Schreibtisch: schmal und mager. Das Gesicht war knochig, das Haar weiß. Er wirkte wie das Skelett einer Skulptur, die noch kein Fleisch und noch keine Konturen bekommen hat. Seine Augen blickten blind und nachdenklich. Dann war er auf einmal wieder zurück im Büro. „Na. Warum bringen Sie aber nun Olsen ins Bild, Veum?"

Ich sagte: „Es gab einen Todesfall, draußen in Sandviken, Montagabend. Sie haben es sicher in der Zeitung gelesen."

Er nickte langsam.

„Eine Frau wurde tot aufgefunden. Olga Sørensen. Das war Johan Olsens Freundin, die Frau, mit der er zusammenlebte. An dem Abend, als sie starb, wurde vor dem Haus, in dem sie wohnte, ein Mann gesehen. Der Mann hinkte."

Er beobachtete mich angespannt und wachsam. „Sie meinen doch nicht … Sollte das bedeuten, daß …"

Ich wartete auf eine Fortsetzung, aber sie kam nicht. Dann sagte ich: „Was ist damals eigentlich mit Johan Olsen passiert, 1971?"

„Er …" Er biß sich auf die Zunge.

„Ja?"

Konrad Fanebust betrachtete mich eingehend. Sein Blick glitt über mich, meine Taschen, die Knöpfe, bis hinunter zu den Schuhen und wieder hinauf. Dann legte er die Hände flach gegen die Schreibtischplatte, beugte sich ein wenig vor und sagte mit weicher Stimme: „Er verließ das Land. Und ich half ihm."

„So?" Ich wartete.

„Ja. Ich kam wirklich in einer besonderen Angelegenheit, damals, im Januar. Er war bei mir gewesen, aus Verzweiflung über seine Lebenssituation, um es ein wenig feierlich zu formulieren. Er fühlte sich vom Alkohol durchsäuert, in eine kümmerliche Liebesbeziehung hinabgezogen, als Teil eines ärmlichen und deprimierenden Milieus. Er wollte raus – weg – von allem. Und er wollte alle Verbindungen abbrechen. Sie sollte nichts erfahren, diese Frau da, niemand. Und er kam zu mir und bat um Hilfe. Ein alter Kriegskamerad … Ich konnte nicht nein sagen."

„Nein?“

„Nein! Ich hatte Beziehungen, in andere Länder. Spanien, Portugal, es gab genug Orte. Also half ich ihm – außer Landes, verschaffte ihm ein Ticket, jemanden, der ihn da, wo er hinkam, abholte und genug Geld, um sich die erste Zeit über Wasser zu halten.“

„Ein Darlehen?“

„Nenn es lieber Schulden. Ehrenschulden. Ich war es ihm schuldig. Ich war auf der Sonnenseite gelandet, während er im Schatten leben mußte, irgendwo ganz unten.“

„Und später?“

„Was später?“

„Na, ihr habt den Kontakt doch wohl aufrechterhalten?“

„Nein – das war die Voraussetzung. Von *seiner* Seite. Alle Verbindungen sollten abgebrochen werden. Er war für immer fertig mit Norwegen.“

„Fast, als wäre er tot?“

„Ja. Und das dachten die Leute ja auch. Der Zweck war also erfüllt.“

„Und das taten Sie – unentgeltlich?“

„Wie gesagt. Was hätte er mir geben können – als Entgelt?“

Ich hielt seinen Blick in meinem. Wir starrten einander an. Es zuckte fast unmerklich in seinem Augenwinkel, und ich fühlte meine Augen schmal werden.

Ich durchbrach die Stille: „Stauer-Johan hatte Verbindungen im Hafenmilieu. Er hätte sich einen Schlüssel besorgen können für das Tor da draußen, in Nordnes.“

„Wo in Nordnes?“

„Da, wo Harald Wulff erschlagen wurde. Und die Spuren im Schnee deuteten darauf hin, daß sie mindestens zu zweit gewesen sind dabei.“

Da blickten seine Augen starr und hart und sein Mund wurde wie ein straffes, graues Trampolin. Die Worte kamen wie schnelle, kleine Akrobaten: „Na gut. Und was weiter? War es etwa nicht verdient?“

42

Konrad Fanebust hatte viele harte Kämpfe ausgefochten und war härteren Nüssen begegnet als mir, so gewann er also schnell die Fassung wieder. Die Stimme war noch immer leise und weich als er sagte: „Also gut, ich gebe es zu. Wir haben ‚Giftratte‘ erledigt, Johan Olsen und ich.“

Er öffnete ein Zigarettenetui und nahm eine Zigarette heraus, bevor er mir gedankenverloren eine anbot. Ich lehnte ab, und er zündete die

Zigarette an. Dann lehnte er sich schwer in dem hohen Stuhl zurück. In den Glastüren von zweien der Bücherschränke glühte die Zigarette in doppeltem Reflex auf. Wir waren auf eine Weise nicht mehr allein. Wir saßen in gemütlicher Runde, es wurde geraucht, und jemand hatte ein klitzekleines Geständnis zu machen. Und wir waren per du.

Konrad Fanebust sagte: „Ich werde dir die ganze Geschichte erzählen, Veum, so wie sie sich abgespielt hat. Aber ich erzähle sie nur jetzt, und ich werde sie nie mehr wiederholen. Sollte es dir einfallen, die Sache zu verfolgen, wirst du es sein, der das Nachsehen hat. Also, wie gesagt – ausschließlich zu deiner Information. Es wird nicht lang werden."

„Na dann, ich bin ganz Ohr", sagte ich und lehnte mich zurück.

„Wie ich gesagt habe, als wir das letzte Mal miteinander sprachen: wir wußten, daß Harald Wulff die ‚Giftratte' war, aber wir hatten es nie beweisen können. Die Jahre vergingen und alte Kampfgenossen starben, aber Harald Wulff lief herum, quicklebendig und mit dem reinsten Gewissen der Welt. Und es war so, als wüchse die Verbitterung eben darüber nur, Tag für Tag. ‚Giftratte' war ein unerledigter Auftrag, wenn du das verstehst. Wir nahmen uns vor, im Krieg, daß es unsere wichtigste Aufgabe sein sollte, ihn zu beseitigen, und wenn wir ihn nach dem Krieg erwischten, würden wir Rache nehmen. Aber du weißt ja, was daraus wurde. Der Frieden kam und wir wurden alle irgendwie so zivilisiert. – Tja, und Hjalmar war ein Diener der Gerechtigkeit. Ohne Beweise nützte alles nichts. Handfeste Beweise. Aber wie zum Teufel sollten wir welche beschaffen! Also ..."

„Ja?"

„Also ging ich zu Johan. Ich erläuterte ihm die Idee. Daß wir das Gesetz in unsere eigenen Hände nehmen und ‚Giftratte' ein Ende bereiten wollten, ein für alle Mal. Wir würden ihn an einen abgelegenen Ort locken, und ihm geben, was er verdiente. Und Johan war dabei. Er war es, der die Stelle draußen in Nordnes vorschlug, weil sie sowohl zentral als auch abgelegen war, und weil – ja ..." Ein kurzes Nicken zu mir. „Er hatte einen Schlüssel."

„Aber wie habt ihr es geschafft, daß Harald Wulff dort rauskam?"

Er lächelte verzerrt. „Wir machten ihm ein Angebot, zu dem er nicht nein sagen konnte. 50 000 um sich seiner alten Fähigkeiten zu bedienen. Wir ließen durchblicken – Johan war es, der den Kontakt hatte – daß er uns durch alte Kontakte empfohlen worden war, und ich hatte genügend Kenntnis über das Nazimilieu, daß ich den Vorschlag glaubwürdig machen konnte. Ich wußte, daß er nicht viel Geld hatte, er arbeitete auch damals als Bote, und – tja, er kam."

„Und was passierte dann?"

Er schnitt eine Grimasse. „Wir taten, was wir uns vorgenommen hatten. Ich hatte auch während des Krieges einige brutale Sachen mitgemacht, aber da war das notwendig. In gewisser Weise waren wir in die Zeit zurückversetzt, da unten hinter den Hafenschuppen, Auge in Auge mit unserem alten Erzfeind. Johan deckte ihn von hinten, ich kam aus dem Schatten und ließ ihn mein Gesicht sehen. Es schneite schwach, leichte Flocken, kalt und eklig war es, und ein beißender Windzug kam vom Meer. Ich sah, daß er mich wiedererkannte. Er wollte schreien, aber ich gab Johan ein Zeichen, und er schlug ihn nieder, von hinten, mit einer Eisenstange."

„Und dann machtet ihr Hackfleisch aus ihm?"

„Wir haben ihn nicht gequält, wie es seine Gesinnungsgenossen oft mit *unseren* Kameraden getan hatten, im Krieg. Aber wir ließen vielleicht ein paar unserer Aggressionen an seiner Leiche aus – nachdem er tot war."

„Das hört sich nicht besonders schön an."

„Krieg ist nie schön, Veum."

„Nein, und noch weniger, wenn er ein Vierteljahrhundert im Nachhinein ausgefochten wird."

„Für uns war immer noch Krieg, Veum. Er hört für uns eigentlich nie auf."

„Tja. Ich will nicht richten. Ich ... Und dann hast du also Johan Olsen geholfen, aus dem Land zu kommen?"

„Ja. Das war die Voraussetzung dafür, daß er mir helfen sollte."

„Und seitdem hast du nicht mehr von ihm gehört?"

„Nicht ein Wort."

„Und wem sonst hast du das hier erzählt?"

„Keinem einzigen, Veum. Da sind nur du und ich, die davon wissen." Das klang fast wie eine Drohung.

„Und Johan Olsen", sagte ich.

„Und Johan Olsen", sagte er und nickte.

„Aber was zum Teufel hat das hier mit Hjalmar Nymark zu tun? Da sind zu viele lose Fäden, Fanebust. Und Olga Sørensen. Johan Olsen hinkte doch. Was, wenn er aus dem Ausland zurückgekehrt wäre? Würde er dann nicht zu dir kommen? Oder zu Olga Sørensen?"

Konrad Fanebust sagte: „Ich habe dir das hier erzählt, weil ich ganz einfach glaube, daß du auf dem Holzweg bist. Das hier hat jedenfalls nichts mit Hjalmar Nymark zu tun. Er war nie darin verwickelt, in keiner Weise. Er hatte keine Ahnung von dem Zusammenhang. Ich glaube, du mußt die Sache von einer anderen Seite sehen – jetzt, wo du jedenfalls von dem, was 1971 passiert ist, absehen kannst. Jetzt *weißt* du, was damals passiert ist."

„Aber warum – warum hast du mich so inständig gebeten, zu versuchen, Harald Wulff zu finden? Warum hast du so getan, als glaubtest du, er sei am Leben?"

„Hör zu, Veum. – Ich habe dieses Spiel viele Jahre lang gespielt; ich tue es automatisch. Konspiration ist das Stichwort. So haben wir überlebt. Man gibt nie einen Stich gratis aus der Hand. Und du hattest ja die Fakten auf deiner Seite. Hjalmar Nymark *war* tot, unter mysteriösen Umständen gestorben, und du konntest ebensogut auf Harald Wulff Jagd machen, wie auf ein anderes Gespenst. Findest du den, der Hjalmar Nymark getötet hat, bin ich nach wie vor gleich interessiert, dein Honorar zu zahlen."

Ich sah ihn starr an. „Ich weiß nicht, ob ich das annehmen kann."

„Ach, nein?"

„Es könnte so aussehen, als bezahltest du dafür, daß ich die Schnauze halte."

„Aber wer weiß schon davon, außer dir und mir?"

„Genau. Ich selbst."

Er antwortete nicht, sondern sah mich von seinem Platz hinter dem großen Schreibtisch aus säuerlich an.

Ich hatte nicht mehr zu sagen. Ich hatte auch schon mehr als genug zu verdauen. Ein Mysterium aufgeklärt, aber es warteten weitere.

Ich sagte: „Hast du jemals mit Hagbart Helle Geschäfte gemacht?"

„Nicht, daß ich wüßte, Veum", sagte er leichthin. „Aber in unserem Fach ... Er besitzt ja massenweise Scheinfirmen. Da ist es schwer, seine Weste sauber zu halten. Aber wenn du die Schlagzeilen in den Zeitungen gesehen hast ... Wir werden beobachtet. Wir können uns zur Zeit nicht viele Ausrutscher leisten."

„Jemals einem Typen namens Carsten Wiig begegnet?"

„Nie. Wer ist das?"

„Ein Kerl, der herumläuft und Reden hält, für Leichen, die noch gar keine sind."

„Achso. Tja, wenn du mich entschuldigen würdest, Veum ..." Er streckte die Hand nach der Mappe aus. „Da sind Papiere, um die ich mich kümmern muß. Also – Danke für das Gespräch und viel Glück weiterhin. Und denk dran ..."

„Ja?"

„Was ich gesagt habe, ist nie gesagt worden. Verstanden?"

„Du wirst dich darauf verlassen müssen, Fanebust. Wiedersehen."

„Wiedersehen."

Ehe ich die Tür hinter mir geschlossen hatte, hörte ich das Kratzen des Federhalters auf dem Papier. Er vergeudete keine Zeit. Und seine Sekreätrin ging nicht verschwenderisch mit ihrem Lächeln um. Sie paßten gut zusammen.

43

Ich aß in der Stadt zu Mittag. Im chinesischen Restaurant mit Aussicht auf den Marktplatz servierten sie großzügige Portionen zu einem erschwinglichen Preis, und die leise, orientalische Musik war nicht zu laut, um sich selbst denken hören zu können. Und ich hatte über vieles nachzudenken. Ich begann, die Konturen eines Musters zu erahnen.

Nach dem Essen ging ich schnell zum Wesenbergssmau und klingelte an der Tür des Hauses, in dem Elise Blom wohnte. Niemand öffnete. Also gab es zwei wahrscheinliche Möglichkeiten. An die dritte wollte ich lieber nicht denken. Zuerst versuchte ich es im Bingo-Lokal.

Ich ging die breite Treppe hinauf, blieb an der Tür stehen und sah mich um. Die Stimmung war dieselbe wie beim letzten Mal: eine konzentrierte, fast untertänige Ergebenheit an die Zahlen, die aus den heiseren Lautsprechern schnarrten. Wieder durchfuhr mich der Gedanke, daß es vielleicht gerade der Mangel an Religiösität in der übrigen Gesellschaft war, der all diese Lokale mit Menschen füllte. Vielleicht befriedigen Rituale und Zahlenmagie des Bingo-Spiels ein tief verwurzeltes Urbedürfnis in den Menschen, die sich ihm zuwandten. Vielleicht waren die grellen Fensterreklamen die Glasmalereien unserer Zeit, die ewig variierenden Zahlenreihen lateinische Liturgie und die Bingo-Damen die Hohepriesterinnen des zwanzigsten Jahrhunderts.

Elise Blom war nicht da.

Ich ging wieder hinunter auf die Straße.

Als ich in das Treppenhaus zum Restaurant kam, in dem wir gewesen waren, war der große, breite Türsteher gerade dabei, eine stark betrunkene Frau hinauszulotsen. Sie waren auf halber Treppe angelangt, und ich blieb stehen und sah sie an.

Der Türsteher trug eine dieser schmutziggrünen Uniformen, die Türsteher gewöhnlich tragen, wie bei einer Art privater Polizeitruppe. Die Frau trug ein geschmackloses blaurosafarbenes Kleid mit einem merkwürdigen Faltenbesatz über den Schultern. Sie hatte eine dunkle Perücke auf dem Kopf, die aber im Rausch um einen Fingerbreit verrutscht war, und ein paar Strähnen des echten Haares sträubten sich im Nacken hervor. Der Mund war rotbemalt und zerfließend und sie betätigte ihn, um auf den unangefochtenen Türsteher äußerst saftige Schimpfworte abzufeuern. Als es nur noch zwei-drei Treppenstufen waren, riß sie sich plötzlich los, trat über den Absatz und torkelte hinunter zur Tür. Ich trat schnell vor und hielt sie fest.

Sie landete wie ein Kartoffelsack in meinen Armen, und meine Finger versanken in ihr, als hätten einige der Kartoffeln die Lagerung nicht vertragen.

Sie blieb in meinen Armen hängen, während sie langsam den Blick sammelte. Sie roch stark nach Bier, und es dauerte ziemlich lange, bis sie mich wiedererkannte. Es war Elise Blom.

Der Türsteher war schon wieder auf dem Weg die Treppe hinauf, als nähme er an, daß ich von nun an die Verantwortung für sie übernähme. Er sah sich nicht einmal um.

Nachdem sie endlich ihren Blick konzentriert hatte, versuchte sie das Gleiche mit der Stimme. Das zerfließende Gesicht zeugte von einem steigenden Grad des Wiedererkennens, und ich spürte, wie sie versuchte, wieder standfest zu werden und nicht mehr von mir abhängig zu sein, um sich aufrecht zu halten. Ihre Stimme kam stolpernd aus der Tiefe: „Ve – um?"

Ich nickte.

„Du verdammtes Schwein!"

„Das hört sich an, als käm's direkt von Herzen."

Sie verzog den Mund. „Das kommt direkt aus'm Arsch!"

„Das meinte ich doch. Manche haben es da."

Sie sah dämmrig zu mir auf. „Was willst du jetzt wieder? Hast du nich genug angerichtet? All diese – all diese Schweinereien über Harald zu erzählen. Das waren nur Lügen, alles, was du behauptet hast, daß er getan hat, im Krieg. So einer war er nich."

„Vielleicht nicht", sagte ich. „Da war nur etwas, wonach ich dich noch fragen wollte. Du wirst Hilfe brauchen, jedenfalls, wenn du nach Hause willst. Laß uns eine Abmachung treffen. Ich bringe dich nach Hause, und unterwegs antwortest du auf meine Fragen."

Sie sah mich mißtrauisch an. „Und worum soll es gehen? Bei den Fragen?"

„Geld."

Sie sah noch mißtrauischer aus. „Geld? Ich hab kein Geld."

„Nein", sagte ich leichthin und öffnete die Tür zur Straße. „Aber 1955 ..."

Sie griff um meinen Arm und stolperte mit mir auf den Gehsteig hinaus.

„1955 hattest du Geld."

„Wieso?"

„Du hast ein Haus gekauft. Direkt vom Job als jüngst Bürodame zur Hausbesitzerin. Wie hast du das geschafft?"

„Wie hast du das geschaft?" äffte sie mich nach und peilte die nächste Ecke an. Sie mußte sich gegen die Wand stützen und nach ein paar Schritten blieb sie stehen. Der Kopf wackelte, der Blick fuhr auf und nieder. Es war deutlich, daß ihr schwindelig war, und ich trat dicht an sie heran, den Arm klar, um sie zu stützen. Sie griff um meinen Ellbogen und zog mich mit vorwärts.

„Und deine Kollegin, Fräulein Pedersen. Die konnte es sich plötzlich leisten, sich in Spanien niederzulassen. Vor der Pensionierung."

Sie ging weiter, klammerte sich aber jetzt an meinen Arm. Wir bogen um die Ecke und peilten uns in Richtung Torg ein. Ihr Blick klarte ein wenig auf. Es hatte ihr gut getan, an die frische Luft zu kommen. „Sie hatte gespart", sagte sie mürrisch.

„So viel?"

Sie antwortete nicht. Wir überquerten die Strandgate, und als wir zum Strandkai kamen, schlug uns eine befreiende Brise entgegen. Der Marktplatz war saubergespült und naß. An manchen Stellen spiegelten wir uns in den Pfützen: zwei seltsame, verzerrte Figuren, aus der Froschperspektive gesehen.

Ich sagte: „Zwei Bürodamen, beide in einem Betrieb angestellt, der dann abbrannte – einige behaupten, weil die Leitung nicht auf die Warnungen hörte, die der Vertrauensmann der Belegschaft aussprach. Die er seiner eigenen Aussage zufolge im Büro vorbrachte – und die sehr leicht mitgehört worden sein könnten, von Fräulein Pedersen, von dir. Und von Harald Wulff. Aber der Vertrauensmann kam während des Brandes ums Leben, und keiner von euch wollte jemals bestätigen, daß er etwas gesagt hatte. Aber mindestens zwei von euch kamen mit einem unerwarteten finanziellen Gewinn davon, von Hellebust selbst nicht zu reden."

Sie wandte langsam den Kopf und sah mich an. „Hellebust bürgte für einen Kredit, als ich das Haus kaufte. Den Rest des Geldes hatte ich von einem – hatte ich geerbt."

Ich sah sie scharf an. Ihr Blick wich aus. Das konnte vom Rausch kommen. Oder daher, daß sie log.

„Hatte Harald Wulff vielleicht Geld?" sagte ich. „Aus dem Krieg?"

Sie antwortete nicht.

Wir gingen weiter, stumm. Sie sah düster aus. Wir überquerten Bryggen, die Rosenkranzgate und kamen in die Øvregate hinauf. Ihr Gesicht hatte einen unbestimmbaren Ausdruck bekommen, als hätte sie einen Beschluß gefaßt.

Als wir in die Gasse vor ihrem Haus hinaufkamen, machte sie sich von meinem Arm los und lehnte sich mit dem Rücken gegen die Hauswand. Sie legte den Kopf zurück und sah mich schwer an, mit einer Art verlorener Sinnlichkeit. Wenn sie beabsichtigte, mich zu verführen, hatte sie die falsche Perrücke gewählt und den falschen Tag. Aber wahrscheinlich brauchte sie nur etwas, an das sie sich anlehnen konnte. Sie sagte: „Wenn du mit reinkommst, werde ich dir ... Papiere zeigen. Ich kann es beweisen."

„Na gut." Ich sagte nichts davon, daß ein Beweis dafür, daß Hellebust für ihren Kredit gebürgt hatte, nicht unbedingt zu ihrem Vorteil sein würde. Aber es konnte auf jeden Fall interessant sein, ihre Papiere zu sehen.

Sie öffnete die Handtasche, die bis jetzt an ihrem Handgelenk ein eigenständiges Leben geführt hatte, und kramte ein paar Minuten nach dem Schlüssel. Als sie ihn endlich fand, brauchtee sie noch weitere Minuten, um das Schlüsselloch zu lokalisieren.

Ich wartete geduldig.

Dann bekam sie die Tür auf. Ich folgte ihr schnell, für den Fall, daß sie es sich überlegte, oder vielleicht vergessen hatte, daß ich da war.

Wir kamen in ein dunkles, düsteres Treppenhaus. Sie suchte nach dem Lichtschalter, ohne ihn zu finden; dann führte sie uns in der Dunkelheit nach oben. Die Treppe endete in einem engen Absatz und sie öffnete eine altertümliche Tür zu den Räumen im ersten Stock. Wir kamen in etwas hinein, das einmal ein Vorraum gewesen war: braungestrichen und dunkel. In eine Ecke gepresst stand ein großer Schrank und an der Wand direkt vor uns hing ein verstaubtes gesticktes Bild eines Hauses mit der norwegischen Flagge davor.

„Wir gehen ins Wohnzimmer", sagte Elise Blom und öffnete eine weitere Tür, deren Angeln schon viele Jahre kein Öl mehr gesehen hatten. Das Knarren hörte sich an wie das Geräusch alter Äste in starkem Wind.

Das Wohnzimmer war einfach und spartanisch. Im Fenster standen ein paar grüne Topfpflanzen, vor die grauweiße Gardinen gezogen waren. Auf einem Sekretär stand ein altes Souvenir von einer Deutschland-Reise: eine Miniatur eines Bierfasses, um dessen Mitte an sechs Haken kleine Becher hingen. Es hätte mich nicht überrascht, wenn *Greetings from Deutschland* darauf gestanden hätte. An der Wand über dem Sekretär hingen ein paar alte Familienportraits, aber ich erkannte keines der Gesichter wieder.

In der Ecke neben dem Sekretär stand ein alter Fernsehapparat, und an der gegenüberliegenden Seite des Raumes stand ein altmodisches, gepolstertes Sofa mit graugrünem Bezug und ein paar Stickkissen darauf. Vor dem Sofa stand ein flacher Couchtisch, und unter dem Tisch lagen ein paar Zeitungen. Ich sah den Titel von einer von ihnen. *Land und Volk.*

Elise Blom war fast zum Fenster gegangen. Sie stand jetzt aus eigener Kraft, aber sie schwankte schwach und ihr Blick schwirrte ständig hilflos umher, als suche sie nach etwas, oder jemandem.

Ich folgte ihrem Blick durch den Raum.

Durch die eine Wand führte eine große Türöffnung in das Zimmer dahinter. Mitten im Raum dort stand ein Eßtisch mit geraden Beinen, und um den Tisch sechs hohe Stühle.

Am Ende des Tisches saß, das Gesicht uns zugewandt, ein Mann. Er hatte die Ellbogen auf die Tischplatte gestützt und eine große Pistole in den kräftigen Pranken. Die Pistole zeigte direkt auf mich, und auch wenn die Bilder, die ich von ihm gesehen hatte, 35 Jahre alt gewesen waren, hatte ich keine Probleme, ihn wiederzuerkennen. Es war Harald Wulff.

44

Es war einer der Augenblicke im Leben, in denen man plötzlich alles ganz klar sieht. Gleichzeitig stand alles still. Ich hatte ein starkes Gefühl von Unwirklichkeit.

Elise Blom hatte eine Zigarette hervorgeholt. Sie steckte sie zwischen die Lippen und zündete sie an, mit zitternder Hand. Sie stand als Silhouette vor dem Fenster, die Schultern unnatürlich hochgezogen, wie eine Theaterpuppe, die sich irgendwo festgehängt hatte.

Harald Wulffs Hand zitterte nicht. Er hielt die Pistole ruhig und sicher. Ich stand wie eine Salzsäule, unbeweglich. Abgesehen von der Bewegung, mit der Elise Blom die Zigarette anzündete, bildeten wir ein erstarrtes, unwirkliches Dreieck.

Mir war peinlich bewußt, daß das, was er in der Hand hielt, allem Anschein nach eine Luger war: das endgültige Bindeglied zwischen der Person Harald Wulff und dem unbekannten Mörder, den sie ‚Giftratte' genannt hatten. Wenn sie die Projektile aus meinem Körper pulten, konnten sie sie in einen Umschlag tun und einen Merkzettel daraufsetzen, auf dem stand: *Der endgültige Beweis.* Aber ich würde dann nicht mehr dabei sein.

Harald Wulff ließ mich keine Sekunde aus den Augen, als er sprach, aber er wandte sich nicht an mich. „Wer zum Teufel ist das, Elise?" knurrte er mit einer verbrauchten und krächzenden Altmännerstimme, die schon vor vielen Jahrzehnten das Ihre gesagt hatte.

Ich starrte ihn unbeweglich an, während er sprach. Ich hätte ihn in einer Menschenmenge von Tausenden wiedererkannt. Es war dasselbe pferdeähnliche Gesicht, mit denselben groben Zügen, und das Haar war auf dieselbe Art nach hinten gekämmt wie auf dem Foto, das ich in der Innenseite meiner Jacke hatte. Es war nur in der Zwischenzeit völlig grau geworden: wolfsgrau. Die Furchen im Gesicht waren tiefer, der Zug um den Mund noch bitterer und die Haut war bleich und blaß wie bei einem Langzeithäftling. Und genau das war er wohl gewesen die letzten zehn Jahre. Wie alt war er? Ich rechnete nach und kam auf 67. Er hatte das

Pensionsalter erreicht. Im Augenblick sah es nicht danach aus, als käme ich jemals so weit.

Elise Blom zitterten nicht nur die Hände. Die Stimme war ebenfalls nicht besonders fest, als sie stammelte: „D-d-das ist de-der Pr-Pr-Privatdetektiv, von dem ich dir erzählt ha-habe ..."

Seine Augen wurden noch kälter über dem dritten, schwarzen Auge, das er in der Hand hielt.

„Ein Privatdetektiv?" spuckte er aus. Er rollte mit dem r. Einen Augenblick glitten seine Augen zur Seite, in einem ungläubigen Blick auf Elise Blom. Als er mich wieder ansah, ahnte ich etwas anderes und noch schwärzeres in seinem Blick. Es war Angst, bodenlose Angst, und das ließ einen Schauder durch meinen Körper fahren. Nichts ist gefährlicher, als ängstliche Raubtiere.

Elise Blom schrie auf: „Ich hab es deinetwegen getan, Harald. Du mußt ..." Und dann kam, so leise, daß ich es fast nicht hörte: „... zum Arzt."

Die dunkle Angst weitete sich aus, verbreitete sich über das Gesicht, zu dem matten Mund, der graubleichen Haut unter den Augen, den trockenen Hautstellen an der Seite des Halses. Die Hände, die die Pistole hielten, zitterten fast unmerklich und ich sah, daß Harald Wulff nur ein Schatten dessen war, der er einmal gewesen sein mußte.

Es fiel mir nicht schwer, ihn als Jungen vor mir zu sehen, oben auf dem kleinen Hof im Ulven-Gebiet, einem der dunkelsten Waldgebiete, die es in der Region um Bergen gibt, wo die Tannen so hoch und düster sind, daß du zum Puritaner geboren sein mußt, um dich zwischen ihnen wohlzufühlen. Ich sah ihn vor mir, in weiten grauen Hosen, die mit Trägern über einem nackten Oberkörper befestigt waren, barfuß draußen auf den Feldern, während er die Sense schwang,vor und zurück, vor und zurück. Der kräftige Oberkörper glänzte von Schweiß, und es machte gar nichts, daß er das eine Bein ein wenig nachzog: es wirkte fast natürlich dort draußen auf der Wiese. Die Haare waren lang und widerspenstig, aber im Nacken und um die Ohren kurzgeschoren. Selten einmal hielt er inne und stand da und starrte auf den blau-weißen Sommerhimmel, der wie ein lockendes Versprechen über dem dunklen Ulven-Gebirgskamm hing. Dann griff er wieder zur Sense.

Es fiel mir auch nicht schwer, ihn mir später vorzustellen, als er in die Stadt gezogen war und plötzlich ein braunes Hemd, neue Freunde mit frischen roten Wangen, lustige Lieder zu singen und ein wirkliches Ziel im Leben bekommen hatte: Das Land vor den Bolschewisten zu schützen, dem Weltkommunismus Einhalt zu gebieten. Es war etwas Geducktes an der Gestalt dort am anderen Ende des Tisches, das das zwielichtige an ihm unterstrich. Du konntest ihn vor dir sehen, wie er während des Krieges seine düsteren Absprachen mit Repräsentanten der Besatzer traf. Du konntest ihn, den Mantelkragen hochgeschlagen, sicher in einem Hauseingang oder weit oben in einer Gasse stehen sehen, während die Gestapo ihre nächtlichen Ausflüge machte, seinem Rat und Wink folgend. Und du konntest ihn mit Geschick und Fertigkeit das arrangieren sehen, was dann später als ‚Unglücksfälle' klassifiziert werden sollte.

Dort wo er saß, befand er sich in einem Mausoleum seines eigenen Glaubens. Hinter ihm, an der Wand über der Kommode, hingen zwei große Fotografien. Die eine war von Adolf Hitler, die andere von Vidkun Quisling. Beide trugen Uniform. Auf der Kommode stand ein dreiarmiger Kerzenhalter mit hohen Kerzen darin, die jetzt nicht brannten, die aber für die zwei Führergestalten in seinem Leben den reinsten Altar bildeten; für die beiden, die ihn den langen, gewundenen Weg entlanggeführt hatten, der zu einem halbdunklen Raum, einer verzweifelten Frau und einer Konfrontation mit einem Mann geführt hatten, den er noch nie gesehen hatte.

Der Raum dort drinnen hatte einen braunen Ton: die Tapete war alt und verschmutzt, der Teppich verschlissen, der alte Eßtisch hatte Streifen im Lack. Harald Wulffs Gesicht gehörte in diesen Rahmen hinein, als wäre er selbst nicht lebendiger als die zwei auf den Fotografien.

„Du bist eine verdammte Idiotin, Elise. Jetzt hast du alles kaputt gemacht." Es war ein leerer Klang in seiner Stimme, ein unheilverkündender Ton, der nichts Gutes verhieß, weder für sie, noch für mich.

Ich sagte – und es waren die ersten Worte, die ich hervorbrachte: „Was fehlt dir, Wulff?"

Es blitzte in seinen Augen. „Du weißt also, wer ich bin?" Auch sein Blick verhieß nichts Gutes.

Sie fiel ein: „Er muß zum Arzt. Ich hab es ihm gesagt, schon lange, er sollte nicht so rumlaufen – er ..." Tränen liefen jetzt ihre Wangen hinunter, und ihre Augen hingen an seinem Gesicht. „Er blutet innerlich. Er verliert Blut. Er wird aufgefressen, langsam, aber weil – weil er sich einmal – einmal entschieden hat zu – zu ..."

„Unterzutauchen?" sagte ich.

„Ja", schluchzte sie. „Deshalb konnte er nicht wieder auftauchen."

„Sie würden fragen, wie ich heiße. Die verdammte kommunistische Bürokratie, die Krankenkasse müßte wissen, wer ich bin. Aber ich habe keinen Namen. Ich bin tot."

Ich sagte: „Und doch nicht tot. Noch nicht." Als würde es mir erst jetzt endgültig klar werden: „Du *wurdest* 1971 gar nicht getötet!"

Jetzt war offener Hohn sowohl in seinem Blick als auch in seiner Stimme. „Nein, ich bin 1971 nicht gestorben."

Es wurde plötzlich still. Elise Blom hielt die Hände vor das Gesicht und weinte mit leisen, unterdrückten Schluchzern. Ich mischte die Karten erneut und versuchte, die Patience noch einmal zu legen. Als ich anfing zu reden, war ich bei 1953: „Es war das unverhoffte Geld, was mich auf die Spur brachte."

„Welches Geld?" knurrte er, fast gegen seinen Willen.

„1953 – und in den Jahren danach. Das Geld, das Elise Blom dazu verhalf, dieses Haus zu kaufen. Und das Geld, das ihrer Kollegin, Fräulein Pedersen, dazu verhalf, sich in Spanien niederzulassen, wie eine Art Frührentnerin. Wenn wir dich mitrechnen, Wulff, Holger Karlsen, der tot war und Hagbart Hellebust, der am wenigsten von allen Lust hatte, was zu erzählen, war weiter niemand im Büro, als es gesagt wurde."

„Als was gesagt wurde?"

Elise Blom hatte aufgehört zu weinen. Ihre Hände waren jetzt zu den Mundwinkeln und der Unterlippe gelangt. Sie starrte mich mit großen, verweinten Augen an.

Ich verlagerte mein Gewicht von einem Bein auf das andere. „Als Holger Karlsen über die mangelnde Instandhaltung klagte und darüber, daß es Anzeichen für eine Leckage in der Produktionshalle gab."

Sie starrten mich stumm an. Jetzt waren nicht mehr sie die Gespenster. Jetzt war ich es, als stünde mit einem Mal Holger Karlsen selbst bei lebendigem Leibe vor ihnen. „Habe ich etwa nicht Recht? Und wenige Tage danach knallte es. Du hattest schon früher im Sturm gestanden, Wulff, und du wußtest, welchen Druck du auf Hellebust ausüben konntest, wenn du es richtig anfingst. – Hinterher, als der Brand vorbei und Hellebust aus Oslo zurück war, konntest du ihm die Rechnung präsentieren. Du konntest sorglosen Tagen entgegensehen. Aber du brauchtest zwei Mithelfer. Den einen hattest du in Elise Blom, und Fräulein Pedersen war halbblind, durch die Art von Loyalität, wie sie Sekretärinnen nun einmal für ihren Chef empfinden. Oder sie freute sich auch nur über das Geld, das sie an sich raffen konnte. Das einzige, was ich nicht ganz begreife, ist die Beziehung zwischen euch beiden. Du warst jung und schön, damals", wandte ich mich an Elise Blom, bevor ich ihn wieder ansah, „und du ein Typ mittleren Alters, der wegen Kollaboration verurteilt gewesen war."

Elise Blom nahm ein wenig Haltung an. Die roten Flecken in ihrem Gesicht wurden allmählich blasser und darunter war Eis. Eine eigenartige Zärtlichkeit lag in ihrer Stimme, als sie ihn ansah. „Ich hab ihn geliebt, damals. Ich hätte absolut alles für ihn getan." Nach einer kurzen Pause fügte sie hinzu: „Später wuchsen wir zusammen, in der Form von Zusammenleben, wie sie alle Liebenden erleben, glaube ich. Die Wärme wurde zu Alltag, die Geheimnisse wurden zu bitteren Banden zwischen uns."

„Und nichts kann zwei Menschen fester aneinander binden, als düstere Geheimnisse und gemeinsam begangene Verbrechen", sagte ich. „Nach den ersten Jahren und dem anfänglichen Verschweigen wart ihr immer noch aneinander gebunden. Du warst an ihn gekettet, und wenn du dich befreien wolltest, mußtest du selbst auch ins Gefängnis, erst einmal. Falls dir jemand glaubte, nach der langen Zeit. Falls etwas bewiesen werden konnte."

Plötzlich lächelte Harald Wulff, ein breites, häßliches Lächeln, mit großen, gelben Zähnen. „Nein, denn es konnte nichts bewiesen werden. Und es wird nichts zu beweisen sein. In den letzten zehn Jahren ist kein Mensch hier in diesem Haus gewesen, außer ihr und mir. Ich kann dich erschießen und in eine Kiste auf dem Boden legen, und du kannst da liegen und vergammeln, jahrelang, und nichts wird bewiesen."

„Aber dann bist du selbst tot", sagte ich. „Wenn du blutest, bist du nicht weit davon entfernt – dann mußt du Hilfe haben. Verstehst du nicht? Das ist es nicht wert. Stell dich lieber und such dir die Behandlung, die du brauchst. Du bist doch jetzt sowieso alt, und wenn du so krank bist ... Niemand wird ..."

„Ha! Daß ich nicht lache. Wir, die während des Krieges auf unserer Seite gekämpft haben, wir kommen nie davon. Sie verfolgen uns bis ans Grab, wenn's sein muß. Nachdem wir tot sind, verleumden sie uns. Der Führer, was für einen Nachruf hat er bekommen? Und die, die heute seinen Gedanken folgen, wie werden die behandelt – von der Presse, oder von den meisten Leuten? – Wie hießt du noch?" unterbrach er sich selbst.

„Veum", antwortete Elise Blom.

„Varg Veum", sagte ich, mit Betonung auf dem Vornamen.

Er nickte leicht. Der Name sagte ihm nichts, aber vielleicht wußte er gern die Namen der Leute, die er umbrachte.

Ich sagte: „Du kennst den Namen, den sie dir gaben, während des Krieges ...?"

Er starrte mich kalt an.

„‚Giftratte'", sagte ich.

Er zeigte wieder die Zähne. „Sie haben verdient, was sie gekriegt haben."

„Aber Holger Karlsen ..."

„Holger Karlsen war ein verdammter Bolschewist!" bellte er plötzlich. „Ein ausgekochter Querulant, der kam und sich über die Arbeitsbedingungen beschwerte, nur damit er und die anderen Gewerkschaftsbonzen sich eine neue Feder an den Hut stecken konnten und die Arbeiter frei kriegten, bei voller Bezahlung. Ist dir klar, was es den Betrieb gekostet hätte, die Produktionshalle zu schließen, nur um eine Totalkontrolle durchzuführen? Hellebust sagte, sie sollten bis zu den Betriebsferien warten, und es dann tun, und dann bat er mich, Holger Karlsen im Auge zu behalten und Bescheid zu sagen, falls etwas passierte."

„Es kostete dich also nichts, ihn umzubringen?"

„Ich hab ihn nicht umgebracht. Das Dach ist zusammengestürzt."

Ich trat zwei Schritte vor und er schrie auf: „Halt!" Die Pistole schwang hoch und zielte direkt in mein Gesicht. „Keine Bewegung! Ich knalle dich einfach ab, Veum." Das Gesicht war wild und rauh und brutal, und ich bezweifelte nicht, daß er meinte, was er sagte.

Ich hob abwehrend die Handflächen und trat zwei lange Schritte wieder zurück. „Ich wollte nicht ..." Dann blieb ich stehen, den Kopf gebeugt wie ein Schuljunge vor einem strengen Rektor. „Aber ich habe mit einem gesprochen, der selbst in der Produktionshalle war an dem Tag, als das Unglück passierte ... Und ich weiß, daß du Holger Karlsen vor der Halle getroffen hast. Niemand hat ihn lebendig wiedergesehen, danach. Dafür gibt es nur eine Erklärung, Wulff"

Er knurrte mich höhnisch an. „Und mit wem hast du geredet? Dem Saufsack Osvold? ‚Brandstelle'? Wie lange glaubst du, würde er vor Gericht standhalten?"

„Wir könnten ja versuchen ..."

„Nein, den Teufel werden wir, denn wir gehen nicht vor Gericht. Das Gericht, das ist hier und jetzt, Veum, und der Richter, das ist die hier ..." Er nickte zur Pistole. Sie schien ein strenger Richter zu sein und ich hatte keine anderen Verteidiger, als mich selbst. Ich richtete den Blick auf Elise Blom. „Sprich du mit ihm. Bring ihn zur Vernunft. Was fehlt ihm denn – Krebs?"

Sie starrte mit aufgeregten Augen von ihm und nickte schwach. „Ich hab's ja versucht, schon ... Es begann vor bald acht Monaten, mit Verstopfung und Durchfall, und jetzt hat er auch Schmerzen gekriegt und er blutet. Ich sehe die Flecken, wenn ich das Bett mache, oder saubermache, und in seinem Zeug. Er wird sterben, ich weiß es. Ich hatte geglaubt, *du* würdest – daß er auf dich hören – daß er, wenn er erst entdeckt war, wenn das Versteckspiel vorbei war, daß er dann bereit sein würde, ins Krankenhaus zu gehen. Die werden ihm doch nichts tun, oder? Wenn sie begreifen, wie krank er ist?" Sie sah mich mit bittenden Augen an.

Unwillkürlich wandte ich den Blick wieder Wulff zu, denn schließlich war er es, von dem wir sprachen.

Er hatte die Haltung geändert. Er saß weiter vorgebeugt, als hätte ein plötzlicher Bauchschmerz ihn sich zusammenkrümmen lassen, und er lehnte sich an die Tischkante. Eine dünne, kränkliche Schweißschicht war auf seine fahle Gesichtshaut getreten und ich sah, wie die Knöchel beim Griff um die schwere Pistole weiß wurden. Ein bitterer Kniff lief wie eine Verlängerung des Mundes bis zu den Kiefern, und ein schwindelnder, irrer Zug war in seine Augen getreten. Doch die Pistole war noch immer fest auf mich gerichtet, und die Mündung war noch immer gleich dunkel.

Wieder überkam mich das Unerbittliche und Unglaubliche daran, daß der Weg hier enden sollte, vielleicht für uns beide, vielleicht für uns alle drei. Das hier waren nicht die Menschen, mit denen ich mir zu sterben vorgestellt hatte. Das hier war nicht der Raum, in dem ich sterben wollte.

„Aber 1971“, begann ich.

„Halt die Schnauze!“ hackte er zu. „Kein Gefasel mehr jetzt. Ich will – nicht.“ Seine Stimme brach eine Sekunde lang. „Ich werde dir von dem Brand erzählen. Es war nicht so, wie du gedacht hast. Aber Hellebust kümmerte sich nicht um die Warnungen. Er war an den Versicherungsgeldern interessiert, aber wollte natürlich, daß die Leute rauskommen sollten. Alle, außer ...“

„Holger Karlsen.“

„Ich weiß noch, als der Knall kam... Ich war überzeugt, daß alle, die da drinnen waren, tot sein müßten, aber ich mußte einfach unbedingt reingehen, ich *mußte* sehen, was mit Holger Karlsen war. Und das war ein Glück.“

„Sonst wäre er rausgekommen?“

„Sonst wäre er ...“ Er brach ab und zeigte die Zähne, aber diesmal nicht aus Hohn, diesmal vor Schmerzen. Er stöhnte leise. „Verfluchte Pest!“

„Begreifst du nicht, daß du zum Arzt mußt?“ rief ich.

„Harald!“, sagte Elise Blom und ging auf ihn zu.

Er starrte sie wild an. „Bleib stehen! Ich erschieß dich, Elise.“ Die Pistole schwenkte auf sie und ich verlagerte das Körpergewicht, aber im Nu war die Mündung wieder auf mich gerichtet. Ich blieb stehen. Elise Blom sank in die Knie und verbarg das Gesicht in den Händen. Im Nacken sah ich deutlich den Absatz zwischen Haar und Perücke. Der Aufhänger in ihrem Kleid war abgerissen und der Nacken wirkte zerbrechlich und verletzbar. Aber niemand strich ihr übers Haar. Niemand tröstete sie.

Ich behielt Harald Wulff wachsam im Auge. Er saß jetzt wie eine gespannte Feder, aufrechtgehalten von Schmerz und Verzweiflung, und die schwarze, ölglänzende Pistole war der einzige feste Haltepunkt.

Meine Beine schmerzten und ich war nicht sicher, wie lange ich mich noch würde aufrecht halten können. Die Spannungen im Körper hatten sich nach unten fortgepflanzt und die Wadenmuskulatur zitterte. Es schmerzte in den Schenkeln und im Unterleib und im Magen rotierte die

Todesangst wie eine gnadenlose Trommel. Ich nickte blind in Richtung der zwei Bilder an der Wand hinter ihm und sagte: „Du hast deine Überzeugung bewahrt, nach all diesen Jahren?"

„Wir sind mehr, als du ahnst, Veum. Wir sind jetzt dabei, wieder zum Leben zu erwachen. Und wir haben die Jugend auf unserer Seite. Die Zeitungen versuchen, das zu verschweigen, aber wir werden mehr und mehr – in Deutschland, in Norwegen, ja sogar in England."

„Der alte Erzfeind?" sagte ich matt. „Hochburg der Demokratie?"

„*Wir* sind die wahren Demokraten, Veum!" flammte es in ihm auf. „Wir sind die wirkliche Zukunft, die die Menschheit reinigen und sie wiedergebären wird. Es gibt zu viel Dreck und Abschaum heute, Vermischung der Rassen und der Nationen. Aber die Menschen der Zukunft sind rein und weiß, neugeboren ..."

„In einem Reinigungsbad aus Blut und Feuer?"

„Einem befreienden Reinigungsbad aus Eisen. Wir werden sie niederschlagen, die Zwerge und die Bolschewisten, die Juden und die Nigger. All die Unwürdigen und Unreinen sollen weg, verschwinden ..." Seine Augen waren einen Augenblick lang weit weg gewesen, und ich hatte erneut das Körpergewicht verlagert. Dann kam sein Blick plötzlich wieder zurück, und die Augen starrten mich an, das kalte schwarze vorn und die fieberheißen darüber.

„Du bist doch nicht etwa auch Jude, Veum?"

Ich hob die Hand zu meinem blonden Haar. „Sieht das so aus?"

„Oder Bolschewist?"

Ich nahm Haltung an und zwang sowohl mich selbst als auch ihn in die Wirklichkeit zurück. „Aber was war 1971 ..."

„Halt die Schnauze, hab ich gesagt!" Die Pistole vibrierte. „Ich hab gesagt, ich werde dir vom Brand erzählen. Hinterher ging es, wie ich gedacht hatte. Hellebust gab uns, worum wir ihn baten. Ich hatte ja einen gewissen Ruf, und wir waren uns einig, daß es nicht sonderlich schlau wäre, *mir* das Bargeld zu geben. Aber Elise und ich waren schon zusammen und ich war zufrieden damit, von ihr ernährt zu werden. Sie *wußte* nämlich nichts. Sie war nicht da, als Holger Karlsen mit seinen Klagen kam. Nur Hellebust, die Pedersen und ich. Und Pedersen fraß Hellebust aus der Hand. Elise begriff zwar, daß was los war, aber sie gab sich damit zufrieden, daß es etwas zwischen mir und Hellebust noch aus der Kriegszeit war. Sie nahm mich nämlich als das, was ich *war*, Veum – nicht als Kollaborateur, wie ihr mich nanntet, sondern einen Märtyrer für die Sache, für die Zukunft."

„Ein Märtyrer für die Zukunft", wiederholte ich, fast tonlos.

„Und warum glaubst du, erzähl ich dir das alles, Veum?"

Die gelben Zähne kamen wieder zum Vorschein. „Was?“ Ich zuckte mit den Schultern und hob ratlos die Hände.

Er griff wieder fester um die Pistole. „Ich mag es, Leute sterben zu sehen, Veum.“ Nach einer angespannten, fast qualvollen Pause setzte er hinzu: „Und am besten gefällt es mir, ihre Angst zu sehen, *bevor* sie sterben. Hast *du* mit allem abgerechnet, Veum? Hast du einen Glauben? Weißt du, ob du in den Himmel oder in die Hölle kommst, wenn du gleich hopps gehst?“

„Ja“, antwortete ich. „Ich weiß, wohin ich komme.“

„Na, und wohin?“ fragte er voll Hohn.

„Dorthin, wo du nie hinkommst, Wulff. Und noch weiter. Denn wenn du verblutet bist, dann laufe ich da draußen auf der Straße rum.“ Ich schwenkte die Hand zum Fenster. „Und lebe noch!“

„Das glaubst auch nur du!“ bellte er.

„Ich weiß es“, sagte ich und warf mich zur Seite. Aber ich kam gar nicht erst bis zum Fenster. Ich stolperte über einen Flickenteppich und taumelte blind gegen die Wand, knickte in den Knien zusammen und hörte den enormen Knall hinter mir. Das schwere Projektil schlug dort in die Wand, wo ich gestanden hatte, und es knirschte in zermalmten Putz. Dann knallte es noch einmal, und ich rollte mich in Embryostellung zusammen, als letzten Schutz gegen den Tod, während ich auf den nächsten Schuß wartete, den letzten.

Aber es knallte nicht mehr. Das einzige, was zu hören war, war das leise, winselnde Schluchzen von Elise Blom, und die ohrenbetäubende, donnernde Stille, die auf einen solchen Knall in kleinen Räumen folgt.

Nach einer Weile erhob ich mich und sah mich mit neuen, frischen Augen um, als sei ich von den Toten auferstanden.

Das zweite Mal hatte Harald Wulff den Pistolenlauf in den Mund gesteckt und abgedrückt. Der Schuß hatte an die Wand direkt hinter ihm eine graurote, unregelmäßige Rosette aus Hirnmasse und Blut gemalt, mitten zwischen die Portraits von Adolf Hitler und Vidkun Quisling.

45

Ich überließ es Elise Blom, die Polizei oder wen auch immer sie wollte, anzurufen. Ich selbst verließ das Haus wie mit einer Art Kater. Die beiden Schüsse sangen noch in meinen Ohren und ich sah kaum, wo ich ging.

Harald Wulff war tot. Er hatte mir nichts von Hjalmar Nymark erzählt, oder von all den anderen. Aber das war auch nicht nötig. Ich wußte die Antwort jetzt.

Unten am Strandkai steht eine dieser ungastlichen, roten Telefonzellen, die du an den meisten Kais im Westland findest. Wenn du vom Meer hereinkommst, kannst du die Nummer von Leuten wählen, die längst vergessen haben, daß du existierst, und dem Besetztzeichen lauschen, während der Sturm dir um die Beine faucht.

Ich ging in die Zelle, warf eine Münze ein und wählte Konrad Fanebusts Privatnummer. Die Frau, die abnahm, sagte, Fanebust sei nicht zuhause.

„Wo ist er denn?" fragte ich.

„Bei einem Empfang, im Rathaus."

Ich dankte und legte auf.

Einige Minuten später stand ich am Rathausblock, diesem Staudamm aus Glas und Beton, der als ein Mahnmal des Größenwahns der 70er Jahre errichtet wurde. An der Rezeption im Erdgeschoß erfuhr ich, wo der Empfang stattfand.

Ich nahm den Fahrstuhl in die oberste Etage – die dreizehnte – und folgte dem Geräusch von Stimmen in den großen Empfangsraum.

Der Raum war annähernd halb voll Menschen, die sich in verschiedenen Gruppierungen um ein langes Buffet verteilten. Die Versammlung bestand aus mehr oder weniger aktuellen Kapazitäten. Ich erspähte mindestens zwei von Konkurs und Steuerfahndung bedrohte Schiffsreeder, sowie mehrere andere Repräsentanten aus der Schiffsbranche und der Wirtschaft. In einer Gruppe für sich standen zwei längst pensionierte Bürgermeister und sonnten sich in der Verblaßtheit des jeweils anderen, während ein Politiker der Sozialistischen Linken sich reichlich beim Aufschnitt bediente. Eine bekannte Politikerin der Arbeiterpartei lachte ein langes, perlendes Lachen, daß nie ein Ende zu nehmen schien, während ein Stadtratsmitglied der Christlichen Volkspartei, der konsequent gegen alle Schankrechtgesuche stimmte, dem Glanz in seinen Augen nach zu urteilen längst tief im vierten Glas Rosé angelangt war. Hinten in einer Ecke des Raums stand der jetzige Bürgermeister, schlank und braungebrannt, als verbrächte er seine Bürozeiten in einem Solarium und ließ sich zusammen mit einer Gruppe kleinwüchsiger, freundlicher Asiaten für die Presse ablichten. Ich ging davon aus, daß es eine Handelsdelegation und somit die Ursache für die Zusammenkunft war.

Konrad Fanebust stand ein wenig abseits und bediente sich von einem Tablett mit einer langen, zweizackigen Serviergabel. Ich ging quer durch den Raum direkt auf ihn zu und er sah auf. Das Gesicht verriet nichts weiter als mildes Erstaunen, aber der Arm hielt in der Bewegung inne und er blieb mit der Gabel in der Hand und einem Stück Roastbeef an der einen Zacke hängend stehen.

Ich war nicht in der Verfassung, diplomatisch aufzutreten und platzte heraus: „Es stimmte nicht, daß Harald Wulff tot war."

„Nein?" Er erblaßte gradweise. „Hast du ihn gefunden?"

„Ja." Ich starrte ihm direkt in die Augen und sein Blick glitt über meine Schulter hinweg fort.

„Aber Stauer-Johan, Johan Olsen ist tot, er war es nämlich, der 1971 getötet wurde, anstelle von Harald Wulff. Und du und Harald Wulff, ihr beide habt es getan."

Er war noch bleicher geworden. „Hör zu, Veum, wenn du hierher gekommen bist ..."

„Ich bin jedenfalls nicht hergekommen, um Roastbeef zu essen. Der Kernpunkt in dieser Sache ist trotz allem nicht der Brand 1953, sondern das, was fast zwanzig Jahre später passierte, 1971 und 1972."

„1972?"

„Was den Brand im Fjøsangervei angeht, war das meiste die ganze Zeit klar; es war nur unmöglich, etwas zu beweisen. Aber jetzt habe ich Harald Wulffs eigenhändiges Geständnis, und ..."

„Hat er gestanden?" Er sah mich ungläubig an.

Ich fuhr fort, ohne zu antworten. „Das erste, was ich mich selber fragen mußte, war: Wem war damit gedient, daß Hjalmar Nymark getötet wurde? – denn er *wurde* ermordet, kaltblütig. Und wer war es? Nicht Hagbart Helle, der konnte sich auf sein riesiges Vermögen im Ausland zurückziehen. Nicht Harald Wulff selbst, wenn er noch am Leben war, denn er war schon einmal durch die Mühle gegangen und er wußte, daß es nicht die Spur von Beweisen gab. Und du nicht, der damals für die Ermittlungen verantwortlich war, auch wenn es einen klitzekleinen Flecken auf deiner weißen Weste gäbe, wenn jetzt jemand käme und beweisen würde, was ihr damals 1953 nicht geschafft habt, zu beweisen. Aber wen kümmert Prestige von vor 30 Jahren?"

Konrad Fanebust begrüßte höflich einen Politiker, der mit einem Teller Fisch in Aspik vorbeiging. Sein Gesichtsausdruck sprach eine deutliche Sprache: er wollte keine anderen an der Unterhaltung teilhaben lassen. Es war etwas Abwehrendes, Gezügeltes an ihm, wie er dort stand, steif und mit geradem Rücken, die unbewegliche Gabel in der einen Hand und einen leeren Teller in der anderen.

Ich sagte: „Aber Hjalmar Nymark und du, ihr wart überzeugt davon, daß Harald Wulff wirklich ‚Giftratte' *war*, erst recht nach dem Brand bei Pfau. Und siebzehn Jahre später hattest du Verwendung für die Dienste ausgerechnet eines Mannes wie ‚Giftratte'."

„Das ist doch lächerlich, Veum. Ich ..."

„Was siebzehn Jahre später passierte, um 1970, war, daß die Firma, in der du Miteigner warst, nicht mehr gut ging. Vielleicht geschahen

Dinge, auf die du keinen Einfluß hattest, vielleicht hattest du etwas zu verbergen. Jedenfalls mußtest du unbedingt deinen Kompagnon loswerden."

„Wiger? Aber der ..."

„Aber der kam bei einem Brand um, stimmt's? Etwa auch ein Unglücksfall? Vielleicht würden einige anfangen, sich auch den Fall ein wenig genauer anzusehen, wenn plötzlich eine klare und eindeutige Verbindung hergestellt würde zwischen Konrad Fanebust und Harald Wulff, wenn sie auch erst 1971 enstand."

„Die Verbindung gibt es nicht", sagte er dünn.

„Ach nein? Ich erhielt den Beweis heute abend, und durch unser heutiges Gespräch. Da hast du mir nämlich erzählt, daß Harald Wulff tot sei, aber ein paar Stunden später saß ich selbst Harald Wulff von Angesicht zu Angesicht gegenüber. Also *war* es nicht Harald Wulff, der 1971 getötet wurde, sondern Stauer-Johan, dein alter Kriegskamerad. Alte Kameradschaft bedeutete augenscheinlich gar nichts, als es darum ging, deine Position zu wahren. Du hattest selbst die Ähnlichkeit gesehen, im Körperbau und nicht zuletzt wegen der Verletzung am Bein, zwischen Wulff und Stauer-Johan. Und um Harald Wulff von der Erdoberfläche verschwinden zu lassen, *bevor* du Verwendung für ihn hattest, hast du Stauer-Johan geopfert. Er war nicht viel wert, was?"

Er war jetzt leichenblaß, mit ein paar erregten roten Flecken hoch oben auf den Wangen. „Dann soll ich also ..."

„Du hast ‚Giftratte' benutzt, um deinen Kompagnon loszuwerden. Du hast ihn gekauft und die Grenzen dessen überschritten was einmal deine Ideale gewesen sind."

„Das ist der reinste Schwachsinn, Veum."

„Ohja? Dann laß uns auch von diesem Brand die Berichte ansehen. Zusammen mit der Polizei. Vor dem Hintergrund dessen, was wir jetzt wissen."

„Hör zu ..."

„Denn weshalb hättest du sonst lügen sollen, daß *du* und Stauer-Johan 1971 Wulff ermordet hättet. Du hast einmal einen heldenmutigen Kampf gegen den Nazismus gekämpft, Fanebust, aber es sieht aus, als hättest du vergebens gekämpft. Der Nazismus lebt. Aber der wirklich gefährliche, heute, das sind nicht die Jungs in der HV-Uniform, oder die alten NS-Nostalgiker. Der gefährlichste Nazismus, das ist der, der in deiner Menschenverachtung und in der deiner Gleichgesinnten zum Ausdruck kommt. Er nennt sich nur anders." Meine Stimme zitterte jetzt. „Und da bedeutet Leben nichts. Hjalmar Nymarks, Stauer-Johans oder Olga Sørensens."

„Ich lasse nicht..." Er unterbrach sich selbst. „Der Bürgermeister will eine Rede halten."

Ich dämpfte die Stimme. „Ich bin nicht hierher gekommen, um den Bürgermeister reden zu hören. Hjalmar Nymark kam zu dir, und dir wurde klar, daß er eine Spur gefunden hatte: nämlich den Zusammenhang, den vorher niemand gesehen hatte, zwischen Harald Wulffs angeblichem Tod und Stauer-Johans Verschwinden. Du wußtest, daß eine Enthüllung für dich katastrophale Folgen haben konnte. Und du schrittst zur Tat. Zuerst hast du versucht, ihn zu überfahren, ohne Erfolg. Aber beim nächsten Mal hattest du mehr Glück."

„Ich habe ihn nicht umgebracht! Ich bat ihn ..." Er biß die Zähne zusammen und wurde stumm.

„Du batst ihn, die Nachforschungen bleiben zu lassen, und dann ..."

„Er setzte sich im Bett auf, regte sich fürchterlich auf und sagte, daß er alles verstünde – und dann griff er sich ans Herz ... Ich glaubte nicht ... Ich hatte einfach nicht damit gerechnet, daß er einen Schwächeanfall bekommen könnte."

„Ärztliche Hilfe hätte ihn retten können. Und du nahmst den Karton mit all seinem Material mit. Ich würde das als Mord bezeichnen, Fanebust."

„Aber du bist kein Jurist, Veum. Und außerdem, ich hatte ja keine Ahnung, wo Wulff sich aufhielt. Ich habe doch gesagt, ich würde dich bezahlen, wenn du ihn fändest."

„Konspiration, hast du es nicht so genannt? Genau das war nämlich deine Angst; daß ich ihn vor dir finden würde. Denn du hattest ihn aus den Augen verloren, nach dem Job, den er 1972 für dich gemacht hatte ..."

Er war jetzt nah daran, die Haltung zu verlieren. „Hat er *das* auch gestanden?"

Ich log: „Ja." Und ich sagte auf Verdacht: „Denn *damals* hast du ihm wirklich 50 000 gezahlt, stimmt's?"

Sein Gesicht verlor den letzten Rest von Fassung, und er wußte, daß er das Rennen verloren hatte. Nun wartete nur noch der Zielrichter. Er sagte: „Ja, dann ..."

„Aber auch Olga Sørensen war gefährlich, denn sie war die einzige, die dich nach wie vor mit Stauer-Johan in Verbindung bringen konnte, *bevor* er verschwand, und mit 1971. Deshalb hast du sie umgebracht, ohne zu wissen, daß sie längst anderen davon erzählt hatte. *Ich* wußte es schon, du hast sie also umsonst getötet. Und nun stehen wir hier, beide."

Hinter uns im Raum redete der Bürgermeister weiter, im gehobenen Bergenser Tonfall und mit der Stimmvariation eines Computers. Auch Konrad Fanebust hatte nicht gerade einen Tonfall, von dem man hätte prahlen können, als er sagte: „Hast du noch mehr, Veum?"

Ich schüttelte mich. „Nein, im Moment nicht. Um die endgültige Erklärung soll sich die Polizei kümmern. Da gehen wir jetzt hin!"

„Willst du nicht erst etwas essen?“

Einen Augenblick sah ich weg von ihm auf das kalte Büffet. Er bekam die Pause, die er brauchte und mit gewaltiger Kraft stach er mir die spitze Gabel in den Bauch. Ich beugte mich vornüber und faßte mit beiden Händen um den runden Griff. Der Schmerz kam jäh und überwältigend. Ich verlor die Balance und ging in die Knie. Ich fühlte, daß meine Finger feucht wurden, und als ich hinuntersah, waren sie voll Blut.

Der Raum drehte sich um mich und das letzte, was ich sah, bevor ich bewußtlos wurde, war Konrad Fanebust, der zu dem Balkon lief, von wo aus der Bürgermeister seinen Gästen die Aussicht über die Stadt zu zeigen pflegte. Und ich sah, was ich vielleicht schon lange hätte begreifen müssen. Der schwere Beinbruch, den er während des Krieges erlitten hatte, hatte seine Spuren hinterlassen. Er hinkte deutlich auf dem linken Bein.

Passanten sagte später, er habe einem großen Vogel geglichen, als er sich hinausstürzte. Ich selbst lag drei Wochen im Krankenhaus, bevor ich nach Hause fahren durfte.

LITERATUR AUS SKANDINAVIEN
BEI BUTT

Øystein Lønn
Projekt Lindesnes

Lindesnes, an der Südwestspitze Norwegens gelegen, ist der Endpunkt einer Suche, die den früheren Polizeibeamten und jetzigen Amtschef Bjander zunächst nur dienstlich, doch mit zunehmender Dauer auch existentiell beschäftigt. Vergangenheit und Gegenwart brechen für Bjander auseinander; er erkennt in einem schmerzlichen Prozeß der Erfahrung mit sich selbst und seinen früheren Freunden, daß er hinter der Zeit zurückgeblieben ist. „Die ganze moderne Welt war zu einer wahnsinnigen Kriminalsache geworden."

Øystein Lønn, Projekt Lindesnes.
Roman. Aus dem Norwegischen von Alken Bruns.
167 Seiten. Broschur.
ISBN 3-926099-01-1

Edvard Hoem
Fährfahrten der Liebe

Westnorwegischer Küstenalltag wird hier an einem Modell durchgespielt, dessen politische Dimension die Entfaltung poetischer Atmosphäre nicht behindert. Wann ist je ein Autor so leicht und spielerisch mit Brechts Verfremdungseffekt verfahren? Hoem hat das außergewöhnliche Kunst-, ja Kunststück fertiggebracht, ein experimentelles und zugleich volkstümliches, ein problemorientiertes und zugleich unterhaltsames Buch zu schreiben.

„Nahezu ein romantechnischer Geniestreich.“

(Bergens Tidende)

Edvard Hoem, Fährfahrten der Liebe.
Roman. Aus dem Norwegischen von Ebba D. Drolshagen.
228 Seiten. Broschur.
ISBN 3-926 099-02-X